国学经典文库

图文珍藏版

看英雄人物驰骋江山　鉴历史兴亡龙虎争斗

东周列国志

第一册

[明] 冯梦龙 ○ 原著　王艳军 ○ 整理

线装书局

图书在版编目（ＣＩＰ）数据

东周列国志：全4册 / (明) 冯梦龙原著；王艳军
整理. -- 北京：线装书局, 2016.1（2022.3）

ISBN 978-7-5120-1951-5

Ⅰ.①东… Ⅱ.①冯… ②王… Ⅲ.①章回小说－中
国－明代 Ⅳ.①I242.4

中国版本图书馆CIP数据核字(2015)第245521号

## 东周列国志

作　　者：［明］冯梦龙
整　　理：王艳军
责任编辑：高晓彬
出版发行：线装书局
　　　　　地　址：北京市丰台区方庄日月天地大厦B座17层（100078）
　　　　　电　话：010-58077126（发行部）010-58076938（总编室）
　　　　　网　址：www.zgxzsj.com
经　　销：新华书店
印　　制：北京彩虹伟业印刷有限公司
开　　本：710mm×1040mm　1/16
印　　张：112
字　　数：1360 千字
版　　次：2022 年 3 月第 1 版第 2 次印刷
印　　数：3001-9000 套

定　　价：598.00 元（全四册）

线装书局官方微信

烽火戏诸侯

荆轲刺秦

二桃杀三士

鞭打楚平王

掘地见母

齐桓称霸

唇亡齿寒

一鼓作气

夷吾争位

重耳复国

晋文图霸

城濮之战

元咺告状

智退秦师

弦高救国

闹朝扑犬

华元卫宋

搜孤救孤

水灌晋阳

卧薪尝胆

乐羊为国

窃符救赵

毛遂自荐

墨子救宋

# 前　言

　　《东周列国志》在我国古典文学宝库中，是一部著名的长篇历史小说。早在元代就有一些有关"列国"故事的白话本，明代嘉靖、隆庆时期，余邵鱼撰辑了一部《列国志传》，明末冯梦龙依据史传对《列国志传》加以修改订正，润色加工，成为一百零八回的《新列国志》。清代乾隆年间，蔡元放对此书又作了修改，定名为《东周列国志》。全书叙述了西周末年至秦统一六国长达五百年的庞大史事，上自各国的气运盛衰，下至个人的荣辱沉浮，几乎成为后世是非成败的理论源头。这部小说将分散的史事巧妙地穿插编排，成为一部结构完整的历史演义；并用通俗的语言将其融为一炉，使其艺术成就有了显著的提高。

　　《东周列国志》叙写的事实，取材于《战国策》《左传》《国语》和《史记》四部史书，将分散的历史故事和人物传记按照时间顺序穿插编排，融为一体，成为一部结构完整的历史演义。秦汉前的一些史家为了某种原则立场，对历史事件的叙述和评价，有时会隐而不言，把意思深藏在记述的文字中，没有一定见地的人，很难发觉，更谈不上理解了。这部书的通俗之处，正是将那暗礁一样的文字弄得水落石出，大家一看便心知肚明，种种是非善恶，忠奸智愚，毕露于光天化日之下。

　　《东周列国志》前半部反映了春秋时期以"春秋五霸"为主的诸侯争斗，众多大小不一的诸侯国经过战争和兼并，演变成秦、楚、齐、燕、韩、赵、魏"七国"，历史上称为"战国七雄"，后半部反映了这七个国家之间的兼并战争，最后六国并于秦，中国复归一统。作者按照时间顺序，把一个个曲折动人的历史事件串联起来，进行了颇具匠心的创造与加工，讲述了许多可歌可泣、悲壮感人的历史故事。列国之中，上至君王，下至卿士，守信立身，不惜功名生命的事例，比比皆是。程婴牺牲自己的儿子，救出赵氏孤儿，忍辱偷生，终于复国；豫让因智伯以国士待之，决意以国士报答，在智伯死后，几次为智伯复仇，就义之前，仍请求将智伯仇敌的衣服用剑斩过，以了心愿；田光向燕太子丹举荐荆轲，图谋刺杀秦始皇，为守机密，自刎而死。当时的忠义之士，往往如此，千百年后仍使人感动敬慕。勾践身负灭国之耻，心怀复国大志，刚强、勇毅，不计荣辱生死，克制私欲，礼贤下士，以非凡的耐力和恒心，十年生聚，十年教训，终于以少胜多，摧毁强敌，称霸天下。像这样反败为胜、变弱为强的事例，还见于晋文公重耳，吴大夫伍子胥等段落之中。人生立志，应该放眼至高至远之处，当以造福苍生、泽及万世为念，这样的榜样有孔子、管仲、子产。他们的思想以仁爱为根本，他们拥有安定天下、惠及万民的志向，对真理永无止境地追求，引导君王走向内圣外王的正途，施行的政令，富民强国，成为后世政治参照的法则。与这些正面人生形成鲜明对比的是，小说也塑造了一些昏聩、残暴、荒淫无耻的帝王、诸侯等统治者，和贪婪、奸诈、阴险的佞臣小人。作者对他们揭露与鞭挞的态度自然而然地融入情节的进展之中。

纵观东周几百年，无外乎一个"乱"字，乱世春秋中父子相残、兄弟相争、父夺子爱、子通其母、兄妹相通等并不足为奇。春秋时期，多有谋国之能臣如管仲、百里奚、先轸、宁俞、赵盾等，也多有谋国之君如郑庄公、齐桓公、晋文公、晋悼公、楚庄王、秦穆公等，但之后，谋国之君和谋国之臣皆越来越少，后几近灭绝，多出将才而无相才者，也多为游说之人，再之后，只剩家养士人的君子，当然如信陵君这些也堪为国才，但所养之士少有用者。再之后，仅剩将领之才了。将领之后呢，就只剩贪赃枉法、卖国卖家的郭开之流，惟秦王政为治国之君，任人唯贤。下面也有一帮如王翦、李斯等的能臣，也难怪秦能并吞六国而统一天下，唉也！

总之，记录春秋战国时历史的经史典籍一般都文字晦涩，不具备一定学养的人很难读懂，而《东周列国志》的出现，为普通人了解这段历史提供了便利条件。本书语言生动，遣词造句平易，是了解春秋战国史的最佳通俗读本。看懂了这本书，就看懂了先秦历史；看懂了这本书，就懂得中国人骨子里的性格。

# 序

传之为言传也，所以传述古人以诏于后世也。志之为言记也，所以记载善恶为后之法戒也。然则稗官野乘虽正史之支流，而是非邪正，褒贬予夺，其立法而垂戒者，亦必隐然自见于载笔之下，非仅操觚染翰为附赘悬疣之论已也。麟经而后，世无善史。龙门以旷世逸才发愤著书，上起轩辕，下终汉武，观其自序，实有上继《春秋》之意，故体裁序事为诸史之冠。其后若孟坚之整密，蔚宗之典赡，犹未免踳驳之讥。至于陈寿帝魏而寇蜀，两晋骈四而俪六，荒芜杂秽，毁誉失真；即欧阳修之《新唐书》，事增于前，文省于旧，亦终不如《五代史》之褒贬谨严，犹为得《春秋》之法；况宋、辽、金、元而下，滥漫纷沓，莫可究诘者哉！夫史为传之母，而传为史之子。作史者无传信之文，即演之为传，亦不过旁罗小说，捃摭成书，事既杂以荒唐，文亦多其附会。此何异《封神》《水浒》，自幻蜃楼；《夷坚》《齐谐》，徒详怪物者乎！故余谓志传之作，自盘古以迄宋、明，总不若《东周列国》为传信而可征也。夫列国之事，其始备于《春秋》《左传》，而其后详于《国策》《史记》。孔子以不得已之心，托二百四十二年南面之权，一笔一削，悉本至公，后之人非可意为论断；即《战国》、司马之文，或词简而义深，或事该而语括，敷陈演绎，大费心裁，使非兼有三长，恐亦头白汗青而莫下矣。独是敷文叙事，惟取详明；征传引经，莫穷体要。其间治乱兴衰之由，善恶邪正之辨，必不暇大书特书，仿《春秋》之义例；唯评者显微而阐幽，则圣人立法垂戒之意，昭然若揭于后世。《列国》批评，近有数家，而惟蔡君为最。盖诸家评语，或繁或简，简则达心言略，撮举大要，而阅者无以考其详；繁则多事诙谐，仅资游谈，而正义或反因以晦。蔡君之评，论必据经，语必诛意，既不背于微显志晦之文，即于宣圣之笔削亦无不共相印合。是虽不读《春秋》《左》《国》《史记》诸书，而得窥此编，其于春秋战国间兴衰治乱、善恶邪正，无不了然在目矣，岂非诸家之翘楚也乎！第其评语概列于前，先断后案，未免目眩。予于己未夏初署理松江府篆，政事之暇，偶阅是书，爱不揣固陋，妄为改订，讹者正之，繁者芟之，庶披读之下，开卷了然；间亦窃附管蠡之见，以补原评之所不及。土壤细流，共成高深，庶斯志也，不仅为稗野之史，而实为经世之书也夫。时乾隆五年，岁次庚申春月，绣谷胡宗文题。

# 序

　　书之名，亡虑数十百种，而究其实，不过经与史二者而已。经所以载道，史所以纪事者也。六经开其源，后人踵增焉。训诫论议考辨之属，皆经之属也。鉴记纪传叙志之属，皆史之属也。顾六经者，圣人之书也。言体必有用，言用必有体。《易》与《礼》《乐》，经中之经也，而事亦纪焉。《诗》《书》《春秋》，经中之史也，而道亦彰焉。后人才识浅短，遂不得不歧而二之。二之斯不能不有所庋，故高谈名理者，常绌于博识之士；而自矜该洽者，其是非或谬于圣人。顾理无二致，故言道之书，虽世不乏著，究其精者，亦不过恢张余蕴，仅可作佐翼注疏；其卑者，糟粕唾余而已；若稍肆焉，则穿凿傅会、破碎支离之弊出矣。至于事则不然，日异月新，千态万状，非圣人已然之书所能尽也。故经不能以有所益，而史则日以多。夫史固盛衰成败废兴存亡之迹也，已然者事，而所以然者理也。理不可见，依事而彰。而事莫备于史，天道之感召，人事之报施，智愚忠佞贤奸之辨，皆于是乎取之，则史者可以翼经以为用，亦可谓兼经以立体者也。自制举艺出，而经学遂湮，然帖括家以场屋功令故，犹知诵其章句。至于史学，其书既浩瀚，文复简奥，又无与于进取之途，故专门名家者代不数人，学士大夫则多废焉置之，偶一展卷，率为睡魔作引耳。至于后进初学之士，若强以读史，则不免头岑岑，目森森，直苦海视之矣。《春秋》三传，左氏最为明备，专经者犹或不能举其词，况其他乎？顾人多不能读史，而无人不能读稗官。稗官固亦史之支流，特更演绎其词耳。

善读稗官者，亦可进于读史，故古人不废。《东周列国》一书，稗官之近正者也。周自平辙东移，下迄吕政，上下五百有余年之间，列国数十，变故万端，事绪纷纠，人物庞沓，最为棘目聱牙，其难读更倍于他史，而一变为稗官，则童稚无不可得读。夫至童稚皆得读史，岂非大乐极快之事耶？然世之读稗官者颇众，而卒不获读史之益者，何哉？盖稗官不过记事而已，其于智愚忠佞贤奸之行事，与家国之废兴存亡盛衰成败，虽皆胪列其迹，而于天道之感召、人事之报施、智愚忠佞贤奸计言行事之得失及其所以盛衰成败废兴存亡之故，固皆未能有所发明，则读者于事之初终原委方且懵焉昧之，又安望其有益于学问之数哉？夫既无与于学问之数，则读犹不读，是为无益之书，安用灾梨祸枣为？坊友周君，深虑于此，嘱予者屡矣。寅卯之岁，予家居多暇，稍为评骘，条其得失而抉其隐微，虽未必尽合于当日之指，而依理论断是非既颇不谬于圣人，而亦不致遗嗤于博识之士，聊以豁读者之心目，于史学或亦不无小裨焉。故既为评之，而复叙之如此。时乾隆元年春月，七都梦夫蔡元放氏题于支瞬居中。

# 目　录

国学经典文库

东周列国志

目录

图文珍藏版

2

国学经典文库

东周列国志

目录

图文珍藏版

国学经典文库

东周列国志

目录

图文珍藏版

4

国学经典文库

东周列国志

目录

图文珍藏版

# 第一回　周宣王闻谣轻杀
## 杜大夫化厉鸣冤

词曰：

道德三皇五帝①，功名夏后商周②。英雄五霸闹春秋③，顷刻兴亡过
手！青史④几行名姓，北邙⑤无数荒丘。前人田地后人收，说甚龙争虎斗！

话说周朝自武王伐纣，即天子位，成、康⑥继之，那都是守成令主。
又有周公⑦、召公⑧、毕公⑨、史佚⑩等一班贤臣辅政，真个文修武偃，物
阜民安。自武王八传至于夷王⑪，觐礼不明⑫，诸侯渐渐强大。到九传厉
王⑬，暴虐无道，为国人所杀，此乃千百年民变之始。又亏周、召二公⑭
同心协力，立太子静为王，是为宣王⑮。那一朝天子，却又疆明有道，任
用贤臣方叔⑯、召虎⑰、尹吉甫⑱、申伯⑲、仲山甫⑳等，复修文、武、成、
康之政，周室赫然中兴。有诗为证：

夷厉相仍政不纲㉑，任贤图治赖宣王。

共和若没中兴主，周历安能八百长！

却说宣王虽说勤政，也到不得武王丹书受戒㉒，户牖置铭㉓；虽说中
兴，也到不得成、康时教化大行，重译献雉㉔。至三十九年㉕，姜戎㉖抗
命，宣王御驾亲征，败绩于千亩㉗，车徒㉘大损，思为再举之计，又恐军
数不充，亲自料民于太原。那太原即今固原州㉙，正是邻近戎、狄之地。
料民者，将本地户口按籍查阅，观其人数之多少，车马粟刍之饶乏，好做
准备，征调出征。太宰仲山甫进谏，不听。后人有诗云：

犬戎何须辱剑铓㉚？隋珠弹雀㉛总堪伤。

皇威亵㉜尽无能报，枉自将民料一场。

再说宣王在太原料民回来，离镐京㉝不远，催趱车辇，连夜进城。忽见市上小儿数十为群，拍手作歌，其声如一。宣王乃停辇而听之。歌曰：

月将升，日将没，檿弧箕箙㉞，几亡周国。

宣王甚恶其语，使御者传令，尽拘众小儿来问。群儿当时惊散，止拿得长幼二人，跪于辇下。宣王问曰："此语何人所造？"幼儿战惧不言，那年长的答曰："非出吾等所造。三日前有红衣小儿，到于市中，教吾等念此四句，不知何故。一时传遍，满京城小儿不约而同，不止一处为然也。"宣王问曰："如今红衣小儿何在？"答曰"自教歌之后，不知去向。"宣王嘿然良久，叱去两儿，即召司市官㉟吩咐传谕禁止："若有小儿再歌此词者，连父兄同罪。"当夜回宫无话。

次日早朝，三公六卿㊱，齐集殿下，拜舞起居毕㊲。宣王将夜来所闻小儿之歌，述于众臣："此语如何解说？"大宗伯㊳召虎对曰："檿，是山桑木名，可以为弓，故曰檿弧。箕，草名，可结之以为箭袋，故曰箕箙。据臣愚见，国家恐有弓矢之变。"太宰仲山甫奏曰："弓矢乃国家用武之器，王今料民太原，思欲报犬戎㊴之仇，若兵连不解，必有亡国之患矣。"宣王口虽不言，点头道是。又问："此语传自红衣小儿，那红衣小儿还是何人？"太史㊵伯阳父奏曰："凡街市无根之语，谓之谣言。上天儆戒㊶人君，命荧惑星㊷化为小儿，造作谣言，使群儿习之，谓之童谣。小者寓一人之吉凶，大则系国家之兴败。荧惑火星，是以色红。今日亡国之谣，乃天所以儆王也。"宣王曰："朕㊸今赦犬戎之罪，罢太原之兵，将武库内所藏弧矢，尽行焚弃，再令国中不许造卖，其祸可息乎？"伯阳父答曰："臣观天象，其兆㊹已成，似在王宫之内，非关外间弓矢之事，必主后世有女主乱国之祸。况谣言曰'月将升，日将没'，日者人君之象，月乃阴类，日没月升，阴进阳衰，其为女主干政明矣。"宣王又曰："朕赖姜后主六宫之政，甚有贤德，其进御宫嫔㊺，皆出选择，女祸从何而来耶？"伯阳父答曰："谣言'将升'、'将没'，即非目前之事。况'将'之为言，且然而未必之词。王今修德以禳之，自然化凶为吉。弧矢不须焚弃。"宣王闻奏，且信且疑，不乐而罢，起驾回宫。

姜后迎入，坐定，宣王遂将群臣之语，备细述于姜后。姜后曰："宫中有一异事，正欲启奏。"王问："有何异事？"姜后奏曰："今有先王手内老宫人，年五十余，自先朝怀孕，到今四十余年，昨夜方生一女。"宣王大惊，问曰："此女何在？"姜后曰："妾思此乃不祥之物，已令人将草席包裹，抛弃于二十里外清水河中矣。"宣王即宣老宫人到宫，问其得孕之故。老宫人跪而答曰："婢子闻夏桀王⑯末年，褒城⑰有神人化为二龙，降于王庭，口流涎沫，忽作人言，谓桀王曰：'吾乃褒城之二君也。'桀王恐惧，欲杀二龙，命太史占之，不吉；欲逐去之，再占，又不吉。太史奏道：'神人下降，必主祯祥，王何不请其漦⑱而藏之？漦乃龙之精气，藏之必主获福。'桀王命太史再占，得大吉之兆。乃布币设祭于龙前，取金盘收其涎沫，置于朱椟之中。忽然风雨大作，二龙飞去。桀王命收藏于内库。自殷世历六百四十四年，传二十八主，至于我周，又将三百年，未尝开观。到先王⁴⁹末年，椟内放出毫光，有掌库官奏知先王，先王问：'椟中何物？'掌库官取簿籍献上，具载藏滦之因。先王命发而观之。侍臣打开金椟，手捧金盘呈上。先王将手接盘，一时失手堕地，所藏涎沫，横流庭下，忽化成小小元鼋⁵⁰一个，盘旋于庭中，内侍逐之，直入王宫，忽然不见。那时婢子年才一十二岁，偶践鼋迹，心中如有所感，从此肚腹渐大，如怀孕一般。先王怪婢子不夫而孕，因于幽室，到今四十年矣。夜来腹中作痛，忽生一女，守宫侍者不敢隐瞒，只得奏知娘娘。娘娘道此怪物，不可容留，随命侍者领去，弃之沟渎。婢子罪该万死！"宣王曰："此乃先朝之事，与你何干！"遂将老宫人喝退。随唤守宫侍者往清水河看视女婴下落。不一时，侍者回报："已被流水漂去矣。"宣王不疑。

次日早朝，召太史伯阳父告以龙滦之事，因曰："此女婴已死于沟渎，卿试占之，以观妖气消灭何如。"伯阳布卦已毕，献上繇⁵¹词。词曰：

哭又笑，笑又哭。羊被鬼吞，马逢犬逐。慎之慎之，檿弧箕箙。

宣王不解其说。伯阳父奏曰："以十二支所属推之，羊为未，马为午。哭笑者，悲喜之象。其应当在午未之年。据臣推详，妖气虽然出宫，未曾除也。"宣王闻奏，快快不悦，遂出令："城内城外，挨户查问女婴，不拘死活，有人捞取来献者，赏布帛各三百匹；有收养不报者，邻里举首⁵²，首人给赏如数，本犯全家斩首。"命上大夫杜伯专督其事。因繇词又有"檿弧箕箙"之语，再命下大夫左儒，督令司市官巡行廛肆⁵³，不许造卖山桑木弓，箕草箭袋，违者处死。

司市官不敢怠慢，引着一班胥役，一面晓谕，一面巡绰⁵⁴。那时城中百姓无不遵依，止有乡民，尚未通晓。巡至次日，有一妇人，抱着几个箭袋，正是箕草织成的，一男子背着山桑木弓十来把，跟随于后。他夫妻两口，住在远乡，赶着日中做市，上城买卖。尚未进城门，被司市官劈面撞见，喝声："拿下！"手下胥役先将妇人擒住。那男子见不是头，抛下桑弓在地，飞步走脱。司市官将妇人锁押，连桑弓箕袋，一齐解到大夫左儒处。左儒想："所获二物，正应在谣言，况太史言女人为祸，今已拿到妇人，也可回复王旨。"遂隐下男子不题，单奏妇人违禁造卖，法宜处死。宣王命将此女斩讫，其桑弓箕袋，焚弃于市，以为造卖者之戒。不在话下。后人有诗云：

不将美政消天变，却泥[55]谣言害妇人。
漫道中兴多补阙[56]，此番直谏是何臣？

话分两头。再说那卖桑木弓的男子，急忙逃走，正不知"官司拿我夫妇，是甚缘故"？还要打听妻子消息。是夜宿于十里之外。次早，有人传说："昨日北门有个妇人，违禁造卖桑弓箕袋，拿到即时决㊲了。"方知妻子已死。走到旷野无人之处，落了几点痛泪，且喜自己脱祸，放步而行。约十里许，来到清水河边。远远望见百鸟飞鸣，近前观看，乃是一个草席包儿浮于水面，众鸟以喙㊳衔之，且衔且叫，将次拖近岸来。那男子叫声"奇怪"，赶开众鸟，带水取起席包，到草坡中解看。但闻一声啼哭，原来是一个女婴。想道："此女不知何人抛弃，有众鸟衔出水来，定是大贵之人。我今取回养育，倘得成人，亦有所望。"遂解下布衫，将此女婴包裹，抱于怀中。思想避难之处，乃望褒城投奔相识而去。髯翁㊴有诗，单道此女得生之异：

怀孕迟迟四十年，水中三日尚安然。

生成妖物殃家国，王法如何胜得天！

宣王自诛了卖桑弓箕袋的妇人，以为童谣之言已应，心中坦然，也不复议太原发兵之事。自此连年无话。到四十三年㊵，时当大祭，宣王宿于斋宫，夜漏二鼓，人声寂然。忽见一美貌女子，自西方冉冉而来，直至宫庭。宣王怪他干犯斋禁，大声呵喝，急唤左右擒拿，并无一人答应。那女子全无惧色，走入太庙㊶之中，大笑三声，又大哭三声，不慌不忙，将七庙神主㊷做一束儿捆着，望东而去。王起身自行追赶，忽然惊醒，乃是一梦。自觉心神恍惚，勉强入庙行礼。九献㊸已毕，回至斋宫更衣，遣左右密召太史伯阳父，告以梦中所见。伯阳父奏曰："三年前童谣之言，王岂忘之耶？臣固言：'主有女祸，妖气未除。'繇词有哭笑之语，王今复有此梦，正相符合矣。"宣王曰："前所诛妇人，不足消'檿弧箕箙'之谶耶？"伯阳父又奏曰："天道玄远，候至方验，一村妇何关气数哉！"

宣王沉吟不语。忽然想起三年前，曾命上大夫杜伯督率司市，查访妖女，全无下落。颁胙㊹之后，宣王还朝，百官谢胙。王宣杜伯问："妖女消息，如何久不回话？"杜伯奏曰："臣体访此女，并无影响。以后妖妇正罪，童谣已验，诚恐搜索不休，必然惊动国人，故此中止。"宣王大怒曰："既然如此，何不明白奏闻？分明是怠弃朕命，行止自由。如此不忠之臣，要他何用！"喝教武士押出朝门，斩首示众。吓得百官面如土色。忽然文班中走出一位官员，忙将杜伯扯住，连声："不可，不可！"宣王视之，乃下大夫左儒，是杜伯的好友，举荐同朝的。左儒叩头奏曰："臣闻尧有九年之水，不失为帝，汤有七年之旱，不害为王。天变尚然不妨，

人妖宁可尽信？吾王若杀了杜伯，臣恐国人将妖言传播，外夷闻之，亦起轻慢之心。望乞恕之。"宣王曰："汝为朋友而逆朕命，是重友而轻君也。"左儒曰："君是友非，则当逆友而顺君；友是君非，则当违君而顺

友。杜伯无可杀之罪，吾王若杀之，天下必以王为不明。臣若不能谏止，天下必以臣为不忠。吾王若必杀杜伯，臣请与杜伯俱死。"宣王怒犹未息，曰："朕杀杜伯，如去薾草⑥，何须多费唇舌？"喝教："快斩！"武士将杜伯推出朝门斩了。左儒回到家中，自刎而死。髯翁有赞云：

　　贤哉左儒，直谏批鳞。是则顺友，非则违君。

　　弹冠⑥谊重，刎颈交真。名高千古，用式彝伦⑥。

　　杜伯之子隰叔，奔晋，后仕晋为士师⑥之官，子孙遂为士氏⑥，食邑于范⑦，又为范氏。后人哀杜伯之忠，立祠于杜陵⑦，号为杜主，又曰右将军庙，至今尚存。此是后话。

　　再说宣王次日闻说左儒自刎，亦有悔杀杜伯之意，闷闷还宫。其夜寝不能寐，遂得一恍惚之疾，语言无次，事多遗忘，每每辍朝。姜后知其有疾，不复进谏。至四十六年秋七月，玉体稍豫，意欲出郊游猎，以快心神。左右传命，司空⑦整备法驾⑦，司马⑦戒饬车徒，太史卜个吉日。至期，王乘玉辂⑦，驾六骏⑦，右有尹吉甫，左有召虎，旌旂对对，甲仗森森，一齐往东郊进发。那东郊一带，平原旷野，原是从来游猎之地。宣王久不行幸，到此自觉精神开爽，传命扎住营寨，吩咐军士："一不许践踏禾稼，二不许焚毁树木，三不许侵扰民居。获禽多少，尽数献纳，照次给赏；如有私匿，追出重罪。"号令一出，人人贾勇，个个争先。进退周旋，御车者出尽驰驱之巧；左右前后，弯弧者⑦夸尽纵送之能。鹰犬藉势而猖狂，狐兔畏威而乱窜。弓响处血肉狼藉，箭到处毛羽纷飞。这一场打围，好不热闹。宣王心中大喜。日已矬西，传令散围。众军士各将所获走兽飞禽之类，束缚齐备，奏凯而回。

　　行不上三四里，宣王在玉辇之上打个眼睑，忽见远远一辆小车，当面冲突而来，车上站着两个人，臂挂朱弓，手持赤矢，向着宣王声喏曰："吾王别来无恙？"宣王定睛看时，乃上大夫杜伯，下大夫左儒。宣王吃这一惊不小，抹眼之间，人车俱不见，问左右人等，都说并不曾见。宣王正在惊疑，那杜伯、左儒又驾着小车子，往来不离玉辇之前。宣王大怒，喝道："罪鬼，敢来犯驾！"拔出太阿⑧宝剑，望空挥之。只见杜伯、左儒齐声骂曰："无道昏君！你不修德政，妄戮无辜，今日大数已尽，吾等专来报冤。还我命来！"话未绝声，挽起朱弓，搭上赤矢，望宣王心窝内射来。宣王大叫一声，昏倒于玉辇之上，慌得尹公脚麻，召公眼跳，同一班

左右，将姜汤救醒，兀自叫心痛不已。当下飞驾入城，扶着宣王进宫。各军士未及领赏，草草而散。正是：乘兴而来，败兴而返。髯翁有诗云：

　　赤矢朱弓貌似神，千军队里骋飞轮。

　　君王枉杀还须报，何况区区平等人。

　　未知宣王性命如何，且看下回分解。

**【注释】**

①三皇五帝：古代传说中的帝王。各家说法不一。《史记》以天皇、地皇、泰皇为三皇；黄帝、颛顼、帝喾、尧、舜为五帝。

②夏后商周：即三代。夏后，我国历史上第一个朝代，简称为夏。为禹所建。商，又称为殷、殷商。开国君王为商汤。时间约公元前十七世纪到十一世纪。周，即周王朝，公元前十一世纪武王灭商后建立。至周宣王即位时已经历二百余年。

③五霸：春秋时的五位霸主。五霸的说法不一，据本书叙述，似以齐桓公、晋文公、秦穆公、楚庄王及越王勾践为五霸。

④青史：即历史。古以竹简记事，故称史籍为青史。

⑤北邙（máng 忙）：即邙山，在今河南洛阳市北。东汉及北魏王侯公卿多葬于此。这里泛指历史上那些英雄人物的墓地。

⑥成、康：即周成王姬诵和周康王姬钊。乃周朝第二及第三个君王。

⑦周公：即姬旦。周文王子，武王弟。因采邑在周（今陕西凤翔），故称周公。曾辅佐武王灭商。武王去世，成王年幼，由他代摄朝政。周朝礼乐制度相传由他制订。

⑧召公：即姬奭，周的支族（《白虎通》中谓为文王之子），因封地在召（今陕西岐山县），故称召公或召伯。

⑨毕公：即姬高，周文王第十五子。武王灭商，封于毕（今陕西咸阳市西北），因以为氏，故又称毕公高。

⑩史佚：一作史逸。周初著名史官。佚乃其名，以官为氏，故称史佚。

⑪八传至于夷王：八传，指武、成、康、昭、穆、共、懿、孝，共八位周王，一脉相传。夷王，名姬燮，在位三十年（前887—前858）。

⑫觐（jìn 近）礼：诸侯朝见天子的仪式。"春见曰朝，秋见曰觐。"

不明，指失礼。《礼记·郊特性》："觐礼，天子不下堂而见诸侯；下堂而见诸侯，天子之失礼也。"

⑬厉王：名姬胡，在位十六年（前857—前842）。因专制残暴而引发国都人民起义。他逃亡到彘（今山西霍县），十四年后死亡。

⑭周、召二公：实指周公姬旦、召公姬奭的后代。周公封于鲁，召公封于燕，其嫡长子世袭君位，而次子则世守王畿内采地，在朝中为官，辅佐周王。故下面各回朝中常有周、召二公。此召公名召虎，周公名不详。

厉王逃亡期间，周、召二公代摄国政，称共和，历时十四年（前841—前828）。

⑮宣王：名姬靖，一作姬静。在位四十六年（前827—前782）。

⑯方叔：宣王时大臣。曾率兵进攻楚及严允，得胜。一说他名寰，字方。

⑰召虎：厉王、宣王时大臣。厉王残暴，他曾进谏。国人围攻王宫，他把太子靖藏在家中，并让自己的儿子替死。厉王死后，他拥立宣王继位。

⑱尹吉甫：亦称兮伯吉父。兮为氏，名甲，字伯吉父。古代父、甫通用。尹乃官名。

⑲申伯：申国之君，姜姓。相传为伯夷之后，封地在今河南南阳一带。伯爵。

⑳仲山甫：或作仲山父。宣王封他于樊（今河南济源市），亦称樊仲。

㉑不纲：不合纲纪，紊乱。

㉒丹书受戒：即接受上天的训诫。古代帝王假托天命用红漆写下的文字，其中包括对帝王行为的劝告和约束。

㉓户牖（yǒu 有）置铭：即将自警之词书写于门户之上，以便每天开门时都能看见，类似后代将铭文置于座右。

㉔重译献雉（zhì 治）：指地处荒远之地的少数民族辗转翻译以献上礼品。雉即野鸡。周代有献禽之礼，后世多献雉。《汉书·平帝纪》："越裳氏重译献白雉一、黑雉二。"

㉕三十九年：宣王三十九年为公元前七八九年。

㉖姜戎：一称羌戎。戎乃古代居住在我国西方各民族的通称。姜戎原住瓜州（今甘肃瓜州县）逐渐东迁至渭水流域。

㉗败绩于千亩：败绩，大败。千亩，古地名。在今山西介休市南。一说应在离镐京不远之处。

㉘车徒：指战车和步卒。周代实行车战，每一战车上有甲士三人，车

下随行步卒约十人，后来逐渐增至七十二人。步卒亦称徒兵。

㉙固原州：明代州名，弘治十一年（公元1502）置。治所在今宁夏原州区。

㉚"犬彘（zhì 至）"句：犬彘，猪狗，暗指犬戎。辱剑铓（máng 忙），玷污宝剑的光辉。意指犬戎不须王师征讨。

㉛"隋珠"句：古代隋侯为蛇疗伤，蛇乃回报以明月珠，后称隋珠。

意指以天下至宝去弹麻雀，实属可悲。

㉜亵（xiè 泄）：轻慢，引申为糟蹋。此句意指周王权威被糟蹋殆尽而毫无成效。

㉝镐（hào 号）京：又称镐、宗周。因周为诸侯所宗仰，故王都称宗周。故址在今西安市西北。

㉞厣弧箕箙（yǎn hú jī fú 厌胡基服）：用山桑木做的弓箭和用箕草做的箭袋。

㉟司市官：古代官名，见《周礼·地官》。主管市场治教政刑、量度禁令。

㊱三公六卿：周时以太师、太傅、太保为三公；以冢宰（一名太宰）、司徒、宗伯、司马、司寇、司空为六卿。这里泛指百官。

㊲起居：指问候平安及有关仪式的套话。

㊳大宗伯：即六卿中的宗伯。周朝掌管礼乐制度的官员，相当于后代的礼部尚书。

㊴犬戎：又称畎戎、昆夷。商朝初年进入泾、渭流域，是周代西部主要边患。此指姜戎。

㊵太史：周代官名。负责起草文告，策命诸侯，记录史事，编写史书，兼管朝廷典籍、天文历法等事务。乃朝廷大臣。秦汉以后，职位渐低。

㊶儆（jǐng 警）戒：警告。

㊷荧（yíng 营）惑星：即行星中火星，因光芒闪烁、故名。

㊸朕（zhèn 镇）：我，我的。古人自称，本无贵贱之分。自秦始皇起始为皇帝所专用。本书依秦后习惯，周天子称朕，诸侯称孤。

㊹兆：预兆。这里指预兆之事。

㊺进御：进献以侍奉周王。宫嫔，宫中妃子。

㊻夏桀王：夏朝最后一位君王，约公元前十六世纪时在位。

㊼褒城：古县名，在今陕西勉县境内。西周时为褒国，秦置褒县，唐

以后始改称褒城。本书中地名常把周代与明清时的混用。

㊽漦（lí 厘）：涎沫，即唾液之类。

㊾先王：即周厉王姬胡。

㊿元鼋（yuán 圆）：鼋即大鳖，头有疙瘩，俗称癞头鳖。元鼋，即初生之幼鼋。

(51)繇（zhòu 宙）辞：卦兆的占辞。繇，通籀。

(52)举首：举即检举，首指告发罪行。接下“首人”，指出首之人，即检举人。

⑤3廛（chán 缠）肆：即集市。

⑤4巡绰（chāo 超）：巡查警戒。

⑤5泥（nì 腻）：拘泥，固执。

⑤6补阙：补救错失。

⑤7决：处决，处死。

⑤8喙（huì 汇）：嘴。

⑤9髯翁：即明中叶隐士徐霖，字子仁，吴县（今江苏苏州）人。美须髯，故以自号。有《丽藻堂诗文集》传世。

⑥0四十三年：指周宣王四十三年，即前785年。

⑥1太庙：天子或诸侯的祖庙。

⑥2七庙：历代帝王供奉七代祖先的庙宇。《礼记·王制》："天子七庙，三昭三穆，与太祖之庙而七。"神主，即祖先牌位。

⑥3九献：帝王宴请三公的礼节，献酒共九次。此指祭典中各种仪式。

⑥4颁胙（zuò 坐）：胙即祭肉。祭祀之后将祭肉分赐群臣叫颁胙。群臣得肉后表示感谢叫谢胙。

⑥5藁（gǎo 稿）草：一种野草，比喻低贱。

⑥6弹冠：弹掉帽子上的尘土。本指出仕，此指同僚。

⑥7用式彝（yí 移）伦：可用做人伦的榜样。式，标准；彝作常解，彝伦，伦理规范

⑥8士师：周代官名，掌管刑法。

⑥9氏：表示某一宗族的称号。秦以前，男人有姓有氏，氏是姓的分支，用以区别子孙之所出。故常以居住或分封之邑名、任职官名、从事职业名或祖先字号为氏。

⑦0食邑于范：卿大夫封地，收其赋税而食，故称食邑，亦称采邑。范，古地名，在今山东范县。

⑦1杜陵：古地名，本名杜原。西汉宣帝在此筑有陵墓，始名杜陵。在

今西安市东南。

　　⑫司空：周代六卿之一，亦称司工。掌管工程营建诸事。

　　⑬法驾：帝王的车驾，也称法车。为金根车，驾六马。

　　⑭司马：周代六卿之一。掌管军政军赋。

　　⑮玉辂（lù 路）：帝王专用之车，以玉为饰，亦称玉路。《宋书·礼制五》："周则玉辂为尊。"

　　⑯六驺（zōu 邹）：疾行之马曰驺。亦指骏马、快马。帝王驾车用六

匹马，称六驺，亦称六龙。

⑦弯弧者：射箭的武士。

⑧太阿：古宝剑名，亦称泰阿。春秋时楚王命欧冶子所铸造。此代指著名宝剑。

# 第二回　褒人赎罪献美女
　　　　　幽王烽火戏诸侯

　　话说宣王自东郊游猎，遇了杜伯、左儒阴魂索命，得疾回宫，合眼便见杜伯、左儒，自知不起，不肯服药。三日之后，病势愈甚。其时周公久已告老，仲山甫已卒，乃召老臣尹吉甫、召虎托孤①。二臣直至榻前，稽首②问安。宣王命内侍扶起，靠于绣褥之上，谓二臣曰："朕赖诸卿之力，在位四十六年，南征北伐，四海安宁。不料一病不起！太子宫湦，年虽已长，性颇暗昧，卿等竭力辅佐，勿替④世业！"二臣稽首受命。

　　方出宫门，遇太史伯阳父。召虎私谓伯阳父曰："前童谣之语，吾曾说过恐有弓矢之变。今王亲见厉鬼操朱弓赤矢射之，以致病笃⑤。其兆已应，王必不起。"伯阳父曰："吾夜观乾象⑥，妖星隐伏于紫微之垣⑦，国家更有他变，王身未足以当之。"尹吉甫曰："天定胜人，人定亦胜天。诸君但言天道而废人事，置三公六卿于何地乎？"言罢各散。

　　不隔一时，各官复集宫门候问，闻御体沉重，不敢回家了。是夜王崩⑧。姜后懿旨⑨，召顾命老臣尹吉甫、召虎，率领百官，扶太子宫湦行举哀礼，即位于枢前，是为幽王⑩。诏以明年为元年，立申伯之女为王后，子宜臼为太子，进后父申伯为申侯⑪。史臣有诗赞宣王中兴之美云：

　　於赫⑫宣王，令德茂世。

　　威震穷荒，变消鼎雉⑬。

　　外仲内姜⑭，克襄隆治⑮。

　　干父之蛊⑯，中兴立帜。

　　却说姜后因悲恸太过，未几亦薨。幽王为人，暴戾寡恩，动静无常。方谅阴<sup>⑰</sup>之时，狎昵群小，饮酒食肉，全无哀戚之心。自姜后去世，益无忌惮，耽于声色，不理朝政。申侯屡谏不听，退归申国去了。也是西周气数将尽，尹吉甫、召虎一班老臣，相继而亡。幽王另用虢公<sup>⑱</sup>、祭公<sup>⑲</sup>与尹吉甫之子尹球，并列三公。三人皆谗谄面谀之人，贪位慕禄之辈，惟王所欲，逢迎不暇。其时只有司徒郑伯友<sup>⑳</sup>，是个正人，幽王不加信用。

　　一日幽王视朝，岐山<sup>㉑</sup>守臣申奏："泾、河、洛三川<sup>㉒</sup>，同日地震。"幽王笑曰："山崩地震，此乃常事，何必告朕。"遂退朝还宫。太史伯阳父执大夫赵叔带手叹曰:"三川发原于岐山,胡可震也!昔伊、洛竭而夏亡,河竭而商亡㉓。今三川皆震,川源将塞,川既塞竭,其山必崩。夫岐山乃太王发迹之地㉔,此山一崩,西周能无恙乎?"赵叔带曰:"若国家有变,当在何时?"伯阳父屈指曰:"不出十年之内。"叔带曰:"何以知之?"伯阳父曰:"善盈而后福,恶盈而后祸。十者,数之盈也。"叔带曰:"天子不恤国政,任用佞臣,我职居言官,必尽臣节以谏之。"伯阳父曰:"但恐言而无益。"二人私语多时,早有人报知虢公石父。石父恐叔带进谏,说破他奸佞,直入深宫,却将伯阳父与赵叔带私相议论之语,述与幽王,说他谤毁朝廷,妖言惑众。幽王曰:"愚人妄说国政,如野田泄气㉕,何足听哉!"

却说赵叔带怀着一股忠义之心,屡欲进谏,未得其便。过了数日,岐山守臣又有表章申奏说:"三川俱竭,岐山复崩,压坏民居无数。"幽王全不畏惧,方命左右访求美色,以充后宫。赵叔带乃上表谏曰:"山崩川竭,其象为脂血俱枯,高危下坠㉖,乃国家不祥之兆。况岐山王业所基,一旦崩颓,事非小故。及今勤政恤民,求贤辅政,尚可望消弭天变,奈何不访贤才而访美女乎?"虢石父奏曰:"国朝定都丰镐㉗,千秋万岁,那岐山如已弃之屣,有何关系?叔带久有慢君之心,借端谤讪,望吾王详察。"幽王曰:"石父之言是也。"遂将叔带免官,逐归田里。叔带叹曰:"危邦不入,乱邦不居㉘。吾不忍坐见西周有'麦秀'之歌㉙!"于是携家竟往晋国。是为晋国大夫赵氏之祖,赵衰、赵盾即其后裔也。后来赵氏与韩氏三分晋国,列为诸侯。此是后话。后人有诗叹曰:

忠臣避乱先归北,世运凌夷渐欲东㉚。

自古老成当爱惜,仁贤一去国虚空。

却说大夫褒珦,自褒城来,闻赵叔带被逐,急忙入朝进谏:"吾王不畏天变,黜逐贤臣,恐国家空虚,社稷㉛不保。"幽王大怒,命囚珦于狱中。自此谏诤路绝,贤豪解体。

话分两头。却说卖桑木弓箕草袋的男子,怀抱妖女,逃奔褒地,欲行抚养。因乏乳食，恰好有个姒大的妻子，生女不育，就送些布匹之类，转乞此女过门，抚养成人，取名褒姒。论年齿虽则一十四岁，身材长成，倒像十六七岁及笄㉛的模样。更兼目秀眉清，唇红齿白，发挽乌云，指排削玉，有如花如月之容，倾国倾城之貌。一来姒大住居乡僻，二来褒姒年纪幼小，所以虽有绝色，无人聘定。

却说褒珦之子洪德，偶因收敛，来到乡间。凑巧褒姒门外汲水，虽然村妆野束，不掩国色天姿。洪德大惊："如此穷乡，乃有此等丽色！"因想着："父亲因于镐京狱中，三年尚未释放。若得此女贡献天子，可以赎父罪矣。"遂于邻舍访问姓名的实，归家告母曰："吾父以直谏忤主，非犯不赦之辟㉝。今天子荒淫无道，购四方美色，以充后宫。有姒大之女，非常绝色。若多将金帛买来献上，求宽父狱，此散宜生救文王出狱之计㉞也。"其母曰："此计如果可行，何惜财帛，汝当速往。"

洪德遂亲至姒家，与姒大讲就布帛三百匹，买得褒姒回家。香汤沐浴，食以膏粱㉟之味，饰以文绣之衣，教以礼数，携至镐京。先用金银打通虢公关节，求其转奏，言："臣珦自知罪当万死。珦子洪德，痛父死者不可复生，特访求美人，名曰褒姒，进上以赎父罪，万望吾王赦宥！"幽王闻奏，即宣褒姒上殿，拜舞已毕。幽王抬头观看，姿容态度，目所未睹，流盼之际，光艳照人。龙颜大喜。四方虽贡献有人，不及褒姒万分之一。遂不通申后得知，留褒姒于别宫，降旨赦褒珦出狱，复其官爵。是夜幽王与褒姒同寝，鱼水之乐，所不必言。自此坐则叠股，立则并肩，饮则交杯，食则共器，一连十日不朝。群臣伺候朝门者，皆不得望见颜色，莫不叹息而去。此乃幽王四年㊱之事。有诗为证：

折得名花字国香，布荆一旦荐匡床。

风流天子浑闲事，不道龙蒃已伏殃。

幽王自从得了褒姒，迷恋其色，居之琼台㊲，约有三月，更不进申后之宫。早有人报知申后，如此如此。申后不胜其愤，忽一日引着宫娥，径到琼台。正遇幽王与褒姒联膝而坐，并不起身迎接。申后忍气不过，便骂："何物贱婢，到此浊乱宫闱！"幽王恐申后动手，将身蔽于褒姒之前，代答曰："此朕新取美人，未定位次，所以未曾朝见，不必发怒。"申后骂了一场，恨恨而去。褒姒问曰："适来者何人？"幽王曰："此王后也，汝明日可往谒之。"褒姒嘿然无言。至明日，仍不往朝正宫。

再说申后在宫中忧闷不已，太子宜臼跪而问曰："吾母贵为六宫㊳之主，有何不乐？"申后曰："汝父宠幸褒姒，全不顾嫡妾㊴之分。将来此婢得志，我母子无置足之处矣。"遂将褒姒不来朝见，及不起身迎接之事，备细诉与太子，不觉泪下。太子曰："此事不难。明日乃朔日㊵，父王必然视朝。吾母可着宫人往琼台采摘花朵，引那贱婢出台观看，待孩儿将他毒打一顿，以出吾母之气。便父王嗔怪，罪责在我，与母无干也。"申后曰："吾儿不可造次㊶，还须从容再商。"太子怀忿出宫。又过了一晚。

次早，幽王果然出朝，群臣贺朔。太子故意遣数十宫人，往琼台之下，不问情由，将花朵乱摘。台中走出一群宫女拦住道："此花乃万岁㊷栽种与褒娘娘不时赏玩，休得毁坏，得罪不小！"这边宫人道："吾等奉东宫㊸令旨，要采花供奉正宫娘娘，谁敢拦阻！"彼此两下争嚷起来。惊动褒妃，亲自出外观看，怒从心起，正要发作，不期太子突然而至，褒妃全不提防。那太子仇人相见，分外眼睁，赶上一步，掀住乌云宝髻，大骂："贱婢！你是何等之人？无名无位，也要妄称娘娘，眼底无人，今日也教你认得我！"捻着拳便打。才打得几拳，众宫娥惧幽王见罪，一齐跪下叩首，高叫："千岁，求饶！万事须看王爷面上。"太子亦恐伤命，即时住手。

褒妃含羞忍痛，回入台中，已知是太子替母亲出气，双行流泪。宫娥劝解曰："娘娘不须悲泣，自有王爷做主。"说声未毕，幽王退朝，直入琼台。看见褒姒两鬓蓬松，眼流珠泪，问道："爱卿何故今日还不梳妆？"褒妃扯住幽王袍袖，放声大哭，诉称："太子引着宫人在台下摘花，贱妾又未曾得罪，太子一见贱妾，便加打骂，若非宫娥苦劝，性命难存。望乞我王做主！"说罢，呜呜咽咽，痛哭不已。那幽王心下倒也明白，谓褒姒

曰："汝不朝其母，以致如此。此乃王后所遣，非出太子之意，休得错怪了人。"褒姒曰："太子为母报怨，其意不杀妾不止。妾一身死不足惜，但自蒙爱幸，身怀六甲④，已两月矣。妾之一命，即二命也，求王放妾出宫，保全母子二命。"幽王曰："爱卿请将息，朕自有处分。"即日传旨道："太子宜臼，好勇无礼，不能将顺⑮，权发去申国，听申侯教训。东宫太傅、少傅等官，辅导无状，并行削职。"太子欲入宫诉明，幽王吩咐宫门，不许通报。只得驾车自往申国去讫。申后久不见太子进宫，着宫人询问，方知已贬去申国。孤掌难鸣，终日怨夫思子，含泪过日。

却说褒姒怀孕十月满足，生下一子。幽王爱如珍宝，名曰伯服，遂有废嫡立庶⑯之意。奈事无其因，难于启齿。虢石父揣知王意，遂与尹球商议，暗通褒姒说："太子既逐去外家，合当伯服为嗣。内有娘娘枕边之言，外有我二人协力相扶，何愁事不成就？"褒姒大喜，答言："全仗二卿用心维持。若得伯服嗣位，天下当与二卿共之。"褒姒自此密遣心腹左右，日夜伺申后之短。宫门内外，俱置耳目，风吹草动，无不悉知。

再说申后独居无侣，终日流泪。有一年长宫人，知其心事，跪而奏曰："娘娘既思想殿下⑰，何不修书一封，密寄申国，使殿下上表谢罪？若得感动万岁，召还东宫，母子相聚，岂不美哉！"申后曰："此言固好，但恨无人传寄。"宫人曰："妾母温媪，颇知医术，娘娘诈称有病，召媪入宫看脉，令带出此信，使妾兄送去，万无一失。"申后依允，遂修起书信一通，内中大略言："天子无道，宠信妖婢，使我母子分离。今妖婢生子，其宠愈固。汝可上表佯认已罪，'今已悔悟自新，愿父王宽赦'。若天赐还朝，母子重逢，别作计较。"修书已毕，假称有病卧床，召温媪看脉。

早有人报知褒妃。褒妃曰："此必有传递消息之事。俟温媪出宫，搜检其身，便知端的。"却说温媪来到正宫，宫人先已说知如此如此。申后佯为诊脉，遂于枕边取出书信，嘱咐："星夜送至申国，不可迟误。"当下赐彩缯⑱二端。温媪将那书来怀揣，手捧彩缯，洋洋出宫。被守门宫监盘住，问："此缯从何而得？"媪曰："老妾诊视后脉，此乃王后所赐也。"内监曰："别有夹带否？"曰："没有。"方欲放去，又有一人曰："不搜检，何以知其有无乎？"遂牵媪手转来。媪东遮西闪，似有慌张之色。宫监心疑，越要搜检。一齐上前，扯裂衣襟，那书角便露将出来。早被宫监搜出申后这封书，即时连人押至琼台，来见褒妃。褒妃拆书观看，心中大怒。命将温媪锁禁空房，不许走漏消息。却将彩缯二匹，手自剪扯，裂为寸大。幽王进宫，见破缯碎彩，问其来历。褒妃含泪而对曰："妾不幸身入深宫，谬蒙宠爱，以致正宫妒忌。又不幸生子，取忌益深。今正宫寄书太子，书尾云'别作计较'，必有谋妾母子性命之事，愿王为妾做主！"说罢，将书呈与幽王观看。幽王认得申后笔迹，问其通书之人，褒妃曰："现有温媪在此。"幽王即命牵出，不由分说，拔剑挥为两段。髯翁有诗曰：

未寄深宫信一封，先将冤血溅霜锋。

他年若问安储<sup>⑩</sup>事，温媪应居第一功。

是夜，褒妃又在幽王前撒娇撒痴说："贱妾母子性命，悬于太子之手。"幽王曰："有朕做主，太子何能为也。"褒姒曰："吾王千秋万岁之后，少不得太子为君。今王后日夜在宫怨望咒诅，万一他母子当权，妾与伯服，死无葬身之地矣！"言罢，呜呜咽咽，又啼哭起来。幽王曰："吾欲废王后太子，立汝为正宫，伯服为东宫。只恐群臣不从，如之奈何？"

褒妃曰："臣听君，顺也；君听臣，逆也。吾王将此意晓谕大臣，只看公议如何？"幽王曰："卿言是也。"是夜，褒妃先遣心腹，传言与虢、尹二人，来朝预办登答。

次日，早朝礼毕，幽王宣公卿上殿，开言问曰："王后嫉妒怨望，咒诅朕躬，难为天下之母，可以拘来问罪？"虢石父奏曰："王后六宫之主，虽然有罪，不可拘问。如果德不称位，但当传旨废之，另择贤德，母仪天下。实为万世之福。"尹球奏曰："臣闻褒妃德性贞静，堪主中宫。"幽王曰："太子在申，若废申后，如太子何？"虢石父奏曰："臣闻母以子贵，子以母贵。今太子避罪居申，温清之礼⑤久废。况既废其母，焉用其子？臣等愿扶伯服为东宫，社稷有幸！"幽王大喜，传旨将申后退入冷宫，废太子宜臼为庶人，立褒妃为后，伯服为太子。如有进谏者，即系宜臼之党，治以重辟。此乃幽王九年⑤之事。两班文武，心怀不平，知幽王主意已决，徒取杀身之祸，无益于事，尽皆缄口⑤。太史伯阳父叹曰："三纲⑤已绝，周亡可立而待矣！"即日告老去位。群臣弃职归田者甚众。朝中惟尹球、虢石父、祭公易一班佞臣在侧。

幽王朝夕与褒妃在宫作乐。褒妃虽篡位正宫，有专席之宠，从未开颜一笑。幽王欲取其欢，召乐工鸣钟击鼓，品竹弹丝，宫人歌舞进觞，褒妃全无悦色。幽王问曰："爱卿恶闻音乐，所好何事？"褒妃曰："妾无好也。曾记昔日手裂彩缯，其声爽然可听。"幽王曰："既喜闻裂缯之声，何不早言？"即命司库日进彩缯百匹，使宫娥有力者裂之，以悦褒妃。可怪褒妃虽好裂缯，依旧不见笑脸。幽王问曰："卿何故不笑？"褒妃答曰："妾生平不笑。"幽王曰："朕必欲卿一开笑口。"遂出令："不拘宫内宫外，有能致褒后一笑者，赏赐千金。"虢石父献计曰："先王昔年因西戎强盛，恐彼入寇，乃于骊山⑤之下，置烟墩⑤二十余所，又置大鼓数十架，但有贼寇，放起狼烟⑤，直冲霄汉，附近诸侯，发兵相救，又鸣起大鼓，催趱⑤前来。今数年以来，天下太平，烽火皆熄。吾王若要王后启齿，必须同后游玩骊山，夜举烽烟，诸侯援兵必至，至而无寇，王后必笑无疑矣。"幽王曰："此计甚善！"乃同褒后并驾往骊山游玩。

　　至晚设宴骊宫，传令举烽。时郑伯友正在朝中，其时以司徒为前导，闻命大惊，急趋至骊宫奏曰："烟墩者，先王所设以备缓急，所以取信于诸侯。今无故举烽，是戏诸侯也。异日倘有不虞，即便举烽，诸侯必不信矣，将何物征兵以救急哉？"幽王怒曰："今天下太平，何事征兵！朕今与王后出游骊宫，无可消遣，聊与诸侯为戏。他日有事，与卿无与！"遂不听郑伯之谏，大举烽火，复擂起大鼓。鼓声如雷，火光烛天。畿内<sup>⑩</sup>诸侯，疑镐京有变，一个个即时领兵点将，连夜赶至骊山，但闻楼阁管籥<sup>⑨</sup>之音，幽王与褒妃饮酒作乐，使人谢诸侯曰："幸无外寇，不劳跋涉。"诸侯面面相觑，卷旆而回。褒妃在楼上，凭栏望见诸侯忙去忙回，并无一事，不觉抚掌大笑。幽王曰："爱卿一笑，百媚俱生，此虢石父之力也！"遂以千金赏之。至今俗语相传"千金买笑"，盖本于此。髯翁有诗，单咏"烽火戏诸侯"之事。诗曰：

良夜骊宫奏管簧，无端烽火烛穹苍<sup>⑩</sup>。

可怜列国奔驰苦，止博褒妃笑一场！

却说申侯闻知幽王废申后立褒妃，上疏谏曰："昔桀宠妹喜<sup>⑪</sup>以亡夏，纣宠妲己<sup>⑫</sup>以亡商。王今宠信褒妃，废嫡立庶，既乖夫妇之义，又伤父子之情。桀纣之事，复见于今，夏商之祸，不在异日。望吾王收回乱命，庶可免亡国之殃也。"幽王览奏，拍案大怒曰："此贼何敢乱言！"虢石父奏曰："申侯见太子被逐，久怀怨望。今闻后与太子俱废，意在谋叛，故敢暴王之过。"幽王曰："如此何以处之？"石父奏曰："申侯本无他功，因后进爵。今后与太子俱废，申侯亦宜贬爵，仍旧为伯。发兵讨罪，庶无后患。"幽王准奏，下令削去申侯之爵，命石父为将，简兵蒐乘<sup>⑬</sup>，欲举伐申之师。

毕竟胜负如何，且看下回分解。

## 【注释】

①托孤：将孤儿托付给人。一般用于帝王临终前委托大臣辅佐幼主。

②稽（qǐ 起）首：古代行跪拜礼时，叩头至地。

③暗昧：不明事理。

④替：衰败。

⑤病笃：病重。

⑥乾（qián 前）象：即天象。乾卦象天，故称天象为乾象。

⑦紫微之垣：星座名，或称紫微宫、紫宫垣。位于北斗东北，有星十五，东西排列，以北极为中枢，成屏藩之状，故常以象征天子。《晋书·天文志》："紫微，大帝之座也，天子之常居也。"

⑧崩：天子死亡曰崩，诸侯死亡曰薨，大夫以下死亡曰卒。下文姜后死同于诸侯，亦曰薨。

⑨懿旨：世多称女德曰懿，故旧称皇太后、皇后之诏令曰懿旨。

⑩幽王：即姬宫湦，在位十一年（前781—前771）。

⑪申侯：周代爵位分为公、侯、伯、子、男五等。由申伯到申侯，是为晋升。

⑫於（wū乌）赫：赞美词。

⑬变消鼎雉：《尚书·高宗肜日》记武丁（殷高宗）设鼎祭成汤，有飞雉升鼎耳而鸣。问其臣祖己，祖己以为灾异，劝王修德，国家果然中兴。这里借指灾异消弭，宣王才得中兴。

⑭外仲内姜：指朝中有仲山甫等贤臣，宫内有姜后等贤内助。

⑮克襄：克，能也。襄，相助，辅佐。

⑯干父之蛊（gǔ古）：出《易经·蛊》。指能纠正父母的过失，表现出处事才能。

⑰谅阴（ān安）：亦作亮阴、凉阴、谅暗。天子或诸侯守丧之称。阴指沉默不言。

⑱虢公：周诸侯国中称虢者有三：即西虢、东虢及北虢。此指西虢，地在今陕西宝鸡市附近虢国城，乃周文王弟虢仲的封地。此虢公名石父，系虢仲后代。

⑲祭（zhài债）公：周公姬旦子祭伯之后，世称祭公。此祭公名易。

⑳司徒：周代官名，主管教化。郑伯友，姬姓，名友，周厉王少子，周宣王庶弟。宣王二十二年封于郑（今陕西华县东）。爵为伯，故称郑伯友。谥号桓，亦称郑桓公或郑桓，系郑国开国之君。幽王时在朝任司徒。

㉑岐山：周代邑名，亦山名。地在今陕西岐山县东北。山形如柱，亦称天柱山。

㉒泾、河、洛三川：即今之泾水、黄河及洛水，均流贯于关中平原。战国时韩国于此置三川郡。

㉓"伊、洛竭而夏亡"二句：伊河与洛河在今河南中部。夏都阳城（今河南登封市），在伊、洛附近。传说夏末二河曾干涸。下句，商都朝歌（今河南淇县），在古黄河边。

㉔太王发迹之地：太王，即古公亶父。周文王之祖父。初居豳（今陕

西旬邑西），为戎狄所侵扰，乃迁居于岐山之下，豳人皆从之，乃筑城郭，定国号曰周。故周人以岐山为发迹地。

㉕野田泄气：指田野在阳光下水气散发。

㉖"其象为"二句：凡形于外叫象，此指象征着。脂血俱枯，指国家经济枯竭。高危下坠，指国君有难。高危，代指居于高位的人。

㉗丰、镐：即丰京与镐京。均为西周国都。丰在今西安市西南沣河以西，周文王伐崇侯虎后自岐迁此。武王灭商后虽迁于镐，而丰之宫廷不改，仍为国都。

㉘"危邦不入"二句：出《论语·泰伯》。《论语》乃战国以后之书。本书在引用古之成言时，并不顾及时代。

㉙麦秀之歌：殷商旧臣箕子朝周，经过殷商旧墟，见宫室败坏，已生禾黍，内心悲伤，因作《麦秀》之歌。麦秀，指麦吐穗。其歌曰："麦秀渐渐兮，禾黍油油。"见《史记·宋微子世家》。后来文人多以'麦秀'指亡国之痛。

㉚凌夷：衰败。渐欲东：意指西周即将覆亡，平王东迁。

㉛社稷：代指国家。社为土地神，稷为五谷神。古代以之为国家的象征。

㉜及笄（jī基）：笄即簪子。女子以簪束发，意指已长大成人，相当于男子的冠礼。古代妇女已许婚者十五而笄，二十而嫁。未许婚者，至迟二十则笄。

㉝辟（bì毕）：罪过。

㉞"散宜生"句：散宜生乃周初人，辅佐周文王。文王被商纣王囚于羑里，散宜生求得有莘氏之美女及珍宝，献与纣王。文王才得释放。

㉟膏粱：精美的食物。膏，肉之肥者。粱，食之精者。

㊱幽王四年：即公元前778年。

㊲琼台：本为夏朝帝癸的玉台，这里泛指华美楼台。

㊳六宫：相传古代天子有六宫，此泛指后宫妃嫔。

㊴嫡（dí 敌）妾：正妻与小妾，古代视为主奴之别。

㊵朔日：旧历每月初一叫朔。逢朔日国君必朝见大臣。

㊶造次：匆忙、急躁。

㊷万岁：代指天子。古代称天子为万岁，太子、亲王为千岁。

㊸东宫：指太子。旧时太子均居东宫，故借居处代称其人。

㊹六甲：旧时指妇女怀孕。

㊺将顺：奉养顺从。

㊻废嫡立庶：指废掉嫡子继承权，立庶子为太子。嫡子，正妻所生之子。庶子，妃或妾所生之子。

㊼殿下：此指太子。古时皇帝称陛下，亲王、太子称殿下。

㊽彩缯（zēng 增）：彩色绸缎。缯，古代丝织品的总称。端，相当于匹。

㊾安储：安定太子之位。储，指储君，即太子。

㊿温清（qìng 庆）之礼：指儿女对父母的侍奉。《礼记·曲礼》："凡为人子之礼，冬温而夏清。"指冬日给父母保暖，以御其寒。夏天给父母清凉，以避其暑。

(51)幽王九年：即公元前773年。

(52)缄（jiān尖）口：闭口不言。

(53)三纲：指君臣、父子、夫妇之道。幽王放谏臣，废皇后，逐太子，故曰三纲已绝。

(54)骊（lí离）山：亦称郦山，在今陕西临潼区东南。因山形似骊马而得名。

(55)烟墩（dūn敦）：即烽火台。

(56)狼烟：烽火台报警，晚上举火，白天烧狼粪成烟。因其烟直而聚，风吹不散。

㊼催趱（zǎn 攒）：催促快走。

㊽畿内：古称天子所领之地叫畿内，一般为千里左右。

㊾管籥（yuè 月）：泛指各种乐器。籥，一种管乐器，似笛而小，三孔。下文"管簧"略同。

⑥穹苍：即天空。穹指天之形，苍指天之色。

⑥妹（mò）喜：夏桀王之宠妃。夏桀因与之酒色荒淫而亡国。

⑥妲（dá 达）已：商纣王之宠妃，有苏氏之女，姓己名妲。

⑥简兵蒐乘（shèng 圣）：调动兵将，集中战车。简即书札，这里借指调兵将令。蒐，聚集。乘即战车。

# 第三回　犬戎主大闹镐京
## 周平王东迁洛邑

　　话说申侯进表之后，有人在镐京探信，闻知幽王命虢公为将，不日领兵伐申，星夜奔回，报知申侯。申侯大惊曰："国小兵微，安能抵敌王师？"大夫吕章进曰："天子无道，废嫡立庶，忠良去位，万民皆怨，此孤立之势也。今西戎兵力方强，与申国接壤，主公速致书戎主，借兵向镐，以救王后，必要天子传位于故太子，此伊、周①之业也。语云'先发制人'，机不可失。"申侯曰："此言甚当。"遂备下金缯一车，遣人赍书②与犬戎借兵，许以破镐之日，府库金帛，任凭搬取。戎主曰："中国天子失政，申侯国舅③，召我以诛无道，扶立东宫，此我志也。"遂发戎兵一万五千，分为三队，右先锋孛丁，左先锋满也速，戎主自将中军。枪刀塞路，旌旆蔽空，申侯亦起本国之兵相助，浩浩荡荡，杀奔镐京而来，出其不意，将王城④围绕三匝，水息不通。

　　幽王闻变，大惊曰："机不密，祸先发。我兵未起，戎兵先动，此事如何？"虢石父奏曰："吾王速遣人于骊山举起烽烟，诸侯救兵必至，内外来攻，可取必胜。"幽王从其言，遣人举烽。诸侯之兵，无片甲人者。盖因前被烽火所戏，是时又以为诈，所以皆不起兵也。幽王见救兵不至，犬戎日夜攻城，谓石父曰："贼势未知强弱，卿可试之。朕当简阅壮勇，以继其后。"虢公本非能战之将，只得勉强应命，率领兵车二百乘，开门杀出。申侯在阵上望见石父出城，指谓戎主曰："此欺君误国之贼，不可走了。"戎主闻之曰："谁为我擒之？"孛丁曰："小将愿往。"舞刀拍马，

直取石父。斗不上十合，石父被孛丁一刀劈于车下。戎主与满也速一齐麾
兵前进，喊声大举，乱杀入城，逢屋放火，逢人举刀，连申侯也阻挡他不
住，只得任其所为，城中大乱。

幽王未及阅军，见势头不好，以小车载褒姒和伯服，开后宰门⑤出走。
司徒郑伯友自后赶上，大叫："吾王勿惊，臣当保驾。"出了北门，迤逦
望骊山而去。途中又遇尹球来到，言："犬戎焚烧宫室，抢掠库藏，祭公
已死于乱军之中矣。"幽王心胆俱裂。郑伯友再令举烽，烽烟透入九霄，
救兵依旧不到。犬戎兵追至骊山之下，将骊宫团团围住，口中只叫："休
走了昏君！"幽王与褒姒唬做一堆，相对而泣。郑伯友进曰："事急矣！

臣撑微命保驾，杀出重围，竟投臣国，以图后举。"幽王曰："朕不听叔父⑥之言，以至于此。朕今日夫妻父子之命，俱付之叔父矣。"当下郑伯教人至骊宫前，放起一把火来，以惑戎兵。自引幽王从宫后冲出。郑伯手持长矛，当先开路。尹球保着褒后母子，紧随幽王之后。行不多步，早有犬戎兵拦住，乃是小将古里赤。郑伯咬牙大怒，便接住交战。战不数合，一矛刺古里赤于马下。戎兵见郑伯骁勇，一时惊散。约行半里，背后喊声又起，先锋孛丁引大兵追来。郑伯叫尹球保驾先行，亲自断后，且战且走。却被犬戎铁骑横冲，分为两截。郑伯困在垓心，全无惧怯，这根矛神出鬼没，但当先者无不着手。犬戎主教四面放箭，箭如雨点，不分玉石，可怜一国贤侯，今日死于万镞⑦之下。左先锋满也速，早把幽王车仗⑧掳住。犬戎主看见衮袍玉带，知是幽王，就车中一刀砍死，并杀伯服。褒姒美貌饶死，以轻车载之，带归毡帐⑨取乐。尹球躲在车箱之内，亦被戎兵牵出斩之。

统计幽王在位共一十一年。因卖桑木弓箕草袋的男子，拾取清水河边妖女，逃于褒国，此女即褒姒也，蛊惑君心，欺凌嫡母，害得幽王今日身亡国破。昔童谣所云"月将升，日将没；檿弧箕箙，实亡周国"，正应其兆，天数已定于宣王之时矣。东屏先生有诗曰：

多方图笑掖庭⑩中，烽火光摇粉黛红。

自绝诸侯犹似可，忍教国祚丧羌戎。

又陇西居士咏史诗曰：

骊山一笑犬戎嗔，弧矢童谣已验真。

十八年⑪来犹报应，挽回造化是何人？

又有一绝，单道尹球等无一善终，可为奸臣之戒。诗曰：

巧语谗言媚暗君，满图宝贵百年身。

一朝骈首同诛戮，落得千秋骂佞臣。

又有一绝，咏郑伯友之忠。诗曰：

石父捐躯尹氏亡，郑桓今日死勤王⑫。

三人总为周家死，白骨风前那个香？

　　且说申侯在城内，见宫中火起，忙引本国之兵入宫，一路扑灭。先将申后放出冷宫。巡到琼台，不见幽王、褒姒踪迹。有人指说："已出北门去矣。"料走骊山，慌忙追赶。于路上正迎着戎主，车马相凑，各问劳苦。说及昏君已杀，申侯大惊曰："孤初心止欲纠正王慝[13]，不意遂及于此。后世不忠于君者，必以孤为口实矣！"亟令从人收殓其尸，备礼葬之。戎主笑曰："国舅所谓妇人之仁也！"

　　却说申侯回到京师，安排筵席，款待戎主。库中宝玉，搬取一空，又敛聚金缯十车为赠，指望他满欲而归。谁想戎主把杀幽王一件，自以为不世之功，人马盘踞京城，终日饮酒作乐，绝无还军归国之意。百姓皆归怨申侯。申侯无可奈何，乃写密书三封，发人往三路诸侯处，约会勤王。那三路诸侯？北路晋侯姬仇⑭，东路卫侯姬和⑮，西路秦君嬴开⑯。又遣人到郑国，将郑伯死难之事，报知世子⑰掘突，教他起兵复仇。不在话下。

　　单说世子掘突，年方二十三岁，生得身长八尺，英毅非常。一闻父亲战死，不胜哀愤，遂素袍缟带，帅车三百乘，星夜奔驰而来。早有探马报知犬戎主，预作准备。掘突一到，便欲进兵。公子成⑱谏曰："我兵兼程而进，疲劳未息，宜深沟固垒，待诸侯兵集，然后合攻，此万全之策也。"掘突曰："君父之仇，礼不反兵⑲。况犬戎志骄意满，我以锐击惰，往无不克。若待诸侯兵集，岂不慢了军心？"遂麾兵直逼城下。城上偃旗息鼓，全无动静。掘突大骂："犬羊之贼，何不出城决一死战？"城上并不答应。掘突喝教左右打点攻城。忽闻丛林深处，匼罗⑳声响，一枝军从后杀来。乃犬戎主定计，预先埋伏在外者。掘突大惊，慌忙挺枪来战。城上巨锣声又起，城门大开，又有一枝军杀出。掘突前有孛丁，后有满也速，两下夹攻，抵当不住，大败而走。戎兵追赶三十余里方回。

　　掘突收拾残兵，谓公子成曰："孤不听卿言，以至失利。今计将何出？"公子成曰："此去濮阳㉑不远，卫侯老成经事，何不投之？郑卫合兵，可以得志。"掘突依言，吩咐望濮阳一路而进。约行二日，尘头起处，望见无数兵车，如墙而至。中间坐着一位诸侯，锦袍金带，苍颜白发，飘飘然有神仙之态。那位诸侯，正是卫武公姬和，时已八十余岁矣。掘突停车高叫曰："我郑世子掘突也。犬戎兵犯京师，吾父死于战场，我兵又败，特来求救。"武公拱手答曰："世子放心。孤倾国勤王，闻秦、晋之兵，不久亦当至矣。何忧犬羊哉？"掘突让卫侯先行，拨转车辕，重回镐京，离二十里，分两处下寨。教人打听秦、晋二国起兵消息。探子报道："西角上金鼓大鸣，车声轰地，绣旗上大书'秦'字。"武公曰："秦爵虽附庸㉒，然习于戎俗，其兵勇悍善战，犬戎之所畏也。"言未毕，北路探子又报："晋兵亦至，已于北门立寨。"武公大喜曰："二国兵来，大事济

矣。"即遣人与秦晋二君相闻。

　　须臾之间，二君皆到武公营中，互相劳苦㉓。二君见掘突浑身素缟，问："此位何人？"武公曰："此郑世子也。"遂将郑伯死难，与幽王被杀之事，述了一遍。二君叹息不已。武公曰："老夫年迈无识，止为臣子，义不容辞，勉力来此。扫荡腥羶㉔，全仗上国。今计将安出？"秦襄公曰："犬戎之志，在于剽掠子女金帛而已。彼谓我兵初至，必不提防。今夜三更，宜分兵东南北三路攻打，独缺西门，放他一条走路。却教郑世子伏兵彼处，候其出奔，从后掩击，必获全胜。"武公曰："此计甚善。"

话分两头。再说申侯在城中闻知四国兵到，心中大喜。遂与小周公咺密议："只等攻城，这里开门接应。"却劝戎主先将宝货金缯，差右先锋孛丁分兵押送回国，以削其势；又教左先锋满也速尽数领兵出城迎敌。犬戎主认作好话，一一听从。

却说满也速营于东门之外，正与卫兵对垒，约会明日交战。不期三更之后，被卫兵劫入大寨。满也速提刀上马，急来迎敌，其奈戎兵四散乱窜，双拳两臂，撑持不住，只得一同奔走。三路诸侯，呐喊攻城。忽然城门大开，三路车马一拥而入，毫无撑御。此乃申侯之计也。戎主在梦中惊觉，跨着划马，径出西城，随身不数百人。又遇郑世子掘突拦住厮战。正在危急，却得满也速收拾败兵来到，混战一场，方得脱身。掘突不敢穷追，入城与诸侯相见，恰好天色大明。褒姒不及随行，自缢而亡。胡曾[25]先生有诗叹云：

> 锦绣围中称国母，腥膻队里作番婆。
>
> 到头不免投缳苦，争似为妃快乐多！

申侯大排筵席，管待四路诸侯。只见首席卫武公推箸而起，谓诸侯曰："今日君亡国破，岂臣子饮酒之时耶？"众人齐声拱立曰："某等愿受教训。"武公曰："国不可一日无君，今故太子在申，宜奉之以即王位，诸君以为何如？"襄公曰："君侯此言，文、武、成、康之灵也。"世子掘突曰："小子身无寸功，迎立一事，愿效微劳，以成先司徒之志。"武公大喜，举爵劳之。遂于席上草成表章，备下法驾。各国皆欲以兵相助。掘突曰："原非赴敌，安用多徒？只用本兵足矣。"申侯曰："下国有车三百乘，愿为引导。"次日，掘突遂往申国，迎太子宜臼为王。

却说宜臼在申，终日纳闷，正不知国舅此去，凶吉如何。忽报郑世子赍着国舅申侯同诸侯连名表章，奉迎还京，心下倒吃了一惊。展开看时，乃知幽王已被犬戎所杀，父子之情，不觉放声大哭。掘突奏曰："太子当以社稷为重，望早正大位，以安人心。"宜臼曰："孤今负不孝之名于天下矣！事已如此，只索起程。"不一日，到了镐京。周公先驱入城，扫除宫殿。国舅申侯引着卫、晋、秦三国诸侯，同郑世子及一班在朝文武，出郭三十里迎接，卜定吉日进城。宜臼见宫室残毁，凄然泪下。当下先见了申侯，禀命过了，然后服衮冕㉖告庙，即王位，是为平王㉗。

平王升殿，众诸侯百官朝贺已毕。平王宣申伯上殿，谓曰："朕以废弃之人，获承宗祧㉘，皆舅氏之力也。"进爵为申公。申伯辞曰："赏罚不明，国政不清，镐京亡而复存，乃众诸侯勤王之功。臣不能禁戢犬戎，获罪先王，臣当万死，敢领赏乎？"坚辞三次。平王令复侯爵。卫武公又奏曰："褒姒母子恃宠乱伦，虢石父、尹球等欺君误国，虽则身死，均当追贬。"平王一一准奏。卫侯和进爵为公。晋侯仇加封河内㉙附庸之地。郑伯友死于王事，赐谥为桓，世子掘突袭爵为伯，加封枋田㉚千顷。秦君原是附庸，加封秦伯，列于诸侯。小周公咺拜太宰之职。申后号为太后。褒姒与伯服，俱废为庶人。虢石父、尹球、祭公，姑念其先世有功，兼死于王事，止削其本身爵号，仍许子孙袭位。又出安民榜，抚慰京师被害百姓。大宴群臣，尽欢而散。有诗为证：

百官此日逢恩主，万姓今朝喜太平。

自是累朝功德厚，山河再整望中兴。

次日，诸侯谢恩，平王再封卫侯为司徒，郑伯掘突为卿士㉛，留朝与太宰一同辅政。惟申、秦二君，以本国迫近戎、狄，拜辞而归。申侯见郑世子掘突英毅非常，以女妻之，是为武姜。此话搁过不提。

却说犬戎自到镐京扰乱一番，识熟了中国的道路，虽则被诸侯驱逐出城，其锋未曾挫折，又自谓劳而无功，心怀怨恨，遂大起戎兵，侵占周疆，岐、丰之地，半为戎有。渐渐逼近镐京，连月烽火不绝。又宫阙自焚烧之后，十不存五，颓墙败栋，光景甚是凄凉。平王一来府库空虚，无力建造宫室，二来怕犬戎早晚入寇，遂萌迁都洛邑㉜之念。一日朝罢，谓群臣曰："昔王祖成王，既定镐京，又营洛邑，此何意也？"群臣齐声奏曰：

"洛邑为天下之中，四方入贡，道里适均，所以成王命召公相宅，周公兴筑，号曰东都，宫室制度，与镐京同。每朝会<sup>㉝</sup>之年，天子行幸东都，接见诸侯，此乃便民之政也。"平王曰："今犬戎逼近镐京，祸且不测，朕欲迁都于洛何如？"太宰咺奏曰："今宫阙焚毁，营建不易，劳民伤财，百姓嗟怨。西戎乘衅而起，何以御之？迁都于洛，实为至便。"两班文武，俱以犬戎为虑，齐声曰："太宰之言是也。"

惟司徒卫武公低头长叹。平王曰："老司徒何独无言？"武公乃奏曰："老臣年逾九十，蒙君王不弃老耄，备位<sup>㉞</sup>六卿。若知而不言，是不忠于君也；若违众而言，是不和于友也。然宁得罪于友，不敢得罪于君。夫镐京左有崤、函㉟，右有陇、蜀，披山带河，沃野千里，天下形胜，莫过于此。洛邑虽天下之中，其势平衍，四面受敌之地，所以先王虽并建两都，然宅㊱西京，以振天下之要㊲，留东都以备一时之巡。吾王若弃镐京而迁洛，恐王室自是衰弱矣！"平王曰："犬戎侵夺岐、丰，势甚猖獗，且宫阙残毁，无以壮观。朕之东迁，实非得已。"武公奏曰："犬戎豺狼之性，不当引入卧闼㊳。申公借兵失策，开门揖盗，使其焚烧宫阙，戮及先王，此不共之仇㊴也。王今励志自强，节用爱民，练兵训武，效先王之北伐南征，俘彼戎主，以献七庙，尚可湔雪前耻。若隐忍避仇，弃此适彼，我退一尺，敌进一尺，恐蚕食之忧，不止于岐、丰而已。昔尧、舜在位，茅茨土阶㊵，禹居卑宫，不以为陋。京师壮观，岂在宫室？惟吾王熟思之！"太宰咺又奏曰："老司徒乃安常之论，非通变之言也。先王怠政灭伦，自招寇贼，其事已不足深咎。今王扫除煨烬，仅正名号，而府库空虚，兵力单弱。百姓畏惧犬戎，如畏豺虎。一旦戎骑长驱，民心瓦解，误国之罪，谁能任之？"武公又奏曰："申公既能召戎，定能退戎，王遣人问之，必有良策。"

正商议间，国舅申公遣人赍告急表文来到。平王展开看之，大意谓："犬戎侵扰不已，将有亡国之祸。伏乞我王怜念瓜葛㊶，发兵救援。"平王曰："舅氏自顾不暇，安能顾朕？东迁之事，朕今决矣。"乃命太史择日东行。卫武公曰："孤职在司徒，若主上一行，民人离散，孤之咎难辞矣。"遂先期出榜示谕百姓："如愿随驾东迁者，作速准备，一齐起程。"祝史㊷作文，先将迁都缘由，祭告宗庙。

至期，大宗伯抱着七庙神主，登车先导。秦伯嬴开闻平王东迁，亲自领兵护驾。百姓携老扶幼，相从者不计其数。当时宣王大祭之夜，梦见美貌女子，大笑三声，大哭三声，不慌不忙，将七庙神主，捆做一堆，冉冉望东而去。大笑三声，应褒姒骊山烽火戏诸侯事。大哭三声者，幽王、褒姒、伯服三命俱绝。神主捆束往东，正应今日东迁。此梦无一不验。又太

史伯阳父辞云："哭又笑，笑又哭，羊被鬼吞，马逢犬逐。慎之慎之，桑
弧箕箙。""羊被鬼吞"者，宣王四十六年遇鬼而亡，乃己未年[43]。"马逢
犬逐"，犬戎入寇，幽王十一年庚午也。自此西周遂亡，天数有定如此，
亦见伯阳父之神占矣。

　　东迁后事，且看下回分解。

## 【注释】

①伊、周：上古创业之贤相伊尹及周公。伊尹为商汤大臣，佐汤攻灭夏桀，建立殷商王朝。

②赍（jī基）书：送信。

③国舅：古时岳父亦可称为舅。国舅指国君或太子之岳父或舅父。

④王城：周王所居之城。此指镐京，与下文东周之王城不同。

⑤后宰门：周王宫后门。

⑥叔父：郑伯姬友为周厉王少子，宣王之弟，故为幽王之叔父。

⑦镞（zú族）：箭头。

⑧车仗：指车辆及护卫。

⑨毡帐：用毡制成的帐篷。毡系以兽皮制成，故常用作游牧民族军营的代称。

⑩掖（yè夜）庭：亦称掖廷，王宫中旁舍，妃嫔居住之处。

⑪十八年：指从褒姒出生（前789）至幽王被杀（前771），前后正好十八年。

⑫郑桓：即郑桓公姬友，郑开国之君。勤王：为王事尽力，后来专指出兵救援君王。

⑬慝（tè特）：过失。此句是说只想使厉王复申后、太子之位。

⑭晋侯姬仇（qiú求）：晋为姬姓国，地在今山西南部。始祖为周武王子唐叔虞。侯爵。姬仇即晋文侯，在位三十五年（前780—前746）。此时为文侯十年。

⑮卫侯姬和：卫亦姬姓国，地在今河南北部。始祖为周武王弟康叔封。姬和为卫武公，在位五十五年（前812—前758）。此时为武公四十二年。卫本为伯爵，周夷王时升为侯爵。又因此次平犬戎有功，周平王命为公爵。

⑯秦君嬴开：秦为嬴姓国。原为古部落，周孝王时始封于秦（今甘肃天水市）。无爵位，作为附庸，故这里称秦君。下文称秦襄公系后代僭称。嬴开因此次平犬戎有功，周平王始封之为伯爵，列为诸侯。

⑰世子：帝王或诸侯正妻所生长子并准备继承王位者称世子，也可称太子。但后世将太子限于帝王嫡长子，而诸侯嫡长子只称世子。

⑱公子成：郑大夫，姬姓名成，应为郑桓子之子。诸侯之子，除世子外，其余皆称公子。而诸侯之孙，皆可称公孙。

⑲"君父之仇"二句：指为父报仇，只能进，不能退，才合礼制。

⑳叵罗：西域语音译，一称沙罗。即一种供盥洗用的浅底铜盆。可用

作打击乐器。

㉑濮阳：卫国都，又名帝丘，在今河南濮阳县南。

㉒附庸：附属于诸侯的小国。《孟子·万章下》："不能五十里，不达于天子，附于诸侯，曰附庸。"

㉓劳（lào 涝）苦：慰问辛苦。

㉔腥膻（shān 山）：肉臭曰腥，羊臭曰膻，以饮食气味代指游牧民族。此指犬戎。

㉕胡曾：唐代诗人，唐僖宗乾符（公元 874—879）前后在世。进士，官汉南节度从事。著有《咏史诗》三卷，较有名。但古代历史小说中所引的胡曾咏史诗，有不少系伪托之作。

㉖衮（gǔn 滚）冕：古代帝王所穿的礼服和礼帽。

㉗平王：周平王姬宜臼，在位五十一年（前770—前720），平王元年，东迁洛邑，史称东周。

㉘宗祧（tiāo 挑）：即宗庙。祧，远祖的庙。承宗祧，指继承历代周王之位。

㉙河内：古地区名。即今山西南部、河南北部一带，因在黄河弯曲处之东北，故称河内，亦称河东。

㉚祊（bēng 崩）：古邑名。在今山东费县东南。

㉛卿士：周代官名，亦称卿事。西周始置，执掌国家政事，权力

极大。

㉜洛邑：周代都邑名。周成王时为巩固对东方殷故土的统治，在周公主持下所修筑。故址在今河南洛阳市洛河北岸，瀍水东西。共筑二城：在瀍水西者名王城，在瀍水东者名成周。合称洛邑。平王东迁后，主要都王城。

㉝朝会：诸侯定期朝见天子。春见曰朝，时见曰会。

㉞备位：谦辞。指聊以充数，徒占其位。

㉟殽（xiáo 淆）、函：殽山与函谷关的合称。二者地势险要，为河南进入关中必经之路。

㊱宅：居住，引申为定都。

㊲振天下之要：振，举起，引申为掌握。即掌握着天下的要害。

㊳卧闼（tà榻）：卧室。闼，指门。此喻周王居住之国都。

㊴不共之仇：即不共戴天之仇的省略语。

㊵茅茨（cì次）土阶：用茅草作屋顶，用泥土作阶沿。茨，覆盖。

㊶瓜葛：瓜和葛都是蔓生植物，互相牵连，常用以比喻亲戚关系。

㊷祝史：周时主持祭祀祈祷之官。

㊸己未年：未属羊，此年宣王遇鬼而亡，故曰羊被鬼吞。下文"庚午"，午属马。此年犬戎入寇，故曰马逢犬逐。

# 第四回　秦文公郊天应梦　郑庄公掘地见母

话说平王东迁，车驾至于洛阳，见市井稠密，宫阙壮丽，与镐京无异，心中大喜。京都既定，四方诸侯，莫不进表称贺，贡献方物。惟有荆国①不到，平王议欲征之。群臣谏曰："蛮荆久在化外，宣王始讨而服之。每年止贡菁茅②一车，以供祭祀缩酒③之用，不责他物，所以示羁縻④之意。今迁都方始，人心未定，倘王师远讨，未卜顺逆。且宜包容，使彼怀德而来。如或怙终不悛⑤，俟兵力既足，讨之未晚。"自此南征之议遂息。

秦襄公告辞回国，平王曰："今岐、丰之地，半被犬戎侵据，卿若能驱逐犬戎，此地尽以赐卿，少酬扈从⑥之劳。永作西藩，岂不美哉？"秦襄公稽首受命而归。即整顿戎马，为灭戎之计。不及三年，杀得犬戎七零八落，其大将孛丁、满也速等，俱死于战阵，戎主远遁西荒。岐、丰一片，尽为秦有，辟地千里，遂成大国。髯翁有诗云：

文武当年发迹乡，如何轻弃畀⑦秦邦？

岐丰形胜如依旧，安得秦强号始皇！

却说秦乃帝颛顼⑧之裔，其后人名皋陶⑨，自唐尧时为士师⑩官。皋陶子伯翳⑪，佐大禹治水，烈山焚泽，驱逐猛兽，以功赐姓曰嬴，为舜主畜牧之事。伯翳生二子：若木，大廉。若木封国于徐⑫，夏商以来，世为诸侯。至纣王时，大廉之后，有蜚廉⑬者，善走，日行五百里；其子恶来有绝力，能手裂虎豹之皮。父子俱以材勇，为纣幸臣，相助为虐。武王克商，诛蜚廉并及恶来。蜚廉少子曰季胜，其曾孙名造父⑭，以善御得幸于周穆王，封于赵<sup>⑮</sup>，为晋赵氏之祖<sup>⑯</sup>。其后有非子<sup>⑰</sup>者，居犬丘<sup>⑱</sup>，善于养马，周孝王<sup>⑲</sup>用之，命畜马于汧、渭二水<sup>⑳</sup>之间，马大蕃息。孝王大喜，以秦地封非子为附庸之君，使续嬴祀，号为嬴秦。传六世至襄公，以勤王功封秦伯，又得岐、丰之地，势益强大，定都于雍<sup>㉑</sup>，始与诸侯通聘。襄公薨，子文公<sup>㉒</sup>立，时平王十五年<sup>㉓</sup>也。

　　一日，文公梦鄜邑<sup>㉔</sup>之野，有黄蛇自天而降，止于山阪<sup>㉕</sup>，头如车轮，下属于地，其尾连天。俄顷化为小儿，谓文公曰："我上帝之子也。帝命汝为白帝，以主西方之祀。"言讫不见。明日，召太史敦占之。敦奏曰："白者，西方之色<sup>㉖</sup>。君奄有西方，上帝所命，祠之必当获福。"乃于鄜邑筑高台，立白帝庙，号曰鄜畤<sup>㉗</sup>，用白牛祭之。又陈仓<sup>㉘</sup>人猎得一兽，似猪而多刺，击之不死，不知其名，欲牵以献文公。路间，遇二童子，指曰："此兽名曰'猬'，常伏地中，啖死人脑，若捶其首即死。"猬亦作人言曰："二童乃雉精，名曰'陈宝'，得雄者王，得雌者霸。"二童子被说破，即化为野鸡飞去。其雌者，止于陈仓山之北阪，化为石鸡。视猬，亦失去矣。猎人惊异，奔告文公。文公复立陈宝祠于陈仓山。又终南山<sup>29</sup>，有大梓树，文公欲伐为殿材，锯之不断，砍之不入，忽大风雨，乃止。有一人夜宿山下，闻众鬼向树贺喜，树神亦应之。一鬼曰："秦若使人被<sup>30</sup>其发，以朱丝绕树，将奈之何？"树神默然。明日，此人以鬼语告于文公。文公依其说，复使人伐之，树随锯而断。有青牛从树中走出，径投雍水<sup>31</sup>。其后近水居民，时时见青牛出水中。文公闻之，使骑士候而击之。牛力大，触骑士倒地。骑士发散被面，牛惧更不敢出。文公乃制髦头<sup>32</sup>于军中，复立怒特祠<sup>33</sup>，以祭大梓之神。

时鲁惠公<sup>34</sup>闻秦国僭祀上帝<sup>35</sup>，亦遣太宰让到周，请用郊禘<sup>36</sup>之礼。平王不许。惠公曰："吾祖周公有大勋劳于王室，礼乐吾祖之所制作，子孙用之何伤？况天子不能禁秦，安能禁鲁？"遂僭用郊禘，比于王室。平王知之，不敢问也。自此王室日益卑弱，诸侯各自擅权，互相侵伐，天下纷纷多事矣。史官有诗叹曰：

自古王侯礼数悬，未闻侯国可郊天。

一从秦鲁开端僭，列国纷纷窃大权。

再说郑世子掘突嗣位，是为武公<sup>37</sup>。武公乘周乱，并有东虢<sup>38</sup>及郐<sup>39</sup>地，迁都于郐，谓之新郑<sup>40</sup>。以荥阳为京城<sup>41</sup>，设关于制邑<sup>42</sup>。郑自是亦遂强大，与卫武公同为周朝卿士。平王十三年<sup>43</sup>，卫武公薨，郑武公独秉周政。只为郑都荥阳<sup>44</sup>，与洛邑邻近，或在朝，或在国，往来不一。这也不在话下。

却说郑武公夫人，是申侯之女姜氏。所生二子，长曰寤生，次曰段。为何唤做寤生？原来姜氏夫人分娩之时，不曾坐蓐<sup>45</sup>，在睡梦中产下，醒觉方知。姜氏吃了一惊，以此取名寤生，心中便有不快之意。及生次子段，长成得一表人才，面如傅粉，唇若涂朱，又且多力善射，武艺高强。

姜氏心中偏爱此子："若袭位为君，岂不胜寤生十倍？"屡次向其夫武公称道次子之贤，宜立为嗣。武公曰："长幼有序，不可紊乱。况寤生无过，岂可废长而立幼乎？"遂立寤生为世子。只以小小共城[46]，为段之食邑，号曰共叔。姜氏心中愈加不悦。及武公薨，寤生即位，是为郑庄公[47]，仍代父为周卿士。姜氏夫人见共叔无权，心中怏怏。乃谓庄公曰："汝承父位，享地数百里，使同胞之弟，容身蕞尔[48]，于心何忍？"庄公曰："惟母所欲。"姜氏曰："何不以制邑封之？"庄公曰："制邑岩险著名，先王遗命，不许分封。除此之外，无不奉命。"姜氏曰："其次则京城亦可。"庄公默然不语。姜氏作色曰："再若不允，惟有逐之他国，使其别图仕进，以糊口耳。"庄公连声曰："不敢，不敢！"遂唯唯而退。

次日升殿，即宣共叔段欲封之。大夫祭足[49]谏曰："不可。天无二日，民无二君。京城有百雉[50]之雄，地广民众，与荥阳[51]相等。况共叔，夫人之爱子，若封之大邑，是二君也，恃其内宠，恐有后患。"庄公曰："我母之命，何敢拒之？"遂封共叔于京城。共叔谢恩已毕，入宫来辞姜氏。姜氏屏去左右，私谓段曰："汝兄不念同胞之情，待汝甚薄。今日之封，我再三恳求，虽则勉从，中心未必和顺。汝到京城，宜聚兵蒐乘，阴为准备。倘有机会可乘，我当相约。汝兴袭郑之师，我为内应，国可得也。汝若代了寤生之位，我死无憾矣！"共叔领命，遂往京城居住。自此国人改口，俱称为京城太叔[52]。

开府[53]之日，西鄙、北鄙[54]之宰，俱来称贺。太叔段谓二宰曰："汝二人所掌之地，如今属我封土，自今贡税，俱要到我处交纳，兵车俱要听我征调，不可违误。"二宰久知太叔为国母爱子，有嗣位之望，今日见他丰采昂昂，人才出众，不敢违抗，且自应承。太叔托名射猎，日逐出城训练士卒，并收二鄙之众，一齐造入军册。又假出猎为由，袭取鄢[55]及廪延[56]。两处邑宰逃入郑国，遂将太叔引兵取邑之事，备细奏闻庄公。庄公微笑不言。班中有一位官员，高声叫曰："段可诛也！"庄公抬头观看，乃是上卿公子吕[57]。庄公曰："子封有何高论？"公子吕奏曰："臣闻人臣无将[58]，将则必诛。今太叔内挟母后之宠，外恃京城之固，日夜训兵讲武，其志不篡夺不已。主公假臣偏师[59]，直造京城，缚段而归，方绝后患。"庄公曰："段恶未著，安可加诛？"子封曰："今两鄙被收，直至廪延，先君土地，岂容日割？"庄公笑曰："段乃姜氏之爱子，寡人之爱弟。寡人宁可失地，岂可伤兄弟之情，拂国母之意乎？"公子吕又奏曰："臣非虑失地，实虑失国也。今人心皇皇，见太叔势大力强，尽怀观望。不久都城之民，亦将贰心。主公今日能容太叔，恐异日太叔不能容主公，悔之何及？"庄公曰："卿勿妄言，寡人当思之。"

公子吕出外，谓正卿祭足曰："主公以宫闱之私情，而忽社稷之大计，吾甚忧之。"祭足曰："主公才智兼人，此事必非坐视，只因大耳目之地，不便泄露。子贵戚之卿也，若私叩之，必有定见。"公子吕依言，直叩宫门，再请庄公求见。庄公曰："卿此来何意？"公子吕曰："主公嗣位，非国母之意也。万一中外合谋，变生肘腋[60]，郑国非主公之有矣。臣寝食不

宁，是以再请。"庄公曰："此事干碍国母。"公子吕曰："主公岂不闻周公诛管、蔡①之事乎？当断不断，反受其乱。望早早决计。"庄公曰："寡人筹之熟矣！段虽不道，尚未显然叛逆。我若加诛，姜氏必从中阻挠，徒惹外人议论，不惟说我不友，又说我不孝。我今置之度外，任其所为。彼恃宠得志，肆无忌惮。待其造逆，那时明正其罪，则国人必不敢助，而姜氏亦无辞矣。"公子吕曰："主公远见，非臣所及。但恐日复一日，养成势大，如蔓草不可芟除②，可奈何？主公若必欲俟其先发，宜挑之速来。"庄公曰："计将安出？"公子吕曰："主公久不入朝，无非为太叔故也。今声言如周，太叔必谓国内空虚，兴兵争郑。臣预先引兵伏于京城近处，乘其出城，入而据之。主公从廪延一路杀来，腹背受敌，太叔虽有冲天之翼，能飞去乎？"庄公曰："卿计甚善，慎毋泄之他人。"公子吕辞出宫门，叹曰："祭足料事，可谓如神矣。"

次日早朝，庄公假传一令，使大夫祭足监国，自己往周朝面君辅政。姜氏闻知此信，心中大喜曰："段有福为君矣！"遂写密信一通，遣心腹送到京城，约太叔于五月初旬，兴兵袭郑。时四月下旬事也。公子吕预先差人伏于要路，获住赍书之人，登时杀了，将书密送庄公。庄公启缄看毕，重加封固，别遣人假作姜氏所差，送达太叔。索有回书，以五月初五日为期，要立白旗一面于城楼，便知接应之处。庄公得书，喜曰："段之供招在此，姜氏岂能庇护耶！"遂入宫辞别姜氏，只说往周，却望廪延一路徐徐而进。公子吕率车二百乘，于京城邻近埋伏，自不必说。

却说太叔接了母夫人姜氏密信，与其子公孙滑商议，使滑往卫国借兵，许以重赂。自家尽率京城二鄙之众，托言奉郑伯之命，使段监国，祭纛㊽犒军，扬扬出城。公子吕预遣兵车十乘，扮作商贾模样，潜入京城，只等太叔兵动，便于城楼放火。公子吕望见火光，即便杀来。城中之人，开门纳之，不劳余力，得了京城。即时出榜安民，榜中备说庄公孝友，太叔背义忘恩之事，满城人都说太叔不是。

再说太叔出兵，不上二日，就闻了京城失事之信，心下慌忙，星夜回辕，屯扎城外，打点攻城。只见手下士卒纷纷耳语。原来军伍中有人接了城中家信，说庄公如此厚德，太叔不仁不义。一人传十，十人传百，都道："我等背正从逆，天理难容。"哄然而散。太叔点兵，去其大半，知人心已变，急望鄢邑奔走，再欲聚众。不道庄公兵已在鄢。乃曰："共吾故封也。"于是走入共城，闭门自守。庄公引兵攻之，那共城区区小邑，怎当得两路大军？如泰山压卵一般，须臾攻破。太叔闻庄公将至，叹曰："姜氏误我矣，何面目见吾兄乎！"遂自刎而亡。胡曾先生有诗曰：

宠弟多才占大封，况兼内应在宫中。

谁知公论难容逆，主在京城死在共。

又有诗说庄公养成段恶，以塞姜氏之口，真千古奸雄也。诗曰：

子弟全凭教育功，养成稔恶⑥陷灾凶。

一从京邑分封日，太叔先操掌握中。

庄公抚段之尸，大哭一场，曰："痴儿何至如此！"遂简⑥其行装，姜氏所寄之书尚在。将太叔回书，总作一封，使人驰至郑国，教祭足呈与姜氏观看。即命将姜氏送去颍⑥地安置，遗⑥以誓言曰："不及黄泉⑥，无相见也！"姜氏见了二书，羞惭无措，自家亦无颜与庄公相见，即时离了宫门，出居颍地。庄公回至国都，目中不见姜氏，不觉良心顿萌，叹曰："吾不得已而杀弟，何忍又离其母？诚天伦之罪人矣！"

却说颍谷封人⑥，名曰颍考叔，为人正直无私，素有孝友之誉。见庄公安置姜氏于颍，谓人曰："母虽不母，子不可以不子，主公此举，伤化⑦极矣！"乃觅鸮鸟数头，假以献野味为名，来见庄公。庄公问曰："此何鸟也？"颍考叔对曰："此鸟名鸮，昼不见泰山，夜能察秋毫，明于细而暗于大也。小时其母哺之，既长，乃啄食其母，此乃不孝之鸟，故捕而食之。"庄公嘿然。适宰夫进蒸羊，庄公命割一肩，赐考叔食之。考叔只拣好肉，用纸包裹，藏之袖内。庄公怪而问之。考叔对曰："小臣家有老母，小臣家贫，每日取野味以悦其口，未尝享此厚味。今君赐及小臣，而老母不沾一脔①之惠，小臣念及老母，何能下咽？故此携归，欲作羹以进母耳。"庄公曰："卿可谓孝子矣！"言罢，不觉凄然长叹。考叔问曰："主公何为而叹？"庄公曰："你有母奉养，得尽人子之心。寡人贵为诸侯，反不如你。"考叔佯为不知，又问曰："姜夫人在堂无恙，何为无

母？"庄公将姜氏与太叔共谋袭郑，及安置颍邑之事，细述一遍，"已设下黄泉之誓，悔之无及！"考叔对曰："太叔已亡，姜夫人止存主公一子，

又不奉养，与鸮鸟何异？倘以黄泉相见为歉，臣有一计，可以解之。"庄公问："何计可解？"考叔对曰："掘地见泉，建一地室，先迎姜夫人在内居住，告以主公想念之情。料夫人念子，不减主公之念母。主公在地室中相见，于及泉之誓，未尝违也。"

庄公大喜，遂命考叔发壮士五百人，于曲洧<sup>②</sup>牛脾山下，掘地深十余丈，泉水涌出，因于泉侧架木为室。室成，设下长梯一座。考叔往见武姜，曲道庄公悔恨之意，如今欲迎归孝养。武姜且悲且喜。考叔先奉武姜至牛脾山地室中。庄公乘舆亦至，从梯而下，拜倒在地，口称："寤生不孝，久缺定省<sup>③</sup>，求国母恕罪。"武姜曰："此乃老身之罪，与汝无与。"用手扶起，母子抱头大哭。遂升梯出穴，庄公亲扶武姜登辇，自己执辔随侍。国人见庄公母子同归，无不以手加额，称庄公之孝。此皆考叔调停之力也。胡曾先生有诗云：

黄泉誓母绝彝伦，大隧犹疑隔世人。

考叔不行怀肉计，庄公安肯认天亲！

庄公感考叔全其母子之爱，赐爵大夫，与公孙阏同掌兵权，不在话下。

再说共叔之子公孙滑，请得卫师，行至半途，闻共叔见杀，遂逃奔卫，诉说伯父杀弟囚母之事。卫桓公<sup>④</sup>曰："郑伯无道，当为公孙讨之。"遂兴师伐郑。

不知胜负如何，且看下回分解。

## 【注释】

①荆国：即楚国，古代部落名。芈姓，始祖鬻熊，原为商的与国。西周初立国于荆山（今湖北南漳西）一带，故周人称之为荆国、荆蛮。

②菁（jīng 京）茅：草名，亦称苞茅、三脊茅。古代祭祀时用以缩酒。

東周列國志

第四回

图文珍藏版

③缩酒：古代祭祀，束茅立于祭前，沃酒于茅上，酒渗而下，如神之饮酒。故称缩酒。

④羁縻（mí 迷）：羁为马笼头，縻为牛缰绳。比喻联络、维系。

⑤怙终不悛（guān 圈）：依仗奸邪而终不悔改。怙，倚仗。悛，改悔。

⑥扈从：随从，侍从。多特指随从帝王。

⑦畀（bì 毕）：给予，赐予。

⑧颛顼（zhuān xū 专须）：古帝名，五帝之一。相传为黄帝之孙，昌意之子。号高阳氏。生于若水（今四川雅砻江），居于帝丘（今河南濮

阳）。

⑨皋陶（yào 尧）：亦名咎繇。传说中东夷族首领，姓偃。舜时大臣，掌管刑法。后被禹选为继承人，因已故，未继位。

⑩士师：古代官名。掌诉讼刑狱。

⑪伯翳（yì 义）：一作伯益。舜时东夷部落首领。帮助禹治水有功，禹要让位给他，他避居箕山之北。伯翳为秦之祖先，《国语·郑语》中记载："嬴，伯翳之后也。"

⑫徐：古国名。故址在今安徽省泗县。

⑬蜚（fēi 飞）廉：人名。与其子恶来俱为商纣王幸臣。武王灭商，驱之于海隅而戮之。

⑭造父：擅长驾驶马，相传曾取骅骝、绿耳等名马献与周穆王。穆王使造父驾御，西巡见西王母，乐而忘返。后赐造父以赵城（今山西洪洞县北），故其后代以赵为氏。

⑮赵：古邑名。在今山西洪洞县北赵城镇。

⑯为晋赵氏之祖：造父六世孙曰奄父，为周宣王之御。奄父生叔带，奔晋，事晋文侯，始建赵氏于晋国。

⑰非子：为恶来五世孙。

⑱犬丘：西周时地名。在今陕西兴平市东南。

⑲周孝王：西周第八个君王，乃周宣王曾祖父。大约公元前897至公元前888年在位。

⑳汧、渭二水：汧水为渭水支流，源出陕西陇县之汧山，南流经汧阳、风翔二县，至宝鸡流入渭水。

㉑雍：古邑名。故址在今陕西凤翔县南。按《史记·秦本纪》，定都于雍者乃襄公五传之后的德公，时间要晚一百多年。

㉒文公：秦文公名不详，在位五十年（前765—前716）。

㉓平王十五年：此处有误。应为平王六年，即公元前765年。

㉔鄜（fū 夫）邑：春秋时邑名，即今陕西富县。

㉕山阪（bǎn 板）：山坡。

㉖"白者"二句：旧说以五色配五方：东方为青，南方为赤，西方为白，北方为黑，中央为黄。

㉗鄜畤（zhì 至）：意即鄜邑祭天之处。畤，祭名，指祭祀天地五帝。

㉘陈仓：古地名。即今陕西宝鸡市。宝鸡即因下面故事而得名。

㉙终南山：山名，秦岭主峰。在今西安市南。

㉚被：同"披"。

㉛雍水：渭水支流，源出陕西凤翔县西北，经岐山、扶风、武功等县流入渭水。

㉜髦头：亦作旄头，指披发的骑士。秦时所设髦头军，后代作为帝王的仪仗。

㉝怒特：指健壮勇武的公牛。特的本义为公牛。

㉞鲁惠公：姬姓，名弗涅。鲁孝公子。在位四十六年（前768—前723）。

㉟僭祀上帝：越礼祭祀天帝。周时，只有周王，即周天子，才有祭天的资格。

㊱郊禘（dì帝）：在国都南郊祭祀天神。禘，即帝王祭天之礼。

㊲武公：郑武公姬掘突，在位二十七年（前770—前744）。

㊳东虢：周诸侯国名。姬姓。开国君主系周文王弟。地在今河南荥阳市东北。郑武公四年（前767）被兼并。

㊴郐（kuài快）：周诸侯国名。妘姓。传为祝融氏之后。故址在今河南郑州市南。

㊵新郑：古邑名，在今河南新郑市。为与始封之郑邑（陕西华县东）相区别，故名新郑。

㊶荥阳：古邑名，战国时韩置，原属东虢。在今河南荥阳市南。为京城：即改称京城。

㊷制邑：古邑名，原属东虢。在今河南荥阳市汜汜水镇。形势险要，此处所设之关，即称虎牢。

㊸平王十三年：即公元前758年。

㊹郑都荥阳：此句疑误。上文有"迁都于郐，谓之新郑"等语，郑都应在新郑。且荥阳之名，始见于战国初年。

㊺坐蓐（rù入）：旧时妇女分娩时身下铺草，故称坐蓐。蓐，草席。

㊻共城：古邑名。在今河南辉县（卫辉市），西周时为共伯封国。

㊼郑庄公：春秋初年郑国较有作为的国君，人称"郑庄小霸"。在位四十三年（前743—前701）。

㊽蕞（zuì最）尔：渺小的样子。

㊾祭（zhài寨）足：排行为仲，又称祭仲。祭为其食邑，地在今河南中牟县之祭亭。

○50百雉（zhì 至）：指三百丈的城墙。雉，度名，古代计算城墙面积的单位。方丈曰堵，三堵曰雉。一雉之墙，高一丈，长三丈。

○51荥阳：此处实指郑都，应为新郑。

○52太叔：称段叔为太叔，意指他是郑庄公的第一个弟弟。

○53开府：指开置府署，委任僚属。

○54西鄙、北鄙：指西部及北部边境的城邑。京城在郑都新郑西北方，太叔想把郑国西北部归入自己管辖区。

○55鄢（yān 焉）：古邑名，在今河南鄢陵县西北，即京城与新郑之间。

(56)廪延：古邑名。在今河南延津县西北，古黄河南岸。

(57)上卿公子吕：上卿为诸侯国中职位最高之卿。公子吕字子封，郑伯宗室。

(58)人臣无将：意指臣下不能擅自攻伐。

(59)偏师：军队的一部分，指不是主力。

(60)肘腋：胳膊肘与胳肢窝。比喻最靠近中枢之地。

(61)周公诛管、蔡：指周武王弟管叔鲜与蔡叔度，在武王死后，联合纣王之子武庚发动叛乱。周公出兵讨伐，杀武庚、管叔，放蔡叔。

㉒芟（shān 山）除：割掉，除掉。

㉓祭纛（dào 到）：纛，军中大旗，帅旗。祭纛，古代领兵出征之前先祭帅旗，以祈吉利。

㉔稔（rěn 忍）恶：罪恶昭彰。稔，酝酿成熟。

㉕简：查检。

㉖颍（yǐng 影）：古邑名。此指城颍，在今河南临颍县西北。

㉗遗（wèi 未）：交付、送给。

㉘黄泉：地下深处，即葬身之地。此指死后。

⑥颍谷封人：颍谷，地名，在今河南登封市西。封人，镇守边疆的地方长官。

⑦伤化：有伤教化，即违反礼教。

⑦一脔（luán 峦）：一块肉。脔为切成块状的肉。

⑦曲洧（wěi 委）：古地名，即洧川，在今河南长葛市境。

⑦定省（xǐng 醒）：出《礼记·曲礼》："凡为人子之礼……昏定而晨省。"定，安定床铺。省，问候平安。后世称早晚向父母请安为定省。

⑦卫桓公：姬完，卫武公孙，卫庄公姬扬（前 757—前 735 年在位）之子。在位十六年（前 734—前 719）。

# 第五回　宠虢公周郑交质　助卫逆鲁宋兴兵

却说郑庄公闻公孙滑起兵前来侵伐，问计于群臣。公子吕曰："'斩草留根，逢春再发。'公孙滑逃死为幸，反兴卫师，此卫侯不知共叔袭郑之罪，故起兵助滑，以救祖母为辞也。依臣愚见，莫如修尺一之书<sup>①</sup>，致于卫侯，说明其故，卫侯必抽兵回国。滑势既孤，可不战而擒矣。"公曰："然。"遂遣使致书于卫。卫桓公得书，读曰：

寤生再拜奉书卫侯贤侯殿下：家门不幸，骨肉相残，诚有愧于邻国。然封京赐土，非寡人之不友；恃宠作乱，实叔段之不恭。寡人念先人世守<sup>②</sup>为重，不得不除。母姜氏，以溺爱叔段之故，内怀不安，避居颍城，寡人已自迎归奉养。今逆滑昧父之非；奔投大国。贤侯不知其非义，师徒下临敝邑。自反<sup>③</sup>并无得罪，惟贤侯同声乱贼之诛，勿伤唇齿之谊，敝邑幸甚！

卫桓公览罢，大惊曰："叔段不义，自取灭亡。寡人为滑兴师，实为助逆。"遂遣使收回本国之兵。

使者未到，滑兵乘廪延无备，已攻下了。郑庄公大怒，命大夫高渠弥出车二百乘，来争廪延。时卫兵已撤回，公孙滑势孤不敌，弃了廪延，仍奔卫国。公子吕乘胜追逐，直抵卫郊。卫桓公大集群臣，问战守之计。公子州吁进曰："水来土掩，兵至将迎，又何疑焉？"大夫石碏奏曰："不可，不可！郑兵之来，繇我助滑为逆所致。前郑伯有书到，我不若以书答之，引咎谢罪，不劳师徒，可却郑兵。"卫侯曰："卿言是也。"即命石碏

作书，致于郑伯。书曰：

完再拜上王卿士郑贤侯殿下：寡人误听公孙滑之言，谓上国杀弟囚母，使孙侄无窜身之地，是以兴师。今读来书，备知京城太叔之逆，悔不可言，即日收回廪延之兵。倘蒙鉴察，当缚滑以献，复修旧好。惟贤侯图之。

郑庄公览书曰："卫既服罪，寡人又何求焉？"

却说国母姜氏，闻庄公兴师伐卫，恐公孙滑被杀，绝了太叔之后，遂向庄公哀求："乞念先君武公遗体，存其一命。"庄公既碍姜氏之面，又度公孙滑孤立无援，不能有为，乃回书卫侯，书中但言："奉教撤兵，言归于好。滑虽有罪，但逆弟止此一子，乞留上国，以延段祀④。"一面取回高渠弥之兵。公孙滑老死于卫，此是后话。

却说周平王因郑庄公久不在位，偶因虢公忌父⑤来朝，言语相投，遂谓虢公曰："郑侯父子秉政有年，今久不供职，朕欲卿权理政务，卿不可辞。"虢公叩首曰："郑伯不来，必国中有事故也。臣若代之，郑伯不惟怨臣，且将怨及王矣，臣不敢奉命。"再三辞谢，退归本国。

原来郑庄公身虽在国，留人于王都，打听朝中之事，动息传报。今日平王欲分政于虢公，如何不知。即日驾车如周，朝见已毕，奏曰："臣荷圣恩，父子相继秉政。臣实不才，有忝⑥职位，愿拜还卿士之爵，退就藩封，以守臣节。"平王曰："卿久不莅任，朕心悬悬。今见卿来，如鱼得水，卿何故出此言耶？"庄公又奏曰："臣国中有逆弟之变，旷职日久。今国事粗完，星夜趋朝，闻道路相传，谓吾王有委政虢公之意。臣才万分不及虢公，安敢尸位⑦，以获罪于王乎？"平王见庄公说及虢公之事，心惭面赤，勉强言曰："朕别卿许久，亦知卿国中有事，欲使虢公权管数日，以候卿来。虢公再三辞让，朕已听其还国矣，卿又何疑焉？"庄公又奏曰："夫政者，王之政也，非臣一家之政也。用人之柄，王自操之。虢公才堪佐理，臣礼当避位。不然，群臣必以臣为贪于权势，昧于进退，惟王察之。"平王曰："卿父子有大功于国，故相继付以大政，四十余年，君臣相得。今卿有疑朕之心，朕何以自明！卿如必不见信，朕当命太子狐为质⑧于郑，何如？"庄公再拜辞曰："从政罢政，乃臣下之职，焉有天子委质于臣之礼？恐天下以臣为要⑨君，臣当万死！"平王曰："不然。卿治国有方，朕欲使太子观风于郑，因以释目下之疑。卿若固辞，是罪朕也。"庄公再三不敢受旨。群臣奏曰："依臣等公议，王不委质，无以释郑伯之疑；若独委质，又使郑伯乖⑩臣子之义。莫若君臣交质，两释猜忌，方可全上下之恩。"平王曰："如此甚善。"庄公使人先取世子忽待质于周，然后谢恩。周太子狐，亦如郑为质。史官评论周郑交质之事，以为君臣之分，至此尽废矣。诗曰：

腹心手足本无私，一体相猜事可嗤。

交质分明同市贾，王纲从此遂陵夷⑪。

自交质以后，郑伯留周辅政，一向无事。平王在位五十一年而崩。郑伯与周公黑肩同摄朝政。使世子忽归郑，迎回太子狐来周嗣位。太子狐痛父之死，未得侍疾含殓⑫，哀痛过甚，到周而薨。其子林嗣立，是为桓王⑬。众诸侯俱来奔丧，并谒新天子。虢公忌父先到，举动皆合礼数，人人爱之。

桓王伤其父以质郑身死，且见郑伯久专朝政，心中疑惧，私与周公黑肩商议曰："郑伯曾质先太子于国，意必轻朕。君臣之间，恐不相安。虢公执事甚恭，朕欲畀之以政，卿意以为何如？"周公黑肩奏曰："郑伯为人惨刻少恩，非忠顺之臣也。但我周东迁洛邑，晋、郑功劳甚大，今改元之日，遽夺郑政，付于他手，郑伯愤怒，必有跋扈⑭之举，不可不虑。"桓王曰："朕不能坐而受制，朕意决矣。"

次日，桓王早朝，谓郑伯曰："卿乃先王之臣，朕不敢屈在班僚，卿其自安。"庄公奏曰："臣久当谢政，今即拜辞。"遂忿忿出朝，谓人曰："孺子负心，不足辅也！"即日驾车回国。世子忽率领众官员出郭迎接，问其归国之故，庄公将桓王不用之语，述了一遍，人人俱有不平之意。大夫高渠弥进曰："吾主两世辅周，功劳甚大。况前太子质于吾国，未尝缺礼。今舍吾主而用虢公，大不义也。何不兴师打破周城，废了今王，而别立贤胤⑮？天下诸侯，谁不畏郑，方伯⑯之业可成矣！"颍考叔曰："不可！君臣之伦，比于母子。主公不忍仇其母，何忍仇其君？但隐忍岁馀，入周朝觐⑰，周王必有悔心。主公勿以一朝之忿，而伤先公死节之义。"大夫祭足曰："以臣愚见，二臣之言，当兼用之。臣愿帅兵直抵周疆，托言岁凶，就食温、洛⑱之间。若周王遣使责让，吾有辞矣。如其无言，主公入朝未晚。"庄公准奏，命祭足领了一枝军马，听其便宜行事。

祭足巡到温邑界首，说："本国岁荒乏食，向温大夫求粟千钟⑲。"温大夫以未奉王命，不许。祭足曰："方今二麦⑳正熟，尽可资食，我自能取，何必求之！"遂遣士卒各备镰刀，分头将田中之麦，尽行割取，满载而回。祭足自领精兵，往来接应。温大夫知郑兵强盛，不敢相争。祭足于界上休兵三月有余，再巡至成周㉑地方。时秋七月中旬，见田中早稻已熟，吩咐军士假扮作商人模样，将车埋伏各村里，三更时分，一齐用力将禾头割下，五鼓取齐。成周郊外，稻禾一空。比及守将知觉，点兵出城，郑兵已去之远矣。

两处俱有文书到于洛京，奏闻桓王，说郑兵盗割麦禾之事。桓王大怒，便欲兴兵问罪。周公黑肩奏曰："郑祭足虽然盗取禾麦，乃边庭小事，郑伯未必得知。以小忿而弃懿亲㉒，甚不可也。若郑伯心中不安，必然亲来谢罪修好。"桓王准奏，但命沿边所在，加意提防，勿容客兵入境。其芟麦刈禾㉓一事，并不计较。

郑伯见周王全无责备之意，果然心怀不安，遂定入朝之议。正欲起行，忽报："齐国有使臣到来。"庄公接见之间，使臣致其君僖公㉔之命，约郑伯至石门㉕相会。庄公正欲与齐相结，遂赴石门之约。二君相见，歃血㉖订盟，约为兄弟，有事相偕。齐侯因问："世子忽曾婚娶否？"郑伯对以未曾。僖公曰："吾有爱女，年虽未笄，颇有才慧。倘不弃嫌，愿为待年之妇㉗。"郑庄公唯唯称谢。及返国之日，向世子忽言之。忽对曰："妻

者齐也<sup>㉘</sup>，故曰配偶。今郑小齐大，大小不伦，孩儿不敢仰扳。"庄公曰："请婚出于彼意，若与齐为甥舅，每事可以仰仗，吾儿何以辞之？"忽又对曰："丈夫志在自立，岂可仰仗于婚姻耶？"庄公喜其有志，遂不强之。后来齐使至郑，闻郑世子不愿就婚，归国奏知僖公。僖公叹曰："郑世子可谓谦让之至矣！吾女年幼，且俟异日再议可也。"后人有诗嘲富室扳高，不如郑忽辞婚之善。诗曰：

婚姻门户要相当，大小须当自酌量。

却笑扳高庸俗子，捐财但买一巾方<sup>㉙</sup>。

忽一日，郑庄公正与群臣商议朝周之事，适有卫桓公讣音㉚到来，庄公诘问来使，备知公子州吁弑君之事。庄公顿足叹曰："吾国行且被兵矣。"群臣问曰："主公何以料之？"庄公曰："州吁素好弄兵，今既行篡逆，必以兵威逞志。郑卫素有嫌隙㉛，其试兵必先及郑，宜预备之。"

且说卫州吁如何弑君？原来卫庄公之夫人，乃齐东宫得臣㉜之妹，名曰庄姜㉝，貌美而无子。次妃乃陈国㉞之女，名曰厉妫，亦不生育。厉妫之妹，名曰戴妫㉟，随姊嫁卫，生子曰完，曰晋。庄姜性不嫉妒，育完为己子，又进宫女于庄公。庄公嬖幸之，生子州吁。州吁性暴戾好武，喜于谈兵。庄公溺爱州吁，任其所为。大夫石碏尝谏庄公曰："臣闻爱子者，教以义方，弗纳于邪。夫宠过必骄，骄必生乱。主公若欲传位于吁，便当立为世子。如其不然，当稍裁抑之，庶无骄奢淫佚之祸。"庄公不听。石碏之子石厚，与州吁交好，时尝并车出猎，骚扰民居。石碏将厚鞭责五十，锁禁空房，不许出入。厚逾墙而出，遂住州吁府中，每饭必同，竟不回家。石碏无可奈何。

后庄公薨，公子完嗣位，是为桓公。桓公生性懦弱。石碏知其不能有为，告老在家，不与朝政。州吁益无忌惮，日夜与石厚商量篡夺之计。其时平王崩讣适至，桓王林新立，卫桓公欲如周吊贺。石厚谓州吁曰："大事可成矣！明日主公往周，公子可设饯于西门，预伏甲士五百于门外，酒至数巡，袖出短剑而刺之。手下有不从者，即时斩首。诸侯之位，唾手㊱可得。"州吁大悦，预命石厚领壮士五百，埋伏西门之外。州吁自驾车，迎桓公至于行馆，早已排下筵席。州吁躬身进酒曰："兄侯远行，薄酒奉饯。"桓公曰："又教贤弟费心。我此行不过月余便回，烦贤弟暂摄朝政，小心在意。"州吁曰："兄侯放心。"酒至半巡，州吁起身满斟金盏，进于桓公。桓公一饮而尽，亦斟满杯回敬州吁。州吁双手去接，诈为失手，坠盏于地，慌忙拾取，亲自洗涤。桓公不知其诈，命取盏更斟，欲再送州吁。州吁乘此机会，急腾步闪至桓公背后，抽出短剑，从后刺之，刃透于胸，即时伤重而薨。时周桓王元年春三月戊申也。从驾诸臣，素知州吁武

力胜众，石厚又引五百名甲士围住公馆，众人自度气力不加，只得降顺。以空车载尸殡殓，托言暴疾。州吁遂代立为君，拜石厚为上大夫。桓公之弟晋，逃奔邢国⑩去了。史臣有诗叹卫庄公宠吁致乱。诗云：

教子须知有义方，养成骄佚必生殃。

郑庄克段天伦薄，犹胜桓侯束手亡。

州吁即位三日，闻外边沸沸扬扬，尽传说弑兄之事，乃召上大夫石厚商议，欲立威邻国，以胁制国人，问何国当伐。石厚奏："邻国俱无嫌隙。惟郑国昔年讨公孙滑之乱，曾来攻伐，先君庄公服罪求免，此乃吾国之耻。主公若用兵，非郑不可。"州吁曰："齐郑有石门之盟，二国结连为党，卫若伐郑，齐必救之，一卫岂能敌二国？"石厚奏曰："当今异姓之国，惟宋称公为大㊳。同姓之国，惟鲁称叔父为尊㊴。主公欲伐郑，必须遣使于宋、鲁，求其出兵相助，并合陈、蔡㊵之师，五国同事，何忧不胜？"州吁曰："陈、蔡小国，素顺周王。郑与周新隙，陈、蔡必知之，呼使伐郑，不愁不来。若宋、鲁大邦，焉能强乎？"石厚又奏曰："主公但知其一，不知其二。昔宋穆公受位于其兄宣公㊶，穆公将死，思报兄之德，乃舍其子冯，而传位于兄之子与夷㊷。冯怨父而嫉与夷，出奔于郑，郑伯纳之，常欲为冯起兵伐宋，夺取与夷之位。今日勾连伐郑，正中其怀。若鲁之国事，乃公子翚㊸秉之。翚兵权在手，觑鲁君如无物，如以重赂结公子翚，鲁兵必动无疑矣。"

州吁大悦，即日遣使往鲁、陈、蔡三处去讫，独难使宋之人。石厚荐一人姓甯，名翊，乃中牟㊹人也，"此人甚有口辨，可以遣之"。州吁依言，命甯翊如宋请兵。宋殇公问曰："伐郑何意？"甯翊曰："郑伯无道，诛弟囚母。公孙滑亡命敝邑，又不能容，兴兵来讨，先君畏其强力，腆颜㊺谢服。今寡君欲雪先君之耻，以大国㊻同仇，是以借助。"殇公曰："寡人与郑素无嫌隙，子曰同仇，得无过乎？"甯翊曰："请屏左右㊼，翊得毕其说。"殇公即麾去左右，侧席㊽问曰："何以教之？"甯翊曰："君侯之位，受之谁乎？"殇公曰："传之吾叔穆公也。"甯翊曰："父死子继，古之常理。穆公虽有尧舜之心，奈公子冯每以失位为恨，身居邻国，其心须臾未尝忘宋也。郑纳公子冯，其交已固，一旦拥冯兴师，国人感穆公之恩，不忘其子，内外生变，君侯之位危矣。今日之举，名曰伐郑，实为君侯除心腹之患也。君侯若主其事，敝邑悉起师徒，连鲁、陈、蔡三国之兵，一齐效劳，郑之灭亡可待矣！"宋殇公原有忌公子冯之心，这一席话，正投其意，遂许兴师。大司马孔父嘉㊾，乃殷汤王之后裔，为人正直无私。闻殇公听卫起兵，谏曰："卫使不可听也！若以郑伯弑弟囚母为罪，则州吁弑兄篡位，独非罪乎？愿主公思之。"殇公已许下甯翊，遂不听孔父嘉之谏，刻日[50]兴师。

　　鲁公子翚接了卫国重赂，不繇隐公[51]作主，亦起重兵来会。陈、蔡如期而至，自不必说。宋公爵尊，推为盟主。卫石厚为先锋，州吁自引兵打后，多赍粮草，犒劳四国之兵。五国共甲车一千三百乘，将郑东门围得水泄不通。

　　郑庄公问计于群臣，言战言和，纷纷不一。庄公笑曰："诸君皆非良策也。州吁新行篡逆，未得民心，故托言旧怨，借兵四国，欲立威以压众耳。鲁公子翚贪卫之赂，事不繇君，陈、蔡与郑无仇，皆无必战之意。只有宋国忌公子冯在郑，实心协助。吾将公子冯出居长葛[52]，宋兵必移。再令子封引徒兵五百，出东门单搦卫战，诈败而走。州吁有战胜之名，其志已得，国事未定，岂能久留军中，其归必速。吾闻卫大夫石碏，大有忠心，不久卫将有内变，州吁自顾不暇，安能害我乎？"乃使大夫瑕叔盈引兵一枝，护送公子冯往长葛去讫。庄公使人于宋曰："公子冯逃死敝邑，敝邑不忍加诛。今令伏罪于长葛，惟君自图之。"宋殇公果然移兵去围长葛。蔡、陈、鲁三国之君，见宋兵移动，俱有返斾㉝之意，忽报公子吕出东门单搦卫战，三国登壁垒㉞上袖手观之。

却说石厚引兵与公子吕交锋，未及数合，公子吕倒拖画戟而走，石厚追至东门，门内接应入去。石厚将东门外禾稻尽行芟刈，以劳军士，传令班师。州吁曰："未见大胜，如何便回？"石厚屏去左右，说出班师之故，州吁大悦。

毕竟石厚所说甚话，且看下回分解。

## 【注释】

①尺一之书：古代诏书规定用一尺一寸长的书版，以后一般书信亦按此规格，故诏书称尺一之书，书信称尺牍。

②世守：即世代相守的功业。

③自反：自己反问自己，反躬自问。

④以延段祀：让叔段留个后代，以奉祭祀。

⑤虢（guó 国）公忌父：虢公姬姓，忌父其名。为西虢国君。西虢后随周平王东迁于上阳（今河南陕县东南），距东周国都王城不远。忌父乃虢公石父之子。

⑥有忝（tiǎn 舔）：有愧于。自谦之词。

⑦尸位：指居其位而不尽其职。

⑧质：人质。当时派往别国留作抵押的人，多为王子或世子。

⑨要（yāo 腰）：要挟。

⑩乖：违反，违背。

⑪王纲：朝廷纲纪，即君臣之道。陵夷：意谓衰落，败坏。

⑫含殓（hánliàn 汉练）：指给死者穿戴入棺。含，指把珠玉等物放置于死者口中。

⑬桓王：即姬林，周平王孙。在位二十三年（前719—前697）。

⑭跋扈：指骄横强暴。

⑮贤胤（yìn 印）：贤能的后嗣。胤，即后代。

⑯方伯：一方诸侯之长。此指霸主。

⑰朝觐：见第一回注⑫。

⑱温、洛：东周畿内地名。洛指周都洛邑；温乃周畿内国名，故城在今河南温县境。

⑲钟：古容量单位。六斛四斗为一钟。

⑳二麦：指大麦、小麦。

㉑成周：即东周之都城。此时周王居住王城，地在今洛阳市西。而成周在今洛阳市东。二城相距十八里。

㉒懿亲：即至亲。因郑之开国君主桓公姬友系周宣王兄弟，在当时姬姓国中关系最亲近。

㉓芟麦刈（yì 易）禾：割麦割稻。

㉔僖公：齐僖公吕禄甫。在位三十三年（前730—前698）。齐为公爵，开国君主为姜太公吕尚。

㉕石门：春秋齐地，在今山东平阴县北。

㉖歃（shà 厦）血：古时会盟，双方口含牲畜之血或以血涂口边，以表示信誓，这叫歃血。

㉗待年之妇：即待嫁之女。

㉘妻者齐也：语出《说文解字》："妻，与己齐者也。"指门第家境相称。

㉙巾方：即一顶方巾。明代有功名的文人、处士所戴方形软帽称方巾。这句指用大量金钱高攀豪门以抬高自己的地位或功名。

㉚讣（fù 付）音：报丧消息。

㉛嫌隙：指卫桓公接纳公孙滑并助滑伐郑一事。

㉜东宫得臣：东宫为太子所居之地。得臣，人名。应为齐庄公太子，但未得立而死。

㉝庄姜：齐庄公嫡女。齐为吕姓，姜氏。故称庄姜。

㉞陈国：周时诸侯国名。开国君主陈胡公，姓妫名满，相传是大舜的后裔。周初所封。建都宛丘，即今河南淮阳一带。

㉟戴妫（guī 归）：戴妫与其姊厉妫，似为陈平公妫燮的姊妹辈。姊妹

共嫁一人，乃是古代陪嫁制度。厉、戴，皆为其谥号。

㊱唾手：把口沫吐在手上，极言其易。

㊲邢国：周诸侯国名，姬姓，始封之君为周公之子（名失传）。地在今河北邢台市一带。

㊳惟宋称公为大：古代新王朝建立后，封前两朝的王族后裔为诸侯国君，称为"二王"，周封禹（夏）后裔于杞，封汤后裔于宋，但杞之封地小，没有宋大。宋国始封之君为商王帝乙之庶长子微子启，子姓，公爵，

都商丘（今属河南）。

㊳惟鲁称叔父为尊：周成王时封周公姬旦于鲁。周公乃成王之叔父，周时常称鲁为叔父之国。

㊵蔡：周诸侯国名，姬姓。始封之君是周武王弟蔡叔度。因他伙同武庚叛乱，被流放。后改封其子蔡仲于此。建都上蔡，即今河南上蔡县。与陈国为近邻，故当时陈蔡连称。

㊶"昔宋穆公"句:宋宣公子力(前747—前729年在位)临终时,传其位于其弟子和,而不传其子与夷。子和多次推让才接受,是为宋穆公,在位九年(前728—前720)。

㊷与夷:宋宣公子。继承其叔穆公为君,在位九年(前719—前711)。谥殇公。

㊸公子翚(huī灰):亦称公子恽,字羽父。鲁惠公姬弗湼庶子。鲁隐公时任大夫,专权独断。

㊹中牟:春秋时卫邑名。地在今河南鹤壁市西。

㊺腆颜:厚颜。

㊻以大国：以，同“与”。大国，对宋国尊称，外交辞令。同仇：齐心打击敌人。

㊼屏（bǐng 丙）左右：令侍从退避。

㊽侧席：不正坐。将身倾斜，以示谦恭。

㊾孔父嘉：宋宗室，湣公五世孙。名嘉，字孔父。古时常把字与名连称。其后代乃以字为氏，成为孔子的六世祖。

㊿刻日：限定日期。

(51)隐公：鲁隐公姓姬名息，在位十一年（前722—前712）。

(52)长葛：春秋时郑邑名，在今河南长葛市东北。

(53)返旆（pèi 配）：回师、班师。旆，泛指旌旗。

(54)壁垒：军营的围墙，常用土堆成，用作进攻或退守的屏障。

# 第六回　卫石碏大义灭亲
　　　　　郑庄公假命伐宋

　　话说石厚才胜郑兵一阵，便欲传令班师，诸将皆不解其意，齐来禀复州吁曰："我兵锐气方盛，正好乘胜进兵，如何遽退？"州吁亦以为疑，召厚问之。厚对曰："臣有一言，请屏左右。"州吁麾左右使退。厚乃曰："郑兵素强，且其君乃王朝卿士也。今为我所胜，足以立威。主公初立，国事未定，若久在外方，恐有内变。"州吁曰："微卿言，寡人虑不及此。"少顷，鲁、陈、蔡三国，俱来贺胜，各请班师，遂解围而去。计合围至解围，才五日耳。石厚自矜有功，令三军齐唱凯歌，拥卫州吁扬扬归国。但闻野人歌曰：

　　一雄毙，一雄兴。歌舞变刀兵①，何时见太平？恨无人兮诉洛京！

　　州吁曰："国人尚不和②也，奈何？"石厚曰："臣父碏，昔位上卿，素为国人所信服。主公若征之入朝，与共国政，位必定矣。"州吁命取白璧一双，白粟五百钟，候问石碏，即征碏入朝议事。石碏托言病笃，坚辞不受。州吁又问石厚曰："卿父不肯入朝，寡人欲就而问计，何如？"石厚曰："主公虽往，未必相见，臣当以君命叩之。"乃回家见父，致新君敬慕之意。石碏曰："新主相召，钟何为也？"石厚曰："只为人心未和，恐君位不定，欲求父亲决一良策。"石碏曰："诸侯即位，以禀命于王朝为正。新主若能觐周，得周王锡以黻冕车服③，奉命为君，国人更有何说？"石厚曰："此言甚当，但无故入朝，周王必然起疑，必先得人通情于王方可。"石碏曰："今陈侯④忠顺周王，朝聘不缺，王甚嘉宠之。吾国与陈素相亲睦，近又有借兵之好。若新主亲往朝陈，央陈侯通情周王，然后入觐，有何难哉？"石厚即将父碏之言，述于州吁。州吁大喜。当备玉帛礼仪，命上大夫石厚护驾，往陈国进发。

石碏与陈国大夫子鍼，素相厚善。乃割指沥血，写下一书，密遣心腹人，竟到子鍼处，托彼呈达陈桓公。书曰：

外臣石碏百拜致书陈贤侯殿下：卫国褊小，天降重殃，不幸有弑君之祸。此虽逆弟州吁所为，实臣之逆子厚贪位助桀。二逆不诛，乱臣贼子，行将接踵于天下矣。老夫年耄，力不能制，负罪先公。今二逆联车入朝上国，实出老夫之谋。幸上国拘执正罪，以正臣子之纲。实天下之幸，不独臣国之幸也！

陈桓公看毕，问子鍼曰："此事如何？"子鍼对曰："卫之恶，犹陈之恶。今之来陈，乃自送死，不可纵之。"桓公曰："善。"遂定下擒州吁之计。

却说州吁同石厚到陈，尚未知石碏之谋，一君一臣，昂然而入。陈侯使公子佗⑤出郭迎接，留于客馆安置，遂致陈侯之命，请来日太庙中相见。州吁见陈侯礼意殷勤，不胜之喜。次日，设庭燎⑥于太庙，陈桓公立于主位，左傧右相⑦，摆列得甚是整齐。石厚先到，见太庙门首，立着白牌一面，上写："为臣不忠，为子不孝者，不许入庙！"石厚大惊，问大夫子鍼曰："立此牌者何意？"子鍼曰："此吾先君之训，吾君不敢忘也。"石厚遂不疑。须臾，州吁驾到，石厚导引下车，立于宾位。傧相启请入庙。州吁佩玉秉圭⑧，方欲鞠躬行礼。只见子鍼立于陈侯之侧，大声喝曰："周天子有命：只拿弑君贼州吁、石厚二人，余人俱免。"说声未毕，先将州吁擒下。石厚急拔佩剑，一时着忙，不能出鞘，只用手格斗，打倒二人。庙中左右壁厢，俱伏有甲士，一齐拢来，将石厚绑缚。从车兵众，尚然在庙外观望。子鍼将石碏来书宣扬一遍，众人方知吁、厚被擒，皆石碏主谋，假手于陈，天理当然，遂纷然而散。史官有诗叹曰：

州吁昔日饯桓公，今日朝陈受祸同。

屈指为君能几日，好将天理质苍穹⑨。

陈侯即欲将吁、厚行戮正罪，群臣皆曰："石厚乃石碏亲子，未知碏意如何。不若请卫自来议罪，庶无后言。"陈侯曰："诸卿之言是也。"乃将君臣二人，分作两处监禁，州吁因于濮邑⑩，石厚因于本国⑪，使其音信隔绝。遣人星夜驰报卫国，竟投石碏。

却说石碏自告老之后，未曾出户，见陈侯有使命至，即命舆人驾车伺候，一面请诸大夫朝中相见，众各骇然。石碏亲到朝中，会集百官，方将陈侯书信启看。知吁、厚已拘执在陈，专等卫大夫到，公同议罪。百官齐声曰："此社稷大计，全凭国老[12]主持。"石碏曰："二逆罪俱不赦，明正

典刑，以谢先灵，谁肯往任其事？"右宰丑[13]曰："乱臣贼子，人得而诛！丑虽不才，窃有公愤，逆吁之戮，丑当莅[14]之。"诸大夫皆曰："右宰足办此事矣。但首恶州吁既已正法，石厚从逆，可从轻议。"石碏大怒曰："州吁之恶，皆逆子所酿成。诸君请从轻典，得无疑我有舐犊[15]之私乎？老夫当亲自一行，手诛此贼，不然，无面目见先人之庙也！"家臣[16]獳羊

肩曰："国老不必发怒，某当代往。"石碏乃使右宰丑往濮莅杀州吁，獳羊肩往陈莅杀石厚。一面整备法驾，迎公子晋于邢。左丘明[17]修传至此，称石碏为大义而灭亲，真纯臣[18]也！史臣诗曰：

公义私情下两全，甘心杀子报君冤。

世人溺爱偏多昧，安得芳名寿万年？

陇西居士又有诗，言石碏不先杀石厚，正为今日并杀州吁之地。

诗曰：

明知造逆有根株，何不先将逆子除？

自是老臣怀远虑，故留子厚误州吁。

再说右宰丑同獳羊肩同造陈都，先谒见陈桓公，谢其除乱之恩，然后分头干事。右宰丑至濮，将州吁押赴市曹。州吁见丑大呼曰："汝吾臣也，何敢犯吾？"右宰丑曰："卫先有臣弑君者⑲，吾效之耳！"州吁俯首受刑。獳羊肩往陈都，莅杀石厚。石厚曰："死吾分内，愿上囚车，一见父亲之面，然后就死。"獳羊肩曰："吾奉汝父之命，来诛逆子。汝如念父，当携汝头相见也！"遂拔剑斩之。公子晋自邢归卫，以诛吁告于武官⑳，重为桓公发丧，即侯位，是为宣公㉑。尊石碏为国老，世世为卿。从此陈、卫益相亲睦。

却说郑庄公见五国兵解，正欲遣人打探长葛消息，忽报："公子冯自长葛逃回，在朝门外候见。"庄公召而问之。公子冯诉言："长葛已被宋兵打破，占据了城池，逃命到此，乞求覆护。"言罢痛哭不已。庄公抚慰一番，仍令冯住居馆舍，厚其廪饩㉒。不一日，闻州吁被丑杀于濮，卫已立新君。庄公乃曰："州吁之事，与新君无干。主兵伐郑者，宋也，寡人当先伐之。"乃大集群臣，问以伐宋之策。祭足进曰："前者五国连兵伐郑，今我若伐宋，四国必惧，合兵救宋，非胜算也。为今之计，先使人请成㉓于陈，再以利结鲁。若鲁、陈结好，则宋势孤矣。"

庄公从之，遂遣使如陈请成。陈侯不许，公子佗谏曰："亲仁善邻，国之宝也。郑来讲好，不可违之。"陈侯曰："郑伯狡诈不测，岂可轻信？不然，宋、卫皆大国，不闻讲和，何乃先及我国？此乃离间之计也。况我曾从宋伐郑，今与郑成，宋国必怒。得郑失宋，有何利焉？"遂却郑使不见。庄公见陈不许成，怒曰："陈所恃者，宋、卫耳。卫乱初定，自顾不暇，岂能为人？俟我结好鲁国，当合齐、鲁之众，先报宋仇，次及于陈，此破竹之势也。"祭足奏曰："不然，郑强陈弱，请成自我，陈必疑离间之计，所以不从。若命边人乘其不备，侵入其境，必当大获。因使舌辩之士，还其俘获，以明不欺，彼必听从。平陈之后，徐议伐宋为当。"庄公曰："善。"乃使两鄙㉔宰率徒兵㉕五千，假装出猎，潜入陈界，大掠男女辎重㉖，约百馀车。

陈疆吏申报桓公。桓公大惊，正集群臣商议，忽报："有郑使颍考叔在朝门外，赍本国书求见，纳还俘获。"陈桓公问公子佗曰："郑使此来如何？"公子佗曰："通使美意，不可再却。"桓公乃召颍考叔进见。考叔再拜，将国书呈上。桓公启而观之，略曰：

寤生再拜奉书陈贤侯殿下：君方膺㉗王宠，寡人亦忝为王臣，理宜相好，共效屏藩㉘。近者请成不获，边吏遂妄疑吾二国有隙，擅行侵掠。寡人闻之，卧不安枕。今将所俘人口辎重，尽数纳还，遣下臣颍考叔谢罪。寡人愿与君结兄弟之好，惟君许焉。

陈侯看毕，方知郑之修好，出于至诚。遂优礼颍考叔，遣公子佗报聘。自是陈、郑和好。

郑庄公谓祭足曰："陈已平矣，伐宋奈何？"祭足奏曰："宋爵尊国大，王朝且待以宾礼，不可轻伐。主公向欲朝觐，只因齐侯约会石门，又遇州吁兵至，耽搁至今。今日宜先入周，朝见周王，然后假称王命，号召齐、鲁，合兵加宋。兵出有名，往无不胜矣。"郑庄公大喜曰："卿之谋事，可谓万全。"

时周桓王即位已三年矣。庄公命世子忽监国，自与祭足如周，朝见周王。正值冬十一月朔，乃贺正㉙之期。周公黑肩劝王加礼于郑，以劝列国。桓王素不喜郑，又想起侵夺麦禾之事，怒气勃勃，谓庄公曰："卿国今岁收成何如？"庄公对曰："托赖吾王如天之福，水旱不侵。"桓王曰："幸而有年㉚，温之麦，成周之禾，朕可留以自食矣。"庄公见桓王言语相侵，闭口无言，当下辞退。桓王也不设宴，也不赠贿㉛，使人以黍米十车遗之曰："聊以为备荒之资。"庄公甚悔此来，谓祭足曰："大夫劝寡人入朝，今周王如此怠慢，口出怨言，以黍禾见讪。寡人欲却而不受，当用何辞？"祭足对曰："诸侯所以重郑者，以世为卿士，在王左右也。王者所赐，不论厚薄，总曰天宠。主公若辞而不受，分明与周为隙。郑既失周，何以取重于诸侯乎？"

正议论间，忽报周公黑肩相访，私以彩缯二车为赠，言语之际，备极款曲㉜。良久辞去。庄公问祭足曰："周公此来何意？"祭足对曰："周王

有二子，长曰沱，次曰克。周王宠爱次子，属周公使辅翼之，将来必有夺嫡<sup>㉝</sup>之谋。故周公今日先结好我国，以为外援。主公受其彩缯，正有用处。"庄公曰："何用?"祭足曰："郑之朝王，邻国莫不知之。今将周公所赠彩帛，分布于十车之上，外用锦袱覆盖，出都之日，宣言'王赐'，再加彤弓弧矢<sup>㉞</sup>，假说宋公久缺朝贡，主公亲承王命，率兵讨之。以此号召列国，责以从兵，有不应者，即系抗命。重大其事，诸侯必然信从。宋虽大国，其能当奉命之师乎?"庄公拍祭足肩曰："卿真智士也! 寡人一一听卿而行。"陇西居士咏史诗曰：

彩缯禾黍不相当，无命如何假托王?

毕竟虚名能动众，睢阳㉟行作战争场。

庄公出了周境，一路宣扬王命，声播宋公不臣之罪，闻者无不以为真。这话直传至宋国。宋殇公心中惊惧，遣使密告于卫宣公。宣公乃纠合齐僖公，欲与宋、郑两国讲和，约定月日，在瓦屋㊱之地相会，歃血订盟，各释旧憾。宋殇公使人以重币遗卫，约先期在犬丘㊲一面㊳，商议郑事，然后并驾至于瓦屋。齐僖公亦如期而至，惟郑庄公不到。齐侯曰："郑伯不来，和议败矣！"便欲驾车回国。宋公强留与盟。齐侯外虽应承，中怀观望之意。惟宋、卫交情已久，深相结纳而散。

是时周桓王欲罢郑伯之政，以虢公忌父代之。周公黑肩力谏，乃用忌父为右卿士，任以国政。郑伯为左卿士，虚名而已。庄公闻之，笑曰："料周王不能夺吾爵也！"后闻齐、宋合党，谋于祭足。祭足对曰："齐、宋原非深交，皆因卫侯居间纠合，虽然同盟，实非本心。主公今以王命并布于齐、鲁，即托鲁侯纠合齐侯，协力讨宋。鲁与齐连壤，世为婚姻，鲁侯同事，齐必不违。蔡、卫、郕㊴、许㊵诸国，亦当传檄㊶召之，方见公讨。有不赴者，移师伐之。"庄公依计，遣使至鲁，许以用兵之日，侵夺宋地，尽归鲁国。公子翚乃贪横之徒，欣然诺之，奏过鲁君，转约齐侯，与郑在中丘㊷取齐㊸。齐侯使其弟夷仲年㊹为将，出车三百乘。鲁侯使公子翚为将，出车二百乘，前来助郑。

郑庄公亲统着公子吕、高渠弥、颍考叔、公孙阏等一班将士，自为中军。建大纛一面，名曰："蝥弧"㊺，上书"奉天讨罪"四大字，以辂车㊻载之。将彤弓弧矢，悬于车上，号为卿士讨罪。夷仲年将左军，公子翚将右军，扬威耀武，杀奔宋国。公子翚先到老桃㊼地方，守将引兵出迎。被公子翚奋勇当先，只一阵，杀得宋兵弃甲曳兵，逃命不迭，被俘者二百五十余人。公子翚将捷书飞报郑伯，就迎至老桃下寨。相见之际，献上俘获。庄公大喜，称赞不绝口，命幕府㊽填上第一功。杀牛飨士㊾，安歇三日，然后分兵进取。命颍考叔同公子翚领兵攻打郜城(50)，公子吕接应；命公孙阏同夷仲年领兵攻打防城(51)，高渠弥接应。将老营安扎老桃，专听

报捷。

却说宋殇公闻三国兵已入境，惊得面如土色，急召司马孔父嘉问计。孔父嘉奏曰："臣曾遣人到王城打听，并无伐宋之命。郑托言奉命，非真命也，齐、鲁特堕其术中耳。然三国既合，其势诚不可争锋。为今之计，惟有一策，可令郑不战而退。"殇公曰："郑已得利，肯遽退乎？"孔父嘉曰："郑假托王命，遍召列国，今相从者，惟齐、鲁两国耳。东门之役，宋、蔡、陈、鲁同事。鲁贪郑赂，陈与郑平[52]，皆入郑党。所不致者，蔡、卫也。郑君亲将在此，车徒必盛，其国空虚。主公诚以重赂，遣使告急于卫，使纠合蔡国，轻兵袭郑。郑君闻己国受兵，必返旆自救。郑师既退，齐、鲁能独留乎？"殇公曰："卿策虽善，然非卿亲往，卫兵未必即动。"
孔父嘉曰："臣当引一枝兵，为蔡乡导。"

　　殇公即简车徒二百乘，命孔父嘉为将，携带黄金白璧彩缎等物，星夜
来到卫国，求卫君出师袭郑。卫宣公受了礼物，遣右宰丑率兵同孔父嘉从
间道㊿出其不意直逼荥阳。世子忽同祭足急忙传令守城，已被宋、卫之兵，
在郭外大掠一番，掳去人畜辎重无算。右宰丑便欲攻城，孔父嘉曰："凡
袭人之兵，不过乘其无备，得利即止。若顿师坚城之下，郑伯还兵来救，
我腹背受敌，是坐困耳。不若借径于戴㊾，全军而返。度我兵去郑之时，
郑君亦当去宋矣。"右宰丑从其言，使人假道于戴。戴人疑其来袭己国，
闭上城门，授兵登陴㊿。孔父嘉大怒，离戴城十里，同右宰丑分作前后两

寨，准备攻城。戴人固守，屡次出城交战，互有斩获。孔父嘉遣使往蔡国乞兵相助。不在话下。

此时颍考叔等已打破郜城，公孙阏等亦打破防城，各遣人于郑伯老营报捷。恰好世子忽告急文书到来。

不知郑伯如何处置，再看下回分解。

## 【注释】

①"一雄毙"三句：指卫桓公姬完被杀，州吁篡位，伐郑班师诸事。

②和：和顺、顺从。

③锡以黻（fú服）冕车服：赐给礼服、礼帽、车辆和章服。锡，赐也。黻冕，指祭祀或上朝所穿的礼服礼帽。这些与车辆及车上遮盖的帷帐都有严格的等级标志。

④陈侯：即陈桓公妫鲍，在位三十八年（前744—前707）。

⑤公子佗：亦称公子他，字伍父。陈文公妫圉（前754—前745年在位）之子，陈桓公妫鲍之弟。

⑥庭燎：庭院中照明的火炬或大烛。表示仪式的隆重。

⑦左傧右相：傧、相均为赞礼者，一般为二人，分列左右。

⑧佩玉秉圭（guī归）：即身佩玉饰，手持圭璧。圭璧为古代诸侯朝聘时用作符信的玉器。

⑨苍穹（qióng穷）：苍天。穹指天，天色青苍，故称。

⑩濮邑：春秋时陈邑名，在今安徽亳县东南。

⑪本国：即本都城，国作都城解。陈都于陈，即今河南淮阳县。

⑫国老：古代告老退职的卿大夫，尊称为国老。此指石碏。

⑬右宰丑：丑为人名。右宰，卫国官名，与左宰同掌朝政。

⑭莅（lì立）：亲临，到达。引申有承担之意。

⑮舐犊（shì dú 氏读）：比喻人爱其子女如老牛之舐其小牛。舐，以

舌取食或舔物。

⑯家臣：春秋时诸侯国内卿大夫的下属。职位有宰、司徒、司马等。家臣不世袭，由卿大夫任免。

⑰左丘明：春秋末年鲁人，相传曾任鲁太史。曾撰写《春秋左氏传》，简称《左传》。

⑱纯臣：指一心事君、忠诚无私之臣。

⑲"卫先"句：意指州吁弑卫桓公，亦系以臣弑君。

⑳武宫：即卫武公姬和之庙。武公乃桓公姬完和宣公姬晋的祖父。

㉑④宣公：卫桓公之弟姬晋。在位十九年（前718—前700）。

㉒廪饩（xì 戏）：指由公家供给的粮食之类生活物资。

㉓请成：请求和解、讲和。

㉔两鄙：指郑国东部及南部边邑。因陈国在郑东南。

㉕徒兵：指无兵车相随的步兵。

㉖辎（zī 资）重：军需物资。此指一般物品。

㉗膺（yīng 英）：受，获得。

㉘屏藩：护卫的诸侯国。屏，屏障，引申有保护之意。藩，藩国，此指诸侯国。

㉙贺正（zhēng 征）：即恭贺新年。夏代建寅，以古历一月为一年之始。殷代建丑，以十二月为岁首。周代建子，以十一月为岁首。故十一月朔（初一），乃是新年之始。

㉚有年：丰收。年的本意为五谷成熟。

㉛"桓王"二句：按常规，诸侯来朝周王，王必设宴慰劳，答以币帛，谓之赠贿。

㉜备极款曲：应酬非常完备、周到。

㉝夺嫡：指庶子夺取嫡子的君位继承权。

㉞彤（tóng 同）弓弧矢：朱红色的弓和桑木制的箭。古代帝王以之赐有功诸侯，表示可专征伐。

㉟睢阳：古邑名，秦代始置。地在今河南商丘市南。此指宋都商丘。

㊱瓦屋：春秋时周畿内地名。在今河南渑川县之瓦屋里。

㊲犬丘：春秋时宋地名，在今河南永城市西北。

㊳一面：会面一次。面用作动词。

㊴郕（chéng 成）：周诸侯国名。始封之君为周武王弟叔武，伯爵。故址在今河南范县一带。

㊵许：周诸侯国名，亦作鄦，姜姓，相传为伯益之后，男爵。地在今河南许昌市一带。

㊶传檄（xí 习）：传递檄文。檄，古代官方文书，用长尺二之木简书

写，用以征召、晓喻或声讨。

㊷中丘：古地名。在今山东沂南县东南。

㊸取齐：集合、集中。

㊹夷仲年：吕姓，名年。齐庄公吕赎之子，仲乃其排行，夷为其谥号。

㊺蝥（máo 矛）弧：春秋时各诸侯国多建有旗号，郑国此旗号之含义已不可考。

㊻辂（lù 路）车：即大车。

㊼老桃：春秋时宋地名，在今山东济宁县北桃乡城。明、清诸本多为“老挑”，疑系误刻，据《左传》改。

㊽幕府：本为将帅的营帐。因军旅无固定住所，乃以账幕为府署，故称幕府。此指幕府中办事官吏。

㊾飨（xiǎng 响）：款待。

㊿郜（gào 告）城：此指南郜城，春秋时宋邑名。故址在今山东成武县东南。

(51)防城：此指西防城，春秋时宋邑名。故址在今山东金乡县西南。

(52)平：讲和，和解。

(53)间道：小路，便道。

(54)戴：周诸侯国名。一作戠。姬姓。故址在今河南民权县东。

(55)登陴（pí 皮）：登城防守。陴为城上女墙，上有孔穴，可以窥外。

# 第七回　公孙阏争车射考叔
# 公子翚献谄贼隐公

话说郑庄公得了世子忽告急文书，即时传令班师。夷仲年、公子翚等，亲到老营来见郑伯曰："小将等乘胜正欲进取，忽闻班师之令，何也？"庄公奸雄多智，隐下宋、卫袭郑之事，只云："寡人奉命讨宋，今仰仗上国兵威，割取二邑，已足当削地之刑矣。宾王上爵①，王室素所尊礼，寡人何敢多求？所取郜、防两邑，齐、鲁各得其一，寡人毫不敢私。"夷仲年曰："上国以王命征师，敝邑奔走恐后，少效微劳，礼所当然，决不敢受邑。"谦让再三。庄公曰："既公子不肯受地，二邑俱奉鲁侯，以酬公子老桃首功之劳。"公子翚更不推辞，拱手称谢，另差别将，领兵分守郜、防二邑。不在话下。庄公大犒三军，临别与夷仲年、公子翚刑牲而盟："三国同患相恤，后有军事，各出兵车为助。如背此言，神明不宥！"

单说夷仲年归国，见齐僖公，备述取防之事。僖公曰："石门之盟，'有事相偕'，今虽取邑，理当归郑。"夷仲年曰："郑伯不受，并归鲁侯矣。"僖公以郑伯为至公，称叹不已。

再说郑伯班师，行至中途，又接得本国文书一道，内称宋、卫已移兵向戴矣。庄公笑曰："吾固知二国无能为也！然孔父嘉不知兵，乌有自救而复迁怒②者？吾当以计取之。"乃传令四将，分为四队，各各授计，衔枚卧鼓③，并望戴国进发。

再说宋、卫合兵攻戴，又请得蔡国领兵助战，满望一鼓成功。忽报郑国遣上将公子吕领兵救戴，离城五十里下寨。右宰丑曰："此乃石厚手中败将④，全不耐战，何足惧哉？"少顷，又报戴君知郑兵来救，开门接入去了。孔父嘉曰："此城唾手可得，不意郑兵相助，又费时日，奈何？"右宰丑曰："戴既有帮手，必然合兵索战。你我同升壁垒，察城中之动静，

好做准备。"二将方在壁垒之上指手画脚，忽听连珠炮响，城上遍插郑国的旗号，公子吕全装披挂，倚着城楼外槛，高声叫曰："多赖三位将军气力，寡君已得戴城，多多致谢！"原来郑庄公设计，假称公子吕领兵救戴，其实庄公亲在戎车之中，只要哄进戴城，就将戴君逐出，并了戴国之军。城中连日战守困倦，素闻郑伯威名，谁敢抵敌？几百世相传之城池，不劳

余力，归于郑国。戴君引了宫眷，投奔西秦去了。

孔父嘉见郑伯白占了戴城，忿气填胸，将兜鍪⑤掷地曰："吾今日与郑誓不两立！"右宰丑曰："此老奸最善用兵，必有后继。倘内外夹攻，吾辈危矣！"孔父嘉曰："右宰之言，何太怯也？"正说间，忽报城中著人下战书。孔父嘉即批来日决战。一面约会卫、蔡二国，要将三路军马，齐退后二十里，以防冲突。孔父嘉居中，蔡、卫左右营，离隔不过三里。立寨甫毕，喘息未定，忽闻寨后一声炮响，火光接天，车声震耳。谍者报郑兵到了。孔父嘉大怒，手提方天画戟，登车迎敌。只见车声顿息，火光俱灭了。才欲回营，左边炮声又响，火光不绝。孔父嘉出营观看，左边火光又灭，右边炮响连声，一片火光，隐隐在树林之外。孔父嘉曰："此老奸疑军之计。"传令："乱动者斩！"少顷，左边火光又起，喊声震地，忽报左营蔡军被劫。孔父嘉曰："吾当亲往救之。"才出营门，只见右边火光复炽，正不知何处军到。孔父嘉喝教御人："只顾推车向左。"御人着忙，反推向右去。遇着一队兵车，互相击刺，约莫更余，方知是卫国之兵。彼此说明，合兵一处，同到中营，那中营已被高渠弥据了。急回辕时，右有颍考叔，左有公孙阏，两路兵到。公孙阏接住右宰丑，颍考叔接住孔父嘉，做两队厮杀。东方渐晓，孔父嘉无心恋战，夺路而走。遇着高渠弥，又杀一阵。孔父嘉弃了乘车，跟随者止存二十余人，徒步奔脱。右宰丑阵亡。三国车徒，悉为郑所俘获。所掳郑国郊外人畜辎重，仍旧为郑所有。此庄公之妙计也。史官有诗云：

主客雌雄尚未分，庄公智计妙如神。

分明鹬蚌相持势，得利还归结网人。

庄公得了戴城，又兼了三国之师，大军奏凯，满载而归。庄公大排筵宴，款待从行诸将。诸将轮番献卮⑥上寿，庄公面有德色，举酒沥地曰："寡人赖天地祖宗之灵，诸卿之力，战则必胜，威加上公，于古之方伯何如？"群臣皆称千岁。惟颍考叔嘿然。庄公睁目视之，考叔奏曰："君失言矣！夫方伯者，受王命为一方诸侯之长，得专征伐，令无不行，呼无不

应。今主公托言王命，声罪于宋，周天子实不与闻。况传檄征兵，蔡、卫

反助宋侵郑，郕、许小国，公然不至，方伯之威，固如是乎？”庄公笑曰：
“卿言是也。蔡、卫全军覆没，已足小惩。今欲问罪郕、许，二国孰先？”
颍考叔曰：“郕邻于齐，许邻于郑。主公既欲加以违命之名，宜正告其罪，
遣一将助齐伐郕，请齐兵同来伐许。得郕则归之齐，得许则归之郑，庶不
失两国共事之谊。俟事毕献捷于周，亦可遮饰四方之耳目。”庄公曰：
“善，但当次第行之。”乃先遣使将问罪郕、许之情，告于齐侯。

　　齐侯欣然听允，遣夷仲年将兵伐郕，郑遣大将公子吕率兵助之，直入
其都。郕人大惧，请成于齐，齐侯受之，就遣使跟随公子吕到郑，叩问伐

许之期。庄公约齐侯在时来⑦地方会面，转央齐侯去订鲁侯同事。时周桓王八年⑧之春也。公子吕途中得病归国，未几而死。庄公哭之恸曰："子封不禄⑨，吾失右臂矣！"乃厚恤其家，录其弟公子元为大夫。时正卿位缺，庄公欲用高渠弥，世子忽密谏曰："渠弥贪而狠，非正人也，不可重任。"庄公点首，乃改用祭足为上卿，以代公子吕之位。高渠弥为亚卿。不在话下。

且说是夏，齐、鲁二侯皆至时来，与郑伯面订师期，以秋七月朔，在许地取齐，二侯领命而别。郑庄公回国，大阅车马，择日祭告于太宫⑩，聚集诸将于教场⑪。重制蝥弧大旗，建于大车之上，用铁绹之。这大旗以锦为之，锦方一丈二尺，缀金铃二十四个，旗上绣"奉天讨罪"四大字，旗竿长三丈三尺。庄公传令："有能手执大旗，步履如常者，拜为先锋，即以辂车赐之。"言未毕，班中走出一员大将，头带银盔，身穿紫袍金甲，生得黑面虬须⑫，浓眉大眼，众视之，乃大夫瑕叔盈也。上前奏曰："臣能执之。"只手拔起旗竿，紧紧握定。上前三步，退后三步，仍竖立车中，略不气喘。军士无不喝采。瑕叔盈大叫："御人何在？为我驾车！"

方欲谢恩，班中又走出一员大将，头带雉冠⑬，绿锦抹额⑭，身穿绯袍犀甲，口称："执旗展步，未为希罕，臣能舞之。"众人上前观看，乃大夫颍考叔也。御者见考叔口出大言，便不敢上前，且立住脚观看。只见考叔左手撩衣，将右手打开铁绹，从背后倒拔那旗，踊身一跳，那旗竿早拔起到手。忙将左手搭住，顺势打个转身，将右手托起，左旋右转，如长枪一般，舞得呼呼的响。那面旗卷而复舒，舒而复卷，观者尽皆骇然。庄公大喜曰："真虎臣也！当受此车为先锋。"

言犹未毕，班中又走出一员少年将军，面如傅粉，唇若涂朱，头带束发紫金冠，身穿织金绿袍，指着考叔大喝道："你能舞旗，偏我不会舞？这车且留下！"大踏步上前。考叔见他来势凶猛，一手抱着旗竿，一手挟着车辕，飞也似跑去了。那少年将军不舍，在兵器架上，绰起一柄方天画戟，随后赶出教场。将至大路，庄公使大夫公孙获传语解劝。那将军见考

叔已去远，恨恨而返，曰："此人藐我姬姓无人，吾必杀之！"那少年将军是谁？乃是公族大夫⑮，名唤公孙阏，字子都，乃男子中第一的美色，为郑庄公所宠。孟子云："不知子都之姣⑯者，无目者也。"正是此人。平日恃宠骄横，兼有勇力，与考叔素不相睦。当下回转教场，兀自怒气勃勃。庄公夸奖其勇曰："二虎不得相斗，寡人自有区处。"另以车马赐公孙阏，并赐瑕叔盈。两个各各谢恩而散。髯翁有诗云：

军法从来贵止齐，挟辕拔戟敢胡为！

郑庭虽是多骁勇，无礼之人命必危。

至七月朔日，庄公留祭足同世子忽守国，自统大兵望许城进发。齐、鲁二侯，已先在近城二十里下寨等候。三君相见叙礼，让齐侯居中，鲁侯居右，郑伯居左。是日庄公大排筵席，以当接风。齐侯袖中出檄书一纸，书中数许男不共职贡⑰之罪，今奉王命来讨。鲁、郑二君俱看过，一齐拱手曰："必如此，师出方为有名。"约定来日庚辰，协力攻城，先遣人将讨檄射进城去。

次早，三营各各放炮起兵。那许本男爵，小小国都，城不高，池不深，被三国兵车，密密扎扎，围得水泄不漏，城内好生惊怕。只因许庄公是个有道之君，素得民心，愿为固守，所以急切未下。齐、鲁二君，原非主谋，不甚用力。到底是郑将出力，人人奋勇，个个夸强。就中颖考叔，因公孙阏夺车一事，越要施逞手段。到第三日壬午，考叔在辀车⑱上，将蝥弧大旗，挟于胁下，踊身一跳，早登许城。公孙阏眼明手快，见考叔先已登城，忌其有功，在人丛中认定考叔，飕的发一冷箭。也是考叔合当命尽，正中后心，从城上连旗倒跌下来。瑕叔盈只道考叔为守城军士所伤，一股愤气，太阳⑲中迸出火星，就地取过大旗，一踊而上，绕城一转，大呼："郑君已登城矣！"众军士望见绣旗飘展，认郑伯真个登城，勇气百倍，一齐上城，砍开城门，放齐、鲁之兵入来。随后三君并入。许庄公易服杂于军民中，逃奔卫国去了。

齐侯出榜安民，将许国土地，让与鲁侯。鲁隐公坚辞不受。齐僖公曰："本谋出郑，既鲁侯不受，宜归郑国。"郑庄公满念贪许，因见齐、鲁二君交让，只索佯推假逊。正在议论之际，传报："有许大夫百里引着一个小儿求见。"三君同声唤入。百里哭倒在地，叩首乞哀，愿延太岳⑳一线之祀。齐侯问："小儿何人？"百里曰："吾君无子，此君之弟名新臣。"齐、鲁二侯，各凄然有怜悯之意。郑庄公见景生情，将计就计，就转口曰："寡人本迫于王命，从君讨罪，若利其土地，非义举也。今许君

虽窜，其世祀不可灭绝。既其弟见在，且有许大夫可托，有君有臣，当以许归之。"百里曰："臣止为君亡国破，求保全六尺之孤<sup>㉑</sup>耳！土地已属君掌握，岂敢复望？"郑庄公曰："吾之复许，乃真心也。恐叔年幼，不任国事，寡人当遣人相助。"乃分许为二：其东偏，使百里奉新臣以居之；其西偏，使郑大夫公孙获居之。名为助许，实是监守一般。齐、鲁二侯不知是计，以为安置妥当，称善不已。百里同许叔拜谢了三君，三君亦各自归国。髯翁有诗，单道郑庄公之诈。诗曰：

残忍全无骨肉恩，区区许国有何亲？

二偏分外如监守，却把虚名哄外人。

许庄公老死于卫。许叔在东偏受郑制缚，直待郑庄公薨后，公子忽、突相争数年，突入而复出，忽出而复入，那时郑国扰乱，公孙获病死，许叔方才与百里用计，乘机潜入许都，复整宗庙。此是后话。

再说郑庄公归国，厚赏瑕叔盈，思念颍考叔不置。深恨射考叔之人，而不得其名。乃使从征之众，每百人为卒②，出猪一头，二十五人为行，出犬鸡㉓各一只，召巫史为文，以咒诅㉔之。公孙阏暗暗匿笑。如此咒诅，三日将毕，郑庄公亲率诸大夫往观。才焚祝文，只见一人蓬首垢面，径造㉕郑伯面前，跪哭而言曰："臣考叔先登许城，何负于国？被奸臣子都挟争车之仇，冷箭射死。臣已得请于上帝，许偿臣命。蒙主君垂念，九泉怀德！"言讫，以手自探其喉，喉中喷血如注，登时气绝。庄公认得此人是公孙阏，急使人救之，已呼唤不醒。原来公孙阏被颍考叔附魂索命，自诉于郑伯之前，到此方知射考叔者，即阏也。郑庄公嗟叹不已。感考叔之灵，命于颍谷立庙祀之。今河南府登封县，即颍谷故地，有颍大夫庙，又名纯孝㉖庙。洧川㉗亦有之。陇西居士有诗讥庄公云：

争车方罢复伤身，乱国全然不忌君。

若使群臣知畏法，何须鸡犬黩明神？

庄公又分遣二使，将礼币往齐、鲁二国称谢。齐国无话。单说所遣鲁国使臣回来，缴上礼币，原书不启。庄公问其缘故，使者奏曰："臣方入鲁境，闻知鲁侯被公子翚所弑，已立新君，国书不合，不敢轻投。"庄公曰："鲁侯谦让宽柔，乃贤君也，何以见弑？"使者曰："其故臣备闻之。鲁先君惠公㉘元妃㉙早薨，宠姜仲子㉚立为继室，生子名轨㉛，欲立为嗣。鲁侯乃他妾之子也。惠公薨，群臣以鲁侯年长，奉之为君。鲁侯承父之志，每言：'国乃轨之国也，因其年幼，寡人暂时居摄㉜耳。'子翚求为太宰之官，鲁侯曰：'俟轨居君位，汝自求之。'公子翚反疑鲁侯有忌轨之心，密奉鲁侯曰：'臣闻"利器㉝入手，不可假人㉞"。主公已嗣爵为君，

国人悦服，千岁而后<sup>㉟</sup>，便当传之子孙。何得以居摄为名，起人非望？今轨年长，恐将来不利于主，臣请杀之，为主公除此隐忧何如？'鲁侯掩耳曰：'汝非痴狂，安得出此乱言！吾已使人于菟裘<sup>㊱</sup>筑下宫室，为养老计，不日当传位于轨矣。'翚默然而退，自悔失言，诚恐鲁侯将此一段话告轨，轨即位，必当治罪。黈夜<sup>㊲</sup>往见轨，反说：'主公见汝年齿渐长，恐来争位。今日召我入宫，密嘱行害于汝。'轨惧而问计。翚曰'他无仁，我无义。公子必欲免祸，非行大事不可。'轨曰：'彼为君已十一年矣，臣民信服。若大事不成，反受其殃。'翚曰：'吾已为公子定计矣。主公未立之先，曾与郑君战狐壤<sup>㊳</sup>，被郑所获，因于郑大夫尹氏之家。尹氏素奉祀一神，名曰钟巫<sup>㊴</sup>。主公暗地祈祷，谋逃归于鲁国。卜卦得吉，乃将实情告于尹氏。那时尹氏正不得志于郑，乃与主公共逃至鲁。遂立钟巫之庙于城外，每岁冬月，必亲自往祭。今其时矣。祭则必馆于㒼大夫之家。吾预使勇士充作徒役，杂居左右，主公不疑，俟其睡熟刺之，一夫之力耳。'轨曰：'此计虽善，然恶名何以自解？'翚曰：'吾预嘱勇士潜逃，归罪于㒼大夫，有何不可？'子轨下拜曰：'大事若成，当以太宰相屈。'子翚如计而行，果弑鲁侯。今轨已嗣为君，翚为太宰，讨㒼氏以解罪。国人无不知之，但畏翚权势，不敢言耳。"

庄公乃问于群臣曰："讨鲁与和鲁，二者孰利？"祭仲曰："鲁、郑世好，不如和之。臣料鲁国不日有使命至矣。"言未毕，鲁使已及馆驿。庄公使人先叩其来意。言："新君即位，特来修先君之好，且约两国君面会订盟。"庄公厚礼其使，约定夏四月中，于越⑩地相见，歃血立誓，永好无渝。自是鲁、郑信使不绝。时周桓王之九年⑪也。髯翁读史至此，论公子翚兵权在手，伐郑伐宋，专行无忌，逆端已见；及请杀弟轨，隐公亦谓其乱言矣。若暴明其罪，肆⑫诸市朝，弟轨亦必感德。乃告以让位，激成弑逆之恶，岂非优柔不断，自取其祸？有诗叹云：

跋扈将军素横行，履霜全不戒坚冰⑬。

菟裘空筑人难老，㒼氏谁为抱不平？

又有诗讥钟巫之祭无益。诗曰：

狐壤逃归庙额题，年年设祭报神私。

钟巫灵感能相助，应起天雷击子翚。

却说宋穆公之子冯，自周平王末年奔郑，至今尚在郑国。忽一日传言："有宋使至郑，迎公子冯回国，欲立为君。"庄公曰："莫非宋君臣哄冯回去，欲行杀害？"祭仲曰："且待接见使臣，自有国书。"

不知书中如何，且看下回分解。

【注释】

①宾王上爵：指宋国。宋为殷商王室之后，故称宾王。周赐予公爵，

为爵位中最上等。

　　②迁怒：指把对郑、鲁、齐的愤怒移至戴国，这等于给宋国又增加了一个敌人。故句前说"孔父嘉不知兵"。

　　③衔枚卧鼓：指悄悄进军。人口中衔着枚子，不能说话。鼓横卧着，不能敲击。

　　④石厚手中败将：指东门之役，公子吕曾诈败于石厚。见第五回。

　　⑤兜鍪（móu 谋）：古代作战时戴的头盔。

　　⑥卮（zhī 之）：一种较大酒杯。

⑦时来：春秋时郑地名。在今河南郑州市北。

⑧周桓王八年：即公元前712年，郑庄公32年。

⑨不禄：士、大夫死均称不禄，意指不再享受俸禄。

⑩太宫：或称大宫，始祖之庙。郑之始祖为周厉王，开国君郑桓公乃厉王之幼子。

⑪教场：即演武场。

⑫虬（qiú 求）须：卷曲的胡须。

⑬雉冠：用雉尾作装饰之冠。

⑭抹额：束额巾，也称抹头。古时武士多用之。

⑮公族大夫：国君宗室中任大夫者。

⑯姣（jiāo 交）：美丽。孟子的话见《告子上》。但话中的子都是否即为公孙阏，各家说法不一。

⑰不共（gōng 工）职贡：即未能按职责进贡。共，同"供"。

⑱轈（cháo 潮）车：兵车的一种，较高，车上加巢，可以瞭望敌方。

⑲太阳：指太阳穴。

⑳太岳：古代人名，相传为帝尧时官员。一说为尧时官名，即四岳。旧说许为尧时四岳伯益之后。

㉑六尺之孤：年幼的孤儿。春秋时尺较今尺为短，六尺亦属未成人之身高。

㉒卒：春秋时军队组织单位，百人为卒。下文之"行"（háng 杭）也是组织单位。

㉓犬、鸡：古人祭祀，例用猪、犬、鸡三物。君以豕（猪），臣以犬，民以鸡。

㉔咒诅（zǔ 阻）：用咒语告神，请神惩罚嫁祸于某人。

㉕径造：直接到。

㉖纯孝：大孝。出《左传·隐元年》："颍考叔，纯孝也。"

㉗洧川：即第四回之曲洧，在今河南长葛市境。郑庄公掘地见母处。

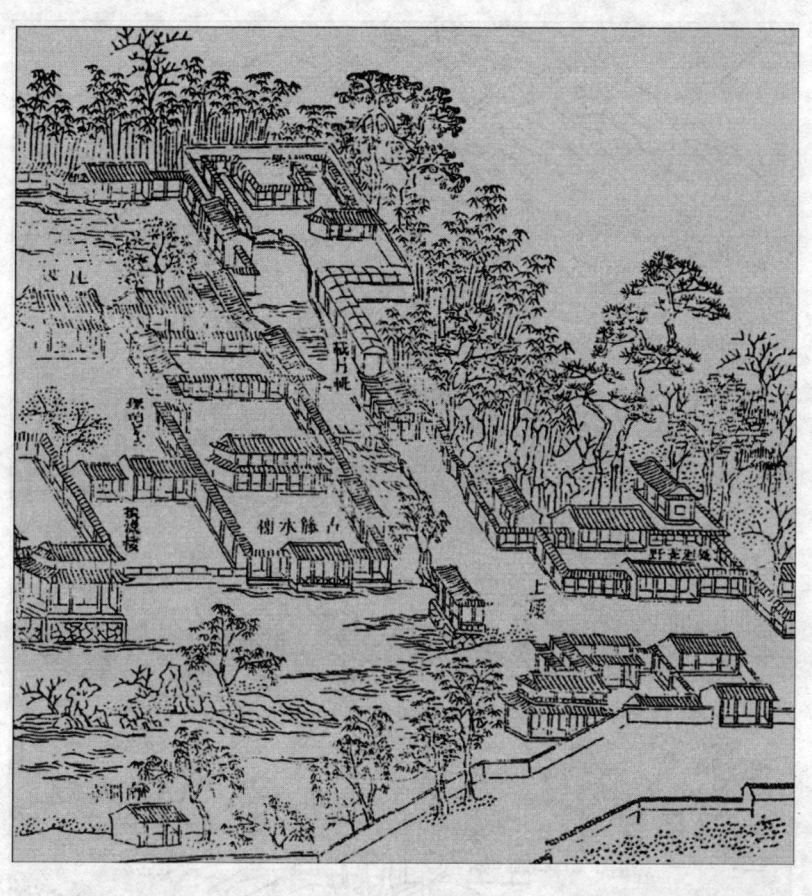

㉘鲁惠公：名姬弗湼，鲁孝公子。在位四十六年（前768—前732）。

㉙元妃：国君或诸侯的结发嫡妻。

㉚仲子：人名，宋武公之女，子姓。实为鲁惠公继娶之妻，并非宠妾。据说她生下来就有"为鲁夫人"的手纹。

㉛轨：《史记·鲁世家》作允。实应为軌，古允字。轨乃軌之误。此人即鲁桓公。

㉜居摄：指暂居王位，处理政务。

㉝利器：锐利的兵器，即刀剑之属。又作为国家权力的象征。《老子》："国之利器，不可以示人。"

㉞假人：交给别人。

㉟千岁而后：意指死后，百年之后。因隐公乃诸侯，故称千岁。

㊱菟（tù 兔）裘：春秋时鲁国地名，在今山东泗水县境内。

㊲夤（yín 寅）夜：深夜。

㊳狐壤：春秋时郑国地名，在今河南许昌市北。鲁与郑战于狐壤一事，本书未记。

㊴钟巫：似为郑大夫尹氏的家神。

㊵越：古地名。在今山东曹县附近。

㊶桓王之九年：即公元前 711 年。

㊷肆：处死刑后陈尸于市场以示众。

㊸"履霜"句：语出《易经·坤》："履霜坚冰至。"意指鲁隐公不知防微杜渐，及早警惕。正如走在霜上而不能预见大地冰封的寒冬即将到临。

## 第八回　立新君华督行赂
## 败戎兵郑忽辞婚

　　话说宋殇公与夷，自即位以来，屡屡用兵，单说伐郑，已是三次①了。只为公子冯在郑，故忌而伐之。太宰华督②素与公子冯有交，见殇公用兵于郑，口中虽不敢谏阻，心上好生不乐。孔父嘉是主兵之官，华督如何不怪他？每思寻端杀害，只为他是殇公重用之人，掌握兵权，不敢动手。自伐戴一出，全军覆没，孔父嘉只身逃归，国人颇有怨言，尽说："宋君不恤百姓，轻师好战，害得国中妻寡子孤，户口耗减。"华督又使心腹人于里巷布散流言，说："屡次用兵，皆出孔司马主意。"国人信以为然，皆怨司马，华督正中其怀。又闻说孔父嘉继室魏氏，美艳非常，世无其比，只恨不能一见。忽一日魏氏归宁，随外家出郊省墓。时值春月，柳色如烟，花光似锦，正士女踏青之候。魏氏不合揭起车幨③，偷觑外边光景。华督正在郊外游玩，蓦然相遇，询知是孔司马家眷，大惊曰："世间有此尤物④，名不虚传矣！"日夜思想，魂魄俱销。"若后房得此一位美人，足够下半世受用！除是杀其夫，方可以夺其妻"。由此害嘉之谋益决。

　　时周桓王十年春蒐⑤之期，孔父嘉简阅车马，号令颇严。华督又使心腹人在军中扬言："司马又将起兵伐郑，昨日与太宰会议已定，所以今日治兵。"军士人人恐惧，三三两两，俱往太宰门上诉苦，求其进言于君，休动干戈。华督故意将门闭紧，但遣阍⑥人于门隙中，以好言抚慰。军士求见愈切，人越聚得多了，多有带器械者。看看天晚，不得见太宰，呐喊起来。自古道："聚人易，散人难。"华督知军心已变，衷甲⑦佩剑而出，传命开门，教军士立定，不许喧哗。自己当门而立，先将一番假慈悲的话，稳住众心，然后说："孔司马主张用兵，殃民毒众。主君偏于信任，

不从吾谏。三日之内，又要大举伐郑。宋国百姓何罪，受此劳苦！"激得众军士咬牙切齿，声声叫杀。华督假意解劝："你们不可造次，若司马闻知，奏知主公，性命难保！"众军士纷纷都道："我们父子亲戚，连岁争战，死亡过半。今又大举出征，那郑国将勇兵强，如何敌得他过？左右是死，不如杀却此贼，与民除害，死而无怨！"华督又曰："'投鼠者当忌其器⑧'，司马虽恶，实主公宠幸之臣，此事决不可行！"众军士曰："若得

太宰做主，便是那无道昏君，吾等也不怕他！"一头说，一头扯住华督袍袖不放，齐曰："愿随太宰杀害民贼！"

当下众军士帮助舆人，驾起车来。华督被众军士簇拥登车，车中自有心腹紧随。一路呼哨，直至孔司马私宅，将宅子团团围住。华督吩咐："且不要声张，待我叩门，于中取事。"其时黄昏将尽，孔父在内室饮酒，闻外面叩门声急，使人传问，说是："华太宰亲自到门，有机密事相商。"孔父嘉忙整衣冠，出堂迎接。才启大门，外边一片声呐喊，军士蜂拥而入。孔父嘉心慌，却待转步，华督早已登堂，大叫："害民贼在此，何不动手？"嘉未及开言，头已落地。华督自引心腹，直入内室，抢了魏氏，登车而去。魏氏在车中计无所施，暗解束带，自系其喉，比及到华氏之门，气已绝矣。华督叹息不已，吩咐载去郊外藁葬，⑨严戒同行人从，不许宣扬其事。嗟乎！不得一夕之欢，徒造万劫之怨，岂不悔哉！众军士乘机将孔氏家私，掳掠罄尽。孔父嘉止一子，名木金父，年尚幼，其家臣抱之奔鲁。后来以字为氏，曰孔氏。孔圣仲尼，即其六世之孙也。

且说宋殇公闻司马被杀，手足无措。又闻华督同往，大怒，即遣人召之，欲正其罪。华督称疾不赴。殇公传令驾车，欲亲临孔父之丧。华督闻之，急召军正⑩谓曰："主公宠信司马，汝所知也。汝曹擅杀司马，乌得无罪？先君穆公舍其子而立主公，主公以德为怨，任用司马，伐郑不休。今司马受戮，天理昭彰。不若并行大事⑪，迎立先君之子，转祸为福，岂不美哉？"军正曰："太宰之言，正合众意。"于是号召军士，齐伏孔氏之门，只等宋公一到，鼓噪而起，侍卫惊散，殇公遂死于乱军之手。华督闻报，衰服⑫而至，举哀者再。乃鸣鼓以聚群臣，胡乱将军中一二人坐罪行诛，以掩众目，倡言："先君之子冯，见在郑国，人心不忘先君，合当迎立其子。"百官唯唯而退。华督遂遣使往郑报丧，且迎公子冯。一面将宋国宝库中重器，行赂各国，告明立冯之故。

且说郑庄公见了宋使，接了国书，已知来意，便整备法驾，送公子冯归宋为君。公子冯临行，泣拜于地曰："冯之残喘，皆君所留。幸而返国，得延先祀。当世为陪臣⑬，不敢贰心。"庄公亦为鸣咽。公子冯回宋，华督奉之为君，是为庄公⑭。华督仍为太宰，分赂各国，无不受纳。齐侯、鲁侯、郑伯同会于稷⑮，以定宋公之位。使华督为相。史官有诗叹曰：

春秋篡弑叹纷然，宋鲁奇闻只隔年。

列国若能辞贿赂，乱臣贼子岂安眠！

又有诗单说宋殇公背义忌冯，今日见弑，乃天也。诗曰：

穆公让国乃公心，可恨殇公反忌冯。

今日殇亡冯即位，九泉羞见父和兄。

单表齐僖公自会稷回来，中途接得警报："今有北戎⑯主，遣元帅大良、小良，帅戎兵一万，来犯齐界，已破祝阿⑰，直攻历下⑱。守臣不能抵当，连连告急。乞主公速回。"僖公曰："北戎屡次侵扰，不过鼠窃狗偷而已。今番大举入犯，若使得利而去，将来北鄙必无宁岁。"乃分遣人于鲁、卫、郑三处借兵，一面同公子元、公孙戴仲等，前去历城拒敌。

却说郑庄公闻齐有戎患，乃召世子忽谓曰："齐与郑同盟，且郑每用兵，齐必相从。今来乞师，宜速往救。"乃选车三百乘，使世子忽为大将，高渠弥副之，祝聘为先锋，星夜望齐国进发。闻齐僖公在历下，径来相见。时鲁、卫二国之师，尚未曾到。僖公感激无已，亲自出城犒军，与世子忽商议退戎之策。世子忽曰："戎用徒⑲，易进亦易败；我用车，难败亦难进。然虽如此，戎性轻而不整⑳，贪而无亲，胜不相让，败不相救，是可诱而取也。况彼恃胜，必然轻进。若以偏师当敌，诈为败走，戎必来追。吾预伏兵以待之，追兵遇伏，必骇而奔，奔而逐之，必获全胜。"僖公曰："此计甚妙！齐兵伏于东，以遏其前；郑兵伏于北，以逐其后。首尾攻击，万无一失。"世子忽领命自去北路，分作两处埋伏去了。僖公召公子元授计："汝可领兵伏于东门，只等戎军来追，即忙杀出。"使公孙戴仲引一军诱敌："只要输不要赢，诱至东门伏兵之处，便算有功。"

分拨已定，公孙戴仲开关搦战。戎帅小良持刀跃马，领着戎兵三千，出寨迎敌。两下交锋，约二十合，戴仲气力不加，回车便走，却不进北关，绕城向东路而去。小良不舍，尽力来追。大良见戎兵得胜，尽起大军随后。将近东门，忽然炮声大震，金鼓喧天，茨苇㉑中都是伏兵，如蜂攒蝇集。小良急叫中计，拨回马头便走，反将大良后队冲动，立脚不牢，一齐都奔。公孙戴仲与公子元合兵追赶。大良吩咐小良上前开路，自己断后，且战且走，落后者俱被齐兵擒斩。戎兵行至鹊山，回顾追军渐远，喘息方定。正欲埋锅造饭，山坳里喊声大举，一枝军马冲出，口称："郑国上将高渠弥在此！"大良、小良慌忙上马，无心恋战，夺路奔逃。高渠弥

随后掩杀。约行数里之程，前面喊声又起，却是世子忽引兵杀到，后面公子元率领齐兵亦至，杀得戎兵七零八落，四散逃命。小良被祝聃一箭，正中脑袋，坠马而死。大良匹马溃围而出，正遇着世子忽，大良措手不及，亦被世子忽斩之。生擒甲首②三百，死者无算。

世子忽将大良、小良首级并甲首，都解到齐侯军前献功。僖公大喜曰："若非世子如此英雄，戎兵安得便退？今日社稷安靖，皆世子之所赐也。"世子忽曰："偶效微劳，何烦过誉？"于是僖公遣使止住鲁、卫之兵，免劳跋涉。命大排筵席，专待世子忽。席间又说起："小女愿备箕帚<sup>㉓</sup>。"世子忽再三谦让。席散之后，僖公使夷仲年私谓高渠弥曰："寡君慕世子英雄，愿缔姻好。前番遣使，未蒙见允。今日寡君亲与世子言之，世子执意不从，不知何意。大夫能玉成其事，请以白璧二双、黄金百镒为献。"高渠弥领命，来见世子，备道齐侯相慕之意，"若谐婚好，异日得

此大国相助，亦是美事"。世子忽曰："昔年无事之日，蒙齐侯欲婚我，我尚然不敢仰攀。今奉命救齐，幸而成功，乃受室而归，外人必谓我挟功求娶，何以自明？"高渠弥再三撺掇<sup>㉔</sup>，只是不允。次日，齐僖公又使夷

仲年来议婚，世子忽辞曰："未禀父命，私婚有罪。"即日辞回本国。齐僖公怒曰："吾有女如此，何患无夫？"

再说郑世子忽回国，将辞婚之事，禀知庄公。庄公曰："吾儿能自立功业，不患无良姻也。"祭足私谓高渠弥曰："君多内宠㉕，公子突、公子仪、公子亹三人，皆有觊觎㉖之志。世子若结婚大国，犹可藉其助援，齐不议婚，犹当请之，奈何自剪羽翼耶？吾子从行，何不谏之？"高渠弥曰："吾亦言之，奈不听何？"祭足叹息而去。髯翁有诗，单论子忽辞婚之事。诗曰：

丈夫作事有刚柔，未必辞婚便失谋。

试咏《载驱》并《敝笱》㉗，鲁桓可是得长筹㉘？

高渠弥素与公子亹相厚，闻祭足之语，益相交结。世子忽言于庄公曰："渠弥与子亹私通，往来甚密，其心不可测也。"庄公以世子忽之言，面责渠弥。渠弥讳言无有，转背即与子亹言之。子亹曰："吾父欲用汝为正卿，为世子所阻而止，今又欲断吾两人之往来。父在日犹然，若父百年之后，岂复能相容乎？"高渠弥曰："世子优柔不断，不能害人，公子勿忧也。"子亹与高渠弥自此与世子忽有隙。后来高渠弥弑忽立亹，盖本于此。

再说祭足为世子忽画策，使之结婚于陈，修好于卫，"陈、卫二国方睦，若与郑成鼎足之势，亦足自固"。世子忽以为然。祭足乃言于庄公，遣使如陈求婚，陈侯从之。世子忽至陈，亲迎妫氏以归。鲁桓公亦遣使求婚于齐。只因齐侯将女文姜许婚鲁侯，又生出许多事来。

要知后事，且看下回分解。

## 【注释】

①三次：第一次为州吁联合五国兵围郑东门；第二次指宋师移兵长葛，并攻破之；第三次为卫、宋偷袭郑国。

②太宰华督：宋戴公孙，宣公、穆公堂弟。子姓，名督，字华父。亦称华父督或太宰督。

③车幰（xiǎn 显）：即车幔。

④尤物：特出的人物，后来多用来指绝色美女。

⑤蒐（sōu 搜）：本义为聚集，引申为检阅军队。

⑥阍（hūn 昏）人：守门人，负责传达通报等事。

⑦衷甲：内披铁甲，外穿常服。

⑧"投鼠"句：语出西汉贾谊《陈政事疏》。器指器物、器皿。此处借喻宋殇公。意思是说：杀掉孔父嘉，会牵连到宋殇公。

⑨藁葬：草草埋葬。

⑩军正：军中执法之官。

⑪大事：暗指弑君之事。

⑫衰（cuī崔）服：即丧服。衰，同"缞"。用粗麻布缝制的孝服。

⑬陪臣：诸侯之大夫，对天子称陪臣。大夫之家臣，对诸侯亦称陪臣。这里用前一义。

⑭庄公：子姓，名冯（píng 凭）。宋穆公子，在位十九年（前710—前692）。

⑮稷：古地名。疑在宋国境内，具体地址不详。

⑯北戎：古代民族名。春秋时分布在今河北玉田县西北无终山一带，故又称无终或山戎。

⑰祝阿：春秋时齐地名，在今山东长清区西北。

⑱历下：古城邑名，春秋时属齐。因城在历山之下，故亦称历城。故址在今山东历城县西。

⑲徒：即徒兵。指没有战车之步卒。

⑳轻而不整：轻躁而散漫。轻，浮躁轻敌。整，整齐，纪律严格。

㉑茨（cí 词）苇：杂草。茨为蒺藜，苇即芦苇。

㉒甲首：指战车上的带甲士卒。

㉓箕帚：畚箕与扫帚之类洒扫工具，借指负担家务劳动，后代用作妻子的代称。

㉔撺掇（cuān duó 氽夺）：怂恿，劝诱。

㉕内宠：指帝王宫内宠爱的人，多指姬妾妃嫔，亦可指宦官和男宠。

㉖觊觎（jì yú 季鱼）：非分的指望，此指希图嗣位为君。

㉗《载驱》并《敝笱（gǒu 狗）》：二诗皆《诗经·齐风》中篇名。据旧说，都是讽刺齐僖公女文姜而作。《载驱》刺文姜虽已出嫁，仍归国与其同父异母之兄齐襄公私通。《敝笱》则讽刺文姜之夫鲁桓公不能阻止文姜的淫乱行为。

㉘"鲁桓"句：鲁桓，即鲁桓公姬允，在位十八年（前711—前694）。齐僖公欲许婚郑子忽不成，乃将文姜嫁给鲁桓公。但鲁桓公终于因为发现文姜与其兄私通一事而遭杀害。事见以下第九、第十二回。这句反问鲁桓公与文姜成婚不知是否算是好的谋划？筹，筹码，谋划。

# 第九回　齐侯送文姜婚鲁
# 祝聃射周王中肩

　　话说齐僖公生有二女，皆绝色也。长女嫁于卫，即卫宣姜，另有表白在后。单说次女文姜，生得秋水为神，芙蓉如面，比花花解语，比玉玉生香，真乃绝世佳人，古今国色。兼且通今博古，出口成文，因此号为文姜。世子诸儿，原是个酒色之徒，与文姜虽为兄妹，各自一母。诸儿长于文姜只二岁，自小在宫中同行同坐，戏耍顽皮。及文姜渐已长成，出落得如花似玉，诸儿已通情窦①，见文姜如此才貌，况且举动轻薄，每有调戏之意。那文姜妖淫成性，又是个不顾礼义的人，语言戏谑，时及闾巷秽亵，全不避忌。诸儿生得长身伟干，粉面朱唇，天生的美男子，与文姜倒是一对人品。可惜产于一家，分为兄妹，不得配合成双。如今聚于一处，男女无别，遂至并肩携手，无所不至。只因碍着左右宫人，单少得同衾贴肉了。也是齐侯夫妇溺爱子女，不预为防范，以致儿女成禽兽之行，后来诸儿身弑国危，祸皆由此。自郑世子忽大败戎师，齐僖公在文姜面前，夸奖他许多英雄，今与议婚，文姜不胜之喜。及闻世子忽坚辞不允，心中郁闷，染成一疾，暮热朝凉，精神恍惚，半坐半眠，寝食俱废。有诗为证：

　　二八深闺不解羞，一桩情事锁眉头。

　　鸾凰不入情丝网②，野鹜家鸡总是愁。

　　世子诸儿以候病为名，时时闯入闺中，挨坐床头，遍体抚摩，指问疾苦，但耳目之际，仅不及乱。

　　一日，齐僖公偶到文姜处看视，见诸儿在房，责之曰："汝虽则兄妹，礼宜避嫌。今后但遣宫人致候，不必自到。"诸儿唯唯而出，自此相见遂稀。未几，僖公为诸儿娶宋女，鲁、莒③俱有媵④。诸儿爱恋新婚，兄妹踪迹益疏。文姜深闺寂寞，怀念诸儿，病势愈加，却是胸中展转，难以出口。正是：哑子漫尝黄柏⑤味，自家有苦自家知。有诗为证：

　　春草醉春烟，深闺人独眠。积恨颜将老，相思心欲燃。几回明月夜，飞梦到郎边。

　　却说鲁桓公即位之年，年齿已长，尚未聘有夫人。大夫臧孙达进曰："古者，国君年十五而生子。今君内主⑥尚虚，异日主器⑦何望？非所以重宗庙也。"公子翚曰："臣闻齐侯有爱女文姜，欲妻郑世子忽而不果，君盍⑧求之？"桓公曰："诺。"即使公子翚求婚于齐。齐僖公以文姜病中，请缓其期。宫人却将鲁侯请婚的喜信，报知文姜。文姜本是过时思想之症，得此消息，心下稍舒，病觉渐减。及齐、鲁为宋督一事，共会于稷，鲁侯当面又以姻事为请。齐侯期以明岁。至鲁桓公三年⑨，又亲至嬴⑩地，与齐侯为会。齐僖公感其殷勤，许之。鲁侯遂于嬴地纳币⑪，视常礼加倍隆重。傅公大喜，约定秋九月，自送文姜至鲁成婚。鲁侯乃使公子翚至齐迎女。齐世子诸儿闻文姜将嫁他国，从前狂心，不觉复萌，使宫人假送花朵于文姜，附以诗曰：

　　桃有华，灿灿其霞[12]。当户不折，飘而为苴[13]。吁嗟兮复吁嗟！

文姜得诗，已解其情，亦复以诗曰：

　　桃有英[14]，烨烨其灵[15]。今兹[16]不折，讵无来春？叮咛兮复叮咛！

诸儿读其答诗，知文姜有心于彼，想慕转切。

未几，鲁使上卿公子翚如齐，迎取文姜。齐僖公以爱女之故，欲亲自往送。诸儿闻之，请于父曰："闻妹子将适鲁侯，齐、鲁世好，此诚美事。但鲁侯既不亲迎，必须亲人往送。父亲国事在身，不便远离，孩儿不才，愿代一行！"僖公曰："吾已亲口许下自往送亲，安可失信？"说犹未毕，人报："鲁侯停驾讙邑[17]，专候迎亲。"僖公曰："鲁，礼义之国，中道迎亲，正恐劳吾入境，吾不可以不往。"诸儿默然而退，姜氏心中亦如有所失。其时，秋九月初旬，吉期已迫，文姜别过六宫妃眷，到东宫来别哥哥诸儿。诸儿整酒相待，四目相视，各不相舍，只多了元妃在坐。且其父僖公遣宫人守候，不能交言，暗暗嗟叹。临别之际，诸儿挨至车前，单道个："妹子留心，莫忘'叮咛'之句。"文姜答言："哥哥保重，相见有日。"齐僖公命诸儿守国，亲送文姜至讙，与鲁侯相见。鲁侯叙甥舅[18]之礼，设席款待。从人皆有厚赐。僖公辞归。鲁侯引文姜到国成亲。一来，齐是个大国，二来，文姜如花绝色，鲁侯十分爱重。三朝见庙[19]，大夫宗妇[20]，俱来朝见君夫人[21]。僖公复使其弟夷仲年聘[22]鲁，问候姜氏。自此齐、鲁亲密。不在话下。无名子有诗，单道文姜出嫁事。诗云：

　　从来男女慎嫌微，兄妹如何不隔离？

　　只为临歧言保重，致令他日玷中闱[23]。

话分两头。再说周桓王自闻郑伯假命伐宋，心中大怒，竟使虢公林父[24]独秉朝政，不用郑伯。郑庄公闻知此信，心怨桓王，一连五年不朝。桓王曰："郑寤生无礼甚矣！若不讨之，人将效尤[25]。朕当亲帅六军[26]，往声其罪。"虢公林父谏曰："郑有累世卿士之劳，今日夺其政柄，是以不朝。且宜下诏征之，不必自往，以亵天威。"桓王忿然作色曰："寤生欺朕，非止一次，朕与寤生誓不两立！"乃召蔡、卫、陈三国，一同兴师伐郑。

是时陈侯鲍方薨，其弟公子佗字伍父，弑太子免而自立，谥鲍为桓公。国人不服，纷纷逃散。周使征兵，公子佗㉑初即位，不敢违王之命。只得纠集车徒，遣大夫伯爰诸统领，望郑国进发。蔡、卫各遣兵从征。桓王使虢公林父将右军，以蔡、卫之兵属之；使周公黑肩将左军，陈兵属之；王自统大兵为中军，左右策席。

郑庄公闻王师将至，乃集诸大夫问计，群臣莫敢先应。正卿祭足曰："天子亲自将兵，责我不朝，名正言顺，不如遣使谢罪，转祸为福。"庄公怒曰："王夺我政权，又加兵于我，三世勤王之绩，付与东流。此番若不挫其锐气，宗社难保。"高渠弥曰："陈与郑素睦，其助兵乃不得已也。蔡、卫与我夙仇，必然效力。天子震怒自将，其锋不可当，宜坚壁㉒以待之，俟其意怠，或战或和，可以如意。"大夫公子元进曰："以臣战君，于理不直，宜速不宜迟也。臣虽不才，愿献一计。"庄公曰："卿计如何？"子元曰："王师既分为三，亦当为三军以应之。左右二师，皆结方阵，以左军当其右军，以右军当其左军，主公自率中军以当王。"庄公曰："如此可必胜乎？"子元曰："陈佗弑君新立，国人不顺，勉从征调，其心必离。若令右军先犯陈师，出其不意，必然奔窜。再令左军径奔蔡、卫，蔡、卫闻陈败，亦将溃矣。然后合兵以攻王卒，万无不胜。"庄公曰："卿料敌如指掌，子封不死矣！"

正商议间，疆吏报："王师已至繻葛㉙，三营联络不断。"庄公曰："但须破其一营，余不足破也。"乃使大夫曼伯引一军为右拒㉚，使正卿祭足引一军为左拒，自领上将高渠弥、原繁、瑕叔盈、祝聃等，建蝥弧大旗于中军。祭足进曰："蝥弧所以胜宋、许也。'奉天讨罪'，以伐诸侯则

可，以伐王则不可。"庄公曰："寡人思不及此！"即命以大旆易之，仍使瑕叔盈执掌。其蝥弧置于武库，自后不用。高渠弥曰："臣观周王，颇知

兵法。今番交战，不比寻常，请为鱼丽之阵。"庄公曰："鱼丽阵如何？"
高渠弥曰："甲车二十五乘为偏③，甲士五人为伍③。每车一偏在前，别用
甲士五五二十五人随后，塞其阙漏。车伤一人，伍即补之③，有进无退。
此阵法极坚极密，难败易胜。"庄公曰："善。"三军将近繻葛，扎住营
寨。桓王闻郑伯出师抵敌，怒不可言，便欲亲自出战。虢公林父谏止之。
次日各排阵势，庄公传令："左右二军，不可轻动。只看军中大旆展动，
一齐进兵。"

　　且说桓王打点一番责郑的说话，专待郑君出头打话，当阵诉说，以折
其气。郑君虽列阵，只把住阵门，绝无动静。桓王使人挑战，并无人应。
将至午后，庄公度王卒已怠，教瑕叔盈把大旆麾动，左右二拒，一齐鸣
鼓，鼓声如雷，各各奋勇前进。

　　且说曼伯杀入左军，陈兵原无斗志，即时奔散，反将周兵冲动。周公
黑肩阻遏不住，大败而走。再说祭足杀入右军，只看蔡、卫旗号冲突将
去。二国不能抵当，各自觅路奔逃。虢公林父仗剑立于车前，约束军人：
"如有乱动者斩！"祭足不敢逼。林父缓缓而退，不折一兵。再说桓王在
中军，闻敌营鼓声震天，知是出战，准备相持。只见士卒纷纷耳语，队伍
早乱。原来望见溃兵，知左右二营有失，连中军也立脚不住，却被郑兵如
墙而进，祝聃在前，原繁在后，曼伯、祭足亦领得胜之军，并力合攻。杀
得车倾马毙，将陨兵亡。桓王传令速退，亲自断后，且战且走。祝聃望见
绣盖④之下，料是周王，尽着眼力觑真，一箭射去，正中周王左肩。幸裹
甲坚厚，伤不甚重。祝聃催车前进，正在危急，却得虢公林父前来救驾，
与祝聃交锋。原繁、曼伯一齐上前，各骋英雄，忽闻郑中军鸣金⑤甚急，
遂各收军。桓王引兵退二十里下寨。周公黑肩亦至，诉称陈人不肯用力，
以至于败。桓王赧然⑥曰："此朕用人不明之过也！"

　　祝聃等回军，见郑庄公曰："臣已射王肩，周王胆落，正待追赶，生
擒那厮，何以鸣金？"庄公曰："本为天子不明，将德为怨，今日应敌，
万非得已。赖诸卿之力，社稷无陨足矣，何敢求多！依你说取回天子，如

何发落？即射王亦不可也。万一重伤殒命，寡人有弑君之名矣！"祭足曰："主公之言是也。今吾国兵威已立，料周王必当畏惧。宜遣使问安，稍致殷勤，使知射肩，非出主公之意。"庄公曰："此行非仲不可。"命备牛十二头，羊百只，粟刍之物共百余车，连夜到周王营内。祭足叩首再三，口称："死罪臣寤生，不忍社稷之陨，勒兵自卫。不料军中不戒，有犯王躬。寤生不胜战兢觳觫㊲之至！谨遣陪臣足，待罪辕门，敬问无恙。不腆㊳敝赋，聊充劳军之用，惟天王怜而赦之！"桓王默然，自有惭色。虢公林父

从旁代答曰："寤生既知其罪，当从宽宥，来使便可谢恩。"祭足再拜稽首而出，遍历各营，俱问安否。史官有诗叹云：

漫夸神箭集王肩，不想君臣等地天。

对垒公然全不让，却将虚礼媚王前。

又髯翁有诗讥桓王不当轻兵伐郑，自取其辱。诗云：

明珠弹雀㊴古来讥，岂有天王自出车？

传檄四方兼贬爵，郑人宁不惧王威！

桓王兵败归周，不胜其忿，便欲传檄四方，共声郑寤生无王之罪。虢公林父谏曰："王轻举丧功，若传檄四方，是自彰其败也。诸侯自陈、卫、蔡三国而外，莫非郑党。征兵不至，徒为郑笑。且郑已遣祭足劳军谢罪，可借此赦宥，开郑自新之路。"桓王默然。自此更不言郑事。

却说蔡侯因遣兵从周伐郑，军中探听得陈国篡乱，人心不服公子佗，于是引兵袭陈。

不知胜败如何，且看下回分解。

## 【注释】

①情窦：指男女恋情的萌动。

②鸾凰：鸾和凰，皆瑞鸟名，常用以比喻贤士淑女。此喻文姜。青，谐音情。不入情丝网，指婚姻未成。

③莒（jǔ 举）：周诸侯国名。己姓，一说曹姓。地在今山东莒县、诸城、沂水一带。

④媵（yìng 应）：随嫁之妾。春秋时盛行媵妾制度。"诸侯娶一国，则二国往媵之。"（《公羊传》）诸儿娶宋女为妻，而鲁、莒两国宗室之女均往陪嫁。陪嫁者也可以是妻子的妹妹。见第五回厉妫、戴妫姊妹同媵卫庄公。

⑤黄柏：一称黄蘖（bò 簸）。乔木，皮与根可入药，味极苦。

⑥内主：诸侯的夫人，指主持宫内事务。

⑦主器：主持祭祀的人。此指嫡长子。古礼规定，祭祀应由诸侯或诸侯之嫡长子主持。

⑧盍（hé 何）：何不。

⑨鲁桓公三年：即元前 709 年，周桓王 11 年。

⑩嬴：齐地名。在今山东莱芜市西北。

⑪纳币：古婚礼中六礼之一，又称纳征。即送聘金与女方。女方接受

并回书，婚姻乃定。

⑫灿灿其霞：光辉灿烂像云霞一般。

⑬苴（chá 茶）：枯干的草。"生曰草，枯曰苴。"（王逸《楚辞注》）此指枯萎。

⑭英：与前首之"华"均指花。

⑮烨烨（yè 夜）其灵：非常繁茂仿佛有神灵一样。

⑯今兹：今年。兹，年。

⑰灌（xuān 宣）邑：古邑名，在齐、鲁两国交界处。在今山东宁阳县北。

⑱甥舅：即翁婿。女婿可称岳父为外舅，故岳父亦可称女婿曰甥。

⑲见庙：应作庙见。古婚礼：妇到夫家成婚，次日天明，拜见公婆。如公婆已死，则于第三日至庙中参拜，称庙见。

⑳宗妇：与国君同宗大夫之妇。即本宗妇女眷属。

㉑君夫人：国人称国君之妻曰君夫人。

㉒聘：春秋时，天子与诸侯或诸侯之间派大夫相访问，皆称为聘。

㉓玷中闱：玷污宫廷。中闱即嫡妻卧室，代指后宫。

㉔虢公林父：又名虢仲，仕周为卿士。与上文之虢公忌父并非一人。此人为南虢公。南虢亦为姬姓国，地在今山西平陆县一带。

㉕效尤：明知有错误而仿效之。

㉖六军：周代规定：天子有六军，诸侯大国三军，次国二军，小国一军。每军一万二千五百人。但东周时这一制度早已不存。

㉗公子佗：即妫佗。陈文公妫圉之子，桓公妫鲍之弟。即位后仅一年馀，便为蔡人所杀，故无谥号。

㉘坚壁：坚固其壁垒，即修筑好防御工事。

㉙繻（rú 如）葛：春秋时郑国地名。一说即长葛，今河南长葛市北有故城。

㉚拒：通"矩"。方形阵。

㉛偏：车战中战车的一种组织形式。由若干战车组成横向队列冲向敌阵。这一横向队列就叫偏。

㉜甲士五人为伍：甲士，即胄甲之士，指跟随在战车后面的徒兵。伍，古代军队的编制单位。五人为伍，意指五个甲士组成一横排。

㉝"车伤一人"二句：指战车上三员将士，即居中驾车的御、居左的主射和居右的执戈主刺击者，三人中有一人负伤，即以随车的甲士补充。

㉞绣盖：绣花车盖。车上遮阳御雨之具叫盖。

㉟鸣金：敲响金钲（zhēn g 征）。金钲为古乐器，形似钟而狭长，有长柄，用时口朝上，用以止众。古时击鼓进军，鸣金收兵。

㊱赧（nǎn 喃）然：惭愧脸红的样子。

㊲觳觫（hú sù 胡素）：恐惧颤抖的样子。

㊳不腆：不丰厚。自谦之辞。

㊴明珠弹雀：用珍贵的明珠去弹打不值钱的麻雀。比喻周桓王以天子之尊去和诸侯对阵，实在不值得。

# 第十回　楚熊通僭号称王
# 郑祭足被胁立庶

话说陈桓公之庶子名跃，系蔡姬所出，蔡侯封人①之甥也。因陈、蔡之兵一同伐郑，陈国是大夫伯爰诸为将，蔡国是蔡侯之弟蔡季为将。蔡季向伯爰诸私问陈事，伯爰诸曰："新君佗虽然篡立，然人心不服，又性好田猎，每每微服②从禽③于郊外，不恤国政，将来国中必然有变。"蔡季曰："何不讨其罪而戮之？"伯爰诸曰："心非不欲，恨力不逮耳！"及周王兵败，三国之师各回本国。蔡季将伯爰诸所言，奏闻蔡侯。蔡侯曰："太子免既死，次当吾甥即位。佗乃篡弑之贼，岂容久窃富贵耶？"蔡季奏曰："佗好猎，俟其出，可袭而弑也。"蔡侯以为然。乃密遣蔡季率兵车百乘，待于界口，只等逆佗出猎，便往袭之。

蔡季遣谍打探，回报："陈君三日前出猎，见④屯界口。"蔡季曰："吾计成矣。"乃将车马分为十队，都扮作猎人模样，一路打围前去。正遇陈君队中射倒一鹿，蔡季驰车夺之。陈君怒，轻身⑤来擒蔡季。季回车便走，陈君招引车徒赶来。只听得金锣一声响亮，十队猎人，一齐上前，将陈君拿住。蔡季大叫道："吾非别人，乃蔡侯亲弟蔡季是也。因汝国逆佗弑君，奉吾兄之命，来此讨贼。止诛一人，余俱不问。"众人俱拜伏于地，蔡季一一抚慰，言："故君之子跃，是我蔡侯外甥，今扶立为君，何如？"众人齐声答曰："如此甚合公心，某等情愿前导。"蔡季将逆佗即时枭首⑥，悬头于车上，长驱入陈。在先跟随陈君出猎的一班人众，为之开路，表明蔡人讨贼立君之意。于是市井不惊，百姓欢呼载道。蔡季至陈，

命以逆佗之首，祭于陈桓公之庙，拥立公子跃为君，是为厉公[7]。此周桓

王十四年之事也。公子佗篡位，才一年零六个月，为此须臾富贵，甘受万
载恶名，岂不愚哉！有诗为证：

　　弑君指望千年贵，淫猎谁知一旦诛！

　　若是凶人无显戮，乱臣贼子定纷如[8]。

陈自公子跃即位，与蔡甚睦，数年无事。这段话缴过[9]不题。

且说南方之国曰楚，芈姓[10]，子爵。出自颛顼帝孙重黎[11]，为高辛氏[12]
火正[13]之官，能光融天下，命曰祝融[14]。重黎死，其弟吴回嗣为祝融。生
子陆终，娶鬼方[15]国君之女，得孕怀十一年，开左胁，生下三子，又开右
胁，复生下三子。长曰樊，己姓，封于卫墟[16]，为夏伯，汤伐桀，灭之。
次曰参胡，斟姓，封于韩墟，周时为胡国[17]，后灭于楚。三曰彭祖，彭姓，
封于大彭，为商伯，商末始亡。四曰会人[18]，妘姓，封于郑墟。五曰安，

曹姓，封于邾墟⑲。六曰季连，芈姓，季连之苗裔，有名鬻熊⑳者，博学有道，周文王、武王俱师之。后世以熊为氏。成王时，举文武勤劳之后㉑，得鬻熊之曾孙熊绎，封于荆蛮㉒，胙㉓以子男之田㉔，都于丹阳㉕。五传至熊渠，甚得江汉间民和，僭号称王㉖。周厉王暴虐，熊渠畏其侵伐，去王号不敢称。又八传至于熊仪㉗，是为若敖。又再传至熊眴㉘，是为蚡冒。蚡冒卒，其弟熊通㉙，弑蚡冒之子而自立。

熊通强暴好战，有僭号称王之志。见诸侯戴周，朝聘不绝，以此犹怀观望。及周桓王兵败于郑，熊通益无忌惮，僭谋遂决。令尹斗伯比㉚进曰："楚去王号已久，今欲复称，恐骇观听。必先以威力制服诸侯方可。"熊通曰："其道如何？"伯比对曰："汉东㉛之国，惟随㉜为大。君姑以兵临随，而遣使求成焉。随服，则汉、淮诸国，无不顺矣。"熊通从之，乃亲率大军，屯于瑕㉝。遣大夫蒍章，求成于随。随有一贤臣，名曰季梁，又有一谀臣，名曰少师。随侯喜谀而疏贤，所以少师有宠。及楚使至随，随侯召二臣问之。季梁奏曰："楚强随弱，今来求成，其心不可测也。姑外为应承，而内修备御，方保无虞。"少师曰："臣请奉成约㉞，往探楚军。"随侯乃使少师至瑕，与楚结盟。

斗伯比闻少师将至，奏于熊通曰："臣闻少师乃浅近之徒，以谀得宠。今奉使来此探吾虚实，宜藏其壮锐，以老弱示之。彼将轻我，其气必骄。骄必怠，然后我可以得志。"大夫熊率比曰："季梁在彼，何益于事？"伯比曰："非为今日，吾以图其后也。"熊通从其计。少师入楚营，左右瞻视，见戈甲朽敝，人或老或弱，不堪战斗，遂有矜高之色，谓熊通曰："吾两国各守疆宇，不识上国之求成何意？"熊通谬应曰："敝邑连年荒歉，百姓疲羸，诚恐小国合党为梗㉟，故欲与上国约为兄弟，为唇齿之援耳。"少师对曰："汉东小国，皆敝邑号令所及㊱，君不必虑也。"熊通遂与少师结盟。少师行后，熊通传令班师。

少师还见随侯，述楚军羸弱之状："幸而得盟，即刻班师，其惧我甚矣！愿假臣偏师追袭之，纵不能悉俘以归，亦可掠取其半，使楚今后不敢

正眼视随。"随侯以为然。方欲起师，季梁闻之，趋入谏曰："不可，不可！楚自若敖、蚡冒以来，世修其政，冯陵<sup>㊲</sup>江汉，积有岁年。熊通弑侄而自立，凶暴更甚。无故请成，包藏祸心。今以老弱示我，盖诱我耳。若追之，必堕其计。"随侯卜之，不吉，遂不追楚师。熊通闻季梁谏止追兵，复召鬬伯比问计。伯比献策曰："请合诸侯于沈鹿<sup>㊳</sup>。若随人来会，服从必矣。如其不至，则以叛盟伐之。"熊通遂遣使遍告汉东诸国，以孟夏之朔<sup>㊴</sup>，于沈鹿取齐。

至期，巴、庸、濮、邓、鄾、绞、罗、郧、贰、轸、申、江诸国毕集<sup>㊵</sup>，惟黄<sup>㊶</sup>、随二国不至。楚子使薳章责黄。黄子遣使告罪。又使屈瑕责随，随侯不服。熊通乃率师伐随，军于汉、淮二水之间。随侯集群臣问拒楚之策。季梁进曰："楚初合诸侯，以兵临我，其锋方锐，未可轻敌。不如卑辞以请成。楚苟听我，复修旧好足矣。其或不听，曲在于楚。楚欺我之辞卑，士有怠心。我见楚之拒请，士有怒气。我怒彼怠，庶可一战，以图侥幸乎？"少师从旁攘臂言曰："尔何怯之甚也！楚人远来，乃自送死耳！若不速战，恐楚人复如前番遁逃，岂不可惜。"随侯惑其言，乃以少师为戎右，以季梁为御，亲自出师御楚[42]，布阵于青林山之下。季梁升车以望楚师，谓随侯曰："楚兵分左右二军。楚俗以左为上，其君必在左，君之所在，精兵聚焉。请专攻其右军，若右败，则左亦丧气矣。"少师曰："避楚君而不攻，宁不贻笑于楚人乎？"

随侯从其言，先攻楚左军。楚开阵以纳随师。随侯杀入阵中，楚四面伏兵皆起，人人勇猛，个个精强。少师与楚将鬭丹交锋，不十合，被鬭丹斩于车下。季梁保着随侯死战，楚兵不退。随侯弃了戎车，微服混于小军之中；季梁杀条血路，方脱重围。点视车卒，十分不存三四。随侯谓季梁曰："孤不听汝言，以至于此！"问："少师何在？"有军人见其被杀，奏知随侯，随侯叹息不已。季梁曰："此误国之人，君何惜焉？为今之计，作速请成为上。"随侯曰："孤今以国听子。"

季梁乃入楚军求成。熊通大怒曰："汝主叛盟拒会，以兵相抗。今兵败求成，非诚心也。"季梁面不改色，从容进曰："日者奸臣少师，恃宠贪功，强寡君于行阵，实非出寡君之意。今少师已死，寡君自知其罪，遣下臣稽首[43]于麾下。君若赦宥，当倡率汉东君长，朝夕在庭，永为南服[44]。惟君裁之！"鬭伯比曰："天意不欲亡随，故去其谀佞，随未可灭也。不若许成，使倡率汉东君长，颂楚功绩于周，因假位号，以镇服蛮夷，于楚无不利焉。"熊通曰："善。"乃使薳章私谓季梁曰："寡君奄有江汉，欲假位号，以镇服蛮夷。若徼惠[45]上国，率群蛮以请于周室，幸而得请，寡君之荣，实惟上国之赐。寡君戢兵[46]以待命。"

季梁归，言于随侯，随侯不敢不从。乃自以汉东诸侯之意，颂楚功绩，请王室以王号假楚，弹压[47]蛮夷。桓王不许。熊通闻之，怒曰："吾先人熊鬻，有辅导二王[48]之劳，仅封微国，远在荆山。今地辟民众，蛮夷莫不臣服，而王不加位，是无赏也。郑人射王肩，而王不能讨，是无罚也。无赏无罚，何以为王！且王号，我先君熊渠之所自称也。孤亦光复旧号，安用周为？"遂即中军自立为楚武王，与随人结盟而去。汉东诸国，各遣使称贺。桓王虽怒楚，无如之何。自此周室愈弱，而楚益无厌。熊通

卒，传子熊赀<sup>⑲</sup>，迁都于郢<sup>㊿</sup>。役属群蛮，骎骎<sup>㊿</sup>乎有侵犯中国<sup>㊿</sup>之势。后来若非召陵之师，城濮之战，则其势不可遏矣。

话分两头。再说郑庄公自胜王师，深嘉公子元之功，大城栎邑<sup>㊿</sup>，使之居守，比于附庸。诸大夫各有封赏，惟祝聃之功不录。祝聃自言于庄公。公曰：“射王而录其功，人将议我。”祝聃忿恨，疽发于背而死，庄公私给其家，命厚葬之。

周桓王十九年<sup>㊿</sup>夏，庄公有疾，召祭足至床头，谓曰：“寡人有子十一人，自世子忽之外，子突、子亹、子仪，皆有贵征。子突才智福禄，似又出三子之上。三子皆非令终<sup>㊿</sup>之相也。寡人意欲传位于突，何如？”祭足曰：“邓曼，元妃也。子忽嫡长，久居储位<sup>㊿</sup>，且屡建大功，国人信从。废嫡立庶，臣不敢奉命。”庄公曰：“突志非安于下位者，若立忽，惟有出突于外家<sup>㊿</sup>耳。”祭足曰：“知子莫如父，惟君命之。”庄公叹曰：“郑国自此多事矣！”乃使公子突出居于宋。五月，庄公薨。世子忽即位，是为昭公<sup>⑤⑧</sup>。使诸大夫分聘各国。祭足聘宋，因使察子突之变。

却说公子突之母，乃宋雍氏之女，名曰雍姞。雍氏宗族，多仕于宋，宋庄公甚宠任之。公子突被出在宋，思念其母雍姞，与雍氏商议归郑之策。雍氏告于宋公，宋公许为之计。适祭足行聘至宋，宋公喜曰："子突之归，只在祭仲身上也。"乃使南宫长万伏甲士于朝以待。祭足入朝，致聘行礼毕，甲士趋出，将祭足拘执，祭足大呼："外臣<sup>⑤⑨</sup>何罪?"宋公曰："姑至军府<sup>⑥⑩</sup>言之。"

是日，祭足被囚于军府，甲士周围把守，水泄不通。祭足疑惧，坐不安席。至晚，太宰华督携酒亲至军府，与祭足压惊。祭足曰："寡君使足修好上国，未有开罪，不知何以触怒? 将寡君之礼，或有所缺，抑使臣之不职<sup>⑥⑪</sup>乎?"华督曰："皆非也。公子突之出于雍，谁不知之。今子突窜伏在宋，寡君悯焉。且子忽柔懦，不堪为君。吾子若能行废立之事，寡君愿与吾子世修姻好。惟吾子图之!"祭足曰："寡君之立，先君所命也。以臣废君，诸侯将讨吾罪矣。"华督曰："雍姞有宠于郑先君，母宠子贵，不亦可乎? 且弑逆之事，何国蔑有? 惟力是视，谁加罪焉!"因附祭足之耳曰："吾寡君之立，亦有废而后兴<sup>⑥⑫</sup>。子必行之，寡君当任其无咎。"祭足皱眉不答。华督又曰："子必不从，寡君将命南宫长万为将，发车六百乘，纳公子突于郑。出军之日，斩吾子以殉于军，吾见子止于今日矣!"祭足大惧，只得应诺。华督复要之立誓，祭足曰："所不立公子突者，明神殛之!"史官有诗讥祭足云：

丈夫宠辱不能惊，国相如何受胁陵!

若是忠臣拚一死，宋人未必敢相轻。

华督连夜还报宋公，说："祭足已听命了。"

次日，宋公使人召公子突至于密室，谓曰："寡人与雍氏有言，许归吾子。今郑国告立新君，有密书及寡人曰：'必杀之，愿割三城为谢。'寡人不忍，故私告子。"公子突拜曰："突不幸，越<sup>⑥③</sup>在上国。突之死生，已属于君。若以君之灵，使得重见先人之宗庙，惟君所命，岂惟三城!"

宋公曰："寡人囚祭仲于军府，正惟公子之故。此大事非仲不成，寡人将盟之。"乃并召祭足使与子突相见，亦召雍氏，将废忽立突之事说明。三人歃血定盟，宋公自为司盟<sup>⑥</sup>，太宰华督莅事<sup>⑥</sup>。宋公使子突立下誓约，三城之外，定要白璧百双，黄金万镒<sup>⑥</sup>，每岁输谷三万钟，以为酬谢之礼。祭足书名为证。公子突急于得国，无不应承。宋公又要公子突将国政尽委祭足，突亦允之。又闻祭足有女，使许配雍氏之子雍纠，就教带雍纠归国成亲，仕以大夫之职。祭足亦不敢不从。

公子突与雍纠皆微服，诈为商贾，驾车跟随祭足，以九月朔日至郑，藏于祭足之家。祭足伪称有疾，不能趋朝。诸大夫俱至祭府问安。祭足伏死士<sup>⑥</sup>百人于壁衣<sup>⑥</sup>之中，请诸大夫至内室相见。诸大夫见祭足面色充盈，衣冠齐整，大惊曰："相君无恙，何不入朝？"祭足曰："足非身病，乃国病也。先君宠爱子突，嘱诸宋公，今宋将遣南宫长万为将，率车六百乘，辅突伐郑。郑国未宁，何以当之？"诸大夫面面相觑，不敢置对。祭足曰：

"今日欲解宋兵，惟有废立可免耳。公子突见在，诸君从否，愿一言而决！"高渠弥因世子忽谏止上卿之位，素与子忽有隙，挺身抚剑而言曰："相君此言，社稷之福，吾等愿见新君！"众人闻高渠弥之言，疑与祭足有约，又窥见壁衣有人，各怀悚惧，齐声唯唯。

　　祭足乃呼公子突至，纳之上坐。祭足与高渠弥先下拜，诸大夫没奈何，只得同拜伏于地。祭足预先写就连名表章，使人上之，言："宋人以重兵纳突，臣等不能事君矣。"又自作密启，启中言："主君之立，实非先君之意，乃臣足主之。今宋囚臣而纳突，要臣以盟，臣恐身死无益于君，已口许之。今兵将及郊，群臣畏宋之强，协谋往迎。主公不若从权<sup>69</sup>，暂时避位，容臣乘间再图迎复。"末写一誓云："违此言者，有如日<sup>70</sup>！"郑昭公接了表文及密启，自知孤立无助，与妫妃泣别，出奔卫国去了。

　　九月己亥日，祭足奉公子突即位，是为厉公<sup>71</sup>。大小政事，皆决于祭足。以女妻雍纠，谓之雍姬。言干厉公，官雍纠以大夫之职。雍氏原是厉公外家，厉公在宋时，与雍氏亲密往来，所以厉公宠信雍纠，亚于祭足。

自厉公即位，国人俱已安服。惟公子覃、公子仪二人，心怀不平。又恐厉公加害，是月，公子害奔蔡，公子仪奔陈。宋公闻子突定位，遣人致书来贺。

因此一番使命，挑起两国干戈，且听下回分解。

## 【注释】

①蔡侯封人：即蔡桓侯姬封人。蔡宣侯之子。在位二十年（前714—前695）。蔡姬为宣侯之女，故蔡姬之子公子跃为桓侯外甥。

②微服：为隐蔽身分而改穿平民衣服。

③从禽：追逐飞禽走兽，即打猎。

④见：同"现"。

⑤轻身：空身，指一个人。

⑥枭（xiāo 肖）首：斩首并悬挂木上。

⑦厉公：即妫跃。陈桓公庶子。在位七年（前706—前700）。

⑧纷如：意同纷若，很多的样子。

⑨缴过：交代完，讲完。

⑩芈（mǐ 米）姓：楚君姓芈，熊氏。

⑪重黎：传说中人名，司天地之官。一说重黎本二人，重为木正，黎为火正。楚君乃黎之后。

⑫高辛氏：上古帝喾之号。据说为帝尧之父，居亳。

⑬火正：古代掌管火政之官。

⑭祝融：火神之名。祝之义为大，融之义为明，意即火神。言其生时为火正之官，死后将作火神，故以祝融命名。

⑮鬼方：殷周时西北部族名。其居处据考证在岐周以西，即陕西西部，甘肃东南部。

⑯卫墟：即昆吾墟。地在卫都濮阳之西，故称卫墟。樊号昆吾，故又

称昆吾墟。

⑰胡国：周时国名，在今安徽阜阳一带。按：胡国为归姓，而非董姓。韩墟在山西、河南间，亦非胡国辖地。这几句乃由"参胡"二字附会为胡国，系无根之辞。

⑱会（kuài 快）人：古人名，相传为郐国祖先。郐后来为郑武公所灭，其地即新郑。参见第四回注。

⑲邾墟：邾，国名。曹姓。故址在今山东邹县一带。

⑳鬻熊：古人名。相传为楚之先祖，曾为周文王、武王之师。

㉑"举文武"句：谓推举周文王、周武王时立有功劳之人的后代。

㉒荆蛮：泛指江南一带。南方多为蛮族所居，并有荆山（在今湖北南漳县西）而得名。

㉓胙（zuò 坐）：赐予。

㉔子男之田：周分封诸侯，公侯得百里，伯得七十里，子、男各五十里。此指五十里见方的土地。

㉕丹阳：古邑名。在今湖北秭归县东南。楚都丹阳时称为西楚。

㉖僭号称王：超越本来的封号，自称为王。指熊渠立其三子为句亶王、鄂王和越章王。

㉗熊仪：字若傲，在位二十七年（前790—前763）。

㉘熊眴（shùn 顺）：字蚡冒，在位十七年（前757—前741）。一说他曾僭号称楚厉王。

㉙熊通：在位五十一年（前740—前689）。在第三十七年时，自立为武王。

㉚令尹斗伯比：令尹乃楚国官名，执掌军政大权，为楚之最高官职。斗伯比系楚王宗室。芈姓。楚王若傲之后，以斗为氏。

㉛汉东：汉水以东，即今江淮地区。

㉜随：周诸侯国名。姬姓。地在今湖北随州市一带。

㉝瑕（xiá 侠）：春秋时随地名，在今湖北随州市南。

㉞成约：结盟条件。

㉟合党为梗：联合起来反对我们。梗，阻隔。引申为反对。

㊱"皆敝邑"句：谓都在我国指挥之下，都服从我国号令。

㊲冯（píng 平）陵：同"凭陵"。侵凌，侵犯。

㊳沈鹿：春秋时楚地名，在今湖北钟祥市东。

㊴孟夏之朔：即四月初一。夏季三月，以孟夏、仲夏、季夏为名。

㊵"巴、庸"句：此十二国都是汉水以东江淮流域的一些小国。其中庸、邓、鄾、绞、罗、郧、贰、轸等八国分别在今湖北省竹山县、襄阳市北、襄阳旧治东北、郧城县，宜城市、安陆市、应山县、应城市一带。巴，即巴子国，在今四川东部。濮，在今湖南西北。申、江分别在今河南南阳市、息县一带。

㊶黄：春秋时国名。嬴姓，子爵。在今河南潢川县西北。

㊷ "乃以少师" 三句：意指少师、季梁、随侯三人同乘一车。少师居右，主击刺。季梁居中，主驾驭。随侯居左，主射箭。车左为主将地位。车右，即戎右，又称参乘。

㊸稽（qǐ 起）首：见第二回注②。

㊹南服：周代规定，王畿外围每五百里为一区划，按距离远近分为五等地带，称五服。楚及汉东诸国在中原南方，故称南服。服，本指服侍天子，这里借指服侍楚王。

㊺徼（yāo 夭）惠：求得恩惠。徼，通邀，要求。

㊻戢（jí 及）兵：息兵，休战。

㊼弹压：制服、镇压。

㊽二王：即周文王、周武王。

㊾熊赀：即楚文王。在位十三年（前 689—前 677）。

(50)郢（yǐng 影）：春秋时楚邑名。在今湖北江陵西北。因在纪山之南，又称纪南城。

(51)骎骎（qīn qīn 侵）：急迫的样子。

(52)中国：即中原地区，汉族居住之处，不包括周边其他民族地区。

(53)大城栎（yuè 月）邑：大规模修筑栎城。城，用作动词，筑城之意。栎邑，春秋时郑国别都，在今河南禹县。

(54)周桓王十九年：即公元前701年，郑庄公四十三年。

(55)令终：尽天年，得善终。

(56)储位：国君继承人的地位，多指太子或世子。

(57)外家：指外祖父家或舅家。

(58)昭公：即郑庄公子姬急。曾两次为君，第一次在公元前700年，在位仅五个月，被迫出亡；第二次在位二年（前696—前695），后被高渠弥所杀。

⑤外臣：古代诸侯国大夫对他国君主的自称。

⑥军府：军用储藏库，亦用以囚禁俘虏。

⑥不职：未能履行职责。

⑥废而后兴：指宋穆公死后，传位给其弟与夷，其子冯失去继承权。后华督弑与夷，子冯才得即位一事。

⑥越：流亡。

⑥司盟：主持盟约。

⑥莅（lì 立）事：参与其事。

⑥镒（yì 义）：古代重量单位。二十两（一说二十四两）为一镒。

⑥死士：敢死之士，实指甲士、武士。

⑥壁衣：装饰墙壁的帷幕。

⑥从权：采取应付性措施。权，意指变通。

⑦有如日：即指天为誓，太阳可以作证。

⑦厉公：即郑庄公子姬突。曾两次在位。第一次四年（前700—前697），第二次七年（前679—前673）。

# 第十一回 宋庄公贪赂构兵
郑祭足杀婿逐主

　　却说宋庄公遣人致书称贺，就索取三城，及白璧、黄金、岁输谷数。厉公召祭足商议。厉公曰："当初急于得国，以此恣其需索，不敢违命。今寡人即位方新，就来责偿；若依其言，府库一空矣。况嗣位之始，便失三城，岂不贻笑邻国？"祭足曰："可辞以人心未定，恐割地生变，愿以三城之贡赋，代输于宋。其白璧、黄金，姑与以三分之一，婉言谢之。岁输谷数，请以来年为始。"厉公从其言，作书报之。先贡上白璧三十双，黄金三千镒，其三城贡赋，约定冬初交纳。使者还报，宋庄公大怒曰："突死而吾生之，突贫贱而吾富贵之，区区所许，乃子忽之物，于突何与，而敢吝惜？"即日，又遣使往郑坐索，必欲如数。且立要交割三城，不愿输赋。

　　厉公又与祭足商议，再贡去谷二万钟。宋使去而复来，传言："若不满所许之数，要祭足自来回话。"祭足谓厉公曰："宋受我先君大德①，未报分毫。今乃恃立君之功，贪求无厌，且出言无礼，不可听也。臣请奉使齐、鲁，求其宛转②。"厉公曰："齐、鲁肯为郑用乎？"祭足曰："往年我先君伐许伐宋③，无役不与齐、鲁同事。况鲁侯之立，我先君实成之④。即齐不厚郑，鲁自无辞。"厉公曰："宛转之策何在？"祭足曰："当初华督弑君而立子冯，吾先君与齐、鲁，并受贿赂，玉成其事。鲁受郜之大鼎⑤，吾国亦受商彝⑥。今当诉告齐、鲁，以商彝还宋。宋公追想前情，必愧而自止。"厉公大喜曰："寡人闻仲之言，如梦初醒。"即遣使赍下礼币，分头往齐、鲁二国，告立新君，且诉以宋人忘恩背德，索赂不休之事。使人到鲁致命，鲁桓公笑曰：“昔者，宋君行赂于敝邑，止用一鼎。今得郑赂已多，犹未满意乎？寡人当身任之，即日亲往宋，为汝君求解。”使者谢别。

再说郑使往齐致命，齐僖公向以败戎之功，感激子忽，欲以次女文姜连姻。虽然子忽坚辞，到底齐侯心内，还偏向他一分。今日郑国废忽立突，齐侯自然不喜，谓使者曰：“郑君何罪，辄行废立？为汝君者，不亦难乎？寡人当亲率诸侯，相见于城下⑦。”礼币俱不受。使者回报厉公。厉公大惊，谓祭足曰：“齐侯见责，必有干戈之事，何以待之？”祭足曰：“臣请简兵蒐乘，预作准备，敌至则迎，又何惧焉？”

且说鲁桓公遣公子柔往宋，订期相会。宋庄公曰：“既鲁君有言相订，寡人当躬造⑧鲁境，岂肯烦君远辱⑨？”公子柔返命。鲁侯再遣人往约，酌地之中⑩，在扶钟⑪为会。时周桓王二十年⑫秋九月也。

　　宋庄公与鲁侯会于扶钟。鲁侯代郑称谢，并为求宽。宋公曰：“郑君受寡人之恩深矣！譬之鸡卵，寡人抱而翼之[13]，所许酬劳，出彼本心。今归国篡位，直欲负诺，寡人岂能忘情乎？”鲁侯曰：“大国所以赐郑者，郑岂忘之？但以嗣服未久，府库空虚，一时未得如约。然迟速之间，决不负诺。此事寡人可以力保。”宋公又曰：“金玉之物，或以府库不充为辞。若三城交割，只在片言，何以不决？”鲁侯曰：“郑君惧失守故业，遗笑列国，故愿以赋税代之，闻已纳粟万钟矣。”宋公曰：“二万钟之入，原在岁输数内，与三城无涉。况所许诸物，完未及半。今日尚然，异日事冷，寡人更何望焉？惟君早为寡人图之！”鲁侯见宋公十分固执，怏怏而罢。

　　鲁侯归国，即遣公子柔使郑，致宋公不肯相宽之语。郑伯又遣大夫雍纠捧着商彝，呈上鲁侯，言：“此乃宋国故物，寡君不敢擅留，请纳还宋府库，以当三城。更进白璧二十双，黄金二千镒，求君侯善言解释。”鲁桓公情不能已，只得亲至宋国，约宋公于谷丘[14]之地相会。二君相见礼毕，鲁侯又代郑伯致不安之意，呈上白璧、黄金如数。鲁侯曰：“君谓郑所许诸物，完未及半。寡人正言责郑，郑是以勉力输纳。"宋公并不称谢，但问三城何日交割。鲁侯曰："郑君念先人世守，不敢以私恩之故，轻弃封疆。今奉一物，可以相当。"即命左右将黄锦袱包裹一物，高高捧着，跪献于宋公之前。宋公闻说"私恩"二字，眉头微皱，已有不悦之意。及启袱观看，认得商彝，乃当初宋国赂郑之物，勃然变色，佯为不知，问："此物何用？"鲁侯曰："此大国故府之珍，郑先君庄公，向曾效力于上国，蒙上国赆[15]以重器，藏为世宝，嗣君[16]不敢自爱，仍归上国。乞念昔日更事之情[17]，免其纳地。郑先君咸受其赐，岂惟嗣君？"宋公见提起旧事，不觉两颊发赤，应曰："往事寡人已忘之矣，将归问之故府。"

正议论间，忽报："燕伯[18]朝宋，驾到谷丘。"宋公即请燕伯与鲁侯一处相见。燕伯见宋公，诉称："地邻于齐，尝被齐国侵伐。寡人愿邀君之灵[19]，请成于齐，以保社稷。"宋公许之。鲁侯谓宋公曰："齐与纪[20]世仇，尝有袭纪之心。君若为燕请成，寡人亦愿为纪乞好，各修和睦，免构干戈。"三君遂一同于谷丘结盟。鲁桓公回国，自秋至冬，并不见宋国回音。

郑国因宋使督促财贿，不绝于道，又遣人求鲁侯。鲁侯只得又约宋公于虚、龟[21]之境面会，以决平郑[22]之事。宋公不至，遣使报鲁曰："寡君与郑自有成约，君勿与闻可也。"鲁侯大怒，骂曰："匹夫贪而无信，尚然不可，况国君乎？"遂转辕至郑，与郑伯会于武父[23]之地，约定连兵伐宋。髯仙有诗云：

逐忽弑隐[24]并元凶，同恶相求意自浓。

只为宋庄贪诈甚，致令鲁郑起兵锋。

宋庄公闻鲁侯发怒，料想欢好不终，又闻齐侯不肯助突，乃遣公子游往齐结好，诉以子突负德之事："寡君有悔于心，愿与君协力攻突，以复故君忽之位，并为燕伯求平。"使者未返，宋疆吏报："鲁、郑二国兴兵来伐，其锋甚锐，将近睢阳。"宋公大惊，遂召诸大夫计议迎敌。公子御说谏曰："师之老壮[25]，在乎曲直。我贪郑赂，又弃鲁好，彼有词矣。不如请罪求和，息兵罢战，乃为上策。"南宫长万曰："兵至城下，不发一

矢自救，是示弱也，何以为国？”太宰督曰："长万言是也。”

宋公遂不听御说之言，命南宫长万为将。长万荐猛获为先锋，出车三百乘。两下排开阵势。鲁侯、郑伯并驾而出，停车阵前，单搦[26]宋君打话。宋公心下怀惭，托病不出。南宫长万远远望见两枝绣盖飘扬，知是二国之君，乃抚猛获之背曰："今日尔不建功，更待何时？”猛获应命，手握浑铁点钢矛[27]，麾车直进。鲁、郑二君看见来势凶猛，将车退后一步，左右拥出二员上将，鲁有公子溺，郑有原繁，各驾戎车迎住。先问姓名，答曰："吾乃先锋猛获是也。”原繁笑曰："无名小卒，不得污吾刀斧，换你正将来决一死敌。”猛获大怒，举矛直刺原繁。原繁抢刀接战。子溺指引鲁军，铁叶般裹来。猛获力战二将，全无惧怯。鲁将秦子、梁子，郑将檀伯，一齐俱上。猛获力不能加，被梁子一箭射着右臂，不能持矛，束手受缚。兵车甲士，尽为俘获，只逃走得步卒五十余人。

南宫长万闻败，咬牙切齿曰："不取回猛获，何面目入城？”乃命长子南宫牛，引车三十乘搦战："佯输诈败，诱得敌军追至西门，我自有计。"南宫牛应声而出，横戟大骂："郑突背义之贼，自来送死，何不速降？"刚遇郑将引着弓弩手数人，单车巡阵，欺南宫牛年少，便与交锋。未及三合，南宫牛回车便走，郑将不舍，随后赶来。将近西门，炮声大举，南宫长万从后截住，南宫牛回车，两下夹攻。郑将连发数箭，射南宫牛不着，心里落慌，被南宫长万跃入车中，只手擒来。郑将原繁，闻知本营偏将㉘单车赴敌，恐其有失，同檀伯引军疾驱而前。只见宋国城门大开，太宰华督自率大军，出城接应。这里鲁将公子溺，亦引秦子、梁子助战。两下各秉火炬，混杀一场，直杀至鸡鸣方止。宋兵折损极多。南宫长万将郑将献功，请宋公遣使到郑营，愿以郑将换回猛获。宋公许之。宋使至于郑营，说明交换之事。郑伯应允，各将槛车推出阵前，彼此互换。郑将归于郑营，猛获仍归宋城去了。是日各自休息不战。

却说公子游往齐致命，齐僖公曰："郑突逐兄而立，寡人之所恶也。但寡人方有事于纪，未暇及此。倘贵国肯出师助寡人伐纪，寡人敢不相助伐郑？"公子游辞了齐侯，回复宋公去讫。

再说鲁侯与郑伯在营中，正商议攻宋之策，忽报纪国有人告急。鲁侯召见，呈上国书，内言："齐兵攻纪至急，亡在旦夕。乞念婚姻世好，以一旅拔之水火。"鲁桓公大惊，谓郑伯曰："纪君告急，孤不得不救。宋城亦未可猝拔，不如撤兵，量宋公亦不敢复来索赂矣。"郑厉公曰："君既移兵救纪，寡人亦愿悉率敝赋㉙以从。"鲁侯大喜，即时传令拔寨，齐望纪国进发。鲁侯先行三十里，郑伯引军断后。宋国先得了公子游回音，后知敌营移动，恐别有诱兵之计，不来追赶，只遣谍远探。回报："敌兵尽已出境，果往纪国。"方才放心。太宰华督奏曰："齐既许助攻郑，我国亦当助其攻纪。"南宫长万曰："臣愿往。"宋公发兵车二百乘，仍命猛获为先锋，星夜前来助齐。

却说齐僖公约会卫侯，并征燕兵。卫方欲发兵，而宣公适病薨，世子朔即位，是为惠公㉚。惠公虽在丧中，不敢推辞，遣兵车二百乘相助。燕伯惧齐吞并，正欲借此修好，遂亲自引兵来会。纪侯见三国兵多，不敢出

战，只深沟高垒，坚守以待。忽一日报到：“鲁、郑二君，前来救纪。”纪侯登城而望，心中大喜，安排接应。

再说鲁侯先至，与齐侯相遇于军前。鲁侯曰：“纪乃敝邑世姻，闻得罪于上国，寡人躬来请赦。”齐侯曰：“吾先祖哀公为纪所谮<sup>®</sup>，见烹于周，于今八世，此仇未报。君助其亲，我报其仇，今日之事，惟有战耳。”鲁侯大怒，即命公子溺出车。齐将公子彭生接住厮杀。彭生有万夫不当之勇，公子溺如何敌得过？秦子、梁子二将，并力向前，未能取胜，刚办得架隔遮拦。卫、燕二主，闻齐、鲁交战，亦来合攻。却得后队郑伯大军已到，原繁引檀伯众将，直冲齐侯老营。纪侯亦使其弟嬴季，引军出城相助，喊声震天。公子彭生不敢恋战，急急回辕。六国<sup>®</sup>兵车，混做一处相杀。鲁侯遇见燕伯谓曰：“谷丘之盟，宋、鲁、燕三国同事。口血未干，宋人背盟，寡人伐之。君亦效宋所为，但知媚齐目前，独不为国家长计乎？"燕伯自知失信，垂首避去，托言兵败奔逃。卫无大将，其师先溃。齐侯之师亦败，杀得尸横遍野，流血成河。彭生中箭几死。正在危急，又得宋国兵到，鲁、郑方才收军。胡曾先生咏史诗云：

明欺弱小恣贪谋，只道孤城顷刻收。

他国未亡我已败，令人千载笑齐侯。

宋军方到，喘息未定，却被鲁、郑各遣一军冲突前来。宋军不能立营，亦大败而去。各国收拾残兵，分头回国。齐侯回顾纪城，誓曰："有我无纪，有纪无我，决不两存也！"纪侯迎接鲁、郑二君入城，设享款待，军士皆重加赏犒。嬴季进曰："齐兵失利，恨纪愈深。今幸两君在堂，愿求保全之策！"鲁侯曰："今未可也，当徐图之。"次日，纪侯远送出城三十里，垂泪而别。

鲁侯归国后，郑厉公又使人来修好，寻武父之盟。自此鲁、郑为一党，宋、齐为一党。时郑国守栎大夫子元已卒，祭足奏过厉公，以檀伯代之。此周桓王二十二年㉝也。

齐僖公为兵败于纪，怀愤成疾，是冬病笃，召世子诸儿至榻前嘱曰："纪吾世仇也，能灭纪者，方为孝子。汝今嗣位，当以此为第一件事。不能报此仇者，勿入吾庙！"诸儿顿首㉞受教。僖公又召夷仲年之子无知，使拜诸儿，嘱曰："吾同母弟，只此一点骨血，汝当善视之。衣服礼秩，一如我生前可也。"言毕，目遂瞑。诸大夫奉世子诸儿成丧即位，是为襄公。

宋庄公恨郑入骨，复遣使将郑国所纳金玉，分赂齐、蔡、卫、陈四国，乞兵复仇。齐因新丧，止遣大夫雍廪，率车一百五十乘相助。蔡、卫亦各遣将同宋伐郑。郑厉公欲战，上卿祭足曰："不可！宋大国也，起倾国之兵，盛气而来，若战而失利，社稷难保，幸而胜，将结没世之怨，吾国无宁日矣！不如纵之。"厉公意犹未决。祭足遂发令，使百姓城守，有请战者罪之。宋公见郑师不出，乃大掠东郊，以火攻破渠门㉟，入及大逵㊱，至于太宫，尽取其椽㊲以归，为宋卢门㊳之椽以辱之。郑伯郁郁不乐，叹曰："吾为祭仲所制，何乐乎为君？"于是阴有杀祭足之意。

明年春三月，周桓王病笃，召周公黑肩于床前，谓曰："立子以嫡，礼也。然次子克，朕所钟爱，今以托卿。异日兄终弟及，惟卿主持。"言讫遂崩。周公遵命，奉世子佗即王位，是为庄王<sup>㊲</sup>。

郑厉公闻周有丧，欲遣使行吊。祭足固谏，以为："周乃先君之仇，祝聃曾射王肩，若遣人往吊，只取其辱。"厉公虽然依允，心中愈怒。一日，游于后圃，止有大夫雍纠相从。厉公见飞鸟翔鸣，凄然而叹。雍纠进曰："当此春景融和，百鸟莫不得意。主公贵为诸侯，似有不乐之色，何也？"厉公曰："百鸟飞鸣自繇，全不受制于人。寡人反不如鸟，是以不乐。"雍纠曰："主公所虑，岂非秉钧㊵之人耶？"厉公嘿然。雍纠又曰："吾闻'君犹父也，臣犹子也'。子不能为父分忧，即为不孝；臣不能为君排难，即为不忠。倘主公不以纠为不肖，有事相委，不敢不竭死力！"

厉公屏去左右，谓雍纠曰："卿非仲之爱婿乎？"纠曰："婿则有之，爱则未也。纠之婚于祭氏，实出宋君所迫，非祭足本心。足每言及旧君，犹有依恋之心，但畏宋不敢改图耳。"厉公曰："卿能杀仲，吾以卿代之。但不知计将安出？"雍纠曰："今东郊被宋兵残破，民居未复。主公明日命司徒修整廛舍④，却教祭足赍粟帛往彼安抚居民，臣当于东郊设享②，以鸩酒毒之。"厉公曰："寡人委命于卿，卿当仔细。"

雍纠归家，见其妻祭氏，不觉有皇遽之色。祭氏心疑，问："朝中今日有何事？"纠曰："无也。"祭氏曰："妾未察其言，先观其色，今日朝中，必无无事之理。夫妇同体，事无大小，妾当与知。"纠曰："君欲使汝父往东郊安抚居民，至期，吾当设享于彼，与汝父称寿，别无他事。"祭氏曰："子欲享吾父，何必郊外？"纠曰："此君命也，汝不必问。"祭氏愈疑。乃醉纠以酒，乘其昏睡，佯问曰："君命汝杀祭仲，汝忘之耶？"纠梦中糊涂应曰："此事如何敢忘？"早起，祭氏谓纠曰："子欲杀吾父，吾已尽知矣。"纠曰："未尝有此。"祭氏曰："夜来子醉后自言，不必讳也。"纠曰："设有此事，与尔何如？"祭氏曰："既嫁从夫，又何说焉？"纠乃尽以其谋告于祭氏。祭氏曰："吾父恐行止未定，至期，吾当先一日归宁，怂恿其行。"纠曰："事若成，吾代其位，于尔亦有荣也。"

祭氏果先一日回至父家，问其母曰："父与夫二者孰亲？"其母曰："皆亲。"又问："二者亲情孰甚？"其母曰："父甚于夫。"祭氏曰："何也？"其母曰："未嫁之女，夫无定而父有定；已嫁之女，有再嫁而无再生。夫合于人，父合于天③，夫安得比于父哉？"其母虽则无心之言，却点醒了祭氏有心之听，遂双眼流泪曰："吾今日为父，不能复顾夫矣！"遂以雍纠之谋，密告其母。其母大惊，转告于祭足。祭足曰："汝等勿言，临时吾自能处分。"

至期，祭足使心腹强鉏，带勇士十余人，暗藏利刃跟随。再命公子阏率家甲百余，郊外接应防变。祭足行至东郊，雍纠半路迎迓，设享甚丰。祭足曰："国事奔走，礼之当然，何劳大享。"雍纠曰："郊外春色可娱，

聊具一酌节劳耳。"言讫，满斟大觥<sup>⑭</sup>，跪于祭足之前，满脸笑容，口称百寿。祭足假作相搀，先将左手握纠之臂，右手接杯浇地，火光迸裂，遂大喝曰："匹夫何敢弄吾！"叱左右："为我动手！"强鉏与众勇士一拥而上，擒雍纠缚而斩之，以其尸弃于周池。厉公伏有甲士在于郊外，帮助雍纠做事。早被公子阏搜着，杀得七零八落。厉公闻之，大惊曰："祭仲不吾容也！"乃出奔蔡国。后有人言及雍纠通知祭氏，以致祭足预作准备。厉公乃叹曰："国家大事，谋及妇人，其死宜矣！"

且说祭足闻厉公已出，乃使公父定叔<sup>⑮</sup>往卫国迎昭公忽复位，曰："吾不失信于旧君也！"

不知后事如何，且看下回分解。

【注释】

① "宋受我"句：我先君，指郑庄公。大德，指宋殇公即位，公子

冯奔郑，曾受到郑庄公庇护一事。见五、六、七回。

②宛转：从中转圜，调解挽回。

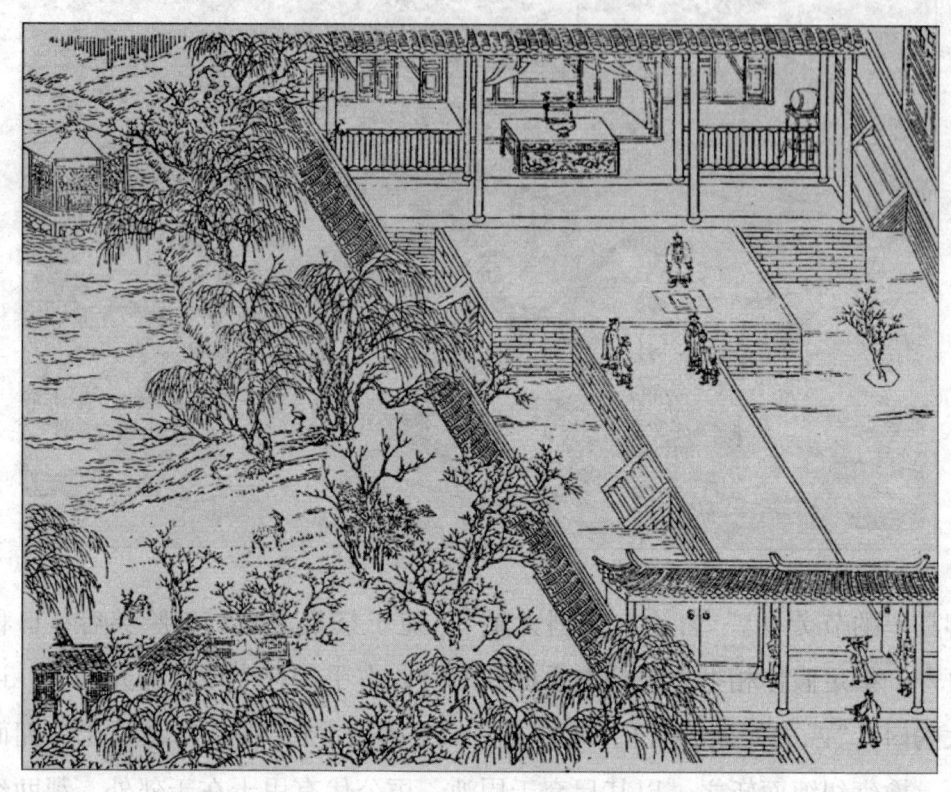

③"往年"句：指郑庄公邀集齐、鲁等国共同兴师，伐宋（见第六回），伐许（见第七回）。

④"鲁侯之立"句：指公子翚弑隐公，立桓公，得到郑庄公支持一事。见第七回。

⑤郜之大鼎：郜国所铸大鼎。郜，周代诸侯国名，始封之君为周文王子，故址在今山东城武县东南。春秋初年为宋所灭。鼎，古代一种烹饪器，三足两耳。后来逐渐以鼎作为传国之重器。

⑥商彝（yí 移）：商朝所铸的青铜祭器。彝，祭器名。敞口，圈足，两耳，可盛酒，多用青铜铸成。宋为商之后，此彝乃其祖先遗留。

⑦相见于城下：领兵讨伐的宛转说法。

⑧躬造：亲自抵达。

⑨远辱：委屈（鲁君）远道而来。

⑩酌地之中：选择两国中间地带。酌，斟酌，引申为考虑，选择。

⑪扶钟：一称夫钟，古地名。春秋初属郕国，后归鲁。在今山东汶上县东北。

⑫周桓王二十年：即元前700年。

⑬抱而翼之：孵化并保护他。抱，指鸡之孵卵。翼，翅膀覆盖。意同保护。

⑭谷丘：春秋时宋邑名，故址在今河南商丘县东南。

⑮贶（kuàng况）：赐与，惠赠。重器：宝器。

⑯嗣君：继位的国君，此指郑厉公。

⑰更（gēng耕）事之情：经历过有关事件的情况。更，经过。事，

暗指宋庄公奔宋一事。

⑱燕伯：此指南燕。与召公奭始封之北燕并非一国。南燕为姞姓，开国之君乃伯儵，相传为黄帝后裔，故址在今河南延津县东北。

⑲邀君之灵：仰仗宋公的威望。邀，求得。

⑳纪：周时诸侯国名，姜姓。故址在今山东寿光市东南。

㉑虚、龟：据《春秋》及《左传》，虚龟应为两地。鲁侯会宋公于虚在公元前700年八月，会宋公于龟则在同年十一月。虚，在今河南延津县东。龟，在今河南睢县境内。

㉒平郑：与郑国和解。

㉓武父：春秋时郑地。在今山东东明县南。

㉔逐忽弑隐：指郑厉公姬突由宋返国赶走昭公姬忽，以及公子翚串通鲁桓公杀掉鲁隐公这两件事。说明郑伯、鲁侯都是元凶。

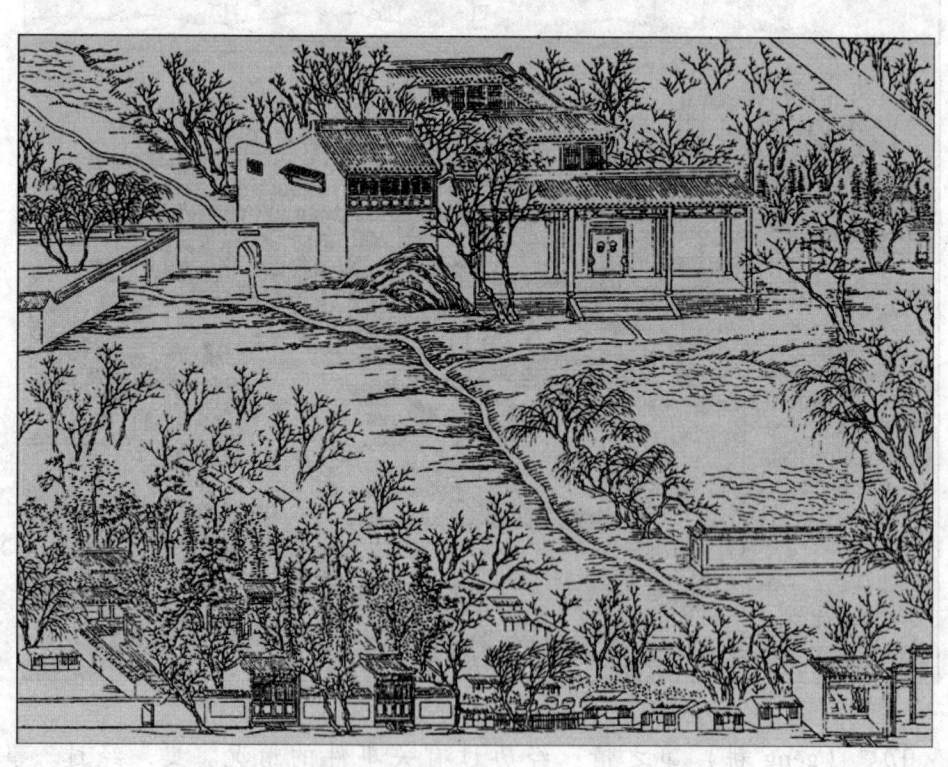

㉕老壮：指士气的衰落与旺盛。《左传·僖二十八年》："师直为壮，曲为老。"

㉖搦（nuò 诺）：挑惹。

㉗浑铁：纯铁。点钢矛：武器名。

㉘偏将：偏师之将，主将之外的副将。此偏将即前后文之郑将。均不言姓名。而明刊本作"祝聃"。因祝聃在十回中已"疽发于背而死"，故特改为无名之"郑将"。

㉙悉率敝赋：率领我国全部士卒。赋，兵员。古时按田赋出兵，故可称兵为赋。

㉚惠公：即卫惠公姬朔。卫宣公子。曾于公元前699年至前696年及前689年至前669年两次在位。

㉛"吾先祖"三句：齐哀公吕不振，荒淫田游。《诗经·齐风》有《鸡鸣》《还》二诗，按《诗序》均为讽刺哀公而作。纪侯谮之于周夷王，

夷王烹哀公。后历胡、献、武、厉、文、成、庄、禧共八世。谮，诬陷。此指夸大其辞。

㉜六国：指参加此次战斗的齐、燕、卫一方与纪、鲁、郑一方。共六国。

㉝周桓王二十二年：即公元前698年。

㉞顿首：指头叩地而拜。与稽首不同，"稽首拜，头至地也；顿首拜，头叩地也。"见《周礼注》。

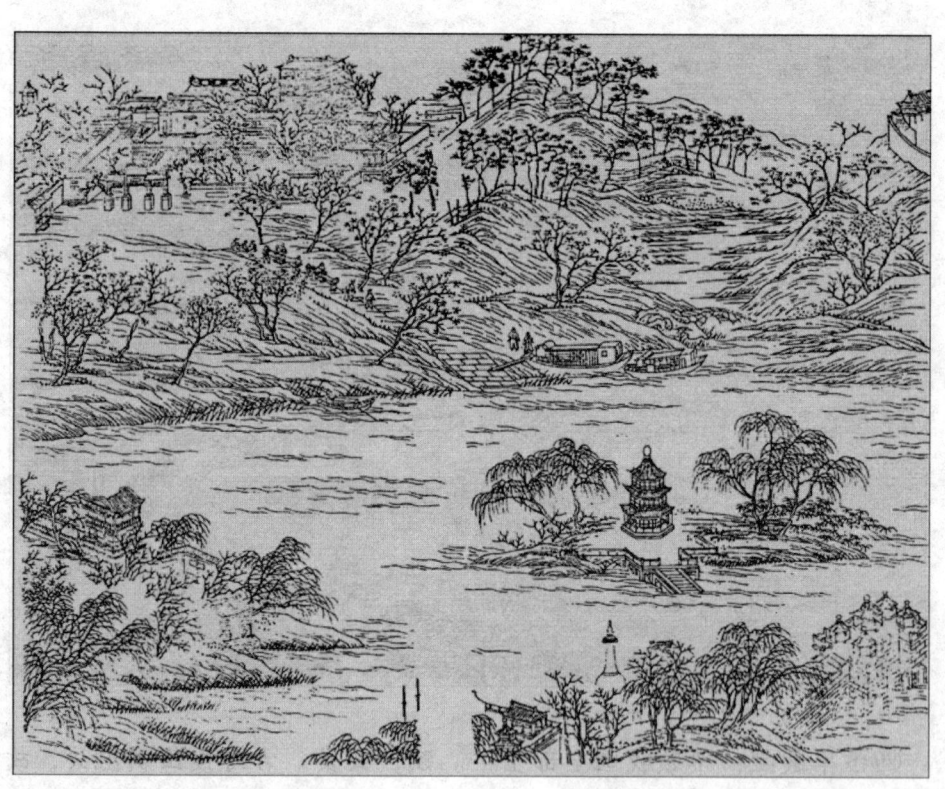

㉟渠门：郑都新郑东门。

㊱大逵：大街。即城内四通八达的宽阔街道。

㊲椽（chuán 船）：放在檩子上架屋瓦的木条。

㊳卢门：宋都商丘东城之南门。

㊴庄王：名姬佗，周桓王子。在位十五年（前696—前682）。

㊵秉钧：比喻执掌国政。钧为衡石，秉钧意即持衡，借指国事之轻重，都在手中掌握。郑国秉钧之人，暗指祭足。

㊶廛（chán 蝉）舍：屋舍。古称一家所居之房地曰廛。

㊷享：宴会，筵席。

㊸"夫合于人"二句：指夫妻配合出于人事安排，而父子之配合则归于天命。

㊹觥（gōng 工）：盛酒器。古时多用兽角制成，椭圆，有把手。

㊺公父定叔：此人为郑庄公胞弟共叔段之孙，公孙滑之子。

## 第十二回　卫宣公筑台纳媳
　　　　　　高渠弥乘间易君

　　却说卫宣公①名晋，为人淫纵不检。自为公子时，与其父庄公之妾名夷姜者私通，生下一子，寄养于民间，取名曰急子②。宣公即位之日，元配邢妃无宠，只有夷姜得幸，如同夫妇。就许立急子为嗣，属之于右公子职。时急子长成，已一十六岁，为之聘齐僖公长女。使者返国，宣公闻齐女有绝世之姿，心贪其色，而难于启口。乃构名匠筑高台于淇河③之上，朱栏华栋，重宫复室，极其华丽，名曰新台。先以聘宋为名，遣开急子。然后使左公子泄如齐迎姜氏，径至新台，自己纳之，是为宣姜。时人作《新台④》之诗，以刺其淫乱：

　　新台有泚⑤，河水弥弥⑥。燕婉⑦之求，籧篨不鲜⑧！

　　鱼网之设，鸿则离之⑨。燕婉之求，得此戚施⑩！

　　籧篨、戚施，皆丑恶之貌，以喻宣公。言姜氏本求佳偶，不意乃配此丑恶也。后人读史至此，言齐僖公二女，长宣姜，次文姜，宣姜淫于舅，文姜淫于兄，人伦天理，至此灭绝矣！有诗叹曰：

　　妖艳春秋首二姜，致令齐卫紊纲常。

　　天生尤物殃人国，不及无盐佐伯王⑪！

　　急子自宋回家，复命于新台。宣公命以庶母⑫之礼，谒见姜氏，急子全无几微怨恨之意。宣公自纳齐女，只往新台朝欢暮乐，将夷姜又撇一边。一住三年，与齐姜连生二子，长曰寿，次曰朔。自古道："母爱子抱。"宣公因偏宠齐姜，将昔日怜爱急子之情，都移在寿与朔身上，心中便想百年之后，把卫国江山，传与寿、朔兄弟，他便心满意足，反似多了急子一人。只因公子寿天性孝友，与急子如同胞一般相爱，每在父母面

前，周旋其兄。那急子又温柔敬慎，无有失德，所以宣公未曾显露其意。私下将公子寿嘱托左公子泄，异日扶他为君。那公子朔虽与寿一母所生，贤愚迥然不同，年齿尚幼，天生狡猾，恃其母之得宠，阴蓄死士，心怀非望。不惟憎嫌急子，并亲兄公子寿，也像赘疣<sup>⑬</sup>一般；只是事有缓急，先除急子要紧。常把些话挑激母亲，说："父亲眼下，虽然将我母子看待。有急子在先，他为兄，我等为弟，异日传位，蔑<sup>⑭</sup>不得长幼之序。况夷姜被你夺宠，心怀积忿。若急子为君，彼为国母，我母子无安身之地矣！"齐姜原是急子所聘，今日跟随宣公，生子得时，也觉急子与己有碍。遂与公子朔合谋，每每谗谮急子于父亲之前。

一日，急子诞日，公子寿治酒相贺，朔亦与席。坐间急子与公子寿说

话甚密。公子朔插嘴不下，托病先别，一径到母亲齐姜面前，双眼垂泪，扯个大谎，告诉道："孩儿好意同自己哥哥与急子上寿，急子饮酒半醺，戏谑之间，呼孩儿为儿子。孩儿心中不平，说他几句。他说：'你母亲原是我的妻子，你便称我为父，于理应该。'孩儿再待开口，他便奋臂要打。亏自己哥哥劝住，孩儿逃席而来。受此大辱，望母亲禀知父侯，与孩儿做主！"齐姜信以为然。待宣公入宫，呜呜咽咽的告诉出来，如此如此，这般这般。又装点几句道："他还要玷污妾身，说：'我母夷姜，原是父亲的庶母，尚然收纳为妻。况你母亲原是我旧妻，父亲只算借贷一般，少不得与卫国江山，一同还我。'"宣公召公子寿问之，寿答言："并无此说。"宣公半疑不信，但遣内侍传谕夷姜，责备他不能教训其子。夷姜怨气填胸，无处伸诉，投缳[15]而死。髯翁有诗叹曰：

父妾如何与子通？聚麀[16]传笑卫淫风。

夷姜此日投缳晚，何似当初守节终！

急子痛念其母，惟恐父亲嗔怪，暗地啼哭。公子朔又与齐姜谤说急子，因生母死于非命，口出怨言，日后要将母子偿命。宣公本不信有此事，无奈妒姜谗子，日夜撺掇[17]，定要宣公杀急子，以绝后患，不由宣公不听。但展转踌躇，终是杀之无名，必须假手他人，死于道路，方可掩人耳目。

其时，适齐僖公约会伐纪，征兵于卫。宣公乃与公子朔商议，假以往订师期为名，遣急子如齐，授以白旄[18]。此去莘野[19]，是往齐的要路，舟行至此，必然登陆，在彼安排急子，他必不作准备。公子朔向来私蓄死士，今日正用得着，教他假装盗贼，伏于莘野，只认白旄过去，便赶出一齐下手，以旄复命，自有重赏。公子朔处分已定，回复齐姜，齐姜心下十分欢喜。

却说公子寿见父亲屏去从人，独召弟朔议事，心怀疑惑。入宫来见母亲，探其语气。齐姜不知隐瞒，尽吐其实。嘱咐曰："此乃汝父主意，欲除我母子后患，不可泄漏他人。"公子寿知其计已成，谏之无益，私下来

见急子，告以父亲之计："此去莘野必由之路，多凶少吉。不如出奔他国，别作良图。"急子曰："为人子者，以从命为孝。弃父之命，即为逆子。世间岂有无父之国，即欲出奔，将安往哉？"遂束装下舟，毅然就道。

公子寿泣劝不从，思想："吾兄真仁人也！此行若死于盗贼之手，父亲立我为嗣，何以自明？子不可以无父，弟不可以无兄，吾当先兄而行，代他一死，吾兄必然获免。父亲闻吾之死，倘能感悟，慈孝两全，落得留名万古。"于是别以一舟载酒，亟往河下，请急子饯别。急子辞以："君命在身，不敢逗遛。"公子寿乃移樽过舟，满斟以进。未及开言，不觉泪珠坠于杯中。急子忙接而饮之。公子寿曰："酒已污矣！"急子曰："正欲饮吾弟之情也。"公子寿拭泪言曰："今日此酒，乃吾弟兄永诀之酒。哥哥若鉴小弟之情，多饮几杯。"急子曰："敢不尽量！"两人泪眼相对，彼此劝酬。公子寿有心留量，急子到手便吞，不觉尽醉，倒于席上，鼾鼾睡去。公子寿谓从人曰："君命不可迟也，我当代往。"即取急子手中白旄，故意建于舟首，用自己仆从相随。嘱咐急子随行人众，好生守候。袖中出一简，付之曰："俟世子酒醒后，可呈看也。"即命发舟。行近莘野，方欲整车登岸，那些埋伏的死士，望见河中行旌飘扬，认得白旄，定是急子到来，一声呼哨，如蜂而集。公子寿挺然出喝曰："吾乃本国卫侯长子，奉使往齐，汝等何人，敢来邀截？"众贼齐声曰："吾等奉卫侯密旨，来取汝首！"挺刀便砍。从者见势头凶猛，不知来历，一时惊散。可怜寿子引颈受刀，贼党取头，盛于木匣，一齐下船，偃旄而归。

再说急子酒量原浅，一时便醒，不见了公子寿，从人将简缄呈上，急子拆而看之，简上只有八个字云："弟已代行，兄宜速避。"急子不觉坠泪曰："弟为我犯难，吾当速往。不然，恐误杀吾弟也！"喜得仆从俱在，就乘了公子寿之舟，催趱舟人速行。真个似电流光绝，鸟逝超群。其夜月明如水，急子心念其弟，目不交睫，注视鹢首㉑之前，望见公子寿之舟，喜曰："天幸吾弟尚在！"从人禀曰："此来舟，非去舟也！"急子心疑，教拢船上去。两船相近，楼橹㉑俱明，舟中一班贼党，并不见公子寿之面。急子愈疑，乃佯问曰："主公所命，曾了事否？"众贼听得说出秘密，却认为公子朔差来接应的，乃捧函以对曰："事已了矣。"急子取函启视，见是公子寿之首，仰天大哭曰："天乎冤哉！"众贼骇然，问曰："父杀其子，何故称冤？"急子曰："我乃真急子也。得罪于父，父命杀我。此吾弟寿也，何罪而杀之？可速断我头，归献父亲，可赎误杀之罪。"贼党中有认得二公子者，于月下细认之，曰："真误矣！"众贼遂将急子斩首，并纳函中。从人亦皆惊散。《卫风》有《乘舟》之诗，正咏兄弟争死之事。诗曰：

二子乘舟，泛泛其景㉒，愿言思子，中心养养㉓！

二子乘舟，泛泛其逝，愿言思子，不瑕有害㉔！

诗人不敢明言，但追想乘舟之人，以寓悲思之意也。

再说众贼连夜奔入卫城，先见公子朔，呈上白旄，然后将二子先后被杀事情，细述一遍，犹恐误杀得罪。谁知一箭射双雕，正中了公子朔的隐怀，自出金帛，厚赏众贼。却入宫来见母亲说："公子寿载旌先行，自陨其命。喜得急子后到，天教他自吐真名，偿了哥哥之命。"齐姜虽痛公子寿，却幸除了急子，拔去眼中之钉，正是忧喜相半。母子商量，且教慢与宣公说知。

却说左公子泄，原受急子之托，右公子职，原受公子寿之托，二人各自关心，遣人打探消息，回报如此如此。起先未免各为其主，到此同病相怜，合在一处商议。候宣公早朝，二人直入朝堂，拜倒在地，放声大哭。宣公惊问何故，公子泄、公子职二人一辞，将急子与公子寿被杀情由，细

述一遍，"乞收拾尸首埋葬，以尽当初相托之情"。说罢哭声转高。宣公虽怪急子，却还怜爱公子寿，忽闻二子同时被害，吓得面如土色，半晌不言。痛定生悲，泪如雨下，连声叹曰："齐姜误我，齐姜误我！"即召公子朔问之，朔辞不知。宣公大怒，就着公子朔拘拿杀人之贼。公子朔口中应承，只是支吾，那肯献出贼党。

宣公自受惊之后，又想念公子寿，感成一病，闭眼便见夷姜、急子、寿子一班，在前啼啼哭哭。祈祷不效，半月而亡。公子朔发丧袭位，是为惠公[25]。时朔年一十五岁，将左右二公子罢官不用。庶兄公子硕字昭伯，心中不服，连夜奔齐。公子泄与公子职怨恨惠公，每思为急子及公子寿报仇，未得其便。

话分两头。却说卫侯朔初即位之年，因助齐攻纪，为郑所败，正在衔恨，忽闻郑国有使命至，问其来意，知郑厉公出奔，群臣迎故君忽复位，

心中大喜，即发车徒，护送昭公还国。祭足再拜，谢昔日不能保护之罪。昭公虽不治罪，心中怏怏，恩礼稍减于昔日。祭足亦觉局蹐[26]不安，每每称疾不朝。高渠弥素失爱于昭公，及昭公复国，恐为所害，阴养死士，为弑忽立亹之计。时郑厉公在蔡，亦厚结蔡人，遣人传语檀伯，欲借栎为巢窟，檀伯不从。于是使蔡人假作商贾，于栎地往来交易，因而厚结栎人，

暗约为助，乘机杀了檀伯。厉公遂居栎，增城浚池，大治甲兵，将谋袭郑，遂为敌国。祭足闻报大惊，急奏昭公，命大夫傅瑕屯兵大陵㉗，以遏厉公来路。厉公知郑有备，遣人转央鲁侯，谢罪于宋，许以复国之后，仍补前赂未纳之数。鲁使至宋，宋庄公贪心又起，结连蔡、卫，共纳厉公。时卫侯朔有送昭公复国之劳，昭公并不修礼往谢，所以亦怨昭公，反与宋公协谋，因即位以来，并未与诸侯相会，乃自将而往。

公子泄谓公子职曰："国君远出，吾等举事，此其时矣！"公子职曰："如欲举事，先定所立，人民有主，方保不乱。"正密议间，阍人报："大夫宁跪有事相访。"两公子迎入。宁跪曰："二公子忘乘舟之冤乎？今日机会，不可失也。"公子职曰："正议拥戴，未得其人。"宁跪曰："吾观群公子中，惟黔牟㉘仁厚可辅，且周王㉙之婿，可以弹压国人。"三人遂歃血定议。乃暗约急子、寿子原旧一班从人，假传一个谍报，只说："卫侯伐郑，兵败身死。"于是迎公子黔牟即位。百官朝见已毕，然后宣播卫朔构陷二兄，致父忿死之恶，重为急、寿二子发丧，改葬其柩。遣使告立君于周。宁跪引兵营于郊外，以遏惠公归路。公子泄欲杀宣姜，公子职止之曰："姜虽有罪，然齐侯之妹也，杀之恐得罪于齐。不如留之，以结齐好。"乃使宣姜出居别宫，月致廪饩无缺。

再说宋、鲁、蔡、卫，共是四国合兵伐郑。祭足自引兵至大陵，与傅瑕合力拒敌，随机应变，未尝挫失。四国不能取胜，只得引回。

单说卫侯朔伐郑无功，回至中途，闻二公子作乱，已立黔牟，乃出奔于齐国。齐襄公曰："吾甥也。"厚其馆饩，许以兴兵复国。朔遂与襄公立约："如归国之日，内府宝玉，尽作酬仪。"襄公大喜。忽报鲁侯使到。因齐侯求婚于周，周王允之，使鲁侯主婚㉚，要以王姬㉛下嫁。鲁侯欲亲自至齐，面议其事。襄公想起妹子文姜，久不相会，何不一同请来？遂遣使至鲁，并迎文姜。诸大夫请问伐卫之期。襄公曰："黔牟亦天子婿也。寡人方图婚于周，此事姑且迟之。"但恐卫人杀害宣姜，遣公孙无知纳公子硕于卫，私嘱无知，要公子硕烝㉜于宣姜，以为复朔之地。

公孙无知领命，同公子硕归卫，与新君黔牟相见。时公子硕内子<sup>③</sup>已卒，无知将齐侯之意，遍致卫国君臣，并致宣姜。那宣姜倒也心肯。卫国众臣，素恶宣姜僭位中宫，今日欲贬其名号，无不乐从。只是公子硕念父子之伦，坚不允从。无知私言于公子职曰："此事不谐，何以复寡君之

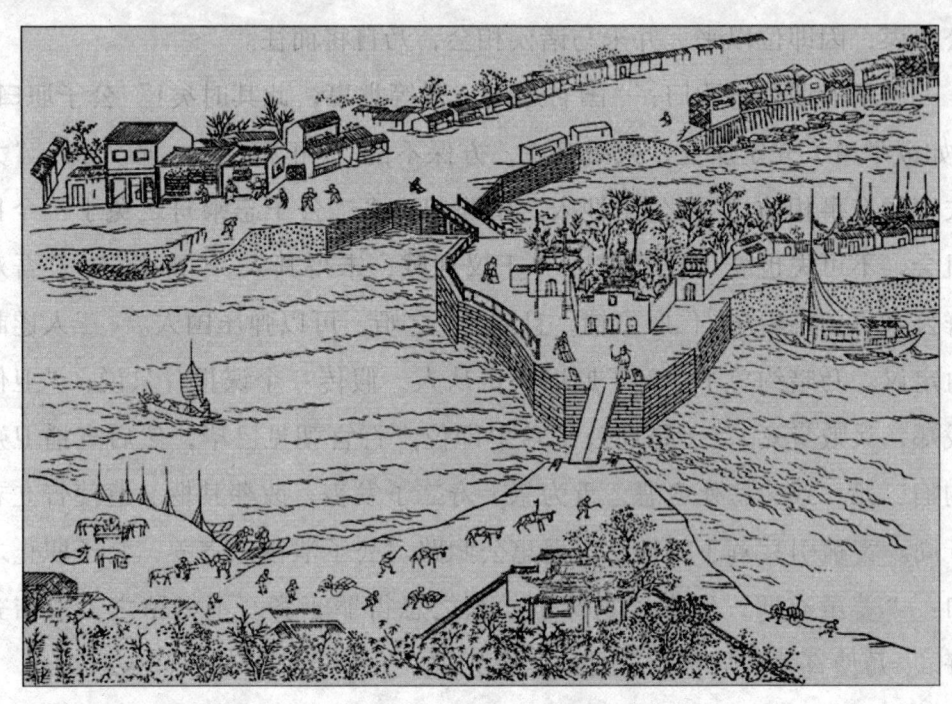

命？"公子职恐失齐欢，定下计策，请公子硕饮宴，使女乐侑酒，灌得他烂醉，扶入别宫，与宣姜同宿，醉中成就其事。醒后悔之，已无及矣。宣姜与公子硕遂为夫妇。后生男女五人：长男齐子早卒，次戴公申，次文公毁；女二，为宋桓公、许穆公夫人。史臣有诗叹曰：

子妇如何攘作妻，子烝庶母报非迟。

夷姜生子宣姜继，家法源流未足奇。

此诗言昔日宣公烝父妾夷姜，而生急子。今其子昭伯，亦烝宣姜而生男女五人。家法相传，不但新台之报也。

话分两头。再说郑祭足自大陵回，因旧君子突在栎，终为郑患，思一

制御之策。想齐与厉公原有战纪之仇，今日谋纳厉公，惟齐不与。况且新君嗣位，正好修睦。又闻鲁侯为齐主婚，齐、鲁之交将合。于是奏知昭公，自赍礼帛，往齐结好，因而结鲁。若得二国相助，可以敌宋。自古道："智者千虑，必有一失。"祭足但知防备厉公，却不知高渠弥毒谋已就，只虑祭足多智，不敢动手。今见祭足远行，肆无忌惮，乃密使人迎公子亹在家，乘昭公冬行燕祭<sup>㉞</sup>，伏死士于半路，突起弑之，托言为盗所杀，遂奉公子亹为君。使人以公子亹之命，召祭足回国，与高渠弥并执国政。可怜昭公复国，未满三载，遂遭逆臣之祸。髯仙读史至此，论昭公自为世子时，已知高渠弥之恶。及两次为君，不能剪除凶人，留以自祸，岂非优柔不断之祸？有诗叹云：

明知恶草自当锄，蛇虎如何与共居？

我不制人人制我，当年枉自识高渠！

不知郑子亹如何结束，且看下回分解。

## 【注释】

①卫宣公：卫桓公姬完之同母弟，在位十九年（前718—前700）。

②急子：亦称为伋。伋、急同音，故通用。

③淇河：在今河南省北部，古为黄河支流，至汲县北淇门镇流入黄河。

④《新台》：《诗经》中《邶风》的篇名。新台故址在今河南濮阳县境内。

⑤泚（cǐ 此）：鲜明。形容新台的华丽。

⑥㳽㳽（mǐ 米）：水深满的样子。

⑦燕婉：欢乐美好。意指齐女嫁到卫国，为的是追求美好姻缘。

⑧籧篨（qúchú 渠除）：旧说为丑疾之人，闻一多考证为蛤蟆。不鲜：不好。

⑨"鱼网"二句：鸿，鸟名，似雁而大。离，获得。这两句说，布下渔网，本为捕鱼；想不到却获得一只鸿雁。比喻所得非所求。

⑩戚施：旧说指驼背之人。

⑪无盐：即钟离春，齐国丑女，后为齐宣王后，有才有识，佐齐王称霸。见本书第八十九回。

⑫庶母：父亲之妾，俗称姨娘。

⑬赘疣（zhuìyóu 坠尤）：肉瘤。比喻多余无用之物。

⑭蔑：抛弃。

⑮投缳（huán 环）：上吊，自缢。

⑯聚麀（yōu 优）：麀，母鹿。鹿常数雄共一雌，不顾父子伦常，故借指两代人之间的乱伦关系。

⑰揮掇：见第八回注㉔。

⑱白旄（máo 毛）：竿顶用白色旄牛尾为饰的旗帜。

⑲莘（shēn 申）野：春秋时卫国地名，在今山东莘县北。

⑳鹢（yì 义）首：鹢，水鸟名。形如鹭而大，善飞。古代画鹢首于船头，以祈船速之快，故常称船头为鹢首。

㉑楼橹：指船上的楼台和船桨。

㉒泛泛其景（yǐng 影）：影子在河面上飘飘荡荡。泛泛，飘浮的样子。景，古影字。

㉓养养：忧心不安的样子。这两句说国人思念急、寿二子，忧虑不安。

㉔不瑕有害：大约不会遭到危险吧。不瑕，疑词。

㉕惠公：各姬朔，共在位三十一年（前699—前669）。但其间从四年至八年被黔牟所逐，其任卫君实为二十三年。

㉖局踏（jí 及）：小心谨慎的样子。局，曲身弯腰。踏，小步走路。都指行动小心恐惧。

㉗大陵：春秋时郑国地名，今河南临颖县北。

㉘黔牟：据《史记》，黔牟为急子之弟。在位八年（前696—前689）。后卫惠公复位被逐，无谥号。

㉙周王：此为周桓王姬林。

㉚鲁侯主婚：天子嫁女于诸侯，因天子与诸侯地位不相等，故委托同姓诸侯代为主婚。

㉛王姬：周王之女，通称王姬。

㉜烝：以下淫上，即和母辈通奸。

㉝内子：古称卿大夫嫡妻叫内子。后代凡妻子均可称为内子。

㉞蒸祭：冬季的祭祀。《礼记·祭统》："凡祭有四时，春祭曰礿，夏祭曰禘，秋祭曰尝，冬祭曰蒸。"

# 第十三回　鲁桓公夫妇如齐
## 郑子亹君臣为戮

却说齐襄公见祭足来聘，欣然接之，正欲报聘，忽闻高渠弥弑了昭公，援立子亹，心中大怒，便有兴兵诛讨之意。因鲁侯夫妇将至齐国，且将郑事搁起，亲至泺水①迎候。

却说鲁夫人文姜见齐使来迎，心下亦想念其兄，欲借归宁之名，与桓公同行。桓公溺爱其妻，不敢不从。大夫申繻谏曰："'女有室，男有家②'，古之制也。礼无相渎③，渎则有乱。女子出嫁，父母若在，每岁一归宁④。今夫人父母俱亡，无以妹宁兄之理。鲁以秉礼为国，岂可行此非礼之事？"桓公已许文姜，遂不从申繻之谏。夫妇同行，车至泺水，齐襄公早先在矣。殷勤相接，各叙寒温。一同发驾，来到临淄。鲁侯致周王之命，将婚事议定。齐侯十分之感激，先设大享，款待鲁侯夫妇。然后迎文姜至于宫中，只说与旧日宫嫔相会。谁知襄公预造下密室，另治私宴，与文姜叙情。饮酒中间，四目相视，你贪我爱，不顾天伦，遂成苟且之事。两下迷恋不舍，遂留宿宫中，日上三竿，尚相抱未起，撇却鲁桓公在外，冷冷清清。

鲁侯心中疑虑，遣人至宫门细访，回报："齐侯未娶正妃⑤，止有偏宫⑥连氏。乃大夫连称之从妹⑦，向来失宠，齐侯不与相处。姜夫人自入齐宫，只是兄妹叙情，并无他宫嫔相聚。"鲁侯情知⑧不做好事，恨不得一步跨进齐宫，观其动静。恰好人报："国母出宫来了。"鲁侯盛气以待，便问姜氏曰："夜来宫中共谁饮酒？"答曰："同连妃。"又问："几时散席?"答:"久别话长,直到粉墙月上,可半夜矣。"又问:"你兄曾来陪饮否?"答曰:"我兄不曾来。"鲁侯笑而问曰:"难道兄妹之情,不来相陪?"姜氏曰:"饮至中间,曾来相劝一杯,即时便去。"鲁侯曰:"你席

散如何不出宫?"姜氏曰:"夜深不便。"鲁侯又问曰:"你在何处安置?"姜氏曰:"君侯差矣!何必盘问至此?宫中许多空房,岂少下榻之处?妾自在西宫过宿,即昔年守闺之所也。"鲁侯曰:"你今日如何起得恁迟?"姜氏曰:"夜来饮酒劳倦,今早梳妆,不觉过时。"鲁侯又问曰:"宿处谁人相伴?"姜氏曰:"宫娥耳。"鲁侯又曰:"你兄在何处睡?"姜氏不觉面赤曰:"为妹的怎管哥哥睡处?言之可笑!"鲁侯曰:"只怕为哥的,倒要管妹子睡处!"姜氏曰:"是何言也?"鲁侯曰:"自古男女有别。你留宿宫中,兄妹同宿,寡人已尽知之,休得瞒隐!"姜氏口中虽是含糊抵赖,啼啼哭哭,心中却也十分惭愧。鲁桓公身在齐国,无可奈何,心中虽然忿恨,却不好发作出来,正是"敢怒而不敢言"。即遣人告辞齐侯,且待归

国，再作区处。

却说齐襄公自知做下不是，姜氏出宫之时，难以放心，便密遣心腹力士石之纷如跟随，打听鲁侯夫妇相见有何说话。石之纷如回报曰："鲁侯与夫人角口，如此如此。"襄公大惊曰："亦料鲁侯久后必知，何其早也？"少顷，见鲁使来辞，明知事泄之故，乃固请于牛山⑨一游，便作饯行。使人连逼几次，鲁侯只得命驾出郊。文姜自留邸舍，闷闷不悦。

却说齐襄公一来舍不得文姜回去，二来惧鲁侯怀恨成仇，一不做，二不休，吩咐公子彭生待席散之后，送鲁侯回邸，要在车中结果鲁侯性命。彭生记起战纪时一箭之恨，欣然领命。是日牛山大宴，盛陈歌舞，襄公意倍殷勤。鲁侯只低头无语。襄公教诸大夫轮流把盏，又教宫娥内侍，捧樽跪劝。鲁侯心中愤郁，也要借杯浇闷，不觉酩酊大醉，别时不能成礼。襄公使公子彭生抱之上车，彭生遂与鲁侯同载。离国门约有二里，彭生见鲁侯睡熟，挺臂以拉其胁⑩。彭生力大，其臂如铁，鲁侯被拉胁折，大叫一声，血流满车而死。彭生谓众人曰："鲁侯醉后中恶，速驰入城，报知主公。"众人虽觉跷蹊⑪，谁敢多言？史臣有诗云：

男女嫌微最要明，夫妻越境太胡行！

当时苦听申繻谏，何至车中六尺⑫横？

齐襄公闻鲁侯暴薨，佯啼假哭，即命厚殓入棺，使人报鲁迎丧。鲁之从人回国，备言车中被弑之由。大夫申繻曰："国不可一日无君。且扶世子同主张丧事，候丧车到日，行即位礼。"公子庆父字孟，乃桓公之庶长子，攘臂⑬言曰："齐侯乱伦无礼，祸及君父。愿假我戎车三百乘，伐齐声罪！"大夫申繻惑其言，私以问谋士施伯曰："可伐齐否？"施伯曰："此暧昧之罪，不可闻于邻国。况鲁弱齐强，伐未可必胜，反彰其丑。不如含忍，姑请究车中之故，使齐杀公子彭生，以解说于列国，齐必听从。"申繻告于庆父，遂使施伯草成国书之稿，世子居丧不言，乃用大夫出名，遣人如齐，致书迎丧。

齐襄公启书看之。书曰：

外臣申繻等拜上齐侯殿下：寡君奉天子之命，不敢宁居，来议大婚。
今出而不入，道路纷纷，皆以车中之变为言。无所归咎，耻辱播于诸侯，
请以彭生正罪。

　　襄公览毕，即遣人召彭生入朝。彭生自谓有功，昂然而入。襄公当鲁
使之面骂曰："寡人以鲁侯过酒，命尔扶持上车，何不小心伏侍，使其暴
薨？尔罪难辞！"喝令左右缚之，斩于市曹。彭生大呼曰："淫其妹而杀
其夫，皆出汝无道昏君所为，今日又委罪于我！死而有知，必为妖孽，以
取尔命！"襄公遽自掩其耳，左右皆笑。襄公一面遣人往周王处谢婚，并
订娶期；一面遣人送鲁侯丧车回国，文姜仍留齐不归。

　　鲁大夫申繻率世子同迎柩至郊，即于柩前行礼成丧，然后嗣位，是为
庄公⑭。申繻、颛孙生、公子溺、公子偃、曹沫一班文武，重整朝纲。庶
兄公子庆父、庶弟公子牙、嫡弟季友俱参国政。申繻荐施伯之才，亦拜上

士<sup>⑮</sup>之职。以明年改元，实周庄王之四年也。

鲁庄公集群臣商议，为齐迎婚之事。施伯曰："国有三耻，君知之乎？"庄公曰："何谓三耻？"施伯曰："先君虽已成服<sup>⑯</sup>，恶名在口，一耻也；君夫人留齐未归，引人议论，二耻也；齐为仇国，况君在衰绖<sup>⑰</sup>之中，乃为主婚，辞之则逆王命，不辞则贻笑于人，三耻也。"鲁庄公蹴然<sup>⑱</sup>曰："此三耻何以免之？"施伯曰："欲人勿恶，必先自美；欲人勿疑，必先自信。先君之立，未膺王命，若乘主婚之机，请命于周，以荣名被之九泉，则一耻免矣。君夫人在齐，宜以礼迎之，以成主公之孝，则二耻免矣。惟主婚一事，最难两全，然亦有策。"庄公曰："其策何如？"施伯曰："可将王姬馆舍，筑于郊外，使上大夫迎而送之，君以丧辞。上不逆天王之命，下不拂<sup>⑲</sup>大国之情，中不失居丧之礼，如此则三耻亦免矣。"庄公曰："申繻言汝'智过于腹<sup>⑳</sup>'，果然！"遂一一依策而行。

却说鲁使大夫颛孙生至周，请迎王姬，因请以黻冕圭璧，为先君泉下之荣。周庄王许之，择人使鲁，锡桓公命。周公黑肩愿行，庄王不许，别遣大夫荣叔。原来庄王之弟王子克，有宠于先王，周公黑肩曾受临终之托，庄王疑黑肩有外心，恐其私交外国，树成王子克之党，所以不用。黑肩知庄王疑己，夜诣王子克家，商议欲乘嫁王姬之日，聚众作乱，弑庄王而立子克。大夫辛伯闻其谋，以告庄王。乃杀黑肩，而逐子克。子克奔燕。此事表过不提。

且说鲁颛孙生送王姬至齐，就奉鲁侯之命，迎接夫人姜氏。齐襄公十分难舍，碍于公论，只得放回。临行之际，把袂留连，千声珍重，相见有日，各各洒泪而别。姜氏一者贪欢恋爱，不舍齐侯；二者背理贼伦[21]，羞回故里，行一步，懒一步。车至禚[22]地，见行馆整洁，叹曰："此地不鲁不齐，正吾家也。"吩咐从人，回复鲁侯："未亡人[23]性贪闲适，不乐还宫。要吾回归，除非死后。"鲁侯知其无颜归国，乃为筑馆于祝丘[24]，迎姜氏居之。姜氏遂往来于两地。鲁侯馈问[25]，四时不绝。后来史官议论，以为鲁庄公之于文姜，论情则生身之母，论义则杀父之仇。若文姜归鲁，反是难处之事，只合徘徊两地，乃所以全鲁侯之孝也。髯翁诗曰：

弑夫无面返东蒙[26]，禚地徘徊齐鲁中。

若使靦颜[27]归故国，亲仇两字怎副通？

话分两头。再说齐襄公拉杀鲁桓公，国人沸沸扬扬，尽说齐侯无道，干此淫残蔑理之事。襄公心中暗愧，急使人迎王姬至齐成婚，国人议犹未息，欲行一二义举，以服众心。想："郑弑其君，卫逐其君，两件都是大题目。但卫公子黔牟，是周王之婿，方娶王姬，未可便与黔牟作对。不若先讨郑罪，诸侯必然畏服。"又恐起兵伐郑，胜负未卜。乃佯遣人致书子亹，约于首止[28]，相会为盟。子亹大喜曰："齐侯下交，吾国安于泰山矣！"欲使高渠弥、祭足同往，祭足称疾不行。原繁私问于祭足曰："新君欲结好齐侯，君宜辅之，何以不往？"祭足曰："齐侯勇悍残忍，嗣守大国，侈然[29]有图伯之心。况先君昭公有功于齐，齐所念也。夫大国难测，以大结小，必有奸谋。此行也，君臣其为戮乎？”原繁曰："君言果信，郑国谁属？”祭足曰："必子仪也。是有君人之相，先君庄公曾言之矣。”原繁曰："人言君多智，吾姑以此试之。”

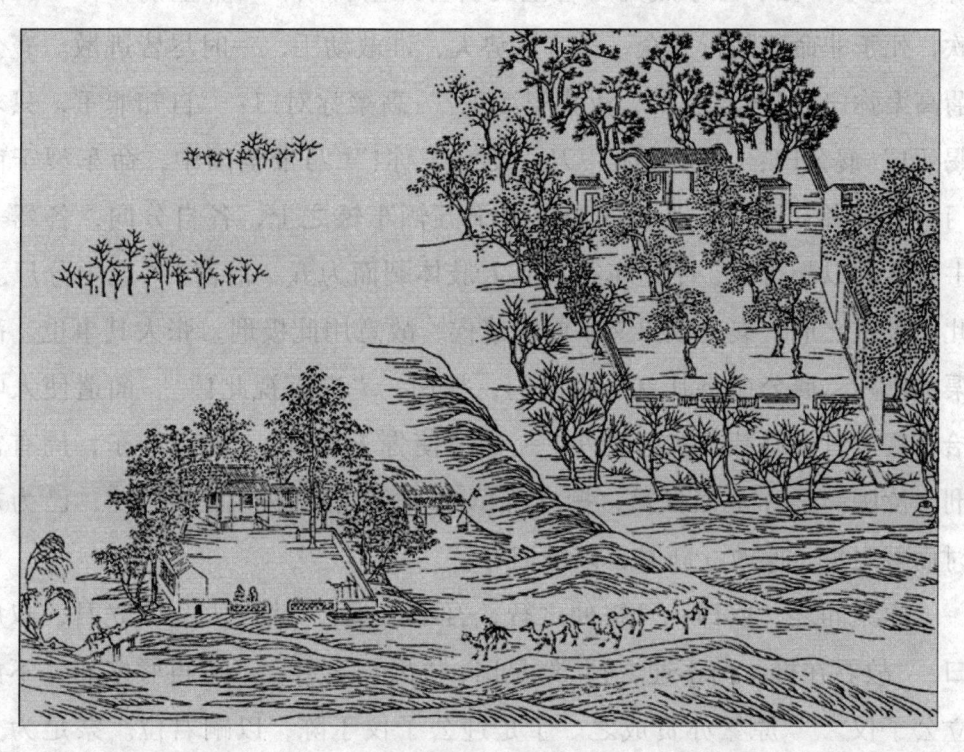

　　至期，齐襄公遣王子成父、管至父二将，各率死士百余，环侍左右，力士石之纷如紧随于后。高渠弥引着子亹同登盟坛，与齐侯叙礼已毕。嬖臣[30]孟阳手捧血盂，跪而请歃。襄公目视之，孟阳遽起。襄公执子亹手问曰："先君昭公，因甚而殂？”子亹变色，惊颤不能出词。高渠弥代答曰："先君因疾而殂，何烦君问？”襄公曰："闻烝祭遇贼，非关病也。”高渠弥遮掩不过，只得对曰："原有寒疾，复受贼惊，是以暴亡耳。”襄公曰："君行必有警备，此贼从何而来？”高渠弥对曰："嫡庶争立，已非一日，各有私党，乘机窃发，谁能防之？”襄公又曰："曾获得贼人否？”高渠弥曰："至今尚在缉访，未有踪迹。”襄公大怒曰："贼在眼前，何烦缉访？汝受国家爵位，乃以私怨弑君。到寡人面前，还敢以言语支吾！寡人今日为汝先君报仇!"叫力士:"快与我下手!"高渠弥不敢分辩,石之纷如先将高渠弥绑缚。子亹叩首乞哀曰:"此事与孤无干,皆高渠弥所为也。乞恕一命!"襄公曰:"既知高渠弥所为,何不讨之?汝今日自往地下分辩。"把手一招,王子成父与管至父引着死士百余,一齐上前,将子亹乱砍,死于非命。随行人众,见齐人势大,谁敢动手,一时尽皆逃散。襄公谓高渠弥曰:"汝君已了,汝犹望活乎?"高渠弥对曰:"自知罪重,只求赐死!"襄公曰:"只与你一刀,便宜了你!"乃带至国中,命车裂于南门。车裂者,将罪人头与四肢,缚于五辆车辕之上,各自分向,各驾一牛,然后以鞭打牛,牛走车行,其人肢体裂而为五。俗言:"五牛分尸。"此乃极重之刑。襄公欲以义举闻于诸侯,故意用此极刑,张大其事也。高渠弥已死,襄公命将其首号令南门,榜曰:"逆臣视此!"一面遣使人收拾子亹尸首,藁葬于东郭之外。一面遣使告于郑曰:"贼臣逆子,周有常刑。汝国高渠弥主谋弑君,擅立庶孽㉛,寡君痛郑先君之不吊㉜,已为郑讨而戮之矣。愿改立新君,以继旧好。"

原繁闻之,叹曰:"祭仲之智,吾不及也!"诸大夫共议立君,叔詹曰:"故君在栎,何不迎之?"祭足曰:"出亡之君,不可再辱宗庙,不如立公子仪㉝。"原繁亦赞成之。于是迎公子仪于陈,以嗣君位。祭足为上大夫,叔詹为中大夫,原繁为下大夫。子仪既即位,乃委国于祭足,恤民修备,遣使修聘于齐、陈诸国。又受盟于楚,许以年年纳贡,永为属国。厉公无间可乘,自此郑国稍安。

不知后事如何,且看下回分解。

【注释】

①泺(luò 洛)水:古水名。源出今山东济南市西南,北流至洛口镇入古济水。

②女有室,男有家:此句有误。据《左传·桓十八年》应为"女有

家，男有室"。女以夫家为家，有家即有夫。男有室即有妻。室指内室，妻女居之。

③渎（dú 读）：轻慢，亵渎，引申为破坏。

④归宁：回家问候父母，多用于已嫁之女。

⑤齐侯未娶正妃：此语与前文矛盾。第九回曾写到齐僖公为诸儿"娶宋女，鲁、莒俱有媵"一事，后文复称宋女为"元妃"。本书虽为小说，容许超越史实进行适量虚构，但仍不能自相矛盾如此。

⑥偏宫：正宫两旁侧室，妃嫔住所。

⑦从妹：叔伯姊妹。仅次于最亲者曰从。

⑧情知：明明知道。

⑨牛山：地名。在齐都城临淄城南。

⑩胁：胸部有肋骨处。

⑪蹊跷（qī qiāo 七敲）：奇怪，可疑。

⑫六尺：借指人的躯体。古代常以七尺（古尺较今尺为短）来表示成人的身高，如常称"七尺之躯"。但也偶有用六尺者，如柳宗元《读书》诗中即有"贵尔六尺躯，勿为名所驱"。

⑬攘臂：捋衣出臂，表示义愤的样子。

⑭庄公：鲁庄公姬同，桓公子。在位三十二年（前693—前662）。

⑮上士：官名。周代天子及诸侯均设有士。又分为上士、中士、下士几等。上士为中下官爵。

⑯成服：古代丧礼大殓之后，死者亲属按关系亲疏穿上不同的丧服，这叫成服。

⑰衰经（dié 迭）：古代居丧之服式。衰，丧服。经，束在丧服中的麻带。

⑱蹴（cù促）然：惊惧，警觉的样子。

⑲拂：违背。

⑳智过于腹：智慧过人。古人误以腹心为思维器官，过于腹，即超出一般人的思维能力。

㉑背理贼伦：违反常理，败坏人伦。

㉒禚（zhuó啄）：春秋时齐国地名，在今山东长清区境内。邻近于鲁。

㉓未亡人：旧时寡妇自称。

㉔祝丘：春秋时鲁国地名。在今山东临沂县南二十里。

㉕馈问：赠送礼物，问候起居。

㉖东蒙：山名，亦称蒙山。在今山东蒙阴县南。因地处我国东方，故称东蒙。春秋时常用作鲁国的代称。

㉗靦颜：同腼颜，厚着脸皮。

㉘首止：春秋时卫国地名。当时地处齐、郑之间，在今河南睢县东南。

㉙侈（chǐ尺）然：狂妄的样子。

㉚嬖（bì必）臣：君主宠爱亲近之臣。常用指宦官、娈童一类。

㉛庶孽（niè聂）：指妾生之子。正如树有蘖生，故称。孽，同"蘖"。树主干外旁生之枝叫蘖。

③公子仪：即姬仪。郑庄公子。在位十四年（前693—前680）。后为其兄郑厉公姬突派人杀死，故无谥号。

## 第十四回　　卫侯朔抗王入国<br>齐襄公出猎遇鬼

　　却说王姬至齐，与襄公成婚。那王姬生性贞静幽闲，言动不苟，襄公是个狂淫之辈，不甚相得①。王姬在宫数月，备闻襄公淫妹之事，默然自叹："似此蔑伦悖理，禽兽不如。吾不幸错嫁匪人，是吾命也！"郁郁成疾，不及一年，遂卒。

　　襄公自王姬之死，益无忌惮。心下思想文姜，伪以狩猎为名，不时往禚。遣人往祝丘，密迎文姜到禚，昼夜淫乐。恐鲁庄公发怒，欲以兵威胁之。乃亲率重兵袭纪，取其郱、鄑、郚三邑②之地。兵移鄙城③，使人告纪侯："速写降书，免至灭绝。"纪侯叹曰："齐吾世仇，吾不能屈膝仇人之庭，以求苟活也！"乃使夫人伯姬④作书，遣人往鲁求救。齐襄公出令曰："有救纪者，寡人先移兵伐之！"鲁庄公遣使如郑，约他同力救纪。郑伯子仪，因厉公在栎，谋袭郑国，不敢出师，使人来辞。鲁侯孤掌难鸣，行至滑地⑤，惧齐兵威，留宿三日而返。纪侯闻鲁兵退回，度不能守，将城池妻子，交付其弟嬴季，拜别宗庙，大哭一场，半夜开门而出，不知所终。

　　嬴季谓诸大臣曰："死国与存祀⑥，二者孰重？"诸大夫皆曰："存祀为重。"嬴季曰："苟能存纪宗庙，吾何惜自屈？"即写降书，愿为齐外臣，守鄙宗庙。齐侯许之。嬴季遂将纪国土地户口之数，尽纳于齐，叩首乞哀。齐襄公收其版籍，于纪庙之旁，割三十户以供纪祭祀，号嬴季为庙主。纪伯姬惊悸而卒，襄公命葬以夫人之礼，以媚于鲁。伯姬之娣⑦叔姬，乃昔日从嫁者，襄公欲送之归鲁。叔姬曰："妇人之义，既嫁从夫。生为嬴氏妇，死为嬴氏鬼，舍此安归乎？"襄公乃听其居酅守节。后数年而卒。史官赞云：

世衰俗敝，淫风相袭。齐公乱妹，新台娶媳。禽行兽心，伦亡纪佚[8]。小邦妾媵，矢节[9]从一。宁守故庙，不归宗国。卓哉叔姬，《柏舟》同式[10]！

按齐襄公灭纪之岁，乃周庄王七年[11]也。

是年楚武王熊通，以随侯不朝，复兴兵伐随，未至而薨。令尹斗祈、莫敖[12]屈重，秘不发丧，出奇兵从间道直逼随城。随惧，行成。屈重伪以王命，入盟随侯。大军既济[13]汉水，然后发丧。子熊赀即位，是为文王[14]。

此事不提。

再说齐襄公灭纪凯旋，文姜于路迎接其兄，至于祝丘，盛为燕享。用两君相见之礼，彼此酬酢，大犒齐军。又与襄公同至禚地，留连欢宿。襄公乃使文姜作书，召鲁庄公来禚地相会。庄公恐违母命，遂至禚谒见文姜。文姜使庄公以甥舅之礼，见齐襄公，且谢葬纪伯姬之事。庄公亦不能拒，勉强从之。襄公大喜，亦具享礼款待庄公。时襄公新生一女，文姜以庄公内主尚虚⑮，令其订约为婚。庄公曰："彼女尚血胞⑯，非吾配也。"文姜怒曰："汝欲疏母族耶？"襄公亦以长幼悬隔为嫌。文姜曰："待二十年而嫁，亦未晚也。"襄公惧失文姜之意，庄公亦不敢违母命，两下只得依允。甥舅之亲，复加甥舅⑰，情愈亲密。二君并车驰猎于禚地之野，庄公矢不虚发，九射九中。襄公称赞不已。野人⑱窃指鲁庄公戏曰："此吾君假子⑲也！"庄公怒，使左右踪迹其人杀之。襄公亦不嗔怪。史臣论庄公有母无父，忘亲事仇，作诗诮云：

车中饮恨已多年，甘与仇雠共戴天。

莫怪野人呼假子，已同假父作姻缘！

文姜自鲁、齐同狩之后，益无忌惮，不时与齐襄公聚于一处。或于防⑳，或于谷㉑，或时直至齐都，公然留宿宫中，俨如夫妇。国人作《载驱》㉒之诗，以刺文姜。诗云：

载驱薄薄㉓，簟茀朱鞹㉔。鲁道有荡㉕，齐子发夕㉖。

汶水滔滔㉗，行人儦儦㉘。鲁道有荡，齐子游遨。

薄薄者，疾驱之貌。簟，席，所以铺车。茀，车后户。朱鞹者，以朱漆兽皮。皆车饰也。齐子指文姜。言文姜乘此车而至齐。儦儦，众貌，言其仆从之多也。又有《敝笱》㉙之诗，以刺庄公。诗云：

敝笱在梁㉚，其鱼鲂鳏㉛。齐子归止㉜，其从如云㉝。

敝笱在梁，其鱼鲂鱮㉞。齐子归止，其从如水。

笱者，取鱼之器，言敝坏之罟㉟，不能制大鱼，以喻鲁庄公不能防闲㊱文姜，任其仆从出入无禁也。

　　且说齐襄公自禚回国，卫侯朔迎贺灭纪之功，再请伐卫之期。襄公曰："今王姬已卒，此举无碍。但非连合诸侯，不为公举，君少待之。"卫侯称谢。过数日，襄公遣使约会宋、鲁、陈、蔡四国之君，一同伐卫，共纳惠公。其檄云：

　　天祸卫国，生逆臣泄、职，擅行废立，致卫君越在敝邑，于今七年。孤坐不安席。以疆场③多事，不即诛讨。今幸少闲，悉索敝赋，愿从诸君之后，左右⑧卫君，以诛卫之不当立者！

　　时周庄王八年之冬也。

齐襄公出车五百乘，同卫侯朔先至卫境。四国之君，各引兵来会。那四路诸侯：宋闵公捷㊴，鲁庄公同，陈宣公杵臼㊵，蔡哀侯献舞㊶。卫侯闻五国兵至，与公子泄、公子职商议，遣大夫甯跪告急于周。庄王问群臣："谁能为我救卫者？"周公忌父、西虢公伯皆曰："王室自伐郑损威以后，号令不行。今齐侯诸儿，不念王姬一脉之亲，鸠合四国，以纳君为名，名顺兵强，不可敌也。"左班中最下一人挺身出曰："二公之言差矣！四国但只强耳，安得言名顺乎？"众人视之，乃下士子突也。周公曰："诸侯失国，诸侯纳之，何为不顺？"子突曰："黔牟之立，已禀王命。既立黔牟，必废子朔。二公不以王命为顺，而以纳诸侯为顺，诚突所不解也！"虢公曰："兵戎大事，量力而行。王室不振，已非一日。伐郑之役，先王亲在军中，尚中祝聃之矢。至今两世，未能问罪。况四国之力，十倍于郑。孤军赴援，如以卵抵石，徒自亵威，何益于事？"子突曰："天下之事，理胜力为常，力胜理为变。王命所在，理所萃也。一时之强弱在力，千古之胜负在理。若蔑理而可以得志，无一人起而问之，千古是非，从此颠倒，天下不复有王矣！诸公亦何面目号为王朝卿士乎？"虢公不能答。周公曰："倘今日兴救卫之师，汝能任其事否？"子突曰："九伐㊷之法，司马掌之。突位微才劣，诚非其任。必无人肯往，突不敢爱死，愿代司马一行。"周公又曰："汝救卫能保必胜乎？"子突曰："突今日出师，已据胜理。若以文、武、宣、平之灵，仗义执言，四国悔罪，王室之福，非突敢必也。"大夫富辰曰："突言甚壮，可令一往，亦使天下知王室有人。"周王从之。乃先遣甯跪归报卫国，王师随后起行。

却说周、虢二公，忌子突之成功，仅给戎车二百乘，子突并不推诿，告于太庙而行。时五国之师，已至卫城下，攻围甚急。公子泄、公子职昼夜巡守，悬望王朝大兵解围。谁知子突兵微将寡，怎当五国如虎之众？不等子突安营，大杀一场，二百乘兵车，如汤泼雪。子突叹曰："吾奉王命而战死，不失为忠义之鬼也！"乃手杀数十人，然后自刎而亡。髯翁有诗赞曰：

　　虽然只旅<sup>⑬</sup>未成功，王命昭昭<sup>⑭</sup>耳目中。

　　见义勇为真汉子，莫将成败论英雄！

　　卫国守城军士，闻王师已败，先自奔窜。齐兵首先登城，四国继之，砍开城门，放卫侯朔入城。公子泄、公子职同甯跪收拾散兵，拥公子黔牟出走。正遇鲁兵，又杀一场。甯跪夺路先奔，三公子俱被鲁兵所擒。甯跪知力不能救，叹口气，奔往秦国逃难去讫。鲁侯将三公子献俘于卫，卫不敢决，转献于齐。齐襄公喝教刀斧手，将泄、职二公子斩讫。公子黔牟是周王之婿，于齐有连襟⑤之情，赦之不诛，放归于周。卫侯朔鸣钟击鼓，重登侯位。将府库所藏宝玉，厚赂齐襄公。襄公曰："鲁侯擒三公子，其劳不浅！"乃以所赂之半，分赠鲁侯。复使卫侯另出器贿，散于宋、陈、蔡三国。此周庄王九年⑥之事。

却说齐襄公自败子突，放黔牟之后，诚恐周王来讨，乃使大夫连称为将军，管至父为副，领兵戍葵丘⑦，以遏东南之路。二将临行，请于襄公曰："戍守劳苦，臣不敢辞，以何期为满？"时襄公方食瓜，乃曰："今此瓜熟之时，明岁瓜再熟，当遣人代汝。"二将往葵丘驻扎，不觉一年光景。忽一日，戍卒进瓜尝新。二将想起瓜熟之约："此时正该交代，如何主公不遣人来？"特地差心腹往国中探信，闻齐侯在谷城与文姜欢乐，有一月不回。连称大怒曰："王姬薨后，吾妹当为继室。无道昏君，不顾伦理，在外日事淫媒。使吾等暴露边鄙，吾必杀之！"谓管至父曰："汝可助吾一臂。"管至父曰："及瓜而代，主公所亲许也。恐其忘之，不如请代。请而不许，军心胥怨⑧，乃可用也。"连称曰："善。"乃使人献瓜于襄公，因求交代。襄公怒曰："代出孤意，奈何请耶？再候瓜一熟可也。"

使人回报，连称恨恨不已，谓管至父曰："今欲行大事，计将安出？"至父曰："凡举事必先有所奉，然后可成。公孙无知，乃公子夷仲年之子，先君僖公以同母之故，宠爱仲年，并爱无知，从幼畜养宫中，衣服礼数，与世子无别。自主公即位，因无知向在宫中，与主公角力，无知足勾主公仆地，主公不悦。一日，无知又与大夫雍廪争道，主公怒其不逊，遂疏黜之，品秩裁减大半。无知衔恨于心久矣，每思作乱，恨无帮手。我等不若密通无知，内应外合，事可必济。"连称曰："当于何时？"管至父曰："主上性喜用兵，又好游猎，如猛虎离穴，易为制耳。但得预闻出外之期，方不失机会也。"连称曰："吾妹在宫中，失宠于主公，亦怀怨望。今嘱无知阴与吾妹合计，伺主公之间隙，星夜相闻，可无误事。"

于是再遣心腹，致书于公孙无知。书曰：

贤公孙受先公如嫡之宠，一旦削夺，行路之人，皆为不平，况君淫昏日甚，政令无常，葵丘久戍，及瓜不代⑭，三军之士，愤愤思乱。如有间可图，称等愿效犬马，竭力推戴。称之从妹，在宫失宠衔怨，天助公孙以内应之资，机不可失！

公孙无知得书大喜，即复书曰：

天厌淫人，以启将军之衷⑳，敬佩里言，迟疾奉报㉑。

无知阴使女侍通信于连妃，且以连称之书示之："若事成之日，当立为夫人。"连妃许之。

周庄王十一年冬十月，齐襄公知姑棼[52]之野有山名贝丘，禽兽所聚，可以游猎。乃预戒徒人[53]费等，整顿车徒，将以次月往彼田狩。连妃遣宫人送信于公孙无知。无知星夜传信葵丘，通知连、管二将军，约定十一月初旬，一齐举事。连称曰："主上出猎，国中空虚，吾等率兵直入都门，拥立公孙何如？"管至父曰："主上睦于邻国，若乞师来讨，何以御之？不若伏兵于姑棼，先杀昏君，然后奉公孙即位。事可万全也。"那时葵丘戍卒，因久役在外，无不思家。连称密传号令，各备干粮，往贝丘行事，军士人人乐从。不在话下。

再说齐襄公于十一月朔日，驾车出游。止带力士石之纷如，及幸臣孟阳一班，架鹰牵犬，准备射猎，不用一大臣相随。先至姑棼，原建有离宫[54]，游玩竟日。居民馈献酒肉，襄公欢饮至夜，遂留宿焉。次日起驾，往贝丘来。见一路树木蒙茸[55]，藤萝翳郁[56]，襄公驻车高阜，传令举火焚林，然后合围校射，纵放鹰犬。火烈风猛，狐兔之类，东奔西逸。忽有大豕一只，如牛无角，似虎无斑，从火中奔出，竟上高阜，蹲踞于车驾之前。时众人俱往驰射，惟孟阳立于襄公之侧。襄公顾孟阳曰："汝为我射此豕。"孟阳瞪目视之，大惊曰："非豕也，乃公子彭生也！"襄公大怒曰："彭生何敢见我？"夺孟阳之弓，亲自射之，连发三矢不中。那大豕直立起来，双拱前蹄，效人行步，放声而啼，哀惨难闻，吓得襄公毛骨俱竦，从车中倒撞下来，跌损左足，脱落了丝文屦一只，被大豕衔之而去，忽然不见。髯翁有诗曰：

鲁桓昔日死车中，今日车中遇鬼雄。

枉杀彭生应化厉[57]，诸儿空自引雕弓。

徒人费与从人等，扶起襄公卧于车中，传令罢猎，复回姑棼离宫住宿。

襄公自觉精神恍惚，心下烦躁。时军中已打二更，襄公因左足疼痛，展转不寐，谓孟阳曰："汝可扶我缓行几步。"先前坠车，匆忙之际，不知失屦，到此方觉，问徒人费取讨。费曰："屦为大豕衔去矣。"襄公心

恶其言，乃大怒曰："汝既跟随寡人，岂不看屦之有无？若果衔去，当时何不早言？"自执皮鞭，鞭费之背，血流满地方止。徒人费被鞭，含泪出门，正遇连称引着数人打探动静，将徒人费一索捆住，问曰："无道昏君何在？"费曰："在寝室。"又问："已卧乎？"曰："尚未卧也。"连称举刀欲砍，费曰："勿杀我，我当先入，为汝耳目。"连称不信。费曰："我适被鞭伤，亦欲杀此贼耳。"乃袒衣以背示之。连称见其血肉淋漓，遂信其言，解费之缚，嘱以内应。随即招管至父引着众军士，杀入离宫。

且说徒人费翻身入门，正遇石之纷如，告以连称作乱之事。遂造寝室，告于襄公。襄公惊惶无措。费曰："事已急矣！若使一人伪作主公，卧于床上，主公潜伏户后，幸而仓卒不辨，或可脱也。"孟阳曰："臣受恩逾分，愿以身代，不敢恤死。"孟阳即卧于床，以面向内，襄公亲解锦

袍覆之。伏身户后，问徒人费曰："汝将何如？"费曰："臣当与纷如协力拒贼。"襄公曰："不苦背创乎？"费曰："臣死且不避，何有于创？"襄公叹曰："忠臣也！"

徒人费令石之纷如引众拒守中门，自己单身挟着利刃，诈为迎贼，欲刺连称。其时众贼已攻进大门，连称挺剑当先开路。管至父列兵门外，以防他变。徒人费见连称来势凶猛，不暇致详，上前一步便刺。谁知连称身被重铠，刃刺不入。却被连称一剑劈去，断其二指，还复一剑，劈下半个头颅，死于门中。石之纷如便挺矛来斗，约战十余合，连称转斗转进。纷如渐渐退步，误绊石阶脚跲，亦被连称一剑砍倒。遂入寝室，侍卫先已惊散。团花帐中，卧着一人，锦袍遮盖。连称手起剑落，头离枕畔，举火烛之，年少无须。连称曰："此非君也。"使人遍搜房中，并无踪影。连称自引烛照之，忽见户槛之下，露出丝文屦一只，知户后藏躲有人，不是诸儿是谁？打开户后看时，那昏君因足疼，做一堆儿蹲着。那一只丝文屦，仍在足上。连称所见之屦，乃是先前大豕衔去的，不知如何在槛下。分明是冤鬼所为，可不畏哉！连称认得诸儿，似鸡雏一般，一把提出户外，掷于地下，大骂："无道昏君！汝连年用兵，黩武殃民，是不仁也；背父之命，疏远公孙，是不孝也；兄妹宣淫，公行不忌，是无礼也；不念远戍，瓜期不代，是无信也。仁孝礼信，四德皆失，何以为人？吾今日为鲁桓公报仇！"遂砍襄公为数段，以床褥裹其尸，与孟阳同埋于户下。计襄公在位只五年<sup>㊳</sup>。史官评论此事，谓襄公疏远大臣，亲昵群小，石之纷如、孟阳、徒人费等，平日受其私恩，从于昏乱，虽视死如归，不得为忠臣之大节。连称、管至父、徒以久戍不代，遂行篡弑，当是襄公恶贯已满，假手二人耳。彭生临刑大呼："死为妖孽，以取尔命！"大豕见形，非偶然也。髯翁有诗咏费、石等死难之事。诗云：

> 捐生殉主是忠贞，费石千秋无令名！
>
> 假使从昏称死节，飞廉崇虎<sup>㊴</sup>亦堪旌。

又诗叹齐襄公云：

> 方张恶焰君侯死<sup>㊵</sup>，将熄凶威大豕狂。
>
> 恶贯满盈无不毙，劝人作善莫商量。

连称、管至父重整军容，长驱齐国。公孙无知预集私甲，一闻襄公凶信，引兵开门，接应连、管二将入城。二将托言："曾受先君僖公遗命，奉公孙无知即位。"立连妃为夫人。连称为正卿，号为国舅。管至父为亚卿。诸大夫虽勉强排班，心中不服。惟雍廪再三稽首，谢往日争道之罪，极其卑顺。无知赦之，仍为大夫。高、国<sup>㊶</sup>称病不朝，无知亦不敢黜之。至父劝无知悬榜招贤，以收人望。因荐其族子管夷吾之才，无知使人召之。

未知夷吾肯应召否，且听下回分解。

**【注释】**

①相得：相互投合，融洽。

②郱（píng平）、鄑（lín晋）郚（wú无）三邑：春秋时纪国邑名。在今山东临朐县、昌邑县及安丘市境内。

③酅（xī希）城：春秋时纪国邑名。在今山东临淄区东。

④伯姬：与下文之叔姬均为鲁惠公之女。

⑤滑地：春秋时鲁国地名，故址待考。

⑥死国：死于国事，即为国而死。存祀：保存祭祀，即保存宗庙。

⑦娣（dì 弟）：女弟。常指同嫁一夫之妹。

⑧伦亡纪佚：指人伦丧失，纲纪亦不存在。人伦纲纪，均指三纲五常之类伦理道德。

⑨矢节：正直的节操，或矢志守节。矢，箭，比喻如箭之直。

⑩《柏舟》：《诗经·鄘风》篇目。内写丧夫寡妇以守节自誓。同式：同一榜样。

⑪周庄王七年：即元前 690 年。

⑫莫敖：楚国官名，执掌军政，相当于司马。

⑬既济：已经渡过。随在汉水之北，楚在汉水之南。

⑭文王：楚文王熊赀，楚武王子。在位十三年（前689—前677）。

⑮内主尚虚：指尚无嫡妻。

⑯血胞：初生婴儿的胞衣。

⑰"甥舅之亲"二句：前一甥舅指外甥与舅父，后一甥舅指女婿与岳父。

⑱野人：即村民、农夫。此人似为齐人。

⑲假子：即义子、干儿子。

⑳防：古邑名。本属宋，后属鲁。在今山东金乡县西南。

㉑谷：春秋时齐地名，在今山东东阿县境内。

㉒《载驱》：《诗经·齐风》篇目。据《诗序》，系讽刺文姜到齐国会见齐襄公而作。

㉓薄薄：大车疾驰之声。

㉔簟（diàn 电）茀（fú 服）朱鞹（kuò 括）：车上的席子和车篷都用红色皮革。簟，铺车之席。茀，遮蔽车身之席。鞹，去毛的牛羊皮。

㉕有荡：平坦宽阔的样子。有字无义。

㉖"齐子"句：齐子，指文姜。发夕，离开住宿之所，暗指去齐私会襄公。亦可解作连夜出发。

㉗汶水：山东中部河流名。亦称大汶河，西流入古济水。

㉘"行人"句：随从之人很多。偏偏（biāo biāo 标），众多的样子。

㉙《敝笱》：见第八回注㉗。

㉚梁：用来断水捕鱼的堰。

㉛鲂鳏（fáng guān 房关）：泛指大鱼。鲂，鳊鱼。鳏，指鲩鲲，鱼之大者。

㉜归止：回归齐国。止，助辞无义。

㉝如云：与下章之"如水"，都指随从之多。

㉞鱮（xù 序）：鲢鱼。

㉟罟（gǔ古）：网的通称。

㊱防闲：防范，提防。防，指堤，用以防水。闲，同阑，用以制兽。

㊲疆埸（yì义）：边界、边境。埸，与疆同义。又，清代诸本多误埸作场，此从明刊本。

㊳左右：同佐佑。帮助、辅佐之义。

㊴宋闵公捷：即子捷。宋庄公子冯之子。在位十年（前691—前682）。

㊵陈宣公杵臼：即妫杵臼。陈庄公妫林之弟。在位四十五年（前692—前648）。

㊶蔡哀侯献舞：即姬献舞，蔡桓侯姬封人之弟。在位二十年（前694—前675）。

㊷九伐：周天子对诸侯违犯王命，分别轻重加以惩罚的九种方法。

㊸只旅：弱旅，少数军队。

㊹昭昭：明白，清清楚楚。

㊺连襟：同父姐妹之夫，互称连襟。

㊻周庄年九年：即公元前988年。

㊼葵丘：春秋时齐地名。在今山东临淄西。

㊽胥怨：相互埋怨。

㊾及瓜不代：指戍守期满而无人接替。古代瓜熟时赴戍，到来年瓜熟

时派人接替，称"瓜代"，亦称"及瓜而代"。见《左传·庄公八年》。

㊿衷：内心。

51迟疾奉报：早晚有消息报告。

52姑棼（fén 坟）：春秋时齐地名。在今山东博兴县东北。

53徒人：应为侍人之误，即寺人，指在宫廷服侍的阉人。见王引之《经义述闻》。《汉书·古今人表》即作"寺人费"。

54离宫：即行宫。

55蒙茸（róng 荣）：蓬松，杂乱。

56翳（yì 义）郁：繁茂昏暗。

57厉：恶鬼。

㊽只五年：此处明、清诸本皆误。僖公死于周桓王二十二年冬，次年襄公即位改号（参见十一回及注㉓），至此时在位共十二年（前697—前686）。

㊾飞廉：殷纣王的阿谀之臣，周公诛纣伐奄，驱飞廉于海隅而戮之。崇虎：即崇侯虎。纣王时诸侯，曾谮西伯（即周文王），致其被囚于羑里。西伯得释后，讨伐崇侯虎，诛之。

⑥君侯死：指齐襄公杀害鲁桓公及郑子二君。

⑥高、国：齐国世卿名氏。高即下回之高傒。

# 第十五回　雍大夫计杀无知　鲁庄公乾时大战

却说管夷吾字仲，生得相貌魁梧，精神俊爽，博通坟典[①]，淹贯古今，有经天纬地之才，济世匡时之略。与鲍叔牙同贾，至分金时，夷吾多取一倍。鲍叔之从人心怀不平，鲍叔曰：“仲非贪此区区之金，因家贫不给，我自愿让之耳。”又曾领兵随征，每至战阵，辄居后队，及还兵之日，又为先驱。多有笑其怯者。鲍叔曰：“仲有老母在堂，留身奉养，岂真怯斗耶？”又数与鲍叔计事，往往相左[②]。鲍叔曰：“人固有遇不遇，使仲遇其时，定当百不失一矣。”夷吾闻之，叹曰：“生我者父母，知我者鲍叔哉！”遂结为生死之交。

值襄公诸儿即位，长子曰纠，鲁女所生，次子小白，莒女[③]所生，虽皆庶出，俱已成立，欲为立傅以辅导之。管夷吾谓鲍叔牙曰：“君生二子，异日为嗣，非纠即白。吾与尔各傅一人。若嗣立之日，互相荐举。”叔牙然其言。于是管夷吾同召忽为公子纠之傅；叔牙为公子小白之傅。襄公欲迎文姜至禚相会，叔牙谓小白曰：“君以淫闻，为国人笑，及今止之，犹可掩饰。更相往来，如水决堤，将成泛溢，子必进谏。”小白果入谏襄公曰：“鲁侯之死，啧有烦言[④]。男女嫌疑，不可不避。”襄公怒曰：“孺子何得多言！”以屦蹴之。小白趋而出。鲍叔曰：“吾闻之：‘有奇淫者，必有奇祸。’吾当与子适他国，以俟后图。”小白问：“当适何国？”鲍叔曰：“大国喜怒不常，不如适莒。莒小而近齐，小则不敢慢我，近则旦暮可归。”小白曰：“善。”乃奔莒国。襄公闻之，亦不追还。及公孙无知篡位，来召管夷吾。夷吾曰："此辈兵⑤已在颈，尚欲累人耶？"遂与召忽共计，以鲁为子纠之母家，乃奉纠奔鲁。鲁庄公居之于生窦⑥，月给廪饩。

　　鲁庄公十二年⑦春二月，齐公孙无知元年，百官贺旦，俱集朝房，见连、管二人公然压班⑧，人人皆有怨愤之意。雍廪知众心不附，佯言曰："有客自鲁来，传言公子纠将以鲁师伐齐，诸君闻之否？"诸大夫皆曰："不闻。"雍遂不复言。既朝退，诸大夫互相约会，俱到雍廪家，叩问公子纠伐齐之信。雍廪曰："诸君谓此事如何？"东郭牙曰："先君虽无道，其子何罪？吾等日望其来也。"诸大夫有泣下者。雍廪曰："廪之屈膝，宁无人心？正欲委曲以图事耳。诸君若肯相助，共除弑逆之贼，立先君子，岂非义举？”东郭牙问计，雍廪曰：“高敬仲，国之世臣，素有才望，为人信服。连、管二贼，得其片言奖借，重于千钧，恨不能耳。诚使敬仲置酒，以招二贼，必欣然往赴。吾伪以子纠兵信⑨，面启公孙，彼愚而无勇，俟其相就，卒然⑩刺之，谁为救者？然后举火为号，阖门而诛二贼，易如反掌。”东郭牙曰：“敬仲虽疾恶如仇，然为国自贬，当不靳也。吾力能必之。”遂以雍廪之谋，告于高侯⑪，高侯许诺。即命东郭牙往连、管二家致意。俱如期而至。高侯执觯⑫言曰：“先君行多失德，老夫日虞⑬国之丧亡。今幸大夫援立⑭新君，老夫亦获守家庙，向因老病，不与朝班。今幸贱体稍康，特治一酌，以报私恩，兼以子孙为托。”连称与管至父谦让不已。高侯命将重门紧闭：“今日饮酒，不尽欢不已。”预戒阍人：“勿通外信，直待城中举火，方来传报。”

却说雍廪怀匕首直叩宫门，见了无知，奏言：“公子纠率领鲁兵，旦晚将至，幸早图应敌之计。”无知问：“国舅何在？”雍廪曰：“国舅与管大夫郊饮未回，百官俱集朝中，专候主公议事。”无知信之。方出朝堂，尚未坐定，诸大夫一拥而前，雍廪自后刺之，血流公座，登时气绝。计无知为君，才一月余耳，哀哉！连夫人闻变，自缢于宫中。史官诗云：

只因无宠间⑮襄公，谁料无知宠不终。

一月夫人三尺帛，何如寂寞守空宫？

当时雍廪教人于朝外放起一股狼烟，烟透九霄。高侯正在款客，忽闻门上传板⑯，报说：“外厢举火。”高侯即便起身，往内而走。连称、管至父出其不意，却待要问其缘故，庑下预伏壮士，突然杀出，将二人砍为数段。虽有从人，身无寸铁，一时毕命。雍廪与诸大夫，陆续俱到高府，公同商议，将二人心肝剖出，祭奠襄公。一面遣人于姑棼离宫，取出襄公之尸，重新殡殓。一面遣人于鲁国迎公子纠为君。

鲁庄公闻之，大喜，便欲为公子纠起兵。施伯谏曰：“齐、鲁互为强弱，齐之无君，鲁之利也。请勿动，以观其变。”庄公踌躇未决。时夫人文姜因襄公被弑，自祝丘归于鲁国，日夜劝其子兴兵伐齐，讨无知之罪，

为其兄报仇。及闻无知受戮，齐使来迎公子纠为君，不胜之喜。主定纳纠，催促庄公起程。庄公为母命所迫，遂不听施伯之言，亲率兵车三百乘，用曹沫为大将，秦子、梁子为左右，护送公子纠入齐。管夷吾谓鲁侯曰："公子小白在莒，莒地比鲁为近，倘彼先入，主客分矣。乞假臣良马，先往邀⑰之。"鲁侯曰："甲卒几何？"夷吾曰："三十乘足矣。"

却说公子小白闻国乱无君，与鲍叔牙计议，向莒子借得兵车百乘，护送还齐。这里管夷吾引兵昼夜奔驰，行至即墨⑱，闻莒兵已过，从后追之。又行三十余里，正遇莒兵停车造饭。管夷吾见小白端坐车中，上前鞠躬曰："公子别来无恙，今将何往？"小白曰："欲奔父丧耳。"管夷吾曰：

"纠居长，分应主丧；公子幸少留，无自劳苦。"鲍叔牙曰："仲且退，各
为其主，不必多言！"夷吾见莒兵睁眉怒目，有争斗之色，诚恐众寡不敌，
乃佯诺而退。蓦地弯弓搭箭，觑定小白，飕的射来。小白大喊一声，口吐
鲜血，倒于车上。鲍叔牙急忙来救，从人尽叫道："不好了！"一齐啼哭
起来。管夷吾率领那三十乘，加鞭飞跑去了。夷吾在路叹曰："子纠有福，
合为君也！"还报鲁侯，酌酒与子纠称庆。此时放心落意，一路邑长献饩
进馔[19]，遂缓缓而行。

　　谁知这一箭，只射中小白的带钩。小白知夷吾妙手，恐他又射，一时
急智，嚼破舌尖，喷血诈倒，连鲍叔牙都瞒过了。鲍叔牙曰："夷吾虽去，
恐其又来，此行不可迟也。"乃使小白变服，载以温车[20]，从小路疾驰。

将近临淄，鲍叔牙单车先入城中，遍谒诸大夫，盛称公子小白之贤。诸大夫曰："子纠将至，何以处之？"鲍叔牙曰："齐连弑二君，非贤者不能定乱。况迎子纠而小白先至，天也！鲁君纳纠，其望报不浅。昔宋立子突，索赂无厌，兵连数年。吾国多难之余，能堪鲁之征求乎？"诸大夫曰："然则何以谢鲁侯？"叔牙曰："吾已有君，彼自退矣。"大夫隰朋、东郭牙齐声曰："叔言是也。"于是迎小白入城即位，是为桓公[21]。髯仙有诗单咏射钩之事。诗曰：

鲁公欢喜莒人愁，谁道区区中带钩？

但看一时权变处，便知有智合诸侯。

鲍叔牙曰："鲁兵未至，宜预止之。"乃遣仲孙湫往迎鲁庄公，告以有君。

庄公知小白未死，大怒曰："立子以长，孺子安得为君？孤不能空以三军退也。"仲孙湫回报。齐桓公曰："鲁兵不退，奈何？"鲍叔牙曰："以兵拒之。"乃使王子成父将右军，宁越副之；东郭牙将左军，仲孙湫副之；鲍叔牙奉桓公亲将中军，雍廪为先锋。兵车共五百乘。分拨已定，东郭牙请曰："鲁君虑吾有备，必不长驱。乾时②水草方便，此驻兵之处也。若设伏以待，乘其不备，破之必矣！"鲍叔牙曰："善。"使宁越、仲孙湫各率本部，分路埋伏。使王子成父、东郭牙从他路抄出鲁兵之后，雍廪挑战诱敌。

却说鲁庄公同子纠行至乾时，管夷吾进曰："小白初立，人心未定，宜速乘之，必有内变。"庄公曰："如仲之言，小白已射死久矣。"遂出令于乾时安营。鲁侯营于前，子纠营于后，相去二十里。次早谍报："齐兵已到，先锋雍廪索战。"鲁庄公曰："先破齐师，城中自然寒胆也。"遂引秦子、梁子驾戎车而前，呼雍廪亲数之曰："汝首谋诛贼，求君于我。今又改图，信义安在？"挽弓欲射雍廪。雍廪佯作羞惭，抱头鼠窜。庄公命曹沫逐之。雍廪转辕来战，不几合又走。曹沫不舍，奋生平之勇，挺着画戟赶来，却被鲍叔牙大兵围住。曹沫深入重围，左冲右突，身中两箭，死战方脱。

却说鲁将秦子、梁子恐曹沫有失，正待接应，忽闻左右炮声齐震，宁越、仲孙湫两路伏兵齐起，鲍叔牙率领中军，如墙而进。三面受敌，鲁兵不能抵当，渐渐奔散。鲍叔牙传令："有能获鲁侯者，赏以万家之邑。"使军中大声传呼。秦子急取鲁侯绣字黄旗，偃之于地。梁子复取旗建于自车之上。秦子问其故，梁子曰："吾将以诳齐也。"鲁庄公见事急，跳下戎车，别乘辂车③，微服而遁。秦子紧紧跟定，杀出重围。宁越望见绣旗，伏于下道，认是鲁君，麾兵围之数重。梁子免胄以面示曰："吾鲁将也，吾君已去远矣。"鲍叔牙知齐已全胜，鸣金收军。仲孙湫献戎辂④。宁越献梁子，齐侯命斩于军前。齐侯因王子成父、东郭牙两路兵尚无下落，留宁越、仲孙湫屯于乾时，大军奏凯先回。

再说管夷吾等管辖辎重，在于后营，闻前营战败，教召忽同公子纠守营，悉起兵车自来接应。正遇鲁庄公，合兵一处，曹沫亦收拾残车败卒奔回。计点之时，十停已折其七，夷吾曰："军气已丧，不可留矣！"乃连夜拔营而起。行不二日，忽见兵车当路，乃是王子成父、东郭牙抄出鲁兵之后。曹沫挺戟大呼曰："主公速行，吾死于此！"顾秦子曰："汝当助吾。"秦子便接住王子成父厮杀，曹沫便接住东郭牙厮杀。管夷吾保着鲁庄公，召忽保着公子纠，夺路而行。有红袍小将追鲁侯至急，鲁庄公一箭，正中其额。又有一白袍者追来，庄公亦射杀之。齐兵稍却。管仲教把辎重甲兵乘马之类，连路委弃，恣齐兵抢掠，方才得脱。曹沫左膊复中一刀，尚刺杀齐军无数，溃围而出。秦子战死于阵。史官论鲁庄公乾时之败，实为自取。有诗叹云：

子纠本是仇人胤<sup>㉕</sup>，何必勤兵往纳之？

若念深仇天不戴，助纠不若助无知。

鲁庄公等脱离虎口，如漏网之鱼，急急奔走。隰朋、东郭牙从后赶来，直追过汶水，将鲁境内汶阳<sup>㉖</sup>之田，尽侵夺之，设守而去。鲁人不敢争较，齐兵大胜而归。

齐侯小白早朝，百官称贺。鲍叔牙进曰："子纠在鲁，有管夷吾、召忽为辅，鲁又助之，心腹之疾尚在，未可贺也。"齐侯小白曰："为之奈何？"鲍叔牙曰："乾时一战，鲁君臣胆寒矣！臣当统三军之众，压鲁境上，请讨子纠，鲁必惧而从也。"齐侯曰："寡人请举国以听子。"鲍叔牙乃简阅车马，率领大军，直至汶阳，清理疆界。遣公孙隰朋，至书于鲁侯曰：

外臣鲍叔牙百拜鲁贤侯殿下：家无二主，国无二君。寡君已奉宗庙<sup>㉗</sup>，公子纠欲行争夺，非不二之谊<sup>㉘</sup>也。寡君以兄弟之亲，不忍加戮，愿假手于上国。管仲、召忽，寡君之仇，请受而戮于太庙。

隰朋临行，鲍叔牙嘱之曰："管夷吾天下奇才，吾言于君，将召而用之，必令无死。"隰朋曰："倘鲁欲杀之如何？"鲍叔曰："但提起射钩之事，鲁必信矣。"隰朋唯唯而去。鲁侯得书，即召施伯。

不知如何计议，且听下回分解。

## 【注释】

①坟典：即三坟五典，泛指古代所有典籍。

②相左：不一致，互相矛盾。

③鲁女、莒女：皆随诸儿之嫡妻宋女陪嫁而来。见本书第九回。

④啧（zé 责）有烦言：意见分歧，言语发生争执。啧，大声纷争的

样子。

⑤兵：武器，刀剑之类。

⑥生窦：春秋时鲁地名。在今山东菏泽市北。

⑦周庄王十二年：即公元前685年。此据明刊本，清刊本多误作"鲁庄公十二年"，即元前682年。公孙无知继位被杀，齐桓公入主齐国，均在周庄王十二年，即鲁庄公九年。本书不同于《春秋》，前文均以周王纪年。

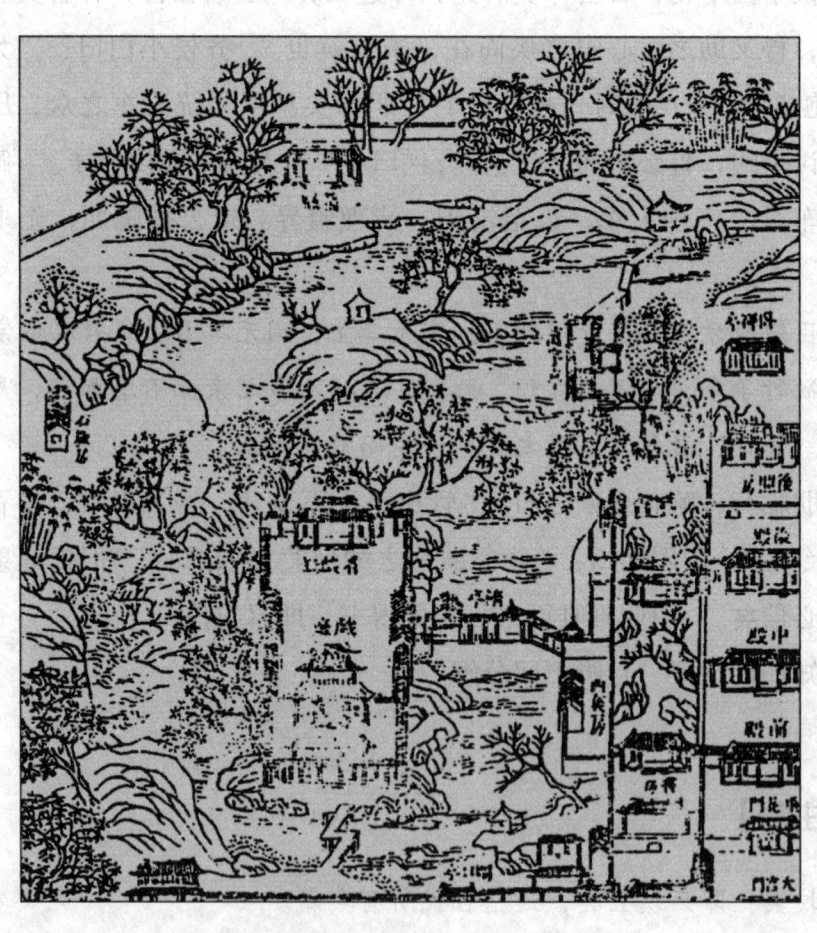

⑧压班：指朝见时位居众臣前列。

⑨兵信：指公子纠起兵信息。

⑩卒（cù促）然：猝然，突然。

⑪高傒（xí 习）：齐国上卿，字敬仲。齐太公六世孙。文公赤生公子高，高傒乃公子高之孙，以祖父之名为氏。世为齐卿。

⑫觯（zhì 治）：较大酒杯。圆腹敞口，圈足。

⑬虞：担心，忧虑。

⑭援立：扶立。援，引进，引申为拥戴。

⑮间（jiàn 建）：干犯，侵犯。

⑯传板：又称传事板，即云板。古代权贵之家以击云板为报事集众之信号。

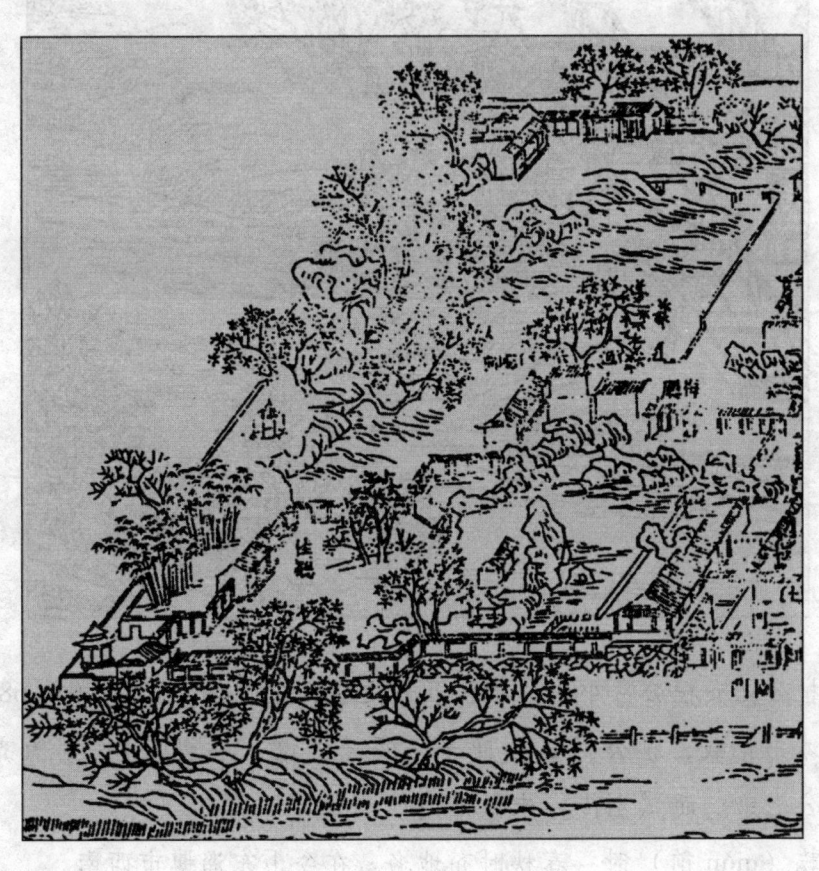

⑰邀：阻截，拦击。

⑱即墨：战国时齐邑名，地在今山东即墨市。按，此处有误。由莒至齐都临淄，不应绕道至即墨。

⑲献饩（xì 戏）进馔（zhuàn 赚）：进献饭食。饩，谷物。馔，食品。

⑳温车：即有遮蔽的卧车。

㉑桓公：齐桓公吕小白，春秋五霸之首，在位四十三年（前 685—前643）。本书记载，桓公乃襄公庶子。据《史记·齐世家》，则为齐僖公子，襄公之弟。而《左传》未做记述。

㉒乾（qián 前）时：春秋时齐地名。在今山东淄博市西南。

㉓轺（yáo 摇）车：一马所驾之轻便车。

㉔戎辂（lù 路）：亦称戎路，即兵车。此乃鲁庄公之所乘。

㉕仇人胤（yìn 印）：仇人的后代。意指公子纠乃鲁庄公杀父仇人齐襄公的后代。

㉖汶阳：春秋时鲁地名。在今山东泰安市东南。因在汶水之北，故名。

㉗奉宗庙：指继承诸侯之位以祭祀历代祖先。

㉘非不二之谊：即不符合专一之义，违反了国无二君的道理。谊，同义。

# 第十六回　释槛囚鲍叔荐仲
战长勺曹刿败齐

却说鲁庄公得鲍叔牙之书，即召施伯计议曰："向不听子言，以致兵败。今杀纠与存纠孰利？"施伯曰："小白初立，即能用人，败我兵于乾时，此非子纠之比也。况齐兵压境，不如杀纠，与之讲和。"时公子纠与管夷吾、召忽俱在生窦，鲁庄公使公子偃将兵袭之，杀公子纠，执召忽、管仲至鲁。将纳槛车，召忽仰天大恸曰："为子死孝，为臣死忠，分也！忽将从子纠于地下，安能受桎梏①之辱？"遂以头触殿柱而死。管夷吾曰："自古人君，有死臣必有生臣，吾且生入齐国，为子纠白冤。"便束身入槛车之中。施伯私谓鲁庄公曰："臣观管子之容，似有内援，必将不死。此人天下奇才，若不死，必大用于齐，大用于齐，必霸天下。鲁自此奉奔走②矣。君不如请于齐而生之。管子生，则必德我。德我而为我用，齐不足虑也。"庄公曰："齐君之仇，而我留之。虽杀纠，怒未解也。"施伯曰："君以为不可用，不如杀之，以其尸授齐。"庄公曰："善。"公孙隰朋闻鲁将杀管夷吾，疾趋鲁庭，来见庄公曰："夷吾射寡君中钩，寡君恨之切骨，欲亲加刃，以快其志。若以尸还，犹不杀也。"庄公信其言，遂囚夷吾，并函封子纠、召忽之首，交付隰朋。隰朋称谢而行。

却说管夷吾在槛车之中，已知鲍叔牙之谋，诚恐"施伯智士，虽然释放，倘或翻悔，重复追还，吾命休矣"。心生一计，制成《黄鹄》之词，教役人歌之。词曰：

黄鹄黄鹄③，戢④其翼，絷⑤其足，不飞不鸣兮笼中伏。高天何踽兮，厚地何蹐！丁阳九兮逢百六⑥。引颈长呼兮，继之以哭！

黄鹄黄鹄，天生汝翼兮能飞，天生汝足兮能逐。遭此网罗兮谁与赎？一朝破樊⑦而出兮，吾不知其升衢⑧而渐陆⑨。嗟彼弋人⑩兮，徒旁观而踯躅⑪！

役人既得此词，且歌且走，乐而忘倦。车驰马奔，计一日得两日之程，遂出鲁境。鲁庄公果然追悔，使公子偃追之，不及而返。夷吾仰天叹曰："吾今日乃更生也！"行至堂阜⑫，鲍叔牙先在，见夷吾如获至宝，迎之入馆，曰："仲幸无恙！"即命破槛出之。夷吾曰："非奉君命，未可擅脱。"鲍叔牙曰："无伤也，吾行且荐子。"夷吾曰："吾与召忽同事子纠，既不能奉以君位，又不能死于其难，臣节已亏矣。况复反面而事仇人？召忽有知，将笑我于地下！"鲍叔牙曰："'成大事者，不恤小耻，立大功者，不拘小谅⑬。'子有治天下之才，未遇其时。主公志大识高，若得子为辅，以经营齐国，霸业不足道也。功高天下，名显诸侯，孰与守匹夫之节，成无益之事哉？"夷吾嘿然不语。乃解其束缚，留之于堂阜。

鲍叔遂回临淄见桓公，先吊后贺。桓公曰："何吊也？"鲍叔牙曰："子纠，君之兄也。君为国灭亲，诚非得已，臣敢不吊？"桓公曰："虽然，何以贺寡人？"鲍叔牙曰："管子天下奇才，非召忽比也，臣已生致之。君得一贤相，臣敢不贺？"桓公曰："夷吾射寡人中钩，其矢尚在。寡人每戚戚于心，得食其肉不厌，况可用乎？"鲍叔牙曰："臣人者各为其主。射钩之时，知有纠不知有君。君若用之，当为君射天下，岂特一人之钩哉？"桓公曰："寡人姑听子，赦勿诛。"鲍叔牙乃迎管夷吾至于其家，朝夕谈论。

却说齐桓公修援立之功，高、国世卿，皆加采邑。欲拜鲍叔牙为上卿，任以国政。鲍叔牙曰："君加惠于臣，使不冻馁，则君之赐也！至于治国家，则非臣之所能也。"桓公曰："寡人知卿，卿不可辞。"鲍叔牙曰："所谓知臣者，小心敬慎，循礼守法而已。此具臣⑭之事，非治国家之才也。夫治国家者，内安百姓，外抚四夷，勋加于王室，泽布于诸侯，国有泰山之安，君享无疆之福，功垂金石⑮，名播千秋。此帝臣王佐之任，臣何以堪之？"桓公不觉欣然动色，促膝而前曰："如卿所言，当今亦有其人否？"鲍叔牙曰："君不求其人则已，必求其人，其管夷吾乎？臣所不若夷吾者有五：宽柔惠民，弗若也；治国家，不失其柄⑯，弗若也；忠信可结于百姓，弗若也；制礼义可施于四方，弗若也；执枹鼓立于军门⑰，使百姓敢战无退，弗若也。"桓公曰："卿试与来，寡人将叩其所学。"鲍叔牙曰："臣闻'贱不能临贵⑱，贫不能役富，疏不能制亲⑲'。君欲用夷吾，非置之相位，厚其禄入，隆以父兄之礼不可。夫相者，君之亚也⑳，相而召之，是轻之也。相轻则君亦轻。夫非常之人，必待以非常之礼，君其卜日而郊迎㉑之。四方闻君之尊贤礼士而不计私仇，谁不思效用于齐

者?"桓公曰："寡人听子。"乃命太卜择吉日，郊迎管子。

鲍叔牙仍送管夷吾于郊外公馆之中。至期，三浴而三衅之<sup>②</sup>，衣冠袍笏，比于上大夫。桓公亲自出郊迎之，与之同载入朝。百姓观者如堵，无不骇然。史官有诗云：

> 争贺君侯得相臣，谁知即是槛车人。
>
> 只因此日捐私忿，四海欣然号霸君。

管夷吾已入朝，稽首谢罪。桓公亲手扶起，赐之以坐。夷吾曰："臣乃俘戮之余，得蒙宥死，实为万幸，敢辱过礼？"桓公曰："寡人有问于子，子必坐，然后敢请。"夷吾再拜就坐。桓公曰："齐千乘之国，先僖公威服诸侯，号为小霸。自先襄公政令无常，遂构大变。寡人获主社稷，人心未定，国势不张。今欲修理国政，立纲陈纪，其道何先？"夷吾对曰："礼义廉耻，国之四维㉓。四维不张，国乃灭亡。今日君欲立国之纲纪，必张四维，以使其民，则纪纲立而国势振矣。"桓公曰："如何而能使民？"夷吾对曰："欲使民者，必先爱民，而后有以处之。"桓公曰："爱民之道若何？"对曰："公修公族，家修家族㉔，相连以事，相及以禄，则民相亲矣。赦旧罪，修旧宗，立无后，则民殖㉕矣。省刑罚，薄税敛，则民富矣。卿建贤士㉖，使教于国，则民有礼矣。出令不改，则民正矣。此爱民之道也。"

桓公曰："爱民之道既行，处民之道若何？"对曰："士农工商，谓之四民。士之子常为士，农之子常为农，工商之子常为工商，习焉安焉，不迁其业，则民自安矣。"桓公曰："民既安矣，甲兵不足，奈何？"对曰："欲足甲兵，当制赎刑。重罪赎以犀甲㉗一戟，轻罪赎以鞼盾㉘一戟，小罪分别入金，疑罪则宥之，讼理相等㉙者，令纳束矢㉚，许其平㉛。金既聚矣，美者以铸剑戟，试诸犬马，恶者以铸锄夷斤欘㉜，试诸壤土。"桓公曰："甲兵既定，财用不足如何？"对曰："销山㉝为钱，煮海为盐，其利通于天下。因收天下百物之贱者而居㉞之，以时贸易，为女闾㉟三百，以安行商。商旅如归，百货骈集，因而税之，以佐军兴。如是而财用可足矣。"桓公曰："财用既足，然军旅不多，兵势不振，如何而可？"对曰："兵贵于精，不贵于多，强于心，不强于力。君若正卒伍，修甲兵，天下诸侯皆将正卒伍，修甲兵，臣未见其胜也。君若强兵，莫若隐其名而修其实。臣请作内政而寄之以军令焉。"

桓公曰："内政若何？"对曰："内政之法，制国以为二十一乡。工商之乡六，士㊱之乡十五。工商足财，士足兵。"桓公曰："何以足兵？"对曰："五家为轨，轨为之长。十轨为里，里设有司。四里为连，连为之长。十连为乡，乡有良人焉。即以此为军令。五家为轨，故五人为伍，轨长率之。十轨为里，故五十人为小戎，里有司率之。四里为连，故二百人为卒，连长率之。十连为乡，故二千人为旅，乡良人率之。五乡立一师，故

万人为一军，五乡之师率之。十五乡出三万人，以为三军。君主中军，高、国二子各主一军。四时之隙，从事田猎：春曰蒐，以索不孕之兽；夏曰苗，以除五谷之灾㊲；秋曰狝，行杀以顺秋气；冬曰狩，围守以告成功，使民习于武事。是故军伍整于里，军旅整于郊㊳，内教既成，勿令迁徙。伍之人祭祀同福，死丧同恤，人与人相俦㊴，家与家相俦，世同居，少同游。故夜战声相闻，足以不乖㊵，昼战目相识，足以不散，其欢欣足以相死。居则同乐，死则同哀，守则同固，战则同强。有此三万人，足以横行于天下。"

桓公曰："兵势既强，可以征天下诸侯乎？"对曰："未可也。周室未屏㊶，邻国未附，君欲从事于天下诸侯，莫若尊周而亲邻国。"桓公曰："其道若何？"对曰："审吾疆场，而反其侵地，重为皮币以聘问，而勿受其资，则四邻之国亲我矣。请以游士八十人，奉之以车马衣裘，多其资帛，使周游于四方，以号召天下之贤士。又使人以皮币玩好，鬻行四方，以察其上下之所好。择其瑕者<sup>㊷</sup>而攻之，可以益地；择其淫乱篡弑者而诛之，可以立威。如此，则天下诸侯，皆相率而朝于齐矣。然后率诸侯以事周，使修职贡，则王室尊矣。方伯之名，君虽欲辞之，不可得也。"

桓公与管夷吾连语三日三夜，字字投机，全不知倦。桓公大悦。乃复斋戒三日，告于太庙，欲拜管夷吾为相。夷吾辞而不受。桓公曰："吾纳子之伯策，欲成吾志，故拜子为相，何为不受？"对曰："臣闻大厦之成，非一木之材也；大海之润<sup>㊸</sup>，非一流之归也。君必欲成其大志，则用五杰。"桓公曰："五杰为谁？"对曰："升降揖逊，进退闲习<sup>㊹</sup>，辨辞之刚柔，臣不如隰朋，请立为大司行<sup>㊺</sup>。垦草莱，辟土地，聚粟众多，尽地之利，臣不如宁越，请立为大司田。平原广牧，车不结辙<sup>㊻</sup>，士不旋踵<sup>㊼</sup>，鼓之而三军之士视死如归，臣不如王子成父，请立为大司马。决狱执中，不杀无辜，不诬无罪，臣不如宾须无，请立为大司理。犯君颜色，进谏必忠，不避死亡，不挠<sup>㊽</sup>富贵，臣不如东郭牙，请立为大谏之官。君若欲治国强兵，则五子者存矣。君欲霸王，臣虽不才，强成君命，以效区区。"桓公遂拜管夷吾为相国，赐以国中市租一年。其隰朋以下五人，皆依夷吾所荐，一一拜官，各治其事。遂悬榜国门，凡所奏富强之策，次第尽举而行之。

他日，桓公又问于管夷吾曰："寡人不幸而好田<sup>㊾</sup>，又好色，得毋害于霸乎？"夷吾对曰："无害也。"桓公曰："然则何为而害霸？"夷吾对曰："不知贤，害霸；知贤而不用，害霸；用而不任<sup>㊿</sup>，害霸；任而复以小人参之，害霸。"桓公曰："善。"于是专任夷吾，尊其号曰仲父<sup>51</sup>，恩礼在高、国之上，"国有大政，先告仲父，次及寡人。有所施行，一凭仲父裁决"。又禁国人语言，不许犯夷吾之名，不问贵贱，皆称仲，盖古人以称字为敬也。

却说鲁庄公闻齐国拜管仲为相，大怒曰："悔不从施伯之言，反为孺

子所欺!"乃简车蒐乘,谋伐齐以报乾时之仇。齐桓公闻之,谓管仲曰:"孤新嗣位,不欲频受干戈,请先伐鲁何如?"管仲对曰:"军政未定,未可用也。"桓公不听,遂拜鲍叔牙为将,率师直犯长勺㉜。鲁庄公问于施伯曰:"齐欺吾太甚,何以御之?"施伯曰:"臣荐一人,可以敌齐。"庄公曰:"卿所荐何人?"施伯对曰:"臣识一人,姓曹名刿,隐于东平㉝之乡,从未出仕。其人真将相之才也。"庄公命施伯往招之。刿笑曰:"肉食者无谋,乃谋及藿食㉞耶?"施伯曰:"藿食能谋,行且肉食矣。"遂同见庄公。庄公问曰:"何以战齐?"曹刿曰:"兵事临机制胜,非可预言,愿假臣一乘,使得预谋于行间。"庄公喜其言,与之共载,直趋长勺。

鲍叔牙闻鲁侯引兵而来,乃严阵以待,庄公亦列阵相持。鲍叔牙因乾时得胜,有轻鲁之心,下令击鼓进兵,先陷者重赏。庄公闻鼓声震地,亦教鸣鼓对敌。曹刿止之曰：“齐师方锐，宜静以待之。”传令军中：“有敢喧哗者斩。”齐兵来冲鲁阵，阵如铁桶，不能冲动，只得退后，少顷，对阵鼓声又震，鲁军寂如不闻，齐师又退。鲍叔牙曰：“鲁怯战耳。再鼓之，必走。”曹刿又闻鼓响，谓庄公曰：“败齐此其时矣，可速鼓之！”论鲁是初次鸣鼓，论齐已是第三通鼓了。齐兵见鲁兵两次不动，以为不战，都不在意了。谁知鼓声一起，突然而来，刀砍箭射，势如疾雷不及掩耳，杀得齐兵七零八落，大败而奔。庄公欲行追逐，曹刿曰：“未可也，臣当察之。”乃下车，将齐兵列阵之处，周围看了一遍，复登车轼⑤远望，良久曰：“可追矣。”庄公乃驱车而进，追三十余里方还，所获辎重甲兵无算。

不知后事如何，再看下回分解。

## 【注释】

①桎梏（zhì gù 志故）：刑具。桎，脚镣。梏，手铐。

②奉奔走：指受人驱使，供人奴役。

③黄鹄（hú 胡）：黄色天鹅，能高飞。

④戢（jí 及）：收敛，收拢。

⑤絷（zhí 执）：束缚。

⑥“丁阳九”句：指遭逢厄运。丁，遭遇。阳九，九为奇数，属阳，代表阳数中灾厄。百六，六为偶数，属阴，百六为阴数极点，代表阴数中灾厄。

⑦樊：笼子。

⑧升衢：树木交错叫衢。升衢，飞出林木之上。

⑨渐陆：出《易经》“鸿渐于陆”。乃进而得高之象，意指黄鹄展翅，逐渐高飞。

⑩弋（yì 义）人：射鸟的人，即猎人。弋，捕鸟工具。以绳系箭而射。

⑪踯躅（zhí hú 直竹）：踏步不前，徘徊不进。

⑫堂阜：春秋时齐邑名。在今山东蒙阴县西北。

⑬小谅：小信。

⑭具臣：备位充数，守成而无创造的臣子。

⑮金石：金指钟鼎之类，石指碑碣之类，古人常于其上镌刻文字，以颂功纪事，垂示千古。

⑯柄：根本。指大政方针。

⑰"执枹（fú 佛）鼓"句：站在军营门口敲着大鼓。古时作战，击鼓以示进军。枹，即鼓槌。

⑱贱不能临贵：指无官位的人不能驾凌驾于有官职的人之上。

⑲疏不能制亲：疏远之人不能命令、指挥亲近之人。疏，此指管仲；亲，鲍叔牙自指。

⑳君之亚：国君的副手。仅次一等叫亚。

㉑郊迎：出城至郊外迎接，以示隆重。

㉒三浴三衅（xìn信）：三次洗澡，去其不祥。三次以香料涂身，以增其祥瑞。表示礼仪之隆重。

㉓四维：四条治国安邦的纲领。维，本指控制网罟张开或收拢的那根大绳子。

㉔"公修公族"二句：国君团结好自己的宗族，士大夫团结好各自的家族。修，修好，和睦。

㉕殖：繁殖。指人口增多。

㉖卿建贤士：以贤明之士担任卿相。建，设置。

㉗犀甲：古代以犀牛之皮为甲。犀不常有，则用牛皮。仍通称犀甲。

㉘鞼（guì贵）盾：用绣革装饰的盾牌。

㉙讼理相等：原告与被告胜负相当。讼，讼方，即原告。理，辩护，即被告。

㉚束矢：一捆箭。古代以五十矢为一束。

㉛平：和解。

㉜锄夷斤欘（zhuó卓）：夷、欘，均为锄头一类。斤，大爷。

㉝销山：即开矿。销，熔化。山，指山上矿石。

㉞居：囤集。

㉟女闾：妓院。闾，里巷中的门。女闾，即妓女聚居之处。

㊱士：此指农民。从事耕种劳动的男子，古代亦称为士。

㊲"夏日苗"二句：夏天的狩猎叫苗，除掉给粮食带来灾害的野兽。

㊳"军伍整于里"二句：小量军队可以从村庄聚集，大批军队则可从一个地区聚集。整，齐备，引申为聚集。里，古代二十五家叫里。

㊴俦（chóu 筹）：伴侣，引申为同在一起。

㊵不乖：不背离，不散开。

㊶未屏（bǐng 丙）：没有抛弃，仍然存在。

㊷瑕者：指有毛病、有错误的人。瑕，玉之斑点。

㊸润：湿。引申为水多。

㊹"升降揖（yī 衣）逊"二句：升降，指迎送时升阶降阶。揖逊，谦让。闲习，同娴习，熟悉。这二句主要指对外交礼仪的掌握。

㊺大司行：管仲建议设置的官名，相当于《周礼》中司仪或隋以后的司礼。下面大司田相当于汉代的司农；大司理相当于《周礼》中司寇。

而大谏之官，则相当于后代之御史台。

㊻结辙：车马往返以至车辙交错，故称退车叫结辙。

㊼旋踵：退回。旋，转身返回。踵，脚后跟。

㊽挠：屈服，屈从。

㊾田：打猎。

㊿不任：不任以职。指不让他负责具体工作。

(51)仲父：对管仲尊称。仲乃其名，父，指事之如父。

(52)长勺：春秋时鲁地名。在今山东莱芜市西北。

(53)东平：春秋时鲁邑名。在今山东东平县境内。

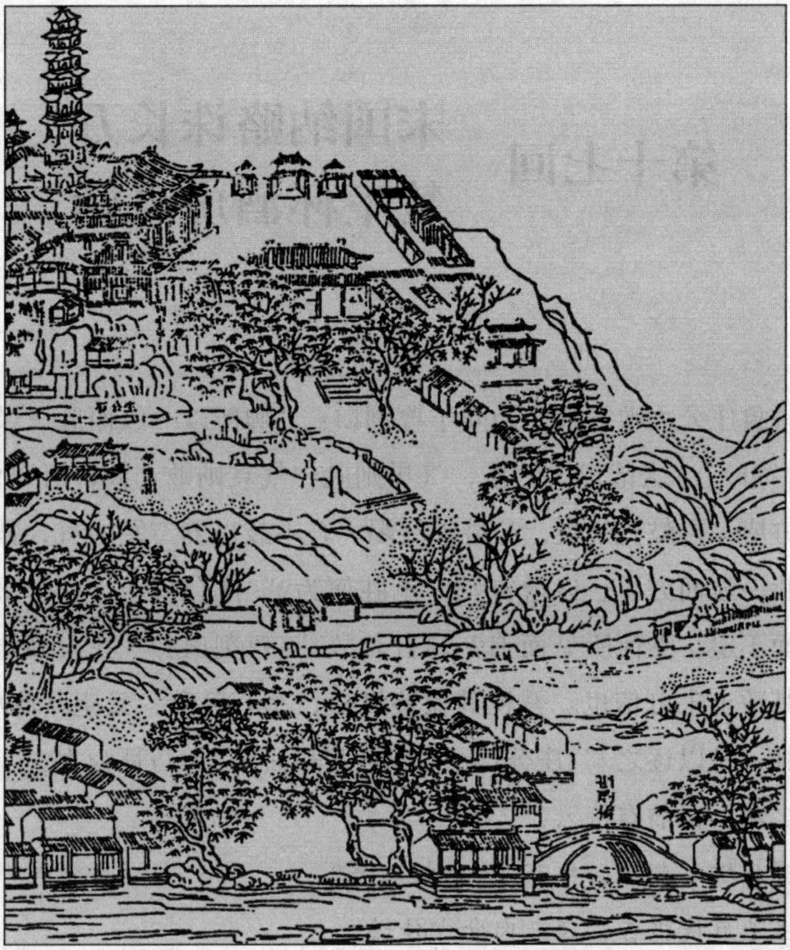

(54)藿食：实为藿食者，即吃粗食的人。指草野之人。藿，本指豆叶，嫩时可食。

(55)车轼：车前扶手的横木。

# 第十七回　宋国纳赂诛长万
# 楚王杯酒虏息妫

话说鲁庄公大败齐师，乃问于曹刿曰："卿何以一鼓而胜三鼓，有说乎？"曹刿曰："夫战以气为主，气勇则胜，气衰则败。鼓，所以作气也。一鼓气方盛，再鼓则气衰，三鼓则气竭。吾不鼓以养三军之气，彼三鼓而已竭，我一鼓而方盈。以盈御竭，不胜何为？"庄公曰："齐师既败，始何所见而不追，继何所见而追？请言其故。"曹刿曰："齐人多诈，恐有伏兵，其败走未可信也。吾视其辙迹纵横，军心已乱，又望其旌旗不整，急于奔驰，是以逐之。"庄公曰："卿可谓知兵矣！"乃拜为大夫。厚赏施伯荐贤之功。髯翁有诗云：

强齐压境举朝忧，韦布①谁知握胜筹？

莫怪边庭捷报杳，縣来肉食少佳谋。

时周庄王十三年之春。

齐师败归，桓公怒曰："兵出无功，何以服诸侯乎？"鲍叔牙曰："齐、鲁皆千乘之国，势不相下，以主客为强弱。昔乾时之战，我为主，是以胜鲁。今长勺之战，鲁为主，是以败于鲁。臣愿以君命乞师于宋，齐、宋同兵，可以得志。"桓公许之。乃遣使行聘于宋，请出宋师。宋闵公捷，自齐襄公时，两国时常共事，今闻小白即位，正欲通好，遂订师期，以夏六月初旬，兵至郎城②相会。

至期，宋使南宫长万为将，猛获副之。齐使鲍叔牙为将，仲孙湫副之。各统大兵，集于郎城，齐军于东北，宋军于东南。鲁庄公曰："鲍叔牙挟忿而来，加以宋助，南宫长万有触山举鼎之力，吾国无其对手，两军并峙，互为犄角，何以御之？"大夫公子偃进曰："容臣自出觇其军。"还

报曰："鲍叔牙有戒心，军容甚整。南宫长万自恃其勇，以为无敌，其行伍杂乱。倘自雩门③窃出，掩其不备，宋可败也。宋败，齐不能独留矣。"庄公曰："汝非长万敌也。"公子偃曰："臣请试之。"庄公曰："寡人自为接应。"

　　公子偃乃以虎皮百余，冒于马上，乘月色朦胧，偃旗息鼓，开雩门而

出。将近宋营，宋兵全然不觉。公子偃命军中举火，一时金鼓喧天，直前冲突。火光之下，遥见一队猛虎咆哮，宋营人马，无不股栗，四下惊皇，争先驰奔。南宫长万虽勇，争奈车徒先散，只得驱车而退。鲁庄公后队已到，合兵一处，连夜追逐。到乘丘④地方，南宫长万谓猛获曰："今日必

须死战，不然不免。"猛获应声而出，刚遇公子偃，两下对杀。南宫长万挺着长戟，直撞入鲁侯大军，逢人便刺。鲁兵惧其骁勇，无敢近前。庄公

谓戎右歂孙生⑤曰："汝素以力闻，能与长万决一胜负乎？"歂孙生亦挺大戟，径寻长万交锋。庄公登轵望之，见歂孙生战长万不下，顾左右曰："取我金仆姑来！"金仆姑者，鲁军府之劲矢也。左右捧矢以进，庄公搭上弓弦，觑得长万亲切，飕的一箭，正中右肩，深入于骨。长万用手拔箭，歂孙生乘其手慢，复尽力一戟，刺透左股。长万倒撞于地，急欲挣扎，被歂孙生跳下车来，双手紧紧按定，众军一拥上前擒住。猛获见主将被擒，弃车而逃。鲁庄公大获全胜，鸣金收军。歂孙生解长万献功。长万肩股被创，尚能挺立，毫无痛楚之态。庄公爱其勇，厚礼待之。鲍叔牙知宋师失利，全军而返。

是年，齐桓公遣大行隰朋，告即位于周，且求婚焉。明年，周使鲁庄公主婚，将王姬下嫁于齐。徐、蔡、卫各以其女来媵。因鲁有主婚之劳，故此齐、鲁复通，各捐两败之辱，约为兄弟。其秋，宋大水，鲁庄公曰："齐既通好，何恶于宋？"使人吊之。宋感鲁恤灾之情，亦遣人来谢，因请南宫长万。鲁庄公释之归国。自此三国和好，各消前隙。髯仙有诗曰：

乾时长勺互雄雌，又见乘丘覆宋师。

胜负无常终有失，何如修好两无危？

却说南宫长万归宋，宋闵公戏之曰："始吾敬子，今子鲁囚也，吾弗敬子矣。"长万大惭而退。大夫仇牧私谏闵公曰："君臣之间，以礼相交，不可戏也。戏则不敬，不敬则慢，慢而无礼，悖逆将生，君必戒之！"闵公曰："孤与长万习狎，无伤也。"

再说周庄王十五年，王有疾，崩。太子胡齐立，是为僖王⑥。讣告至宋。时宋闵公与宫人游于蒙泽⑦，使南宫长万掷戟为戏。原来长万有一绝技，能掷戟于空中，高数丈，以手接之，百不失一。宫人欲观其技，所以闵公召长万同游。长万奉命耍弄了一回，宫人都夸奖不已。闵公微有妒恨之意，命内侍取博局与长万决赌，以大金斗盛酒为罚。这博戏却是闵公所长。长万连负五局，罚酒五斗，已醉到八九分地位了，心中不服，再请覆局。闵公曰："囚乃常败之家，安敢复与寡人赌胜？"长万心怀惭忿，嘿

嘿无言。忽宫侍报道："周王有使命到。"闵公问其来意，乃是报庄王之丧，且告立新王。闵公曰："周已更立新王，即当遣使吊贺。"长万奏曰："臣未睹王都之盛，愿奉使一往！"闵公笑曰："宋国即无人，何至以囚奉使？"宫人皆大笑。长万面颊发赤，羞变成怒，兼乘酒醉，一时性起，不顾君臣之分，大骂曰："无道昏君！汝知囚能杀人乎？"闵公亦怒曰："贼囚！怎敢无礼！"便去抢长万之戟，欲以刺之。长万也不来夺戟，径提博局，把闵公打倒，再复挥拳，呜呼哀哉，闵公死于长万拳下。宫人惊散。

长万怒气犹勃勃未息，提戟步行，及于朝门，遇大夫仇牧，问："主

公何在?"长万曰:"昏君无礼,吾已杀之矣。"仇牧笑曰:"将军醉耶?"长万曰:"吾非醉,乃实话也。"遂以手中血污示之。仇牧勃然变色,大骂:"弑逆之贼,天理不容!"便举笏⑧来击长万。怎当得长万有力如虎,掷戟于地,以手来迎。左手将笏打落,右手一挥,正中其头,头如齑粉⑨。齿折,随手跃去,嵌入门内三寸。真绝力也!仇牧已死,长万乃拾起画戟,缓步登车,旁若无人。宋闵公即位共十年,只因一句戏言,遂遭逆臣毒手。春秋世乱，视弑君不啻割鸡，可叹，可叹！史臣有《仇牧赞》云：

世降道敳⑩，纲常扫地。堂帘⑪不隔，君臣交戏。君戏以言，臣戏以戟。壮哉仇牧，以笏击贼！不畏强御，忠肝沥血。死重泰山，名光日月。

太宰华督闻变，挺剑登车，将起兵讨乱。行至东宫之西，正遇长万。长万并不交言，一戟刺去，华督坠于车下，又复一戟杀之。遂奉闵公之从弟公子游为君，尽逐戴、武、宣、穆、庄之族⑫。群公子出奔萧⑬，公子御说奔亳⑭。长万曰："御说文而有才，且君之嫡弟，今在亳，必有变。若杀御说，群公子不足虑也。"乃使其子南宫牛同猛获率师围亳。

冬十月，萧叔大心率戴、武、宣、穆、庄五族之众，又合曹国之师救亳。公子御说悉起亳人，开城接应。内外夹攻，南宫牛大败被杀，宋兵尽降于御说。猛获不敢回宋，径投卫国去了。戴叔皮献策于御说："即用降兵旗号，假称南宫牛等已克亳邑，擒了御说，得胜回朝。"先使数人一路传言，南宫长万信之，不做准备。群公子兵到，赚开城门，一拥而入，只叫："单要拿逆贼长万一人，余人勿得惊慌。"长万仓忙无计，急奔朝中，欲奉子游出奔。见满朝俱是甲士填塞，有内侍走出，言："子游已被众军所杀。"长万长叹一声，思列国惟陈与宋无交，欲待奔陈。又想家有八十余岁老母，叹曰："天伦不可弃也！"复翻身至家，扶母登辇，左手挟戟，右手推辇而行，斩关而出，其行如风，无人敢拦阻者。宋国至陈，相去二百六十余里，长万推辇，一日便到。如此神力，古今罕有。

却说群公子既杀子游，遂奉公子御说即位，是为桓公⑮。拜戴叔皮为大夫。选五族之贤者，为公族大夫。萧叔大心仍归守萧。遣使往卫，请执猛获。再遣使往陈，请执南宫长万。公子目夷时止五岁，侍于宋桓公之侧，笑曰："长万不来矣！"宋公曰："童子何以知之？"目夷曰："勇力人所敬也，宋之所弃，陈必庇之。空手而行，何爱于我？"宋公大悟，乃命赍重宝以赂之。

先说宋使至卫，卫惠公问于群臣曰："与猛获与不与孰便？"群臣皆曰："人急而投我，奈何弃之？"大夫公孙耳谏曰："天下之恶，一也。宋

之恶，犹卫之恶。留一恶人，于卫何益。况卫、宋之好旧矣，不遣获，宋必怒。庇一人之恶，而失一国之欢，非计之善也。"卫侯曰："善。"乃缚猛获以畀宋。

　　再说宋使至陈，以重宝献于陈宣公。宣公贪其赂，许送长万。又虑长万绝力难制，必须以计困之。乃使公子结谓长万曰："寡君得吾子，犹获十城。宋人虽百请，犹不从也。寡君恐吾子见疑，使结布腹心。如以陈国褊小，更适大国，亦愿从容数月，为吾子治车乘。"长万泣曰："君能容万，万又何求？"公子结乃携酒为欢，结为兄弟。明日长万亲至公子结之家称谢。公子结复留款，酒半酣，出婢妾劝酬。长万欢饮大醉，卧于坐席。公子结使力士以犀革包裹，用牛筋束之；并囚其老母，星夜传⑯至于宋。至半路，长万方醒，奋身蹴踏，革坚缚固，终不能脱。将及宋城，犀革俱被挣破，手足皆露于外。押送军人以槌击之，胫骨俱折。宋桓公命与猛获一同绑至市曹，剁为肉泥。使庖人治为醢⑰，遍赐群臣曰："人臣有不能事君者，视此醢矣！"八十岁老母，亦并诛之。髯翁有诗叹曰：

可惜赳赳力绝伦，但知母子昧君臣。

到头骈戮难追悔，好谕将来造逆人。

宋桓公以萧叔大心有救亳之功，升萧为附庸，称大心为萧君。念华督死难，仍用其子家为司马。自是华氏世为宋大夫。

再说齐桓公自长勺大挫之后，深悔用兵。乃委国管仲，日与妇人饮酒为乐。有以国事来告者，桓公曰："何不告仲父？"时有竖貂⑱者，乃桓公之幸童⑲。因欲亲近内庭，不便往来，乃自宫⑳以进。桓公怜之，宠信愈加，不离左右。又齐之雍邑㉑人名巫者，谓之雍巫，字易牙，为人多权术，工射御，兼精于烹调之技。一日，卫姬病，易牙和五味以进，卫姬食之而愈，因爱近之。易牙又以滋味媚竖貂，貂荐之于桓公。桓公召易牙而问曰："汝善调味乎？"对曰："然。"桓公戏曰："寡人尝鸟兽虫鱼之味几遍矣，所不知者，人肉味何如耳。"易牙既退，及午膳，献蒸肉一盘，嫩如乳羊，而甘美过之。桓公食之尽，问易牙曰："此何肉，而美至地"易牙跪而对曰："此人肉也。"桓公大惊，问："何从得之？"易牙曰："臣之长子三岁矣。臣闻'忠君者不有其家'。君未尝人味，臣故杀子以适君之口。"桓公曰："子退矣！"桓公以易牙为爱己，亦宠信之。卫姬复从中称誉。自此竖貂、易牙内外用事，阴忌管仲。至是，竖貂与易牙合词进曰："闻'君出令，臣奉令'，今君一则仲父，二则仲父，齐国疑于无君矣！"桓公笑曰："寡人于仲父，犹身之有股肱㉒也。有股肱方成其身，有仲父方成其君。尔等小人何知？"二人乃不敢再言。管仲秉政三年，齐国大治。

髯仙有诗云：

疑人勿用用无疑，仲父当年独制齐。

都似桓公能信任，貂巫百口亦何为？

是时楚方强盛，灭邓，克权<sup>㉓</sup>，服随，败郧，盟绞<sup>㉔</sup>，役息<sup>㉕</sup>。凡汉东小国，无不称臣纳贡。惟蔡侍与齐侯婚姻，中国诸侯通盟同兵，未曾服楚。至文王熊赀，称王已及二世。有鬬祈、屈重、鬬伯比、薳章、鬬廉、鬻拳诸人为辅，虎视汉阳，渐有侵轶<sup>㉖</sup>中原之意。

却说蔡哀侯献舞，与息侯同娶陈女为夫人。蔡娶在先，息娶在后。息

国学经典文库

东周列国志

第十七回

图文珍藏版

259

夫人妫氏有绝世之貌，因归宁于陈，道经蔡国。蔡哀侯曰："吾姨至此，岂可不一相见？"乃使人要至宫中款待，语及戏谑，全无敬客之意。息妫大怒而去。及自陈返息，遂不入蔡国。息侯闻蔡侯怠慢其妻，思有以报之。乃遣使入贡于楚，因密告楚文王曰："蔡恃中国，不肯纳款。若楚兵加我，我因求救于蔡，蔡君勇而轻，必然亲来相救。我因与楚合兵攻之，献舞可虏也。既虏献舞，不患蔡不朝贡矣。"楚文王大喜，乃兴兵伐息。息侯求救于蔡，蔡哀侯果起大兵，亲来救息。安营未定，楚伏兵齐起。哀侯不能抵当，急走息城。息侯闭门不纳，乃大败而走。楚兵从后追赶，直至莘野[27]，活虏哀侯归国。息侯大犒楚军，送楚文王出境而返。蔡哀侯始知中了息侯之计，恨之入骨。

楚文王回国，欲杀蔡哀侯烹之，以飨太庙。鬻拳谏曰："王方有事中原，若杀献舞，诸侯皆惧矣。不如归之，以取成焉。"再四苦谏，楚文王只是不从。鬻拳愤气勃发，乃左手执王之袖，右手拔佩刀拟王曰："臣当与王俱死，不忍见王之失诸侯也！"楚王惧，连声曰："孤听汝！"遂舍蔡侯。鬻拳曰："王幸听臣言，楚国之福。然臣而劫君，罪当万死，请伏斧锧[28]！"楚王曰："卿忠心贯日，孤不罪也。"鬻拳曰："王虽赦臣，臣何敢自赦？"即以佩刀自断其足，大呼曰："人臣有无礼于君者，视此！"楚王命藏其足于大府[29]，"以识[30]孤违谏之过！"使医人疗治鬻拳之病，虽愈不能行走。楚王使为大阍，以掌城门，尊之曰太伯。遂释蔡侯归国，大排筵席，为之饯行，席中盛张女乐。有弹筝女子，仪容秀丽，楚王指谓蔡侯曰："此女色技俱胜，可进一觞。"即命此女以大觥送蔡侯，蔡侯一饮而尽。还斟大觥，亲为楚王寿。楚王笑曰："君生平所见，有绝世美色否？"蔡侯想起息侯导楚败蔡之仇，乃曰："天下女色，未有如息妫之美者，真天人也。"楚王曰："其色何如？"蔡侯曰："目如秋水，脸似桃花，长短适中，举动生态，目中未见其二！"楚王曰："寡人得一见息夫人，死不恨矣！"蔡侯曰："以君之威，虽齐姬、宋子，致之不难，何况宇下一妇人乎？"楚王大悦，是日尽欢而散。蔡侯遂辞归本国。

楚王思蔡侯之言，欲得息妫，假以巡方为名，来至息国。息侯迎谒道左，极其恭敬。亲自辟除馆舍，设大飨<sup>③</sup>于朝堂，息侯执爵而前，为楚王寿。楚王接爵在手，微笑而言曰："昔者寡人曾效微劳于君夫人，今寡人至此，君夫人何惜为寡人进一觞乎？"息侯惧楚之威，不敢违拒，连声唯唯，即时传语宫中。不一时，但闻环珮之声，夫人妫氏盛服而至，别设毯

褥，再拜称谢。楚王答礼不迭。妫氏取白玉卮满斟以进，素手与玉色相映。楚王视之大惊，果然天上徒闻，人间罕见，便欲以手亲接其卮。那妫氏不慌不忙，将卮递与宫人，转递楚王。楚王一饮而尽。妫氏复再拜请辞回宫。楚王心念息妫，反不尽欢。席散归馆，寝不能寐。

次日，楚王亦设享于馆舍，名为答礼，暗伏兵甲。息侯赴席，酒至半酣，楚王假醉，谓息侯曰："寡人有大功于君夫人，今三军在此，君夫人不能为寡人一犒劳乎？"息侯辞曰："敝邑褊小，不足以优从者，容与寡小君<sup>®</sup>图之。"楚王拍案曰："匹夫背义，敢巧言拒我？左右何不为我擒下！"息侯正待分诉，伏甲猝起，蒍章、鬬丹二将，就席间擒息侯而絷之。楚王自引兵径入息宫，来寻息妫。息妫闻变，叹曰："引虎入室，吾自取也！"遂奔入后园中，欲投井而死。被鬬丹抢前一步，牵住衣裾曰："夫人不欲全息侯之命乎？何为夫妇俱死！"息妫嘿然。鬬丹引见楚王，楚王以好言抚慰，许以不杀息侯，不斩息祀。遂即军中立息妫为夫人，载以后车。以其脸似桃花，又曰桃花夫人。今汉阳府城外有桃花洞，上有桃花夫人庙，即息妫也。唐人杜牧有诗云：

细腰宫<sup>㉝</sup>里露桃新，脉脉无言<sup>㉞</sup>几度春。

毕竟息亡缘底事？可怜金谷坠楼人<sup>㉟</sup>！

楚王安置息侯于汝水，封以十家之邑，使守息祀。息侯忿郁而死。楚之无道，至此极矣！

要知后事，且看下回分解。

## 【注释】

①韦布：即韦带布衣。贫贱者所服。此代指贫贱者。韦，去毛熟制的皮革。

②郎城：春秋时鲁国地名。为曲阜近郊之邑。

③雩（yú 于）门：鲁都曲阜南城西门。

④乘丘：春秋时鲁地名。在今山东兖州境内。

⑤歂孙生：即颛孙生。见第十三回。歂、颛二字古通。

⑥周僖王：即姬胡齐。在位五年（前681—前677）。

⑦蒙泽：春秋时宋地名。在今河南商丘市北。

⑧笏（hù 户）：古代朝会时臣子所执手板，常以竹、木或象牙制成。

⑨齑（jī 基）粉：细粉，碎屑。

⑩道敦（dù 杜）：道德败坏。

⑪堂帘：殿堂上的垂帘，本用以分别君臣而设。堂帘不隔，指君臣间没有了界限。

⑫戴、武、宣、穆、庄之族：指宋戴公、宋武公、宋宣公、宋穆公及宋庄公的后代及族人。以上五公包括了自西周宣王二十九年（前799）以来的宋国主要国君。

⑬萧：春秋时宋邑名。在今安徽萧县西北。

⑭亳（bó 薄）：春秋时宋邑名。在今河南商丘市北，与山东曹县

接壤。

⑮桓公：宋庄公次子。在位三十一年（前682—前651）。

⑯传：指用驿站的车马送达。

⑰醢（hǎi 海）：肉酱。

⑱竖貂：亦称竖刁。未成年而任官职者叫竖。貂乃其名，简写为刁。

⑲幸童：即娈童。以男色媚人者。

⑳自宫：自己阉割自己。

㉑齐之雍邑：齐无雍邑。雍邑在秦，即今陕西凤翔市南。按，雍巫之雍，并非以地名为氏，来自《周礼·天官》中"内雍""外雍"之雍，为宫中主烹割之任者。雍巫系以职官为氏，此处误作以地名为氏，故生造出一个"齐之雍邑"。

㉒股肱（gōng 工）：大股和胳膊。比喻辅佐君主的大臣。

㉓权：周代诸侯国名。在今湖北当阳市东南。

㉔盟绞：与绞国结盟。绞，古国名，故地在今湖北郧阳区西北。

㉕役息：役使息国。息为诸侯国，姬姓。在今河南息县一带。

㉖侵轶：突袭。轶，通佚，有突然之义。

㉗莘野：春秋时蔡地名。在今河南汝南县境内。

㉘斧锧（zhì 制）：古代刑具，伏斧锧，指杀头。锧为金属砧板，置人于砧板之上而以斧砍之，故称斧锧。

㉙大府：疑指宫中议事之处。

㉚识（zhì 志）：通志，记下。

㉛大飨（xiang 享）：同大享，大张筵席。

㉜寡小君：古代称诸侯的妻子叫小君。诸侯自称其妻则曰寡小君。

㉝细腰宫：指楚王宫。楚灵王好细腰，修筑章华宫以居妃嫔，人称细腰宫。见第六十八回。

㉞脉脉无言：脉脉，相视貌。息妫入楚宫，曾三年不语。详见第十九回。

　　㉟金谷坠楼人：指西晋时石崇之爱妾绿珠。当时权臣孙秀想得到她，派兵包围石崇之家金谷别馆。绿珠乃跳楼而死。

## 第十八回　曹沫手剑劫齐侯
## 桓公举火爵宁戚

　　周釐王元年①春正月，齐桓公设朝，群臣拜贺已毕，问管仲曰："寡人承仲父之教，更张国政。今国中兵精粮足，百姓皆知礼义，意欲立盟定伯，何如？"管仲对曰："当今诸侯，强于齐者甚众，南有荆楚，西有秦、晋。然皆自逞其雄，不知尊奉周王，所以不能成霸。周虽衰微，乃天下之共主。东迁以来，诸侯不朝，不贡方物，故郑伯射桓王之肩，五国拒庄王之命②，遂令列国臣子，不知君父。熊通僭号，宋、郑弑君，习为故然，莫敢征讨。今庄王初崩，新王即位，宋国近遭南宫长万之乱，贼臣虽戮，宋君未定③，君可遣使朝周，请天子之旨，大会诸侯，立定宋君。宋君一定，然后奉天子以令诸侯，内尊王室，外攘四夷。列国之中，衰弱者扶之，强横者抑之，昏乱不共命④者，率诸侯讨之。海内诸侯，皆知我之无私，必相率而朝于齐。不动兵车，而霸可成矣。"桓公大悦，于是遣使至洛阳朝贺釐王，因请奉命为会，以定宋君，釐王曰："伯舅⑤不忘周室，朕之幸也。泗上⑥诸侯，惟伯舅左右之，朕岂有爱焉？"使者回报桓公。桓公遂以王命布告宋、鲁、陈、蔡、卫、郑、曹⑦、邾⑧诸国，约以三月朔日，共会北杏⑨之地。桓公问管仲曰："此番赴会，用兵车多少？"管仲曰："君奉王命，以临诸侯，安用兵车？请为衣裳之会⑩。"桓公曰："诺。"乃使军士先筑坛三层，高起三丈，左悬钟，右设鼓，先陈天子虚位于上，旁设反坫⑪，玉帛器具，加倍整齐。又预备馆舍数处，悉要高敞合式。

　　至期，宋桓公御说先到，与齐桓公相见，谢其定位之意。次日，陈宣公杵臼、邾子克，二君继到。蔡哀侯献舞，恨楚见执，亦来赴会。四国见

齐无兵车，相顾曰："齐侯推诚待人，一至于此。"乃各将兵车退在二十里之外。时二月将尽，桓公谓管仲曰："诸侯未集，改期待之，如何？"管仲曰："语云：'三人成众。'今至者四国，不为不众矣。若改期，是无信也。待而不至，是辱王命也。初合诸侯，而以不信闻，且辱王命，何以图霸？"桓公曰："盟乎，会乎[12]？"管仲曰："人心未一，俟会而不散，乃可盟耳。"桓公曰："善。"

　　三月朔，昧爽[13]，五国诸侯，俱集于坛下。相见礼毕，桓公拱手告诸

侯曰:"王政久废,叛乱相寻。孤奉周天子之命,会群公以匡王室。今日之事,必推一人为主,然后权有所属,而政令可施于天下。"诸侯纷纷私议:欲推齐,则宋爵上公,齐止称侯,尊卑有序;欲推宋,则宋公新立,赖齐定位,未敢自尊。事在两难。陈宣公杵臼越席⑭言曰:"天子以纠合之命,属诸齐侯,谁敢代之? 宜推齐侯为盟会之主。"诸侯皆曰:"非齐侯不堪此任,陈侯之言是也。"桓公再三谦让,然后登坛。齐侯为主,次宋公,次陈侯,次蔡侯,次邾子。排列已定,鸣钟击鼓,先于天子位前行礼,然后交拜,叙兄弟之情。仲孙湫捧约简一函,跪而读之曰:"某年月日,齐小白、宋御说、陈杵臼、蔡献舞、邾克,以天子命,会于北杏,共奖王室,济弱扶倾。有败约者,列国共征之!"诸侯拱手受命。《论语》称桓公九合诸侯,此其第一会也。髯翁有诗云:

济济冠裳集五君,临淄事业赫然新。

局中先着⑮谁能识? 只为推尊第一人。

诸侯献酬甫毕,管仲历阶而上曰:"鲁、卫、郑、曹,故违王命,不来赴会,不可不讨。"齐桓公举手向四君曰:"敝邑兵车不足,愿诸君同事!"陈、蔡、邾三君齐声应曰:"敢不率敝赋以从。"惟宋桓公嘿然。

是晚,宋公回馆,谓大夫戴叔皮曰:"齐侯妄自尊大,越次主会,便欲调遣各国之兵。将来吾国且疲于奔命矣!"叔皮曰:"诸侯从违相半,齐势未集。若征服鲁、郑,霸业成矣。齐之霸,非宋福也。与会四国,惟宋为大,宋不从兵,三国亦将解体。况吾今日之来,止欲得王命以定位耳。已列于会,又何俟焉? 不如先归。"宋公从其言,遂于五更登车而去。

齐桓公闻宋公背会逃归,大怒,欲遣仲孙湫追之。管仲曰:"追之非义,可请王师伐之,乃为有名,然事更有急于此者。"桓公曰:"何事更急于此?"管仲曰:"宋远而鲁近,且王室宗盟⑯,不先服鲁,何以服宋?"桓公曰:"伐鲁当从何路?"管仲曰:"济之东北有遂⑰者,乃鲁之附庸,国小而弱,才四姓耳。若以重兵压之,可不崇朝⑱而下。遂下,鲁必悚惧。然后遣一介之使,责其不会。再遣人通信于鲁夫人⑲,鲁夫人欲其子亲厚于外家，自当极力怂恿。鲁侯内迫母命，外怵兵威，必将求盟。俟其来求，因而许之。平鲁之后，移兵于宋，临以王臣，此破竹之势也。"桓公曰："善。"

乃亲自率师至遂城，一鼓而下。因驻兵于济水②。鲁庄公果惧，大集群臣问计。公子庆父曰："齐兵两至吾国，未尝得利，臣愿出兵拒之。"班中一人出曰："不可，不可！"庄公视之，乃施伯也。庄公曰："汝计将安出？"施伯曰："臣尝言之：管子天下奇才，今得齐政，兵有节制，其不可一也；北杏之会，以奉命尊王为名，今责违命，理曲在我，其不可二也；子纠之戮，君有功焉，王姬之嫁，君有劳焉，弃往日之功劳，结将来之仇怨，其不可三也。为今之计，不若修和请盟，齐可不战而退。"曹刿曰："臣意亦如此。"

正议论间，报道："齐侯有书至。"庄公视之，大意曰：

寡人与君并事周室，情同昆弟，且婚姻也。北杏之会，君不与焉。寡人敢请其故。若有二心，亦惟命。

齐侯另有书通信于文姜，文姜召庄公语之曰："齐、鲁世为甥舅，使其恶我，犹将乞好，况取平乎？"庄公唯唯。乃使施伯答书，略曰：

孤有犬马之疾②，未获奔命。君以大义责之，孤知罪矣。然城下之盟，孤实耻之。若退舍于君之境上，孤敢不捧玉帛以从。

齐侯得书大悦，传令退兵于柯②。

鲁庄公将往会齐侯，问："群臣谁能从者？"将军曹沫请往。庄公曰："汝三败于齐，不虑齐人笑耶？"曹沫曰："惟耻三败，是以愿往，将一朝而雪之。"庄公曰："雪之何如？"曹沫曰："君当其君，臣当其臣。"庄公曰："寡人越境求盟，犹再败也。若能雪之，寡人听子矣！"遂偕曹沫而行，至于柯地。齐侯预筑土为坛以待。鲁侯先使人谢罪请盟，齐侯亦使人订期。

是日，齐侯将雄兵布列坛下，青红黑白旗，按东南西北四方，各自分队，各有将官统领，仲孙湫掌之。阶级七层，每层俱有壮士，执着黄旗把

守。坛上建大黄旗一面，绣出"方伯"二字。旁置大鼓，王子成父掌之。坛中间设香案，排列着朱盘玉盂盛牲歃盟之器，隰朋掌之。两旁反坫，设有金尊玉斝[23]，寺人貂掌之。坛西立石柱二根，系着乌牛白马，屠人准备宰杀，司庖易牙掌之。东郭牙为傧[24]，立于阶下迎宾。管仲为相。气象十分整肃。齐侯传令："鲁君若到，止许一君一臣登坛，余人息屏坛下。"

曹沫衷甲，手提利剑，紧随着鲁庄公。庄公一步一战，曹沫全无惧色。将次升阶，东郭牙进曰："今日两君好会，两相赞礼，安用凶器？请去剑！"曹沫睁目视之，两眦尽裂。东郭牙倒退几步。庄公君臣历阶而上。两君相见，各叙通好之意。三通鼓毕，对香案行礼。隰朋将玉盂盛血，跪而请歃。曹沫右手按剑，左手揽桓公之袖，怒形于色。管仲急以身蔽桓公，问曰："大夫何为者？"曹沫曰："鲁连次受兵，国将亡矣。君以济弱扶倾为会，独不为敝邑念乎？"管仲曰："然则大夫何求？"曹沫曰："齐恃强欺弱，夺我汶阳之田，今日请还，吾君乃就歃耳！"管仲顾桓公曰："君可许之。"桓公曰："大夫休矣，寡人许子。"曹沫乃释剑，代隰朋捧盂以进。两君俱已歃讫，曹沫曰："仲主齐国之政，臣愿与仲歃。"桓公曰："何必仲父？寡人与子立誓。"乃向天指日曰："所不反汶阳田于鲁者，有如此日！"曹沫受歃，再拜称谢，献酬甚欢。

既毕事，王子成父诸人，俱愤愤不平，请于桓公，欲劫鲁侯，以报曹沫之辱。桓公曰："寡人已许曹沫矣！匹夫约言，尚不失信，况君乎？"众人乃止。明日，桓公复置酒公馆，与庄公欢饮而别。即命南鄙邑宰，将原侵汶阳田，尽数交割还鲁。昔人论要盟可犯<sup>㉕</sup>，而桓公不欺，曹子可仇，而桓公不怨，此所以服诸侯霸天下也。有诗云：

巍巍霸气吞东鲁，尺剑如何能用武？

要将信义服群雄，不吝汶阳一片土。

又有诗单道曹沫劫齐桓公一事，此乃后世侠客之祖。诗云：

森森戈甲拥如潮，仗剑登坛意气豪。

三败羞颜一日洗，千秋侠客首称曹。

诸侯闻盟柯之事，皆服桓公之信义。于是卫、曹二国，皆遣人谢罪请盟。桓公约以伐宋之后，相订为会。乃再遣使如周，告以宋公不遵王命，不来赴会，请王师下临，同往问罪。周釐王使大夫单蔑，率师会齐伐宋。谍报陈、曹二国引兵从征，愿为前部。桓公使管仲先率一军，前会陈、曹，自引隰朋、王子成父、东郭牙等，统领大军继进，于商丘取齐。时周釐王二年之春也。

却说管仲有爱妾名婧，钟离<sup>㉖</sup>人，通文有智。桓公好色，每出行，必

以姬嫔自随。管仲亦以婧从行。是日，管仲军出南门，约行三十余里，至猕山㉗，见一野夫，短褐单衣，破笠赤脚，放牛于山下。此人叩牛角而歌。管仲在车上察其人不凡，使人以酒食劳之。野夫食毕，言："欲见相君仲父。"使者曰："相国车已过去矣。"野夫曰："某有一语，幸传于相君：'浩浩乎白水！'"使者追及管仲之车，以其语述之。管仲茫然，不解所谓，以问妾婧。婧曰："妾闻古有《白水》之诗云：'浩浩白水，儵儵㉘之鱼，君来召我，我将安居？'此人殆欲仕也。"管仲即命停车，使人召之。野夫将牛寄于村家，随使者来见管仲，长揖不拜。管仲问其姓名，曰："卫之野人也，姓宁名戚。慕相君好贤礼士，不惮跋涉至此。无由自达，为村人牧牛耳。"管仲叩其所学，应对如流。叹曰："豪杰辱于泥涂㉙，不遇汲引，何以自显？吾君大军在后，不日当过此。吾当作书，子持以谒吾君，必当重用。"管仲即作书缄，就交付宁戚，彼此各别。宁戚仍牧牛于猺山之下。

齐桓公大军三日后方到，宁戚依前短褐单衣，破笠赤脚，立于路旁，全不畏避。桓公乘舆将近，宁戚遂叩牛角而歌之曰：

南山灿，白百烂，中有鲤鱼长尺半。生不逢尧与舜禅，短褐单衣才至骭㉚。从昏饭牛至夜半，长夜漫漫何时旦？

桓公闻而异之，命左右拥至车前，问其姓名居处。戚以实对曰："姓宁名戚。"桓公曰："汝牧夫，何得讥刺时政？"宁戚曰："臣小人，安敢讥刺？"桓公曰："当今天子在上，寡人率诸侯宾服于下，百姓乐业，草木沾春，舜日尧天，不过如此。汝谓'不逢尧舜'，又曰'长夜不旦'，非讥刺而何？"宁戚曰："臣虽村夫，不睹先王之政。然尝闻尧舜之世，十日一风，五日一雨，百姓耕田而食，凿井而饮，所谓'不识不知，顺帝之则㉛'是也。今值纪纲不振，教化不行之世，而曰'舜日尧天'，诚小人所不解也且又闻尧舜之世，正百官而诸侯服，去四凶㉜而天下安，不言而信，不怒而威。今明公一举而宋背会，再举而鲁劫盟，用兵不息，民劳财敝，而曰'百姓乐业，草木沾春'，又小人所未解也。小人又闻尧弃其子丹朱，而让天下于舜，舜又避于南河，百姓趋而奉之，不得已即帝位。今君杀兄得国，假天子以令诸侯，小人又不知于唐虞揖让何如也！"桓公大怒曰："匹夫出言不逊！"喝令斩之。

左右缚宁戚去，将行刑。戚颜色不变，了无惧意，仰天叹曰："桀杀龙逢㉝，纣杀比干㉞，今宁戚与之为三矣！"隰朋奏曰："此人见势不趋，见威不惕，非寻常牧夫也，君其赦之！"桓公念头一转，怒气顿平，遂命释宁戚之缚，谓戚曰："寡人聊以试子，子诚佳士。"宁戚因探怀中，出管仲之书。桓公拆而观之。书略云：

臣奉命出师，行至猺山，得卫人宁戚。此人非牧竖者流，乃当世有用

之才，君宜留以自辅。若弃之使见用于邻国，则悔无及矣！

　　桓公曰："子既有仲父之书，何不遂呈寡人？"宁戚曰："臣闻'贤君择人为佐，贤臣亦择主而辅'。君如恶直好谀，以怒色加臣，臣宁死，必不出相国之书矣。"桓公大悦，命以后车载之。是晚，下寨休军，桓公命举火，索衣冠甚急。寺貂曰："君索衣冠，为爵宁戚乎？"桓公曰："然。"寺貂曰："卫去齐不远，何不使人访之？使其人果贤，爵之未晚。"桓公曰："此人廓达⑤之才，不拘小节，恐其在卫，或有细过。访得其过，爵之则不光，弃之则可惜。"即于灯烛之下，拜宁戚为大夫，使与管仲同参国政。宁戚改换衣冠，谢恩而出。髯翁有诗曰：

> 短褐单衣牧竖穷，不逢尧舜遇桓公。
>
> 自从叩角歌声歇，无复飞熊入梦⑥中。

桓公兵至宋界，陈宣公杵臼、曹庄公射姑先在。随后周单子⑰兵亦至。相见已毕，商议攻宋之策。宁戚进曰："明公奉天子之命，纠合诸侯，以威胜，不如以德胜。依臣愚见，且不必进兵。臣虽不才，请掉三寸之舌，前去说宋公行成。"桓公大悦，传令扎寨于界上，令宁戚入宋。

戚乃乘一小车，与从者数人，直至睢阳，求见宋公。宋公问于戴叔皮曰："宁戚何人也？"叔皮曰："臣闻此人乃牧牛村夫，齐侯新拔之于位，必其口才过人，此来乃使其游说也。"宋公曰："何以待之？"叔皮曰："主公召入，勿以礼待之，观其动静。若开口一不当，臣请引绅⑱为号，便令武士擒而囚之，则齐侯之计⑲沮矣。"宋公点首，吩咐武士伺候。宁戚宽衣大带，昂然而入，向宋公长揖。宋公端坐不答。戚乃仰面长叹曰："危哉乎，宋国也！"宋公骇然曰："孤位备上公，忝为诸侯之首，危何从至？"戚曰："明公自比与周公孰贤？"宋公曰："周公圣人也，孤焉敢比之？"戚曰："周公在周盛时，天下太平，四夷宾服，犹且吐哺握发⑳，以纳天下贤士。明公以亡国之馀㉑，处群雄角力之秋，继两世弑逆㉒之后，即效法周公，卑躬下士，犹恐士之不至，乃妄自矜大，简贤慢客，虽有忠言，安能至明公之前乎？不危何待！"宋公愕然，离坐曰："孤嗣位日浅，未闻君子之训，先生勿罪！"叔皮在旁，见宋公为宁戚所动，连连举其带绅。宋公不顾，乃谓宁戚曰："先生此来，何以教我？"戚曰："天子失权，诸侯星散，君臣无等，篡弑日闻。齐侯不忍天下之乱，恭承王命，以主夏盟㉓。明公列名于会，以定位也。若又背之，犹不定也。今天子赫然震怒，特遣王臣，驱率诸侯，以讨于宋。明公既叛王命于前，又抗王讨于后，不待交兵，臣已卜胜负之有在矣。"宋公曰："先生之见如何？"戚

曰："以臣愚计，勿惜一束之贽，与齐会盟，上不失臣周之礼，下可结盟主之欢，兵甲不动，宋国安于泰山。"宋公曰："孤一时失计，不终会好，今齐方加兵于我，安肯受吾之贽？"戚曰："齐侯宽仁大度，不录人过，不念旧恶。如鲁不赴会，一盟于柯，遂举侵田而返之。况明公在会之人，焉有不纳？"宋公曰："将何为贽？"戚曰："齐侯以礼睦邻，厚往薄来㊹。即束脯㊺可贽，岂必倾府库之藏哉？"宋公大悦，乃遣使随宁戚至齐军中请成。叔皮满面羞惭而退。

　　却说宋使见了齐侯，言谢罪请盟之事。献白玉十毂㊻，黄金千镒。齐桓公曰："天子有命，寡人安敢自专？必须烦王臣转奏于王方可。"桓公即以所献金玉，转送单子，致宋公取成之意。单子曰："苟君侯赦宥，有所藉手<sup>⑰</sup>，以复于天王，敢不如命。"桓公乃使宋公修聘于周，然后再订会期。单子辞齐侯而归。齐与陈、曹二君各回本国。

要知后事如何，且看下回分解。

## 【注释】

①周釐王：即上文之周僖王。釐、僖古通。周釐王元年，即公元前681年。

②"五国"句：指齐襄王合宋、鲁、陈、蔡四国之兵，逐黔牟而纳卫侯朔一事。见第十四回。

③宋君未定：指宋桓公并非以嫡长子继承，而系为诸大夫所立。春秋时凡属此情况者，均需经过诸侯会盟方定为君。

④不共（gōng 工）命：即不供命，指不遵奉周王之命。

⑤伯舅：周王称异姓诸侯为伯舅。齐为吕姓姜氏，故称。

⑥泗上：即泗水流域一带。古泗水流经今山东、江苏部分地区。

⑦曹：周代诸侯国名。姬姓。始封之君为周武王弟叔振铎。故址在今山东西部，都陶丘（今山东定陶区西南）。

⑧邾（zhū 朱）：周代诸侯国名，亦称邹。相传为颛顼后裔所建，曹姓。子爵，故下文称邾子。地在今山东费县、邹县、滕县及济宁一带。

⑨北杏：春秋时齐地名。在今山东东阿县境内。

⑩衣裳之会：指诸侯国之间以礼交好之会合，不借助于军队，与兵车之会相对而言。

⑪反坫（diàn 店）：即反爵之坫。坫是放置酒杯的土台，在两楹之间。诸侯相会，互敬酒后，将空爵反置于坫上。这是周代诸侯宴会之礼。

⑫盟乎，会乎：盟指诸侯聚集共订条约，会则指一般会见，不订约。

⑬昧（mèi 妹）爽：拂晓，天将明未明之时。

⑭越席：起坐，离席。

⑮局中先着：棋局中抢先的一着。围棋中下子叫着。先着，抢先下的一子。

⑯宗盟：宗，同宗。盟，会盟。这里指姬姓诸侯之盟。

⑰遂：周代诸侯国名。妫姓，舜的后裔。地在今山东宁阳县北。

⑱崇朝：从天亮到早饭之间。比喻时间短促。

⑲鲁夫人：此指文姜。

⑳济水：古代河流名。为中国古时四渎之一。其河道久被黄河所夺，

大致为今山东黄河河道。

㉑犬马之疾：臣子对君主称自己的疾病为犬马之疾，为一种谦称。

㉒柯：春秋时齐邑名。地在今山东东阿县与阳谷县之间的柯城镇。

㉓斝（jiǎ 甲）：古代铜制酒器。似爵而较大，三足两柱，圆口平底。

㉔傧：引导，向导。

㉕要（yáo 邀）盟可犯：通过要挟所缔结的盟约可以违反，毋须遵守。

㉖钟离：春秋时楚邑名。在今安徽凤阳县东。

㉗猺（náo 挠）山：古代山名。在今山东临淄县南。

㉘儵儵（shù 树）：乌黑的样子。也可解释为迅疾貌。

㉙辱于泥涂：埋没在草野，即身处卑下的地位。

㉚骭（gàn 干）：胫骨，此指小腿。短褐单衣才至骭，说明衣不蔽体。

㉛"不知不识"二句：出《诗经·大雅》中《文皇》篇。帝，指天帝。则，法则，规律。

㉜四凶：指不服从舜控制的四个部落首领，即浑敦、穷奇、梼杌、饕餮。

㉝龙逢：即关龙逢。夏桀时贤臣，因谏阻夏桀为酒池糟丘，为桀所杀。

㉞比干：殷末纣王之叔父。传说纣王淫乱，比干犯颜强谏；纣王怒，剖其心而死。

㉟廓达：意同豁达。指性格开朗，度量宽大。

㊱飞熊入梦：传说周文王梦飞熊而遇姜太公，后借喻帝王得贤臣的征兆。

㊲单（shàn 善）子：即单蔑。单为成周畿内之采邑。单子乃周天子之卿。

㊳引绅：拉拉大带子。绅为古代束腰之带。

㊴沮（jǔ 举）：破坏，垮台。

㊵吐哺握发：说明周公殷勤待士的态度。有客来访，周公赶忙接待，甚至一饭三吐哺，一沐三握发。吐哺，吐出口中食物。握发，头发尚来不及擦洗干净，用手握着。

㊶亡国之馀：宋为殷商之后，故称亡国之馀。

㊷两世逆弑：指宋殇公与夷为太宰华督所弑，闵公捷为南宫长万所弑。

㊸主夏盟：主持中原诸侯盟誓。夏，即诸夏，此指周代分封的诸侯国。

㉔厚往薄来：指送出的礼品厚，接受的礼品薄。

㉕束脯：一捆干肉条。

㉖瑴（jué 决）：同"珏"。两玉相合曰瑴。白玉十瑴，即白玉十对。

㉗藉手：犹言借助、假手。词出《左传·襄公十一年》："凡我同盟，小国有罪，大国致讨，苟有以藉手，鲜不赦宥。"

# 第十九回　擒傅瑕厉公复国
　　　　　　杀子颓惠王反正

　　话说齐桓公归国，管仲奏曰："东迁以来，莫强于郑。郑灭东虢而都之，前嵩后河，右洛左济①，虎牢②之险，闻于天下。故在昔庄公恃之，以伐宋兼许，抗拒王师。今又与楚为党。楚，僭国③也，地大兵强，吞噬汉阳④诸国，与周为敌。君若欲屏⑤王室而霸诸侯，非攘楚⑥不可；欲攘楚，必先得郑。"桓公曰："吾知郑为中国之枢⑦，久欲收之，恨无计耳。"宁戚进曰："郑公子突为君二载，祭足逐之而立子忽；高渠弥弑忽而立子亹；我先君杀子亹，祭足又立子仪。祭足以臣逐君，子仪以弟篡兄，犯分逆伦，皆当声讨。今子突在栎，日谋袭郑，况祭足已死，郑国无人。主公命一将往栎，送突入郑，则突必怀主公之德，北面而朝齐矣。"桓公然之。遂命宾须无引兵车二百乘，屯于栎城二十里之外。宾须无预遣人致齐侯之意。

　　郑厉公突先闻祭足死信，密差心腹到郑国打听消息。忽闻齐侯遣兵送己归国，心中大喜，出城远接，大排宴会。二人叙话间，郑国差人已转，回说："祭仲已死，如今叔詹为上大夫。"宾须无曰："叔詹何人？"郑伯突曰："治国之良，非将才也。"差人又禀："郑城有一奇事：南门之内，有一蛇长八尺，青头黄尾；门外又有一蛇，长丈余，红头绿尾；斗于门阙之中，三日三夜，不分胜负。国人观者如市，莫敢近之。后十七日，内蛇被外蛇咬死，外蛇竟奔入城，至太庙之中，忽然不见。"须无欠身贺郑伯曰："君位定矣。"郑伯突曰："何以知之？"须无曰："郑国外蛇即君也，长丈余，君居长也。内蛇子仪也，长八尺，弟也。十七日而内蛇被伤，外蛇入城者，君出亡以甲申之夏，今当辛丑之夏，恰十有七年矣。内蛇伤死，此子仪失位之兆；外蛇入于太庙，君主宗祀之征也。我主方申大义于天下，将纳君于正位，蛇斗适当其时，殆天意乎！"郑伯突曰："诚如将军之言，没世不敢负德！"

宾须无乃与郑伯定计，夜袭大陵。傅瑕率兵出战，两下交锋，不虞宾

须无绕出背后，先打破大陵，插了齐国旗号。傅瑕知力不敌，只得下车投降。郑伯突衔®傅瑕十七年相拒之恨，咬牙切齿，叱左右："斩讫报来！"傅瑕大呼曰："君不欲入郑耶？何为杀我？"郑伯突唤转问之。傅瑕曰："君若赦臣一命，臣愿枭子仪之首。"郑伯突曰："汝有何策，能杀子仪？不过以甘言哄寡人，欲脱身归郑耳。"瑕曰："当今郑政皆叔詹所掌，臣与叔詹至厚。君能赦我，我潜入郑国，与詹谋之，子仪之首，必献于座下。"郑伯突大骂："老贼奸诈，焉敢诳吾？吾今放汝入城，汝将与叔詹起兵拒我矣。"宾须无曰："瑕之妻孥，见在大陵，可囚于栎城为质。"傅瑕叩头求哀："如臣失信，诛臣妻子。"且指天日为誓。郑伯突乃纵之。

傅瑕至郑，夜见叔詹。詹见瑕，大惊曰："汝守大陵，何以至此？"瑕曰："齐侯欲正郑位，命大将宾须无统领大军，送公子突归国。大陵已失，瑕连夜逃命至此。齐兵旦晚当至。事在危急。子能斩子仪之首，开城迎之，富贵可保，亦免生灵涂炭。转祸为福，在此一时，不然，悔无及矣！"詹闻言嘿然，良久曰："吾向日原主迎立故君之议，为祭仲所阻。今祭仲物故，是天助故君。违天必有咎，但不知计将安出？"瑕曰："可通信栎城，令速进兵。子出城，伪为拒敌，子仪必临城观战，吾觑便图之。子引故君入城，大事定矣。"叔詹从其谋，密使人致书于突。傅瑕然后参见子仪，诉以齐兵助突，大陵失陷之事。子仪大惊曰："孤当以重赂求救于楚，待楚兵到日，内外夹攻，齐兵可退。"叔詹故缓其事。过二日，尚未发使往，谍报栎军已至城下。叔詹曰："臣当引兵出战，君同傅瑕登城固守。"子仪信以为然。

却说郑伯突引兵先到，叔詹略战数合，宾须无引齐兵大进，叔詹回车便走。傅瑕从城上大叫曰："郑师败矣！"子仪素无胆勇，便欲下城，瑕从后刺之，子仪死于城上。叔詹叫开城门，郑伯同宾须无一同入城。傅瑕先往清宫，遇子仪二子，俱杀之，迎突复位。国人素附厉公，欢声震地。厉公厚贿宾须无，约以冬十月亲至齐庭乞盟。须无辞归。

厉公复位数日，人心大定，乃谓傅瑕曰："汝守大陵，十有七年，力拒寡人，可谓忠于旧君矣。今贪生畏死，复为寡人而弑旧君，汝心不可测也！寡人当为子仪报仇！"喝令力士押出，斩于市曹。其妻莘姑赦弗诛。髯翁有诗叹云：

> 郑突奸雄世所无，借人成事又行诛。
>
> 傅瑕不爱须臾活，赢得忠名万古呼。

原繁当先赞立子仪，恐其得罪，称疾告老。厉公使人责之，乃自缢而死。厉公复治逐君之罪，杀公子阏。强鉏避于叔詹之家，叔詹为之求生，乃免死，刖其足。公父定叔出奔卫国，后三年，厉公召而复之，曰："不可使共叔无后也！"祭足已死勿论。叔詹仍为正卿，堵叔、师叔并为大夫，郑人谓之"三良"。

再说齐桓公知郑伯突已复国，卫、曹二国，去冬亦曾请盟，欲大合诸侯，刑牲定约。管仲曰："君新举霸事，必以简便为政。"桓公曰："简便如何？"管仲曰："陈、蔡、邾自北杏之后，事齐不贰⑨。曹伯虽未会，已同伐宋之举。此四国，不必再烦奔走。惟宋、卫未尝与会，且当一见。俟诸国齐心，方举盟约可也。"言未毕，忽传报："周王再遣单蔑报宋之聘⑩，已至卫国。"管仲曰："宋可成矣。卫居道路之中，君当亲至卫地为会，以亲诸侯。"桓公乃约宋、卫、郑三国，会于鄄地⑪。连单子、齐侯，共是五位，不用歃血，揖让而散。诸侯大悦。齐侯知人心悦从，乃大合宋、鲁、陈、卫、郑、许诸国于幽地⑫，歃血为盟，始定盟主之号。此周釐王三年⑬之冬也。

却说楚文王熊赀，自得息妫立为夫人，宠幸无比。三年之内，生下二子，长曰熊囏⑭，次曰熊恽。息妫虽在楚宫三载，从不与楚王说话。楚王怪之。一日，问其不言之故，息妫垂泪不答。楚王固请言之，对曰："吾一妇人而事二夫，纵不能守节而死，又何面目向人言语乎？"言讫泪下不止。胡曾先生有诗云：

> 息亡身入楚王家，回看春风一面花。
>
> 感旧不言常掩泪，只应翻恨有容华。

楚王曰："此皆蔡献舞之故，孤当为夫人报此仇也，夫人勿忧。"乃兴兵伐蔡，入其郛⑮。蔡侯献舞肉袒⑯伏罪，尽出其库藏宝玉以赂楚，楚师方退。

适郑伯突遣使告复国于楚，楚王曰："突复位二年，乃始告孤，慢孤甚矣。"复兴兵伐郑。郑谢罪请成，楚王许之。周釐王四年，郑伯突畏楚，不敢朝齐。齐桓公使人让之。郑伯使上卿叔詹如⑰齐，谓桓公曰："敝邑困于楚兵，早夜城守，未获息肩⑱，是以未修岁事⑲。君若能以威加楚，寡君敢不朝夕立于齐庭乎？"桓公恶其不逊，因詹于军府。詹视隙逃回郑国，自是郑背齐事楚，不在话下。

更说周釐王在位五年崩。子阆立，是为惠王[20]。惠王之二年，楚文王熊赀淫暴无政，喜于用兵。先年，曾与巴君同伐申国，而惊扰巴师。巴君怒，遂袭那处[21]，克之。守将阎敖游涌水[22]而遁。楚王杀阎敖，阎氏之族怨王，至是，约巴人伐楚，愿为内应。巴兵伐楚，楚王亲将迎之，大战于津[23]。不提防阎族数百人，假作楚军，混入阵中，竟来跟寻楚王。楚军大乱，巴兵乘之，遂大败楚。楚王面颊中箭而奔。巴君不敢追逐，收兵回国，阎氏之族从之，遂为巴人。

楚王回至方城，夜叩城门。鬻拳在门内问曰："君得胜乎？"楚王曰："败矣！"鬻拳曰："自先王以来，楚兵战无不胜。巴，小国也，王自将而见败，宁不为人笑乎？今黄不朝楚，若伐黄而胜，犹可自解。"遂闭门不纳。楚王愤然谓军士曰："此行再不胜，寡人不归矣！"乃移兵伐黄，亲鼓，士卒死战，败黄师于踖陵㉔。是夜，宿于营中，梦息侯怒气勃勃而前曰："孤何罪而见杀？又占吾疆土，淫吾妻室，吾已请于上帝矣！"乃以手批楚王之颊。楚王大叫一声醒来，箭疮进裂，血流不止。急传令回军，至于湫地㉕，夜半而薨。鬻拳迎丧归葬。长子熊囏嗣立。鬻拳曰："吾犯王二次㉖，纵王不加诛，吾敢偷生乎？吾将从王于地下！"乃谓家人曰："我死，必葬我于经皇㉗，使子孙知我守门也。"遂自刭而死。熊囏怜之，使其子孙，世为大阍㉘。先儒左氏㉙称鬻拳为爱君，史官有诗驳之，曰：

> 谏主如何敢用兵？闭门不给亦堪惊。
>
> 若将此事称忠爱，乱贼纷纷尽借名。

郑厉公闻楚文王凶信，大喜曰："吾无忧矣！"叔詹进曰："臣闻'依人者危，臣人㉚者辱'。今立国于齐、楚之间，不辱即危，非长计也。先君桓、武及庄，三世为王朝卿士，是以冠冕㉛列国，征服诸侯。今新王嗣统㉜，闻虢、晋二国朝王，王为之飨醴命宥㉝，又赐玉五瑴，马三匹。君不若朝贡于周，若赖王之宠，以修先世卿士之业，虽有大国，不足畏也。"厉公曰："善。"乃遣大夫师叔如周请朝。

师叔回报："周室大乱。"厉公问："乱形如何？"对曰："昔周庄王嬖妾姚姬，谓之王姚，生子颓，庄王爱之，使大夫蒍国为之师傅。子颓性好牛，尝养牛数百，亲自喂养，饲以五谷，被㉞以文绣，谓之'文兽'。凡有出入，仆从皆乘牛而行，践踏无忌。又阴结大夫蒍国、边伯、子禽、祝跪、詹父，往来甚密。釐王之世，未尝禁止。今新王即位，子颓恃在叔行㉟，骄横益甚。新王恶之，乃裁抑其党，夺子禽、祝跪、詹父之田。新王又因筑苑囿于宫侧，蒍国有圃，边伯有室，皆近王宫，王俱取之，以广其囿。又膳夫㊱石速进膳不精，王怒，革其禄，石速亦憾王。故五大夫同石速作乱，奉子颓为君以攻王。赖周公忌父同召伯廖等死力拒敌，众人不能取胜，乃出奔于苏㊲。先周武王时，苏忿生㊳为王司寇有功，谓之苏公，

授以南阳<sup>㉟</sup>之田为采地。忿生死，其子孙为狄所制，乃叛王而事狄，又不缴还采地于周。桓王八年<sup>㊵</sup>，乃以苏子之田，畀我先君庄公，易我近周之田，于是苏子与周嫌隙益深。卫侯朔恶周之立黔牟<sup>㊶</sup>，亦有夙怨，苏子因奉子颓奔卫，同卫侯帅师伐王城。周公忌父战败，同召伯廖等奉王出奔于邬。五大夫等尊子颓为王，人心不服。君若兴兵纳王，此万世之功也。"厉公曰："善。虽然，子颓懦弱，所恃者卫、燕<sup>㊷</sup>之众耳，五大夫无能为也。寡人再使人以理谕之，若悔祸反正，免动干戈，岂不美哉？"一面使人如邬迎王，暂幸栎邑。因厉公向居栎十七年，宫室齐整故也。一面使人致书于王子颓。书曰：

突闻以臣犯君，谓之不忠；以弟奸兄，谓之不顺。不忠不顺，天殃及之！王子误听奸臣之计，放逐其君，若能悔祸之延，奉迎天子，束身归罪，不失富贵。不然，退处一隅，比于藩服，犹可谢天下之口。惟王子速图之！

子颓得书，犹豫未决。五大夫曰："骑虎者势不能复下。岂有尊居万乘④³，而复退居臣位者？此郑伯欺人之语，不可听之。"颓遂逐出郑使。郑厉公乃朝王于栎，遂奉王袋入成周，取传国宝器，复还栎城。时惠王三年也。

是冬，郑厉公遣人约会西虢公，同起义兵纳王。虢公许之。惠王四年之春，郑、虢二君，会兵于弭④⁴。夏四月，同伐王城。郑厉公亲率兵攻南门，虢公率兵攻北门。苪国忙叩宫门，来见子颓。子颓因饲牛未毕，不即相见。苪国曰："事急矣！"乃假传子颓之命，使边伯、子禽、祝跪、詹父登陴守御。周人不顺子颓，闻王至，欢声如雷，争开城门迎接。苪国方草国书，谋遣人往卫求救。书未写就，闻钟鼓之声，人报："旧王已入城坐朝矣！"苪国自刎而死。祝跪、子禽死于乱军之中。边伯、詹父被周人绑缚献功。子颓出奔西门，使石速押文牛为前队，牛体肥行迟，悉为追兵所获，与边伯、詹父一同斩首。髯翁有诗叹子颓之愚云：

挟宠横行意未休，私交乘衅起奸谋。

一年南面成何事？只合关门去饲牛。

又一诗说齐桓公既称盟主，合倡义纳王，不应让之郑、虢也。诗云：

天子蒙尘九庙羞，纷纷郑虢效忠谋。

如何仲父无遗策，却让当时第一筹？

惠王复位，赏郑虎牢以东之地，及后之鞶鉴④⁵。赏西虢公以酒泉④⁶之邑，及酒爵数器。二君谢恩而归。郑厉公于路得疾，归国而薨。群臣奉世子捷即位，是为文公④⁷。

周惠王五年，陈宣公疑公子御寇谋叛<sup>48</sup>，杀之。公子完<sup>49</sup>，字敬仲，乃厉公之子，与御寇相善，惧诛奔齐，齐桓公拜为工正<sup>50</sup>。一日，桓公就敬仲家饮酒甚乐，天色已晚，索烛尽欢。敬仲辞曰："臣止卜<sup>51</sup>昼，未卜夜，不敢继以烛也。"桓公曰："敬仲有礼哉！"赞叹而去。桓公以敬仲为贤，使食采于田<sup>52</sup>，是为田氏之祖。是年鲁庄公为图婚之事，会齐大夫高傒于防地。

却说鲁夫人文姜，自齐襄公变后，日夜哀痛想忆，遂得嗽疾。内侍进莒医察脉，文姜久旷之后，欲心难制，遂留莒医饮食，与之私通。后莒医回国，文姜托言就医，两次如莒，馆于莒医之家。莒医复荐人以自代，文姜老而愈淫，然终以不及襄公为恨。周惠王四年秋七月，文姜病愈剧，遂薨于鲁之别寝。临终谓庄公曰："齐女今长成十八岁矣。汝当速娶，以正六宫之位㊳。万勿拘终丧之制，使我九泉之下，悬念不了。"又曰："齐方图伯，汝谨事之，勿替世好。"言讫而逝。庄公丧葬如常礼。遵依遗命，其年便欲议婚。大夫曹刿曰："大丧㊴在殡，未可骤也。请俟三年丧毕行之。"庄公曰："吾母命我矣。乘凶㊵则骤，终丧则迟，酌其中可也。"遂以期年㊶之后，与高傒申订前约，请自如齐，行纳币之礼。齐桓公亦以鲁丧未终，请缓其期。直至惠王七年㊷，其议始定，以秋为吉。时庄公在位二十四年，年已三十有七岁矣。意欲取悦齐女，凡事极其奢侈。又念父桓公薨于齐国，今复娶齐女，心终不安，乃重建桓宫㊸，丹其楹，刻其桷㊹，欲以媚亡者之灵。大夫御孙切谏，不听。是夏，庄公如齐亲迎。至秋八月，姜氏至鲁，立为夫人，是为哀姜。大夫宗妇，行见小君之礼，一概用币㊺。御孙私叹曰："男贽㊻大者玉帛，小者禽鸟，以章物采㊼。女贽不过榛栗枣脩㊽，以告虔㊾也。今男女同贽㊿，是无别也。男女之别，国之大节，而由夫人乱之，其不终乎？"自姜氏归鲁后，齐、鲁之好愈固矣。齐桓公复同鲁庄公合兵伐徐㊿，伐戎，徐、戎俱臣服于齐。郑文公见齐势愈大，恐其侵伐，遂遣使请盟。

不知后事如何，且看下回分解。

## 【注释】

①"前嵩后河"二句：前有嵩山，后有黄河，右边是洛水，左边有济水。

②虎牢：春秋时郑关塞名。在今河南荥阳市汜水镇。相传周穆王时获虎为柙畜于此，故名虎牢。城筑于大伾山上，形势险要，为军事重镇。

③僭国：僭号之国。指其妄自称王与周对立。

④汉阳：汉水北面。因汉水流向东南，故汉北即前文所称之汉东。

⑤屏：屏障，引申为保护。

⑥攘（ráng瓤）：排斥。

⑦中国之枢：中原的中心地区。中国，此指中原，即黄河中下游一带。枢，枢纽，即中心。

⑧衔：心中怀着。

⑨不贰：专一，无二心。

⑩报宋之聘：回报宋国对周朝的通问修好。

⑪鄄（juàn 卷）：春秋时卫邑名，在今山东鄄城县。

⑫幽：春秋时宋邑名。在今河南兰考县境内。

⑬周厘王三年：即公元前 679 年。

⑭熊囏（jiān 艰）：囏乃"艰"的古文。熊囏后为楚王，在位五年（前 676—前 672）。

⑮郭（fú 服）：外城。

⑯肉袒：脱去上衣，裸露肢体，以表示谢罪。

⑰如：同"入"。至，到。

⑱息肩：卸去负担。

⑲岁事：一年应办的大事。此指朝会。

⑳惠王：周惠王姬阆（lǎng 朗），在位十五年（前 676—前 652）。

㉑那（nuó 挪）处：春秋时楚地名，在今湖北荆门市东南。

㉒涌水：古水名。发源于今湖北荆州市南，分江水东流，下流仍入长江。久已湮没。

㉓津：春秋时楚地名。在今湖北荆州市南江津戍。

㉔踖（què 确）陵：春秋时黄国地名，在今河南潢川县西。

㉕湫（jiǎo 皎）：春秋时楚地名。在今湖北钟祥市北。

㉖"吾犯"句：前一次指谏杀蔡侯献舞事。见第十七回。

㉗绖（dié 迭）皇：指墓前甬道的门口。以表示生前守城门，死后仍愿为楚王守墓门。

㉘大阍（hūn 昏）：楚官名。守国都城门的长官。

㉙左氏：指《左传》作者左丘明。《左传·庄公十九年》称："鬻拳可谓爱君矣！"

㉚臣人：服从、听命于他人。臣，作动词用。

㉛冠冕：冠、冕都戴在头上，比喻受人拥戴或出人头地。

㉜新王嗣统：指周惠王继位登基。

㉝飨醴命宥：用醴酒招待，并赐以币物。醴，一种甜酒。宥，助也，

指以币物助欢。

㉞被（pī 披）：同"披"。穿上。

㉟恃在叔行（háng 杭）：依仗自己是叔父辈。

㊱膳夫：周代官名。掌王宫饮食烹调诸事。

㊲苏：春秋时畿内邑名。在今河南温县西南。亦称为温。

㊳苏忿生：周初人名。周武王时曾官司寇，有功，受采邑于温。故温邑改称为苏。其子孙世代居之。

㊴南阳：古地区名。在今河南新乡、武陟一带，靠近于温。

㊵桓王八年：即公元前 712 年。桓王乃惠王之曾祖。

㊶"卫侯朔"句：事见本书第十二、十四回。黔牟为周庄王之婿。卫人废惠王朔而立黔牟，曾禀王命。

㊷燕：应为南燕。北燕距周、郑甚远。南燕故城在今河南延津县东北。

㊸万乘（shèng剩）：周代天子地方千里，有兵车万乘。故以万乘代指天子。

㊹弭（mǐ米）：春秋时郑地名。在今河南密县境内。

㊺后之鞶（pán盘）鉴：束衣革带，中间嵌以铜镜。鞶，皮制衣带。鉴，同镜。王后服之以为饰。

㊻酒泉：春秋时邑名。地址待考。

㊼文公：郑文公姬捷，在位四十五年（前672—前628）。

㊽公子御寇：陈宣公嫡长子。宣公后有嬖姬生子名款，欲立款为太子，故诬御寇谋叛。

㊾公子完：陈厉公妫佗之子，与陈宣公为兄弟辈。奔齐后，其后代终于篡夺齐国。

㊿工正：周代官名。掌百工营造诸事。

(51)卜：大夫招待国君，必须占卜以定吉凶。此处系活用，可解为选定。

(52)田：据此句，田应为地名，但故址不详。据前人考定，陈、田古音同，互通。敬仲奔齐，不欲以本国国号自称，故改称田。并非食采于田，以地为氏者。

(53)正六宫之位：指居王后之位。因王后可统帅六宫。

(54)大丧：本指帝王、皇后及其嫡长子的丧礼，后兼指诸侯及夫人的丧礼。

(55)乘凶：古时父母刚死尚未成服就婚娶叫乘凶。

(56)期（jī基）年：一周年。

(57)惠王七年：即公元前670年。

(58)桓宫：鲁桓公之庙。周王及诸侯死后皆可立庙。

(59)丹其楹，刻其桷（jué掘）：楹即柱子。桷为方形椽子。诸侯屋柱只

用青黑色，不用红色。其椁只能削和磨，不能雕刻。这些做法均不合礼制。

⑥币：即玉帛之类。

⑥贽：古人面见尊长者，必手执物以表诚敬。所执之物叫贽，或作挚。男子所执之物因身份不同而有区别。诸侯执玉，太子执帛，卿执羔，大夫执雁，庶人执鹜，工商执鸡。

⑥章物采：即以所执之物来表明来宾的身份等级。章，意同彰，表明。

(63)脩：干肉。

(64)告虔：表示诚敬。

(65)同贽：拿同样的见面礼物。币为诸侯及世子所执之物，今女宾亦用。

(66)徐：周代诸侯国名。嬴姓。在今安徽泗县西北。

## 第二十回　晋献公违卜立骊姬　楚成王平乱相子文

周惠王十年①，徐、戎俱已臣服于齐。郑文公见齐势愈大，恐其侵伐，遣使请盟。乃复会宋、鲁、陈、郑四国之君，同盟于幽，诸国莫不归心于齐。齐桓公归国，大设宴以劳群臣。酒至半酣，鲍叔牙执卮至桓公之前，满斝为寿。桓公曰：“乐哉，今日之饮！”鲍叔牙曰：“臣闻‘明主贤臣，虽乐不忘其忧’。臣愿君毋忘出奔，管仲毋忘槛囚，宁戚毋忘饭牛车下之日。”桓公遽起离席再拜曰：“寡人与诸大夫，皆能毋忘，此齐国社稷无穷之福也！”是日极欢而散。

忽一日，报周王遣召伯廖来到。桓公迎接入馆。召伯廖宣惠王之命，赐齐侯为方伯②，修太公之职③，得专征伐。因言：“卫朔援立子颓，助逆犯顺，朕怀之十年，迄今天讨未彰，烦伯舅为朕图之。”

惠王十一年，齐桓公亲率车徒伐卫。时卫惠公朔先薨，子赤立，已三年矣，是为懿公④。懿公不问来由，率兵接战，大败而归。桓公乃直抵城下，宣扬王命，数其罪状。懿公曰：“然则先君之过，与寡人无与也。”乃使其长子开方，辇金帛五车，纳于齐军，求其讲和免罪。桓公曰：“先王之制，罪不及子孙。苟遵王命，寡人何多求于卫耶？”公子开方见齐国强盛，愿仕于齐。齐侯曰：“子乃卫侯长子，论次序当为国储。奈何舍南面之尊，而北面于寡人乎？”开方对曰：“明公乃天下之贤侯，倘得执鞭侍左右，荣幸已甚，岂不胜于为君？”桓公以开方为爱己，拜为大夫，宠之与竖貂、易牙等。齐人谓之“三贵”。开方复言卫侯少女之美，卫惠公先曾以女媵齐，此其妹也。桓公遣使纳币，求之为妾。卫懿公不敢辞却，即送卫姬至齐，齐侯纳之。因以长卫姬、少卫姬别之，姊妹俱有宠。髯翁有诗云：

卫侯罪案重如山，奉命如何取赂还？

漫说尊王申大义，到来功利在心间。

话分两头。却说晋国姬姓，侯爵，自周成王时，剪桐叶为珪⑤，封其弟叔虞于此。传九世至穆侯⑥。穆侯生二子，长曰仇，次曰成师。穆侯薨，子仇立，是为文侯⑦。文侯薨，子昭侯⑧立。畏其叔父桓叔⑨之强，乃割曲沃⑩以封之，谓之曲沃伯，改晋号曰翼⑪，谓之二晋。昭侯立七年，大夫潘父弑之，而纳曲沃伯。翼人不受，杀潘父而立昭侯之弟平，是为孝侯[12]。孝侯之八年，桓叔薨，子鳝立，是为曲沃庄伯。孝侯立十五年，庄伯伐翼，孝侯逆战大败，为庄伯所杀。翼人立其弟郄，是为鄂侯[13]。鄂侯立二年，率兵伐曲沃，战败，出奔随国。子光嗣位，是为哀侯。哀侯之二年，庄伯薨，子称代立，是为曲沃武公[14]。哀侯九年，武公率其将韩万、梁宏伐翼，哀侯逆战被杀。周桓王命卿士虢公林父立其弟缗，是为小子侯。小子侯立四年，武公复诱而杀之，遂并其国，定都于绛，仍号曰晋。悉取晋库藏宝器，辇入于周，献于釐王。釐王贪其赂，遂命称代以一军为晋侯[15]。称代凡立三十九年，薨，子佹诸立，是为晋献公[16]。

献公忌桓、庄之族[17]，虑其为患。大夫士芳献计散其党，因诱而尽杀之。献公嘉其功，命为大司空。因使大城绛邑，规模极其壮丽，比于大国之都。先献公为世子时，娶贾姬为妃，久而无子。又娶犬戎主之侄女曰狐姬，生子曰重耳，小戎允姓之女，生子曰夷吾。当武公晚年，求妾于齐，齐桓公以宗女归之，是为齐姜。时武公已老，不能御女，齐姜年少而美，献公悦而烝之，与生一子，私寄养于申氏，因名申生。献公即位之年，贾姬已薨，遂立齐姜为夫人。时重耳已二十一岁矣，夷吾年亦长于申生。因申生是夫人之子，论嫡庶不论长幼，乃立申生为世子，以大夫杜原款为太傅，大夫里克为少傅，相与辅导世子。齐姜又生一女而卒。献公复纳贾姬之娣曰贾君，亦无子。因以齐姜所生之女，使贾君育之。

献公十五年，兴兵伐骊戎[18]。骊戎乃请和，纳其二女于献公，长曰骊姬，次曰少姬。那骊姬生得貌比息妫，妖同妲己，智计千条，诡诈百出，在献公前，小忠小信，贡媚取怜。又时常参与政事，十言九中。所以献公宠爱无二，一饮一食，必与之俱。逾年，骊姬生一子，名曰奚齐。又逾年，少姬亦生一子，名曰卓子。献公既心惑骊姬，又喜其有子，遂忘齐姜一段恩情，欲立骊姬为夫人。使太卜郭偃，以龟卜之。郭偃献兆[19]，其繇曰：

专之渝，攘公之羭。一薰一莸，十车尚有臭[20]！

献公曰："何谓也？"郭偃曰："渝者，变也。意所专尚，心亦变乱，故曰'专之渝'。攘，夺也。羭，美也。心变则美恶倒置，故曰'攘公之羭'。草之香者曰薰，臭者曰莸。香不胜臭，秽气久而未消，故曰'十年

尚有臭'也。"献公一心溺爱骊姬，不信其言，更命史苏筮之。得《观卦》㉑之六二㉒，爻词㉓曰："阚观利女贞㉔。"献公曰："居内观外，女子之正，吉孰大焉？"卜偃曰："开辟以来，先有象，后有数㉕。龟，象也。筮，数也。从筮不如从龟。"史苏曰："礼无二嫡，诸侯不再娶，所谓观

也。继称夫人，何以为正？不正，何利之有？以《易》言之，亦未见吉。"献公曰："若卜筮有定，尽鬼谋矣。"竟不听史苏、卜偃之言。择日告庙，立骊姬为夫人，少姬封为次妃。

史苏私谓大夫里克曰："晋国将亡，奈何？"里克大惊，问曰："亡晋者何人？"史苏曰："其骊戎乎？"里克不解其说。史苏曰："昔夏桀伐有施<sup>㉖</sup>，有施人以女妹喜归之。桀宠妹喜，遂以亡夏。殷辛<sup>㉗</sup>伐有苏，有苏氏以女妲己归之。纣宠妲己，遂以亡殷。周幽王伐有褒，有褒人以女褒姒归之。幽王宠褒姒，西周遂亡。今晋伐骊戎而获其女，又加宠焉，不亡得乎？"适太卜郭偃亦至，里克述史苏之言。郭偃曰："晋乱而已，亡则未也。昔唐叔<sup>㉘</sup>之封，卜曰：'尹正诸夏<sup>㉙</sup>，再造王国。'晋业方大，何亡之患？"里克曰："若乱当在何时？"郭偃曰："善恶之报，不出十年。十者，数之盈也。"里克识其言于简。

再说献公爱骊姬，欲立其子奚齐为嗣。一日，与骊姬言之，骊姬心中甚欲。只因申生已立做世子，无故更变，恐群臣不服，必然谏沮。又且重耳、夷吾，与申生相与友爱，三公子俱在左右，若说而不行，反被提防，岂不误事。乃跪而对曰："太子之立，诸侯莫不闻，且贤而无罪，君必以妾母子之故，欲行废立，妾宁自杀！"献公以为真心，遂置不言。

献公有嬖幸大夫二人，曰梁五、东关五，并与献公察听外事，挟宠弄权，晋人谓之"二五"。又有优人名施者，少年美姿，伶俐多智，能言快语，献公尤嬖之，出入宫禁，不知防范。骊姬遂与施私通，情好甚密。因告以心腹之事，谋离间三公子，徐为夺嗣之计。优施为之画策："必须以封疆为名，使三公子远远出镇，然后可居中行事。然此事又必须外臣开口，方见忠谋。今'二五'用事，夫人诚以金币结之，俾彼相与进言，则主公无不听矣。"骊姬乃出金帛付优施，使分送"二五"。优施先见梁五曰："君夫人愿交欢于大夫，使施致不腆之敬。"梁五大惊曰："君夫人何须于我？必有嘱也。子不言，吾必不受。"优施乃尽以骊姬之谋告之。梁五曰："必得东关为助乃可。"施曰："夫人亦有馈，如大夫也。"于是同诣东关五之门，三人做一处商议停当。

次日，梁五进言于献公曰："曲沃始封之地，先君宗庙之所在也。蒲与屈㉚，地近戎狄，边疆之要地也。此三邑者，不可无人以主之。宗邑无主，则民无畏威之心；边疆无主，则戎狄有窥伺之意。若使太子主曲沃，重耳、夷吾，分主蒲、屈，君居中制驭，此磐石之安矣。"献公曰："世

子出外可乎？"东关五曰："太子，君子贰也。曲沃，国之贰也。非太子其谁居之？"献公曰："曲沃则然矣。蒲、屈乃荒野之地，如何可守？"东关五又曰："不城则为荒野，城之即为都邑。"二人又齐声赞美曰："一朝

而增二都，内可屏蔽封内，而外可开拓疆宇，晋自此益大矣！"献公信其言，使世子申生居曲沃，以主宗邑，太傅杜原款从行。使重耳居蒲，夷吾居屈，以主边疆。狐毛从重耳于蒲，吕饴甥从夷吾于屈。又使赵夙为太子城曲沃，比旧邑加高广，谓之新城。使士蒍监筑蒲、屈二城。士蒍聚薪筑土，草草完事。或言："恐不坚固。"士蒍笑曰："数年之后，此为仇敌，何以固为？"因赋诗曰：

狐裘龙茸<sup>③</sup>，一国三公，吾谁适从？

狐裘，贵者之服。龙茸，乱貌。言贵者之多，喻嫡庶长幼无分别也。士蒍预知骊姬必有夺嫡之谋，故为些语。申生与二公子，俱远居晋鄙。惟奚齐、卓子，在君左右。骊姬益献媚取宠，以蛊献公之心。髯翁有诗云：

女色从来是祸根，骊姬宠爱献公昏。

空劳奋筑疆场远，不道干戈伏禁门。

时献公新作二军，自将上军。使世子申生将下军，率领大夫赵夙、毕万攻耿、霍、魏<sup>②</sup>三国，灭之。以耿赐赵夙，魏赐毕万为采邑。太子功益高，骊姬忌之益甚，而谋愈深且毒矣。此事搁过一边。

却说楚熊艰、熊恽兄弟，虽同是文夫人所生，熊恽才智胜于其兄，为文夫人所爱，国人亦推服之。熊艰既嗣位，心忌其弟，每欲因事诛之，以绝后患。左右多有为熊恽周旋者，是以因循不决。熊艰怠于政事，专好游猎，在位三年，无所施设。熊恽嫌隙已成，私畜死士，乘其兄出猎，袭而杀之，以病薨告于文夫人。文夫人虽则心疑，不欲明白其事，遂使诸大夫拥立熊恽为君，是为成王<sup>③</sup>。以熊艰未尝治国，不成为君，号为"堵敖"，不以王礼葬之。任其叔王子善为令尹，即子元也。

子元自其兄文王之死，便有篡立之意。兼慕其嫂息妫，天下绝色，欲与私通。况熊艰、熊恽二子，年齿俱幼，自恃尊行，全不在眼。只畏大夫鬬伯比正直无私，且多才智，故此不敢纵肆。至是，周惠王十一年<sup>③</sup>，鬬伯比病卒。子元意无忌惮，遂于王宫之旁，大筑馆舍，每日歌舞奏乐，欲以蛊惑文夫人之意。文夫人闻之，问侍人曰："宫外乐舞之声何来？"侍人曰："此令尹之新馆也。"文夫人曰："先君舞干[35]以习武事，以征诸侯，是以朝贡不绝于庭。今楚兵不至中国者十年矣。令尹不图雪耻，而乐舞于未亡人之侧，不亦异乎？"侍人述其言于子元，子元曰："妇人尚不忘中原，我反忘之？不伐郑，非丈夫也。"遂发兵车六百乘，自为中军，鬬御彊、鬬梧建大旆为前队，王孙游、王孙嘉为后队。浩浩荡荡，杀奔郑国而来。

郑文公闻楚师大至，急召百官商议。堵叔曰："楚兵众盛，未可敌也，

不如请成。"师叔曰:"吾新与齐盟,齐必来救,且宜坚壁以待之。"世子华年少方刚,请背城一战。叔詹曰:"三人之言,吾取师叔。然以臣愚见,楚兵不久自退。"郑文公曰:"令尹自将,安肯退乎?"叔詹曰:"自楚加兵入国,未有用六百乘者。公子元操必胜之心,欲以媚息夫人耳。夫求胜者,亦必畏败。楚兵若来,臣自有计退之。"正商议间,谍报楚师斩桔柣关㊱而进,已破外郭,入纯㊲门,将及逵市㊳。堵叔曰:"楚兵偪矣,如行成不可,且奔桐丘㊴以避之。"叔詹曰:"无惧也!"乃使甲士埋伏于城内,大开城门,街市百姓来往如常,并无惧色。

鬭御彊等前队先到,见如此模样,城上绝无动静,心下疑惑,谓鬭梧曰:"郑闲暇如此,必有诡计,哄吾入城。不可轻进,且待令尹来议之。"遂离城五里,扎住营寨。须臾子元大兵已到,鬭御彊等禀知城中如此。子元亲自登高阜处以望郑城。忽见旌旗整肃,甲士林立,看了一回,叹曰:"郑有'三良'在,其谋叵测!万一失利,何面目见文夫人乎?更探听虚实,方可攻城也。"次日,后队王孙游遣人来报说:"谍探得齐侯同宋、鲁二国诸侯,亲率大军,前来救郑。鬭将军等不敢前进,特候军令,准备迎敌。"子元大惊,谓诸将曰:"诸侯若截吾去路,吾腹背受敌,必致损折。吾侵郑及于逵市,可谓全胜矣。"乃暗传号令,人衔枚,马摘铃,是夜拔寨都起。犹恐郑兵追赶,命勿撤军幕,仍建大斾,以疑郑人。大军潜出郑界,乃始鸣钟击鼓,唱凯歌而还。先遣报文夫人曰:"令尹全胜而回矣!"夫人谢曰:"令尹若能歼敌成功,宜宣示国人,以彰明罚,告诸太庙,以慰先王之灵。未亡人何与焉?"子元大惭。楚王熊恽,闻子元不战而还,自是有不悦之意。

却说郑叔詹亲督军士巡城,彻夜不睡。至晓,望见楚幕,指曰:"此空营也,楚师遁矣。"众犹未信,问:"何以知之?"叔詹曰:"幕乃大将所居,鸣钲设徼㊵,军声震动。今见群鸟栖噪于上,故知其为空幕也。吾度诸侯救兵必至,楚先闻信,是以遁耳。"未几,谍报诸侯救兵果到,未及郑境,闻楚师已去,各散回本国去了。众始服叔詹之智。郑遣使致谢齐侯救援之劳。自此感服齐国，不敢怀贰。

再说楚子元自伐郑无功，内不自安，篡谋益急。欲先通文夫人，然后行事。适文夫人有小恙，子元假称问安，来至王宫。遂移卧具寝处宫中，三日不出。家甲数百，环列宫外。大夫鬬廉闻之，闯入宫门，直至卧榻，见子元方对镜整髯，让之曰："此岂人臣栉沐<sup>㊶</sup>之所耶？令尹宜速退！"子元曰："此吾家宫室，与射师<sup>㊷</sup>何与？"鬬廉曰："王侯之贵，弟兄不得通属<sup>㊸</sup>。令尹虽介弟<sup>㊹</sup>，亦人臣也。人臣过阙则下，过庙则趋，咳唾<sup>㊺</sup>其地，犹为不敬，况寝处乎？且寡夫人密迩<sup>㊻</sup>于此，男女别嫌，令尹岂未闻耶？"子元大怒曰："楚国之政，在吾掌握，汝何敢多言！"命左右梏<sup>㊼</sup>其手，拘于庑下，不放出宫。

文夫人使侍人告急于斗伯比之子斗谷於菟[48]，使其入宫靖难[49]。斗谷於菟密奏楚王，约会鬭梧、鬭御彊及其子鬭班，半夜率甲以围王宫，将家甲乱砍，众俱惊散。子元方拥宫人醉寝，梦中惊起，仗剑而出，恰遇鬭班，亦仗剑而入，子元喝曰："作乱乃孺子耶！"鬭班曰："我非作乱，特来诛乱者耳。"两下就在宫中争战。不数合，鬭御彊、鬭梧齐到。子元度不能胜，夺门欲走，被鬭班一剑砍下头来。鬭谷於菟将鬭廉开梏放出，一齐至文夫人寝室之外，稽首问安而退。次早，楚成王熊恽御殿，百官朝见已毕，楚王命灭子元之家，榜其罪状于通衢。髯翁论公子元欲蛊文夫人之事，有诗曰：

堪嗟色胆大于身，不论尊卑不论亲。

莫怪狂且[50]轻动念，楚夫人是息夫人。

却说鬭谷於菟之祖曰鬭若敖，娶郧子[51]之女，生鬭伯比。若敖卒，伯比尚幼，随母居于郧国，往来宫中，郧夫人爱之如子。郧夫人有女与伯比为表兄妹之亲，自小宫中作伴游耍，长亦不禁，遂成私情。郧女有孕，郧夫人方才知觉，乃禁绝伯比，不许入宫。使其女诈称有病，屏居一室，及期已满，产下一子，郧夫人潜使侍人用衣服包裹，将出宫外，弃于梦泽[52]之中。意欲瞒过郧子[53]，且不欲扬其女之丑名也。伯比羞惭，与其母归于楚国去讫。其时郧子适往梦泽田猎，见泽中有猛虎蹲踞，使左右放箭，箭从旁落，一矢不中，其虎全不动掸。郧子心疑，使人至泽察之，回报："虎方抱一婴儿，喂之以乳，见人亦不畏避。"郧子曰："是神物，不可惊之。"猎毕而归，谓夫人曰："适至梦泽，见一奇事。"夫人问曰："何事？"郧子遂将猛虎乳儿之事，述了一遍。夫人曰："夫君不知，此儿乃妾所弃也！"郧子骇然曰："夫人安得此儿而弃之？"夫人曰："夫君勿罪。此儿实吾女与鬭甥所生。妾恐污吾女之名，故命侍者弃于梦泽。妾闻姜嫄[54]履巨人迹而生子，弃之冰上，飞鸟以翼覆之，姜嫄以为神，收养成人，名之曰弃，官为后稷，遂为周代之祖。此儿既有虎乳之异，必是大贵人也。"郧子从之，使人收回，命其女抚养。逾年，送其女于楚，与鬭伯比成亲。楚人乡谈，呼乳曰"谷"，呼虎曰"於菟"。取乳虎为义，名其子曰谷於菟，表字子文。今云梦县有於菟乡，即子文生处也。

谷於菟既长，有安民治国之才，经文纬武之略。父伯比，仕楚为大夫。伯比死，谷於菟嗣为大夫。及子元之死，令尹官缺。楚王欲用鬬廉，鬬廉辞曰："方今与楚为敌者，齐也。齐用管仲、宁戚，国富兵强。臣才非管、宁之流明矣。王欲改纪楚政，与中原抗衡，非鬬谷於菟不可。"百官齐声保奏："必须此人，方称其职。"楚王准奏，遂拜鬬谷於菟为令尹。楚王曰："齐用管仲，号为仲父。今谷於菟尊显于楚，亦当字之。"乃呼为子文而不名。周惠王之十三年<sup>⑤</sup>也。子文既为令尹，倡言曰："国家之祸，皆由君弱臣强所致。凡百官采邑，皆以半纳还公家。"子文先于鬬氏行之，诸人不敢不从。又以郢城南极湘潭<sup>⑤</sup>，北据汉江，形胜之地，自丹阳徙都之，号曰郢都。治兵训武，选贤任能，以公族<sup>⑤</sup>屈完为贤，使为大夫，族人鬬章才而有智，使与诸鬬同治军旅。以其子斗班<sup>⑧</sup>为申公<sup>⑤</sup>。楚国大治。

齐桓公闻楚王任贤图治，恐其争胜中原，欲起诸侯之兵伐楚。问管仲，管仲对曰："楚称王南海<sup>⑩</sup>，地大兵强，周天子不能制。今又任子文为政，四境安堵，非可以兵威得志也。且君新得诸侯，非有存亡兴灭之德，深入人心，恐诸侯之兵，不为我用。今当益广威德，待时而动，方保万全。"桓公曰:"自我先君报九世之仇,剪灭纪国,奄有其地。郠⑥为纪附庸,至今未服,寡人欲并灭之,何如?"管仲曰:"郠虽小国,其先乃太公之支孙⑫,为齐同姓。灭同姓,非义也。君可命王子成父率大军巡视纪城,示以欲伐之状,郠必畏而来降。是无灭亲之名,而有得地之实矣。"桓公用其策,郠君果畏惧求降。桓公曰:"仲父之谋,百不失一!"

君臣正计议国事,忽近臣来报:"燕国被山戎用兵侵伐,特遣人求救。"管仲曰:"君欲伐楚,必先定戎。戎患既熄,乃可专事于南方矣。"

毕竟桓公如何服戎,且听下回分解。

## 【注释】

①周惠王十年:即公元前667年。

②方伯:一方诸侯之长。《礼记·王制》:"千里之外设方伯。"

③修太公之职:履行姜太公的职责。周成王时,管、蔡作乱,淮夷叛周。周命太公曰:"东至海,西至河,南至穆陵,北至无棣,五侯九伯,实得征之。"齐国从此得专征伐。

④懿公:名姬赤。在位八年(前668—前661)。终因好鹤亡国。

⑤珪(guī规):璧玉的一种,上圆下方,为帝王诸侯所执的玉版,以示符信。

⑥穆侯:名姬弗生。在位二十七年(前811—前784)。

⑦文侯:名姬仇。在位三十五年(前780—前746)。文侯十一年为东周平王元年。

⑧昭侯:名姬伯。在位六年(前745—前740)。

⑨桓叔:即上文穆侯之次子成师。文侯姬仇之弟。成师字桓叔。

⑩曲沃:春秋时晋邑名。又名新城、下国,简称沃。在今山西闻喜县东北。

⑪翼:春秋时晋邑名。在今山西省翼城南。晋穆侯自曲沃迁都于此。

本名绛，至晋孝侯时始改称为翼。后至晋献公时，又恢复原名曰绛。

⑫孝侯：名姬平。在位十五年（前738—前724）。

⑬鄂侯：名姬郄（què 却）。在位六年（前723—前718）。病卒。曲沃庄伯闻之，兴兵伐翼。周平王使虢公率兵救之，庄伯走保曲沃。

⑭曲沃武公：亦称晋武公。在位三十九年（前716—前677）。前三十七年在曲沃。后二年诱杀小子侯，占有晋国。后来获得周釐王承认，成为晋侯。又据《史记·晋世家》，晋武公名称，《左传》未言其名，本书言其名为称代，不知何据。

⑮一军：周代以一万二千五百人为一军，每军有兵车五百乘。周天子有六军，大国三军，次国二军，小国一军。

⑯晋献公：名姬佹（guǐ 诡）诸，或作诡诸。在位二十六年（前676—前651）。

⑰桓、庄之族：指曲沃伯桓叔与曲沃庄伯的子孙。

⑱骊戎：古戎人的一支，见于殷、周期间。曾与秦的先世通婚，后为晋所灭。

⑲兆：龟卜乃用火薰龟壳，视其裂纹形状，以卜吉凶。故称裂纹形态叫兆。

⑳"专之渝"四句：大意是，意有所专，内心仍有变化，终于使丑取代了美。一香一臭，香不胜臭。十年之后，秽气也无法消除。其意暗指晋献公对齐姜之爱为骊姬所夺，二人良莠不同，以至带来十年之祸。

㉑观卦：《易经》六十四卦之一，即坤下巽上。

㉒六二：阴爻之一。阴爻包括初六、六二、六三、六四、六五至上六共六位。"阚观利女贞"即《观卦》六二之爻辞。

㉓爻（yáo 姚）词：《周易》中组成卦的符号叫爻。六十四卦中每一卦都包含六爻。说明六十四卦各爻象的文辞叫爻词。

㉔阚观利女贞：阚，同窥。阚观，窥伺观察，所见者狭窄。故对于贞洁女子才为有利。如其不正，则并不有利。

㉕"先有"二句：有物自然有形象，物品滋生繁衍，然后才有数目可计。

㉖有施：相传为古代氏族名。原为喜姓。有施氏为夏桀所败，因进妹喜于桀。

㉗殷辛：即商纣王。辛乃其名，即位后称帝辛。纣为其谥号。

㉘唐叔：即叔虞。周武王次子，周成王之弟。晋国始封之君。叔为排行，虞为其名。唐为其封地。

㉙尹正诸夏：治理好中原地区。尹，治理。诸夏，指周代分封的诸侯国。

㉚蒲与屈：均为春秋时晋邑名。蒲在今山西隰县西北，屈在今山西吉县之北。

㉛尨茸（méng róng 蒙荣）：意同蒙戎，蓬松的样子。引申为杂乱的

样子。

㉜耿、霍、魏：此三国均为姬姓之小国。耿为侯国，故址在今山西河津市东南耿乡城。霍，故城在今山西霍县西南。魏，故城在今山西芮城县北。被晋攻灭后封与毕万。战国时魏开国之君魏斯（文侯）即为毕万后代。

㉝成王：楚国著名国君。在位四十六年（前671—前625）。在位时布德施惠，结好诸侯，欲北上中原争霸。但首挫于齐桓公，后又被晋师败于城濮。

㉞周惠王十一年：公元前666年。

㉟舞干：古代武舞的一种，亦称干舞。舞者手执干或戚，习其俯仰屈

伸。干、戚即盾与大斧。

㊱斩桔（jié 杰）株（dié 蝶）关：攻破桔株门。桔株关，郑国都城远郊城门。

㊲纯门：郑都城外郭之门。

㊳逵市：郑都城外大路之市场。

㊴桐丘：春秋时郑地名。今河南扶沟县西二十里有桐丘亭，即为其地。

㊵鸣钲（zhēng 征）设儆（jǐng 警）：即敲钲以作警戒。钲，古乐器，

形似钟。行军时敲鼓，驻军时鸣钲。见《诗经·小雅·采芑》传。

㊶栉（zhì治）沐：梳头洗面。

㊷射师：斗廉之字。《左传》杜预注以斗射师为斗廉。而服虔注则以斗射师为斗班。此处依杜注。

㊸通属：指家属相互沟通往来。

㊹介弟：尊称别人的弟弟。子元为楚文王熊赀之弟。

㊺咳唾：比喻说话。

㊻密迩：贴近，靠近。

㊼梏：手铐。此作动词，即戴上手铐。

㊽斗谷於（wū乌）菟（tú图）：春秋时楚国著名政治家。斗姓，字子文。曾于楚成王八年至三十三年（前664—前637）间担任楚令尹，故称令尹子文。

㊾靖难：平定叛乱。

㊿狂且：轻狂之人。且，助辞，无义。

㈤郧子：郧为古国名，一称䢵，子爵。故址在今湖北安陆市境内。

㈥梦泽：即云梦泽。云梦泽为古代著名大泽，地在今湖北南部及湖南北部一带。

㈦郧子：此人并非斗若傲岳父，而为其子，继承郧子之位。故斗伯比为其外甥，其女与斗伯比为表兄妹。上文之郧夫人则为其妻，而非斗若傲岳母。

㈧姜嫄（yuán元）：或作姜原，帝喾之元妃。因踩巨人足迹而有孕，生子后弃之冰上，飞鸟以翅膀覆盖，乃收养，名曰弃。长大后号后稷，别姓姬，为周朝之始祖。

㈨周惠王之十三年：即公元前664年。

㈩湘潭：古地名，故址不详。疑为云梦泽之别名。

57公族：国君宗室。屈、景、昭三姓均为楚王宗室。

58其子斗班：此处有误。上文提到，斗班乃斗御疆之子，不可能又是斗章之子。

⑤9申公：申本国名，姜姓，地在今河南南阳市及其北部一带。后为楚之大邑。申公即楚所置官名，用以治理申邑。

⑥0南海：泛指地区名称，犹言极南之地。

⑥1鄣（zhāng 章）：周代小国名，为纪国之附庸。故地在今山东东平县东。

⑥2支孙：宗族旁出支派之孙。

## 第二十一回　管夷吾智辨俞儿　齐桓公兵定孤竹

　　话说山戎乃北戎之一种，国于令支①，亦曰离支。其西为燕，其东南为齐、鲁。令支界于三国之间，恃其地险兵强，不臣不贡，屡犯中国。先时曾侵齐界，为郑公子忽所败，至是闻齐侯图伯，遂统戎兵万骑，侵扰燕国，欲绝其通齐之路。燕庄公抵敌不住，遣人走间道告急于齐。齐桓公问于管仲，管仲对曰："方今为患，南有楚，北有戎，西有狄，此皆中国之忧，盟主之责也。即戎不病燕，犹思膺②之，况燕人被师，又求救乎？"桓公乃率师救燕，师过济水，鲁庄公迎之于鲁济③。桓公告以伐戎之事。鲁侯曰："君剪豺狼，以靖北方，敝邑均受其赐，岂惟燕人？寡人愿索敝赋以从。"桓公曰："北方险远之地，寡人不敢劳君玉趾④。若遂有功，君之灵也。不然，而借兵于君未晚。"鲁侯曰："敬诺。"桓公别了鲁侯，望西北进发。

　　却说令支子名密卢，蹂躏燕境，已及二月，掳掠子女，不可胜计。闻齐师大至，解围而去。桓公兵至蓟门关⑤，燕庄公出迎，谢齐侯远救之劳。管仲曰："山戎得志而去，未经挫折，我兵若退，戎兵必然又来。不如乘此伐之，以除一方之患可也。"桓公曰："善。"燕庄公请率本国之兵为前队。桓公曰："燕方经兵困，何忍复令冲锋？君姑将后军，为寡人声势足矣。"燕庄公曰："此去东八十里，国名无终⑥，虽戎种，不附山戎，可以招致，使为向导。"桓公乃大出金帛，遣公孙隰朋召之。无终子即遣大将虎儿斑，率领骑兵二千，前来助战。桓公复厚赏之，使为前队。约行将二百里，桓公见山路逼险，问于燕伯。燕伯曰："此地名葵兹⑦，乃北戎出入之要路也。"桓公与管仲商议，将辎重资粮，分其一半，屯聚于葵兹。令士卒伐木筑土为关，留鲍叔牙把守，委以转运之事。休兵三日，汰下疲病，只用精壮，兼程⑧而进。

却说令支子密卢闻齐兵来伐，召其将速买计议。速买曰："彼兵远来疲困，乘其安营未定，突然冲之，可获全胜。"密卢与之三千骑。速买传下号令，四散埋伏于山谷之中，只等齐兵到来行事。虎儿斑前队先到，速买只引百余骑迎敌。虎儿斑奋勇，手持长柄铁瓜锤，望速买当头便打。速买大叫："且慢来！"亦挺大杆刀相迎。略斗数合，速买诈败，引入林中，一声呼哨，山谷皆应，把虎儿斑之兵，截为二段。虎儿斑死战，马复被伤，束手待缚。恰遇齐侯大军已到，王子成父大逞神威，杀散速买之兵，将虎儿斑救出，速买大败而去。虎儿斑先领戎兵，多有损折，来见桓公，面有愧色。桓公曰："胜负常事，将军勿以为意。"乃以名马赐之，虎儿斑感谢不已。大军东进三十里，地名伏龙山，桓公和燕庄公结寨于山上。王子成父、宾须无立二营于山下。皆以大车联络为城，巡警甚严。

次日，令支子密卢亲自带领速买，引着骑兵万余，前来挑战。一连冲突数次，皆被车城隔住，不能得入。延至午后，管仲在山头望见戎兵渐渐稀少，皆下马卧地，口中谩骂。管仲抚虎儿斑之背曰："将军今日可雪耻也！"虎儿斑应诺。车城开处，虎儿斑引本国人马飞奔杀出。隰朋曰："恐戎兵有计。"管仲曰："吾已料之矣！"即命王子成父率一军出左，宾须无率一军出右，两路接应，专杀伏兵。原来山戎惯用埋伏之计，见齐兵坚壁不动，乃伏兵于谷中，故意下马谩骂，以诱齐兵。虎儿斑马头到处，戎兵皆弃马而奔。虎儿斑正欲追赶，闻大寨鸣金，即时勒马而回。密卢见虎儿斑不来追赶，一声呼哨，招引谷中人马，指望悉力来攻。却被王子成父和宾须无两路兵到，杀得七零八落，戎兵又大败而回，干折了许多马匹。速买献计曰："齐欲进兵，必由黄台山谷口而入。吾将木石擂断，外面多掘坑堑，以重兵守之，虽有百万之众，不能飞越也。伏龙山二十余里皆无水泉，必仰汲于濡水⑨。若将濡流坝断，彼军中乏水饮，必乱，乱则必溃。吾因溃而乘之，无有不胜。一面再遣人求救于孤竹国⑩，借兵助战，此万全之策也。"密卢大喜，依计而行。

却说管仲见戎兵退后，一连三日不见动静，心下怀疑，使谍者探听。回言："黄台山大路已塞断了！"管仲乃召虎儿斑问曰："尚有别径可入否？"虎儿斑曰："此去黄台山不过十五里，便可以直捣其国。若要寻别径，须从西南打大宽转，由芝麻岭抄出青山口，复转东数里，方是令支巢穴。但山高路险，车马不便转动耳。"正商议间，牙将连挚禀道："戎主断吾汲道，军中乏水，如何？"虎儿斑曰："芝麻岭一派都是山路，非数日不到。若无水携载，亦自难往。"桓公传令，教军士凿山取水，先得水者重赏。公孙隰朋进曰："臣闻蚁穴居知水，当视蚁蛭⑪处掘之。"军士各处搜寻，并无蚁蛭，又来禀复。隰朋曰："蚁冬则就暖，居山之阳，夏则就凉，居山之阴。今冬月，必于山之阳，不可乱掘。"军士如其言，果于山腰掘得水泉，其味清冽。桓公曰："隰朋可谓圣矣！"因号其泉曰圣泉，伏龙山改为龙泉山。军中得水，欢呼相庆。

密卢打听得齐军未尝乏水，大骇曰："中国岂有神助耶？"速买曰："齐兵虽然有水，然涉远而来，粮必不继。吾坚守不战，彼粮尽自然退矣。"密卢从之。管仲使宾须无假托转回葵兹取粮，却用虎儿斑领路，引一军取芝麻岭进发，以六日为期。却教牙将[12]连挚，日往黄台山挑战，以缀[13]密卢之兵，使之不疑。如此六日，戎兵并不接战。管仲曰："以日计之，宾将军西路将达矣。彼既不战，我不可以坐守。"乃使士卒各负一囊，实土其中，先使人驾空车二百乘前探，遇堑坑处，即以土囊填满。大军直至谷口，发声喊，齐将木石搬运而进。密卢自以为无患，日与速买饮酒为乐。忽闻齐军杀入，连忙跨马迎敌。未及交锋，戎兵报："西路又有敌军杀到！"速买知小路有失，无心恋战，保着密卢望东南而走。宾须无追赶数里，见山路崎岖，戎人驰马如飞，不及而还。马匹器仗，牛羊帐幕之类，遗弃无算，俱为齐有。夺还燕国子女，不可胜计。令支国人，从未见此兵威，无不箪食壶浆⑭，迎降于马首。桓公一一抚慰，吩咐不许杀戮降夷一人。戎人大悦。

桓公召降戎问曰："汝主此去，当投何国？"降戎曰："我国与孤竹为邻，素相亲睦，近亦曾遣人乞师未到，此行必投孤竹也。"桓公问孤竹强弱并路之远近。降戎曰："孤竹乃东南大国，自商朝便有城郭。从此去约百余里，有溪名曰卑耳。过溪便是孤竹界内。但山路险峻难行耳。"桓公曰："孤竹党山戎为暴，既在密迩，宜前讨之。"适鲍叔牙遣牙将高黑运干糒⑮五十车到，桓公即留高黑军前听用。于降戎中挑选精壮千人，付虎儿斑帐下，以补前损折之数。休兵三日，然后起程。

却说密卢等行至孤竹，见其主答里呵，哭倒在地，备言："齐兵恃强，侵夺我国，意欲乞兵报仇。"答里呵曰："俺这里正欲起兵相助，因有小恙，迟这几日，不意你吃了大亏。此处有卑耳之溪，深不可渡。俺这里将竹筏尽行拘回港中，齐兵插翅亦飞不过。俟他退兵之后，俺和你领兵杀去，恢复你的疆土，岂不稳便？"大将黄花元帅曰："恐彼造筏而渡，宜以兵守溪口，昼夜巡行，方保无事。"答里呵曰："彼若造筏，吾岂不知？"遂不听黄花之言。

再说齐桓公大军起程，行不十里，望见顽山连路，怪石嵯峨，草木蒙茸，竹箐⑯塞路。有诗为证：

盘盘曲曲接青云，怪石嵯岈⑰路不分。

任是胡儿须下马，还愁石窟有山君⑱。

管仲教取硫黄焰硝引火之物，撒入草树之间，放起火来，哔哔剥剥，烧得一片声响。真个草木无根，狐兔绝影，火光透天，五日夜不绝。火熄

之后，命凿山开道，以便进车。诸将禀称："山高且险，车行费力。"管仲曰："戎马便于驱驰，惟车可以制之。"乃制上山下山之歌，使军人歌之。《上山歌》曰：

山嵬嵬兮路盘盘，木濯濯⑲兮顽石如栏。云薄薄兮日生寒，我驱车兮上巉岏⑳。风伯为驭兮俞儿㉑操竿㉒，如飞鸟兮生羽翰，陟彼山巅兮不为难。

《下山歌》曰：

上山难兮下山弓，轮如环兮蹄如坠。声辚辚兮人吐气，历几盘兮顷刻而平地。捣彼戎庐兮消烽燧，勒勋孤竹兮亿万世。

人夫唱起歌来，你唱我和，轮转如飞。桓公与管仲隰朋等，登卑耳之巅，观其上下之势。桓公叹曰："寡人今日知人力可以歌取也。"管仲对曰："臣昔在槛车之时，恐鲁人见追，亦作歌以教军夫，乐而忘倦，遂有兼程之功。"桓公曰："其故何也？"对曰："凡人劳其形者疲其神，悦其神者忘其形。"桓公曰："仲父通达人情，一至于此！"于是催趱车徒，一齐进发。

行过了几处山头，又上一岭，只见前面大小车辆，俱壅塞不进。军士禀称："两边天生石壁，中间一径，止容单骑，不通车辆。"桓公面有惧色，谓管仲曰："此处倘有伏兵，吾必败矣！"正在踌躇，忽见山凹里走出一件东西来。桓公睁眼看之，似人非人，似兽非兽，约长一尺有余，朱衣玄冠，赤着两脚，向桓公面前再三拱揖，如相迓之状。然后以右手抠衣㉓，竟向石壁中间疾驰而去。桓公大惊，问管仲曰："卿有所见乎？"管仲曰："臣无所见。"桓公述其形状。管仲曰："此正臣所制歌词中'俞儿'者是也。"桓公曰："俞儿若何？"管仲曰："臣闻北方有登山之神，名曰俞儿，有霸王之主则出见。君之所见，其殆是乎？拱揖相迓者，欲君往伐也。抠衣者，示前有水也。右手者，水右必深，教君以向左也。"髯翁有诗论管仲识俞儿之事。诗云：

春秋典籍数而知，仲父何从识俞儿？

岂有异人传异事，张华博物总堪疑。

管仲又曰："既有水阻，幸石壁可守。且屯军山上，使人探明水势，然后进兵。"

探水者去之良久，回报："下山不五里，即卑耳溪，溪水大而且深，虽冬不竭。原有竹筏以渡，今被戎主拘收矣。右去水愈深，不啻丈余。若从左而行，约去三里，水面虽阔而浅，涉之没不及膝。"桓公抚掌曰："俞儿之兆验矣！"燕庄公曰："卑耳溪不闻有浅处可涉，此殆神助君侯成功也！"桓公曰："此去孤竹城，有路多少？"燕庄公曰："过溪东去，先团子山，次马鞭山，又次双子山，三山连络，约三十里。此乃商朝孤竹三君㉔之墓。过了三山，更二十五里，便是无棣城㉕，即孤竹国君之都也。"

虎儿斑请率本部兵先涉。管仲曰："兵行一处，万一遇敌，进退两难，须分两路而行。"乃令军人伐竹，以藤贯之，顷刻之间，成筏数百。留下车辆，以为载筏，军士牵之。下了山头，将军马分为两队，王子成父同高黑引着一军，从右乘筏而渡为正兵，公子开方、竖貂，随着齐桓公亲自接应；宾须无同虎儿斑引着一军，从左涉水而渡为奇兵，管仲同连挚随着燕庄公接应。俱于团子山下取齐。

却说答里呵在无棣城中，不知齐兵去来消息，差小番到溪中打听，见满溪俱是竹筏，兵马纷纷而渡，慌忙报知城中。答里呵大惊，即命黄花元帅率兵五千拒敌。密卢曰："俺在此无功，愿引速买为前部。"黄花元帅曰："屡败之人，难与同事！"跨马径行。答里呵谓密卢曰："西北团子山，乃东来要路，相烦贤君臣把守，就便接应，俺这里随后也到。"密卢口虽应诺，却怪黄花元帅轻薄了他，心中颇有不悦之意。

却说黄花元帅兵未到溪口，便遇了高黑前队，两下接住厮杀。高黑战黄花不过，却待要走，王子成父已到，黄花撇了高黑，便与王子成父厮杀。大战五十余合，不分胜负。后面齐侯大军俱到，公子开方在右，竖貂在左，一齐掩上。黄花元帅心慌，弃军而走。五千人马，被齐兵掩杀大半，余者尽降。黄花单骑奔逃，将近团子山，见兵马如林，都打着齐、燕、无终三国旗号，乃是宾须无等涉水而渡，先据了团子山了。黄花不敢过山，弃了马匹，扮作樵采之人，从小路爬山得脱。齐桓公大胜，进兵至团子山，与左路军马做一处列营，再议征进。

却说密卢引军刚到马鞭山，前哨报道："团子山已被齐兵所占。"只得就马鞭山屯扎。黄花元帅逃命至马鞭山，认做自家军马，投入营中，却是密卢。密卢曰："元帅屡胜之将，何以单身至此？"黄花羞惭无极，索酒食不得，与以炒麦一升。又索马骑，与之漏蹄㉖。黄花大恨，回至无棣城，见答里呵，请兵报仇。答里呵曰："吾不听元帅之言，以至如此！"黄花曰："齐侯所恨，在于令支。今日之计，惟有斩密卢君臣之首，献于齐君，与之讲和，可不战而退。"答里呵曰："密卢穷而归我，何忍卖之？"宰相兀律古进曰："臣有一计，可以反败为功。"答里呵问："何计？"兀律古曰："国之北有地名曰旱海，又谓之迷谷，乃砂碛㉗之地，一望无水草。从来国人死者，弃之于此，白骨相望，白昼常见鬼。又时时发冷风，风过处，人马俱不能存立，中人毛发辄死。又风沙刮起，咫尺不辨。若误入迷谷，谷路纡曲难认，急不能出，兼有毒蛇猛兽之患。诚得一人诈降，诱至彼地，不须厮杀，管取死亡八九。吾等整顿军马，坐待其敝，岂非妙计？"答里呵曰："齐兵安肯至彼乎？"兀律古曰："主公同宫眷暂伏阳山，令城中百姓，俱往山谷避兵，空其城市。然后使降人告于齐

侯，只说：'吾主逃往砂碛借兵。'彼必来追赶，堕吾计矣。"黄花元帅欣然愿往。更与骑兵千人，依计而行。

黄花元帅在路思想："不斩密卢之首，齐侯如何肯信？若使成功，主公亦必不加罪。"遂至马鞭山来见密卢。却说密卢正与齐兵相持未决，且喜黄花救兵来到，欣然出迎。黄花出其不意，即于马上斩密卢之首。速买大怒，绰刀上马来斗黄花。两家军兵，各助其主，自相击斗，互有杀伤。速买料不能胜，单刀独马，径奔虎儿斑营中投降。虎儿斑不信，叱军士缚而斩之。可怜令支国君臣，只因侵扰中原，一朝俱死于非命，岂不哀哉！史官有诗云：

山有黄台水有濡，周围百里令支居。

燕山卤获今何在？国灭身亡可叹吁！

黄花元帅并有密卢之众，直奔齐军，献上密卢首级，备言："国主倾国逃去砂碛，与外国借兵报仇。臣劝之投降不听。今自斩密卢之首，投于帐下，乞收为小卒。情愿率本部兵马为向导，追赶国主，以效微劳。"桓公见了密卢首级，不由不信。即用黄花为前部，引大军进发，直抵无棣，果是个空城，益信其言为不谬。诚恐答里呵去远，止留燕庄公兵一支守城，其余尽发，连夜追袭。黄花请先行探路，桓公使高黑同之，大军继后。已到砂碛，桓公催军速进。行了许久，不见黄花消息。看看天晚，但见白茫茫一片平沙，黑黯黯千重惨雾，冷凄凄数群啼鬼，乱飒飒几阵悲风。寒气逼人，毛骨俱悚，狂飙刮地，人马俱惊，军马多有中恶而倒者。时桓公与管仲并马而行，仲谓桓公曰："臣久闻北方有旱海，是极厉害之处，恐此是也，不可前行。"桓公急教传令收军，前后队已自相失。带来火种，遇风即灭，吹之不燃。管仲保着桓公，带转马头急走。随行军士，各各敲金击鼓，一来以屏阴气，二来使各队闻声来集。只见天昏地惨，东西南北，茫然不辨。不知走了多少路，且喜风息雾散，空中现出半轮新月。众将闻金鼓之声，追随而至，屯扎一处。挨至天晓，计点众将不缺，止不见隰朋一人。其军马七断八续，损折无数。幸而隆冬闭蛰，毒蛇不出，军声喧闹，猛兽潜藏，不然，真个不死带伤，所存无几矣。

管仲见山谷险恶，绝无人行，急教寻路出去。奈东冲西撞，盘盘曲曲，全无出路，桓公心下早已着忙。管仲进曰："臣闻老马识途，无终与山戎连界，其马多从漠北而来，可使虎儿斑择老马数头，观其所往而随之，宜可得路也。"桓公依其言，取老马数匹，纵之先行，委委曲曲，遂出谷口。髯翁有诗云：

蚁能知水马知途，异类能将危困扶。

堪笑浅夫多自用，谁能舍己听忠谟？

再说黄花元帅引齐将高黑先行，径走阳山一路。高黑不见后队大军来

到，教黄花暂住，等候一齐进发。黄花只顾催趱。高黑心疑，勒马不行，

被黄花执之，来见孤竹主答里呵。黄花瞒过杀密卢之事，只说："密卢在马鞭山兵败被杀，臣用诈降之计，已诱齐侯大军，陷于旱海。又擒得齐将高黑在此，听凭发落。"答里呵谓高黑曰："汝若投降，吾当重用。"高黑睁目大骂曰："吾世受齐恩，安肯臣汝犬羊哉？"又骂黄花："汝诱吾至此，我一身死不足惜，吾主兵到，汝君臣国亡身死，只在早晚，教你悔之无及！"黄花大怒，拔剑亲斩其首。真忠臣也！答里呵再整军容，来夺无棣城。燕庄公因兵少城空，不能固守，令人四面放火，乘乱杀出，直退回团子山下寨。

再说齐桓公大军出了迷谷，行不十里，遇见一枝军马，使人探之，乃公孙隰朋也。于是合兵一处，径奔无棣城来。一路看见百姓扶老携幼，纷纷行走。管仲使人问之，答曰："孤竹主逐去燕兵，已回城中，吾等向避

山谷，今亦归井里耳。"管仲曰："吾有计破之矣!"乃使虎儿斑选心腹军士数人，假扮做城中百姓，随着众人，混入城中，只待夜半举火为应。虎儿斑依计去后，管仲使竖貂攻打南门，连挚攻打西门，公子开方攻打东门，只留北门与他做走路。却教王子成父和隰朋分作两路，埋伏于北门之外，只等答里呵出城，截住擒杀。管仲与齐桓公离城十里下寨。

时答里呵方救灭城中之火，招回百姓复业，一面使黄花整顿兵马，以备厮杀。是夜黄昏时候，忽闻炮声四举，报言："齐兵已到，将城门围住。"黄花不意齐兵即至，大吃一惊，驱率军民，登城守望。延至半夜，城中四五路火起，黄花使人搜索放火之人。虎儿斑率十余人，径至南门，将城门砍开，放竖貂军马入来。黄花知事不济，扶答里呵上马，觅路奔走，闻北路无兵，乃开北门而去。行不二里，但见火把纵横，鼓声震地，王子成父和隰朋两路军马杀来。开方、竖貂、虎儿斑得了城池，亦各统兵追袭。黄花元帅死战良久，力尽被杀。答里呵为王子成父所获，兀律古死于乱兵之中。至天明，迎接桓公入城。桓公数答里呵助恶之罪，亲斩其首，悬之北门，以警戎夷，安抚百姓。戎人言高黑不屈被杀之事，桓公十分叹息，即命录其忠节，待回国再议恤典。

燕庄公闻齐侯兵胜入城，亦自团子山飞马来会。称贺已毕，桓公曰："寡人赴君之急，跋涉千里，幸而成功。令支、孤竹，一朝殄灭，辟地五百里，然寡人非能越国而有之也，请以益君之封。"燕庄公曰："寡人藉君之灵，得保宗社足矣，敢望益地？惟君建置㉒之。"桓公曰："北陲僻远，若更立夷种，必然复叛，君其勿辞。东道㉓已通，勉修先召公之业，贡献于周，长为北藩，寡人与有荣施矣。"燕伯乃不敢辞。桓公即无棣城大赏三军，以无终国有助战之功，命以小泉山下之田畀之。虎儿斑拜谢先归。

桓公休兵五日而行，再渡卑耳之溪，于石壁取下车辆，整顿停当，缓缓而行。见令支一路荒烟余烬，不觉惨然，谓燕伯曰："戎主无道，殃及草木，不可不戒!"鲍叔牙自葵兹关来迎，桓公曰："饷馈不乏，皆大夫

之功也。”又吩咐燕伯设戍葵兹关，遂将齐兵撤回。燕伯送桓公出境，恋恋不舍，不觉送入齐界，去燕界五十余里。桓公曰：“自古诸侯相送，不出境外，寡人不可无礼于燕君。”乃割地至所送之处界燕，以为谢过之意。燕伯苦辞不允，只得受地而还。在其地筑城，名曰燕留[30]，言留齐侯之德于燕也。燕自此西北增地五百里，东增地五十余里，始为北方大国。诸侯因桓公救燕，又不贪其地，莫不畏齐之威，感齐之德。史官有诗云：

千里提兵治犬羊，要将职贡达周王。

休言黩武非良策，尊攘[31]须知定一匡[32]。

桓公还至鲁济，鲁庄公迎劳于水次，设飨称贺。桓公以庄公亲厚，特分二戎卤获之半以赠鲁。庄公知管仲有采邑，名曰小谷，在鲁界首，乃发丁夫代为筑城，以悦管仲之意。时鲁庄公三十二年，周惠王之十五年<sup>㉝</sup>也。是年秋八月，鲁庄公薨，鲁国大乱。

欲知鲁事如何，且看下回分解。

## 【注释】

①令支（líng qí 凌其）：又作冷支、令疵等。殷周时古国名。其地约在今河北滦县、迁安一带。

②膺：打击。

③鲁济：指济水流经鲁国境内，即今山东巨野、东平等县间一段河道。

④玉趾：敬辞，犹言贵步。

⑤蓟（jì 记）门关：古关塞名。一名蓟丘。故址在今北京市德胜门外土城关。

⑥无终：春秋时北狄所建立的部落国家。故址在今河北玉田县无终山附近一带。

⑦葵兹：古地名。故址待考。

⑧兼程：一天走两天的路程。

⑨濡（ruǎn 软）水：一作澳水。即今河北东北部之滦河。

⑩孤竹国：古国名。地在今河北卢龙县南部。存在于商、西周及春秋时期。

⑪蚁垤（dié 迭）：指蚁穴外隆起的小土堆。清刊本多作"蚁蛭"，误。

⑫牙将：低级将领。

⑬缀（chuò 绰）：牵制。

⑭箪（dān 担）食壶浆：用竹筐盛食物，用壶盛水，多用以犒劳军队。

⑮干糒（bèi 背）：干饭，干粮。

⑯竹箐（jīng 经）：细竹，毛竹。

⑰嵯岈（cuóxiā 矬虾）：形容山的高峻险怪。

⑱山君：即老虎。

⑲木濯濯：树木明净青翠的样子。

⑳巉岏（chán wán 掺玩）：指高峻的山峰。

㉑俞儿：传说登山之神，长足善走。

㉒操竿：即持竿，意指牵引，接引。

㉓抠（kōu 眍）衣：提起衣服。

㉔孤竹三君：指西周初孤竹国君及其二子伯夷、叔齐。伯夷、叔齐反对武王伐纣，耻食周粟，饿死首阳山。

㉕无棣城：古代城邑名。在今河北卢龙县附近。

㉖漏蹄：即跛足之马，因马蹄有溃烂。

㉗砂碛（qì 气）：指不生草木的砂石地带，即沙漠。

㉘建置：指建国置君。

㉙东道：指燕国向东路经齐、鲁朝周的道路。过去因令支为梗，今已畅通。

㉚燕留：燕庄公所筑之城，故址在今河北沧县东北。

㉛尊攘：即尊王室、攘夷狄的缩语。

㉜一匡：匡，正。史言齐桓公"九合诸侯，一匡天下"。

㉝周惠王十五年：即公元前 662 年。

## 第二十二回　公子友两定鲁君
## 　　　　　齐皇子独对委蛇

话说公子庆父字仲①，鲁庄公之庶兄，其同母弟名牙字叔，则庄公之庶弟。庄公之同母弟曰公子友，因手掌中生成一"友"字文，遂以为名，字季，谓之季友。虽则兄弟三人同为大夫，一来嫡庶之分，二来惟季友最贤，所以庄公独亲信季友。庄公即位之三年，曾游郎台②，于台上窥见党氏之女孟任，容色姝丽，使内侍召之。孟任不从。庄公曰："苟从我，当立汝为夫人也。"孟任请立盟誓，庄公许之。孟任遂割臂血誓神，与庄公同宿于台上，遂载回宫。岁余生下一子，名般。庄公欲立孟任为夫人，请命于母文姜，文姜不许，必欲其子与母家联姻，遂定下襄公始生之女为婚，只因姜氏年幼，直待二十岁上，方才娶归。所以孟任虽未立为夫人，那二十余年，却也权主六宫之政。比及姜氏入鲁为夫人，孟任已病废不能起，未几卒，以妾礼葬之。姜氏久而无子。其娣叔姜从嫁，生一子曰启。先有妾风氏，乃须句子③之女，生一子名申。风氏将申托于季友，谋立为嗣。季友曰："子般年长。"乃止。姜氏虽为夫人，庄公念是杀父仇家，外虽礼貌，心中不甚宠爱。公子庆父生得魁伟轩昂，姜氏看上了他，阴使内侍往来通语，遂与庆父私通，情好甚密。因与叔牙为一党，相约异日共扶庆父为君，叔牙为相。髯翁有诗云：

淫风郑卫只寻常，更有齐风不可当。

堪笑鲁邦偏缔好④，文姜之后有哀姜。

庄公三十一年，一冬无雨，欲行雩祭⑤祈祷。先一日，演乐于大夫梁氏之庭。梁氏有女色甚美，公子般悦之，阴与往来，亦有约为夫人之誓。是日，梁女梯墙而观演乐，圉人荦⑥在墙外窥见梁女姿色，立于墙下，故作歌以挑之。歌曰：

桃之夭夭兮，凌冬而益芳。中心如结兮，不能逾墙。愿同翼羽兮，化为鸳鸯。

公子般亦在梁氏观雩，闻歌声出看，见圉人荦大怒，命左右擒下，鞭之三百，血流满地。荦再三哀求，乃释之。公子般诉之于庄公，庄公曰："荦无礼，便当杀之，不可鞭也。荦之勇捷，天下无比，鞭之，必怀恨于汝矣。"原来圉人荦有名绝力，曾登稷门⑦城楼，飞身而下，及地，复踊身一跃，遂手攀楼屋之角，以手撼之，楼俱震动。庄公劝杀荦，亦畏其勇故也。子般曰："彼匹夫耳，何虑焉？"圉人荦果恨子般，遂投庆父门下。

次年秋，庄公疾笃，心疑庆父，故意先召叔牙，问以身后之事。叔牙果盛称庆父之才："若主鲁国，社稷有赖。况一生一及⑧，鲁之常也。"庄公不应。叔牙出，复召季友问之。季友对曰："君与孟任有盟矣。既降其母，可复废其子乎？"庄公曰："叔牙劝寡人立庆父何如？"季友曰："庆父残忍无亲，非人君之器。叔牙私于其兄，不可听之。臣当以死奉般。"庄公点首，遂不能言。季友出宫，急命内侍传庄公口语，使叔牙待于大夫鍼季之家，即有君命来到。叔牙果往鍼氏。季友乃封鸩酒⑨一瓶，使鍼季毒死叔牙。复手书致牙曰："君有命，赐公子死。公子饮此而死，子孙世不失其位。不然，族且灭矣！"叔牙犹不肯服，鍼季执耳灌之，须臾，九窍流血而死。史官有诗论鸩牙之事曰：

周公诛管安周室，季友酖牙靖鲁邦。

为国灭亲真大义，六朝⑩底事忍相戕。

是夕，庄公薨。季友奉公子般主丧，谕国人以明年改元。各国遣吊，自不必说。

至冬十月，子般念外家党氏之恩，闻外祖党臣病死，往临其丧。庆父密召圉人荦谓曰："汝不记鞭背之恨乎？夫蛟龙离水，匹夫可制。汝何不报之于党氏？吾为汝主。"荦曰："苟公子相助，敢不如命！"乃怀利刃，黾夜奔党大夫家。时已三更，逾墙而入，伏于舍外。至天明时，小内侍启门取水，圉人荦突入寝室，子般方下床穿履，惊问曰："汝何至此？"荦曰："来报去年鞭背之恨耳！"子般急取床头剑劈之，伤额破脑。荦左手格剑，右手握刃刺般，中胁而死。内侍惊报党氏。党氏家众操兵齐来攻荦，荦因脑破不能战，被众人乱砍为泥。

季友闻子般之变，知是庆父所为，恐及于祸，乃出奔陈国以避难。庆父佯为不知，归罪于圉人荦，灭其家，以解说于国人。夫人姜氏欲遂立庆父。庆父曰："二公子犹在，不尽杀绝，未可代也。"姜氏曰："当立申乎？"庆父曰："申年长难制，不如立启。"乃为子般发丧，假讣告为名，亲至齐国，告以子般之变，纳贿于竖貂，立公子启为君，时年八岁，是为闵公<sup>⑪</sup>。闵公乃叔姜之子，叔姜是夫人姜氏之娣也。闵公为齐桓公外甥。

闵公内畏哀姜，外畏庆父，欲借外家为重，故使人订齐桓公，会于落姑<sup>⑫</sup>之地。闵公牵桓公之衣，密诉以庆父内乱之事，垂泪不止。桓公曰："今者鲁大夫谁最贤？"闵公曰："惟季友最贤，今避难于陈国。"桓公曰："何不召而复之？"闵公曰："恐庆父见疑。"桓公曰："但出寡人之意，谁敢违者？"乃使人以桓公之命，召季友于陈。闵公次于郎地，候季友至郎，并载归国，立季友为相。托言齐侯所命，不敢不从。时周惠王之六年，鲁闵公之元年<sup>⑬</sup>也。

是冬，齐侯复恐鲁之君臣不安其位，使大夫仲孙湫来候问，且窥庆父之动静。闵公见了仲孙湫，流涕不能成语。后见公子申，与之谈论鲁事，甚有条理。仲孙曰："此治国之器也！"嘱季友善视之。因劝季友早除庆父，季友伸一掌示之。仲孙已悟孤掌难鸣之意，曰："湫当言于吾君，倘有缓急，不敢坐视。"庆父以重赂来见仲孙，仲孙曰："苟公子能忠于社稷，寡君亦受其赐，岂惟湫乎？"固辞不受。庆父悚惧而退。仲孙辞闵公归，谓桓公曰："不去庆父，鲁难未已也！"桓公曰："寡人以兵去之，何如？"仲孙曰："庆父凶恶未彰，讨之无名。臣观其志，不安于为下，必复有变。乘其变而诛之，此霸王之业也。"桓公曰："善。"

闵公二年，庆父谋篡益急，只为闵公是齐侯外甥，况且季友忠心相辅，不敢轻动。忽一日，阍人报："大夫卜齮相访。"庆父迎进书房，见卜齮怒气勃勃。问其来意，卜齮诉曰："我有田与太傅慎不害田庄相近，被慎不害用强夺去。我去告诉主公，主公偏护师傅，反劝我让他。以此不甘，特来投公子，求于主公前一言。"庆父屏去从人，谓卜齮曰："主公年幼无知，虽言不听。子若能行大事，我为子杀慎不害何如？"卜齮曰："季友在，惧不免。"庆父曰："主公有童心，尝夜出武闱[14]，游行街市。子伏人于武闱，候其出而刺之，但云盗贼，谁能知者。吾以国母之命，代立为君，逐季友如反掌耳。"卜齮许诺。乃求勇士，得秋亚，授以利匕首，使伏武闱。闵公果夜出，秋亚突起，刺杀闵公。左右惊呼，擒住秋亚。卜齮领家甲至夺去。庆父杀慎不害于家。季友闻变，夜叩公子申之门，蹴之起，告以庆父之乱，两人同奔邾国避难。髯翁有诗云：

子般遭弑闵公戕，操刃当时谁主张？

鲁乱尽由宫闱起，娶妻何必定齐姜！

却说国人素服季友，闻鲁侯被杀，相国出奔，举国若狂，皆怨卜齮而恨庆父。是日国中罢市，一聚千人，先围卜齮之家，满门遭戮。将攻庆父，聚者益众。庆父知人心不附，欲谋出奔。想起齐侯曾借莒力以复国，齐、莒有恩，可因莒以自解于齐。况文姜原有莒医一脉交情，今夫人姜氏，即文姜之侄女，有此因缘，凡事可托。遂微服扮作商人，载了货赂满车，出奔莒国。夫人姜氏闻庆父奔莒，安身不牢，亦想至莒国躲避，左右

曰："夫人以仲故，得罪国人，今复聚一国，谁能容之？季友在邾，众所与也，夫人不如适邾，以乞怜于季。"乃奔邾国，求见季友。季友拒之弗见。

季友闻庆父、姜氏俱出，遂将公子申归鲁，一面使人告难于齐。齐桓公谓仲孙湫曰："今鲁国无君，取之如何？"仲孙湫曰："鲁，秉礼之国，虽遭弑乱，一时之变，人心未忘周公，不可取也。况公子申明习国事，季友有戡乱之才，必能安集众庶，不如因而守之。"桓公曰："诺。"乃命上卿高傒，率南阳[15]甲士三千人，吩咐高傒，相机而动："公子申果堪主社

稷，即当扶立为君，以修邻好；不然，便可并兼其地。"高傒领命而行。来至鲁国，恰好公子申、季友亦到。高傒见公子申相貌端庄，议论条理，心中十分敬重。遂与季友定计，拥立公子申为君，是为僖公⑯。使甲士帮助鲁人，筑鹿门⑰之城，以防邾、莒之变。季友使公子奚斯⑱，随高傒至齐，谢齐侯定国之功。一面使人如莒，要假手莒人以戮庆父，啗以重赂。

却说庆父奔莒之时，载有鲁国宝器，因莒医以献于莒子，莒子纳之。至是复贪鲁重赂，使人谓庆父曰："莒国褊小，惧以公子为兵端，请公子改适他国。"庆父犹未行，莒子下令逐之。庆父思竖貂曾受赂相好，乃自邾如齐。齐疆吏素知庆父之恶，不敢擅纳，乃寓居于汶水之上。恰好公子奚斯谢齐事毕，还至汶水，与庆父相见，欲载之归国。庆父曰："季友必不见容。子鱼能为我代言，乞念先君一脉，愿留性命，长为匹夫，死且不朽！"奚斯至鲁复命，遂致庆父之言。僖公欲许之。季友曰："使弑君者不诛，何以戒后？"因私谓奚斯曰："庆父若自裁，尚可为立后，不绝世祀也。"奚斯领命，再往汶上，欲告庆父，而难于启齿，乃于门外号啕大哭。庆父闻其声，知是奚斯，乃叹曰："子鱼不入见而哭甚哀，吾不免矣！"乃解带自缢于树而死。奚斯乃入而殓之，还报僖公，僖公叹息不已。

忽报："莒子遣其弟赢拏，领兵临境。闻庆父已死，特索谢赂。"季友曰："莒人未尝擒送庆父，安得居功？"乃自请率师迎敌。僖公解所佩宝刀相赠，谓曰："此刀名曰孟劳，长不满尺，锋利无比，叔父宝之。"季友悬于腰胯之间，谢恩而出。行至郦地⑲，莒公子赢拏列阵以待。季友曰："鲁新立君，国事未定，若战而不胜，人心动摇矣。莒拏贪而无谋，吾当以计取之。"乃出阵前，请赢拏面话。因谓之曰："我二人不相悦，士卒何罪？闻公子多力善博，友请各释器械，与公子徒手赌一雌雄，何如？"赢拏曰："甚善！"两下约退军士，就于战场放对，一来一往，各无破绽，约斗五十余合。季友之子行父，时年八岁，友甚爱之，俱至军中，时在旁观斗，见父亲不能取胜，连呼："孟劳何在？"季友忽然醒悟，故意卖个破绽，让赢拏赶入一步，季友略一转身，于腰间拔出孟劳，回手一挥，连眉带额，削去天灵盖半边。刃无血痕，真宝刀也！莒军见主将劈倒，不待交锋，各自逃命。

季友全胜，唱凯还朝。僖公亲自迎之于郊，立为上相，赐费邑为之采地。季友奏曰："臣与庆父、叔牙并是桓公之孙[20]，臣以社稷之故，酖叔牙，缢庆父，大义灭亲，诚非得已。今二子俱绝后，而臣独叨荣爵，受大邑，臣何颜见桓公于地下？"僖公曰："二子造逆，封之得无非典？"季友曰："二子有逆心，无逆形，且其死非有刀锯之戮也。宜并建之[21]，以明亲亲之谊。"僖公从之。乃以公孙敖继庆父之后，是为孟孙氏。庆父字仲，后人以字为氏，本曰仲孙，因讳庆父之恶，改为孟也。孟孙氏食采于成㉒。以公孙兹继叔牙之后，是为叔孙氏，食采于郈㉓。季友食采于费㉔，加封以汶阳之田，是为季孙氏。于是季、孟、叔三家，鼎足而立，并执鲁政，谓之"三桓"。是日鲁南门无故自崩，识者以为高而忽倾，异日必有凌替㉕之祸，兆已见矣。史官有诗云：

手文征异已褒功，孟叔如何亦并封？

乱世天心偏助逆，三家宗裔是桓公。

话说齐桓公知姜氏在邾，谓管仲曰："鲁桓、闵二公不得令终，皆以我姜之故。若不行讨，鲁人必以为戒，姻好绝矣。"管仲曰："女子既嫁从夫，得罪夫家，非外家所得讨也。君欲讨之，宜隐其事。"桓公曰："善。"乃使竖貂往邾，送姜氏归鲁。姜氏行至夷㉖，宿馆舍，竖貂告姜氏曰："夫人与弑二君，齐、鲁莫不闻之，夫人即归，何面目见太庙乎？不如自裁，犹可自盖也。"姜氏闻之，闭门哭泣，至半夜寂然，竖貂启门视之，已自缢死矣。竖貂告夷宰，使治殡事，飞报僖公。僖公迎其丧以归，葬之成礼，曰："母子之情，不可绝也。"谥之曰哀，故曰哀姜。后八年，僖公以庄公无配，仍祔㉗哀姜于太庙。此乃过厚之处。

却说齐桓公自救燕定鲁以后，威名愈振，诸侯悦服。桓公益信任管仲，专事饮猎为乐。一日，猎于大泽之陂，竖貂为御，车驰马骤，较射方欢，桓公忽然停目而视，半晌无言，若有惧容。竖貂问曰："君瞪目何所视也？"桓公曰："寡人适见一鬼物，其状甚怪而可畏，良久忽灭，殆不祥乎！"竖貂曰："鬼阴物，安敢昼见？"桓公曰："先君田姑棼而见大豕，是亦昼也，汝为我亟召仲父。"竖貂曰："仲父非圣人，乌能悉知鬼神之事？"桓公曰："仲父能识俞儿，何谓非圣？"竖貂曰："君前者先言俞儿之状，仲父因逢君之意，饰美说以劝君之行也。君今但言见鬼，勿泄其状，如仲父言与君合，则仲父信圣不欺矣。"桓公曰："诺。"乃趱驾归，心怀疑惧，是夜遂大病如疟。

明日，管仲与诸大夫问疾。桓公召管仲，与之言见鬼："寡人心中畏

恶，不能出口，仲父试道其状。"管仲不能答，曰："容臣询之。"竖貂在旁笑曰："臣固知仲父之不能言也。"桓公病益增，管仲忧之，悬书于门："如有能言公所见之鬼者，当赠以封邑三分之一。"有一人，荷笠悬鹑㉘而来，求见管仲。管仲揖而进之。其人曰："君有恙乎？"管仲曰："然。"其人曰："君病见鬼乎？"管仲又曰："然。"其人曰："君见鬼于大泽之中乎？"管仲曰："子能言鬼之状否？吾当与子共家㉙。"其人曰："请见君而言之。"管仲见桓公于寝室，桓公方累重裀而坐，使两妇人摩背，两妇人捶足，竖貂捧汤，立而候饮。管仲曰："君之病，有能言者，臣已与之俱来，君可召之。"桓公召入，见其荷笠悬鹑，心殊不喜。遽问曰："仲父言识鬼者乃汝乎？"对曰："公则自伤耳，鬼安能伤公？"桓公曰："然则有鬼否？"对曰："有之。水有罔象㉚，丘有峷㉛，山有夔㉜，野有彷徨㉝，泽有委蛇<sup>㉞</sup>。"桓公曰："汝试言委蛇之状。"对曰："夫委蛇者，其大如毂<sup>㉟</sup>，其长如辕<sup>㊱</sup>，紫衣而朱冠。其为物也，恶闻轰车之声，闻则捧其首而立。此不轻见，见之者必霸天下。"桓公輣然而笑，不觉起立曰："此正寡人之所见也！"于是顿觉精神开爽，不知病之何往矣。桓公曰："子何名？"对曰："臣名皇子，齐西鄙之农夫也。"桓公曰："子可留仕寡人。"遂欲爵为大夫。皇子固辞曰："公尊王室，攘四夷，安中国，抚百姓，使臣常为治世之民，不妨农务足矣。不愿居官。"桓公曰："高士也！"赐之粟帛，命有司复<sup>㊲</sup>其家。复重赏管仲。竖貂曰："仲父不能言，而皇子言之，仲父安得受赏乎？"桓公曰："寡人闻之，'任独者暗，任众者明'，微仲父，寡人固不得闻皇子之言也。"竖貂乃服。

时周惠王十七年<sup>㊳</sup>，狄人侵犯邢邦<sup>㊴</sup>，又移兵伐卫，卫懿公使人如齐告急。诸大夫请救之，桓公曰："伐戎之役，疮痍未息。且俟来春，合诸侯往救可也。"其冬，卫大夫宁速至齐，言："狄已破卫，杀卫懿公，今欲迎公子毁为君。"齐侯大惊曰："不早救卫，孤罪无辞矣。"不知狄如何破卫，且看下回分解。

## 【注释】

①公子庆父字仲：此与第十三回"公子庆父字孟"相矛盾。据《史记·鲁世家》，庆父、叔牙、季友皆庄公之同母弟，故仲、叔、季皆其排行。而"孟"乃其后人厌恶庆父之恶名而改称者，见下文。故"仲""孟"皆非其字。但也有认为庆父、叔牙乃庄公庶兄、庶弟者，本书即采此说。但此说于史无据。

②郎台：郎地的高台，多指城楼。郎，鲁都曲阜近郊之邑名。

③须句子：即须句国君。须句，周诸侯国名。风姓，子爵。地在今山东东平县东南。

④偏缔好：偏偏要与齐国缔结姻缘。好，好合，即婚姻。

⑤雩祭：古代求雨的祭祀。

⑥圉（yǔ语）人荦（luò洛）：圉人为周时官名，掌养马放牧诸事。荦乃圉人之名。

⑦稷门：齐都临淄西边南首之城门，因在稷山之下而得名。

⑧一生一及：实为一个死一个继位。在病人前讳言其死，故反用"生"字以代替。此语即"兄终弟及"之意。

⑨鸩酒：毒酒。鸩，传说中毒鸟，以其羽毛置酒中，可以毒杀人。

⑩六朝：指东吴、东晋、宋、齐、梁、陈六个朝代。其间篡弑相仍。

⑪闵公：名姬启，一称姬开。在位二年（前661—前660）。

⑫落姑：春秋时齐地名，在今山东平阴县境。

⑬周惠王十六年：即公元前661年，亦为鲁闵公元年。诸本俱漏"十"字，据《左传》补。

⑭武闱：鲁宫之侧门。宫中之门叫闱。武当作虎，鲁宫有侧门曰虎门。

⑮南阳：齐地名，在大汶河以北一带，即今山东肥城、平阴等地。与鲁接壤。

⑯僖公：亦称鲁釐公，僖、釐古通。名姬申。在位三十三年（前659—前627）。

⑰鹿门：鲁国都南城东门。

⑱公子奚斯：鲁国宗室。名鱼，字奚斯。亦可称公子鱼。下文以"子

鱼"称之，疑误。

⑲郳地：春秋时鲁地名，故址不详。

⑳桓公之孙：应为鲁桓公之子。孙，或可解释为后代。

㉑建之：即封之以爵位。建，即封侯建爵。

㉒成：春秋时鲁邑名。一作郕。在今山东宁阳县东北。

㉓郈（hòu 后）：春秋时鲁邑名。在今山东东平县东南。

㉔费（bì 毕）：春秋时鲁邑名。即今山东费县境。

㉕凌替：衰落，衰败。

㉖夷：春秋时齐邑名。故址待考。

㉗祔（fù 富）：合祭。即奉新死者之神主于祖庙并祭之。

㉘荷笠悬鹑（chún 纯）：背着斗笠，穿着烂衣。鹑，鹌鹑，尾秃少毛，有似破衣。

㉙家：指卿大夫的采地食邑。

㉚罔象：传说中水怪名称。

㉛峷（shēn 申）：传说中神怪名。状如狗，有角，文身五采。

㉜夔：神话中兽名。其状如牛，苍色无角，一足善走。

㉝彷（páng 旁）徨：传说中灵虫之名，或作方皇。状如蛇，两头，文身五采。

㉞委蛇（wěi yí 委移）：传说中大蛇名。

㉟毂（gǔ 古）：古代车轮中间车轴贯入处的圆木。

㊱辕：车前驾马之直木。

㊲复：免除赋税和劳役。复其家，即免除其一家的赋税和劳役。

㊳周惠王十七年：即公元前660年。

㊴邢：周代诸侯国名。姬姓。始封之君为周公之子。故址在今河北邢台市境内。

## 第二十三回　卫懿公好鹤亡国
## 　　　　　齐桓公兴兵伐楚

话说卫惠公之子懿公，自周惠王九年嗣立，在位九年，般乐①怠傲，不恤国政，最好的是羽族中一物，其名曰鹤。按浮丘伯②《相鹤经》云：

鹤，阳鸟③也，而游于阴④。因金气⑤，乘火精⑥以自养。金数九，火数七⑦，故鹤七年一小变，十六年⑧一大变，百六十年变止，千六百年形定。体尚洁，故其色白。声闻天，故其头赤。食于水，故其喙长。栖于陆，故其足高。翔于云，故毛丰而肉疏。大喉以吐故，修颈以纳新，故寿不可量⑨。行必依洲渚，止不集林木，盖羽族之宗长，仙家之骐骥⑩也。鹤之上相：隆鼻短口则少眠，高脚疏节则多力，露眼赤睛则视远，凤翼雀毛则喜飞，龟背鳖腹则能产，轻前重后则善舞，洪髀⑪纤趾则能行。

那鹤色洁形清，能鸣善舞，所以懿公好之。俗谚云："上人不好，下人不要。"因懿公偏好那鹤，凡献鹤者皆有重赏，弋人百方罗致，都来进献。自苑囿宫廷，处处养鹤，何止数百。有齐高帝⑫咏鹤诗为证：

八风舞遥翮⑬，九野弄⑭清音。一摧云间志⑮，为君苑中禽。

懿公所畜之鹤，皆有品位俸禄，上者食大夫俸，次者食士俸。懿公若出游，其鹤亦分班从幸，命以大轩⑯，载于车前，号曰鹤将军。养鹤之人，亦有常俸。厚敛于民，以充鹤粮，民有饥冻，全不抚恤。

大夫石祁子，乃石碏之后，石骀仲之子，为人忠直有名，与宁庄子名速，同秉国政，皆贤臣也。二人进谏屡次，俱不听。公子毁乃惠公庶兄，公子硕烝于宣姜而生者⑰，即文公也。毁知卫必亡，托故如齐，齐桓公妻

以宗女，竟留齐国。卫人向来心怜故太子急子之冤，自惠公复位之后，百姓日夜呪诅："若天道有知，必不终于禄位！"只因急子与寿，俱未有子，公子硕早死，黔牟已绝，惟毁有贤德，所以人心俱归附之。及懿公失政，公子毁出奔，卫人无不含怨。

却说北狄自周太王之时，獯鬻<sup>⑱</sup>已强盛，逼太王迁都于岐。及武王一统，周公南惩荆、舒，北膺戎、狄，中国久安。迨平王东迁之后，南蛮北狄，交肆其横。单说北狄主名曰瞍瞒<sup>⑲</sup>，控弦<sup>⑳</sup>数万，常有迭荡<sup>㉑</sup>中原之意。及闻齐伐山戎，瞍瞒怒曰："齐兵远伐，必有轻我之心，当先发制之。"乃驱胡骑二万伐邢，残破其国。闻齐谋救邢，逐移兵向卫。时卫懿公正欲载鹤出游，谍报狄人入寇。懿公大惊，即时敛兵授甲，为战守计。百姓皆逃避村野，不肯即戎[22]。懿公使司徒拘执之。须臾，擒百余人来，问其逃避之故，众人曰："君用一物，足以御狄，安用我等？"懿公问："何物"众人曰："鹤。"懿公曰："鹤何能御狄耶？"众人曰："鹤既不能战，是无用之物，君敝有用以养无用，百姓所以不服也！"懿公曰："寡人知罪矣！愿散鹤以从民可乎？"石祁子曰："君亟行之，犹恐其晚也。"懿公果使人纵鹤，鹤素受豢养，盘旋故处，终不肯去。石、宁二大夫，亲往街市，述卫侯悔过之意，百姓始稍稍复集。狄兵已杀至荥泽[23]，顷刻三报[24]。石祁子奏曰："狄兵骁勇，不可轻敌，臣请求救于齐。"懿公曰："齐昔日奉命来伐，虽然退兵，我国并未修聘谢[25]，安肯相救？不如一战，以决存亡。"宁速曰："臣请率师御狄，君居守。"懿公曰："孤不亲行，恐人不用心。"乃与石祁子玉玦[26]，使代理国政，曰："卿决断如此玦矣！"与宁速矢[27]，使专力守御。又曰："国中之事，全委二卿。寡人不胜狄，不能归也！"石、宁二大夫皆垂泪。

懿公吩咐已毕，乃大集车徒，使大夫渠孔为将，子伯副之，黄夷为先锋，孔婴齐为后队。一路军人口出怨言，懿公夜往察之，军中歌曰：

鹤食禄，民力耕；鹤乘轩，民操兵。狄锋厉兮不可撄，欲战兮九死而一生！鹤今何在兮？而我瞿瞿[28]为此行！

懿公闻歌，闷闷不已。大夫渠孔用法太严，人心益离。行近荥泽，见敌军千余，左右分驰，全无行次。渠孔曰："人言狄勇，虚名耳！"即命鼓行而进。狄人诈败，引入伏中，一时呼哨而起，如天崩地塌，将卫兵截做三处，你我不能相顾。卫兵原无心交战，见敌势凶猛，尽弃车仗而逃，懿公被狄兵围之数重。渠孔曰："事急矣，请偃大旆，君微服下车，尚可脱也。"懿公叹曰："二三子[29]苟能相救，以旆为识。不然，去旆无益也。孤宁一死，以谢百姓耳！"须臾，卫兵前后队俱败，黄夷战死，孔婴齐自刎而亡。狄军围益厚。子伯中箭坠车，懿公与渠孔先后被害，被狄人砍为肉泥，全军俱没。髯翁有诗云：

曾闻古训戒禽荒，一鹤谁知便丧邦。

荧泽当时遍燐火，可能骑鹤返仙乡<sup>30</sup>？

狄人囚卫太史华龙滑、礼孔，欲杀之。华、礼二人知胡俗信鬼，绐之曰："我太史也，实掌国之祭祀，我先往为汝白神，不然，鬼神不汝佑，国不可得也。"瞍瞒信其言，遂纵之登车。宁速方戎服巡城，望见单车驰到，认是二太史，大惊，问："主公何在？"曰："已全军覆没矣！狄师强盛，不可坐待灭亡，宜且避其锋。"宁速欲开门纳之，礼孔曰："与君俱出，不与君俱入，人臣之义谓何？吾将事吾君于地下！"遂拔剑自刎。华龙滑曰："不可失史氏之籍。"乃入城。

宁速与石祁子商议，引着卫侯宫眷及公子申，乘夜乘小车出城东走，华龙滑抱典籍从之。国人闻二大夫已行，各各携男抱女，随后逃命，哭声震天。狄兵乘胜长驱，直入卫城。百姓奔走落后者，尽被杀戮。又分兵追逐。石祁子保宫眷先行，宁速断后，且战且走。从行之民，半罹狄刃。将及黄河，喜得宋桓公遣兵来迎，备下船只，星夜渡河。狄兵方才退去，将卫国府库，及民间存留金粟之类，劫掠一空，堕其城郭，满载而归。不在话下。

却说卫大夫弘演，先奉使聘陈，比及反役，卫已破灭。闻卫侯死于荥泽，往觅其尸。一路看见骸骨暴露，血肉狼藉，不胜伤感。行至一处，见大旆倒于荒泽之旁，弘演曰："旆在此，尸当不远矣。"未数步，闻呻吟之声，前往察之，见一小内侍折臂而卧。弘演问曰："汝认得主公死处否？"内侍指一堆血肉曰："此即主公之尸也。吾亲见主公被杀，为臂伤疼痛，不能行走，故卧守于此，欲俟国人来而示之。"弘演视其尸体，俱已零落不全，惟一肝完好。弘演对之再拜，大哭，乃复命<sup>㉛</sup>于肝前，如生时之礼。事毕，弘演曰："主公无人收葬，吾将以身为棺耳！"嘱从人曰："我死后，埋我于林下，俟有新君，方可告之。"遂拔佩刀自剖其腹，手取懿公之肝，纳于腹中，须臾而绝。从者如言埋掩，因以车载小内侍渡河，察听新君消息。

却说石祁子先扶公子申登舟，宁速收拾遗民，随后赶上，至于漕邑<sup>㉜</sup>，点查男女，才存得七百有二十人。狄人杀戮之多，岂不悲哉！二大夫相议："国不可一日无君，其奈遗民太少！"乃于共、滕二邑<sup>㉝</sup>，十抽其三，共得四千有余人，连遗民凑成五千之数，即于漕邑创立庐舍，扶立公子申为君，是为戴公。宋桓公御说、许桓公新臣<sup>㉞</sup>，各遣人致唁。戴公先已有疾，立数日遂薨。宁速如齐，迎公子毁嗣位。齐桓公曰："公子归自敝邑，将守宗庙，若器用不具，皆寡人之过也。"乃遗以良马一乘，祭服五称<sup>㉟</sup>，牛、羊、豕、鸡、狗各三百只。又以鱼轩<sup>㊱</sup>赠其夫人，兼美锦三十端<sup>㊲</sup>。命公子无亏帅车三百乘送之。并致门材<sup>㊳</sup>，使立门户。公子毁至漕邑，弘演之从人，同折臂小内侍俱到，备述纳肝之事。公子毁先遣使具棺，往荥泽收殓。一面为懿公、戴公发丧。追封弘演，录用其子，以旌其忠。诸侯

重齐桓公之义，多有吊赙<sup>㊳</sup>。时周惠王十八年冬十二月也。

其明年，春正月，卫侯毁改元，是为文公<sup>㊵</sup>。才有车三十乘，寄居民间，甚是荒凉。文公布衣帛冠，蔬食菜羹，早起夜息，抚安百姓，人称其贤。公子无亏辞回齐国，留甲士三千人，协戍漕邑，以防狄患。无亏回见桓公，言卫毁草创之状，并述弘演纳肝之事。桓公叹曰："无道之君，亦有忠臣如此者乎？其国正未艾<sup>㊶</sup>也。"管仲进曰："今留戍劳民，不如择地筑城，一劳永逸。"桓公以为然，正欲纠合诸侯同役，忽邢国遣人告急，言："狄兵又到本国，势不能支，伏望救援！"桓公问管仲曰："邢可救乎？"管仲对曰："诸侯所以事齐，谓齐能拯其灾患也。不能救卫，又不救邢，霸业隕矣！"桓公曰："然则邢、卫之急孰先？"管仲对曰："俟邢患既平，因而城卫，此百世之功也。"桓公曰："善。"即传檄宋、鲁、曹、邾各国，合兵救邢，俱于聂北<sup>⑫</sup>取齐。宋、曹二国兵先到。管仲又曰："狄寇方张，邢力未竭，敌方张之寇，其劳倍，助未竭之力，其功少，不如待之。邢不支狄，必溃，狄胜邢，必疲。驱疲狄而援溃邢，所谓力省而功多者也。"桓公用其谋，托言待鲁、邾兵到，乃屯兵于聂北，遣谍打探邢、狄攻守消息。史臣有诗讥管仲不早救邢、卫，乃霸者养乱为功之谋也。诗云：

救患如同解倒悬，提兵那可复迁延？

从来霸事逊王事，功利偏居道义先。

话说三国驻兵聂北，约及两月。狄兵攻邢，昼夜不息。邢人力竭，溃围而出。谍报方到，邢国男女，填涌而来，俱投奔齐营求救。内一人哭倒在地，乃邢侯叔颜也。桓公扶起，慰之曰："寡人相援不早，以致如此，罪在寡人。当请宋公、曹伯共议，驱逐狄人。"即日拔寨都起。狄主瞆瞒掳掠满欲，无心恋战，闻三国大兵将至，放起一把火，望北飞驰而去。比及各国兵到，只见一派火光，狄人已遁。桓公传令将火扑灭，问叔颜："故城尚可居否？"叔颜曰："百姓逃难者，大半在夷仪<sup>⑬</sup>地方，愿迁夷仪，以从民欲。"桓公乃命三国各具版筑<sup>⑭</sup>，筑夷仪城，使叔颜居之。更为建立朝庙，添设庐舍，牛马粟帛之类，皆从齐国运至，充牣<sup>⑮</sup>其中，邢国君臣，如归故国，欢祝之声彻耳。

事毕，宋、曹欲辞齐归国。桓公曰："卫国未定，城邢而不城卫，卫其谓我何？"诸侯曰："惟霸君命。"桓公传令，移兵向卫，凡畚锸<sup>⑯</sup>之属，尽携带随身。卫文公毁远远相接。桓公见其大布为衣，大帛为冠，不改丧服，恻然久之，乃曰："寡人藉诸君之力，欲为君定都，未审何地为吉？"文公毁曰："孤已卜得吉地，在于楚丘<sup>⑰</sup>，但版筑之费，非亡国所能办耳！"桓公曰："此事寡人力任之。"即日传令三国之兵，俱往楚丘兴工。复运门材，重立朝庙，谓之"封卫"<sup>⑱</sup>。卫文公感齐再造之恩，为《木瓜》

之诗<sup>⑩</sup>以咏之。诗云：

投我以木瓜兮，报之以琼琚。投我以木桃兮，报之以琼瑶。投我以木李兮，报之以琼玖<sup>㊿</sup>。

当时称桓公存三亡国：谓立僖公以存鲁，城夷仪以存邢，城楚丘以存卫，有此三大功劳，此所以为五霸之首也。潜渊先生读史诗云：

周室东迁纲纪摧，桓公纠合振倾颓。

兴灭继绝<sup>㊶</sup>存三国，大义堂堂五霸魁。

时楚成王熊恽，任用令尹子文图治，修明国政，有志争霸。闻齐侯救邢存卫，颂声传至荆、襄，楚成王心甚不乐，谓子文曰："齐侯布德沽名，人心归向。寡人伏处汉东，德不足以怀人，成不足以慑众，当今之时，有齐无楚，寡人耻之！"子文对曰："齐侯经营伯业，于今几三十年矣。彼以尊王为名，诸侯乐附，未可敌也。郑居南北之间，为中原屏蔽，王若欲图中原，非得郑不可。"成王曰："谁能为寡人任伐郑之事者？"大夫鬬章愿往，成王与车二百乘，长驱至郑。

却说郑自纯门受师[52]以后，日夜提防楚兵，探知楚国兴师，郑伯大惧，即遣大夫聃伯，率师把守纯门，使人星夜告急于齐。齐侯传檄，大合诸侯于柽[53]，将谋救郑。鬬章知郑有准备，又闻齐救将至，恐其失利，至界而返。楚成王大怒，解佩剑赐鬬廉，使即军中斩鬬章之首。鬬廉乃鬬章之兄也。既至军中，且隐下楚王之命，密与鬬章商议："欲免国法，必须立功，方可自赎。"鬬章跪而请教。鬬廉曰："郑知退兵，谓汝必不骤来，若疾走袭之，可得志也。"鬬章分军为二队，自率前队先行，鬬廉率后队接应。

却说鬬章衔枚卧鼓，悄地侵入郑界，恰遇聃伯在界上点阅车马。聃伯闻有寇兵，正不知何国，慌忙点兵，在界上迎住厮杀。不期鬬廉后队已到，反抄出郑师之后，腹背夹攻。聃伯力不能支，被鬬章只一铁简[54]打倒，双手拿来。鬬廉乘胜掩杀，郑兵折其大半。鬬章将聃伯上了囚车，便欲长驱入郑。鬬廉曰："此番掩袭成功，且图免死，敢侥幸从事耶？"乃即日班师。

鬬章归见楚成王，叩首请罪，奏曰："臣回军是诱敌之计，非怯战也。"成王曰："既有擒将之功，权许准罪。但郑国未服，如何撤兵？"鬬廉曰："恐兵少不能成功，惧亵国威。"成王怒曰："汝以兵少为辞，明是怯敌。今添兵车二百乘，汝可再往，若不得郑成，休见寡人之面！"鬬廉奏曰："臣愿兄弟同往，若郑不投降，当缚郑伯以献。"成王壮其言，许之。乃拜鬬廉为大将，鬬章副之，共率车四百乘，重望郑国杀来。史臣有诗云：

荆襄自帝势炎炎，蚕食多邦志未厌。

溱洧[55]何辜三受伐？解悬只把霸君瞻。

且说郑伯闻聃伯被囚，复遣人如齐请救。管仲进曰："君数年以来，救燕存鲁，城邢封卫，恩德加于百姓，大义布于诸侯，若欲用诸侯之兵，

此其时矣。君若救郑，不如伐楚，伐楚必须大合诸侯。"桓公曰："大合
诸侯，楚必为备，可必胜乎？"管仲曰："蔡人得罪于君，君欲讨之久矣。
楚、蔡接壤，诚以讨蔡为名，因而及楚，兵法所谓'出其不意'者也。"
先时，蔡穆公以其妹嫁桓公为第三夫人，一日，桓公与蔡姬共登小舟，游

于池上，采莲为乐。蔡姬戏以水洒公，公止之。姬知公畏水，故荡其舟，
水溅公衣。公大怒曰："婢子不能事君！"乃遣竖貂送蔡姬归国。蔡穆公
亦怒曰："已嫁而归，是绝之也。"竟将其妹更嫁于楚国，为楚成王夫人。
桓公深恨蔡侯，故管仲言及之。桓公曰："江、黄二国，不堪楚暴，遣使
纳款，寡人欲与会盟，伐楚之日，约为内应，何如？"管仲曰："江、黄

远齐而近楚，一向服楚，所以仅存。今背而从齐，楚人必怒，怒必加讨。当此时，我欲救，则阻道路之遥；不救，则乖同盟之义。况中国诸侯，五合六聚，尽可成功，何必借助蕞尔㉕？不如以好言辞之。"桓公曰："远国慕义而来，辞之将失人心。"管仲曰："君但识吾言于壁，异日勿忘江、黄之急也。"

桓公遂与江、黄二君盟会，密订伐楚之约，以明年春正月为期。二君言："舒㉗人助楚为虐，天下称为'荆舒'，不可不讨。"桓公曰："寡人当先取舒国，以剪楚翼。"乃密写一书，付于徐子。徐与舒近，徐嬴嫁为齐桓公第二夫人，有婚姻之好，一向归附于齐，故桓公以舒事嘱之。徐果引兵袭取舒国。桓公即命徐子屯兵舒城，以备缓急。江、黄二君，各守本界，以候调遣。鲁僖公遣季友至齐谢罪，称："有郳、莒之隙，不得共邢、卫之役。今闻会盟江、黄，特来申好，嗣有征伐，愿执鞭前驱。"桓公大喜，亦以伐楚之事，密与订约。

时楚兵再至郑国，郑文公请成，以纾民祸。大夫孔叔曰："不可，齐方有事于楚，以我故也。人有德于我，弃之不祥，宜坚壁以待之。"于是再遣使如齐告急。桓公授之以计，使扬言齐救即至，以缓楚。至期，或君或臣，率一军出虎牢，于上蔡取齐，等候协力攻楚。于是遍约宋、鲁、陈、卫、曹、许之君，俱要如期起兵，名为讨蔡，实为伐楚。

明年，为周惠王之十三年㉘，春正月元旦，齐桓公朝贺已毕，便议讨蔡一事。命管仲为大将，率领隰朋、宾须无、鲍叔牙、公子开方、竖人貂等，出车三百乘，甲士万人，分队进发。太史奏："七日出军上吉。"竖貂请先率一军，潜行掠蔡，就会集各国车马。桓公许之。蔡人恃楚，全不设备，直待齐兵到时，方才敛兵设守。竖貂在城下耀武扬威，喝令攻城，至夜方退。蔡穆公认得是竖貂，先年在齐宫曾伏侍蔡姬，受其恩惠，蔡姬退回，又是他送去的，晓得是宵小之辈，乃于夜深，使人密送金帛一车，求其缓兵。竖貂受了，遂私将齐侯纠合七路诸侯，先侵蔡，后伐楚，一段军机，备细泄漏于蔡："不日各国军到，将蔡城蹂为平地，不如及早逃遁为上。"使者回报，蔡侯大惊，当夜率领宫眷，开门出奔楚国。百姓无主，即时溃散，竖貂自以为功，飞报齐侯去讫。

却说蔡侯至楚，见了成王，备述竖貂之语。成王方省齐谋，传令简阅兵车，准备战守，一面撤回鬬章伐郑之兵。数日后，齐侯兵至上蔡。竖貂

谒见已毕。七路诸侯陆续俱到，一个个躬率车徒，前来助战，军威甚壮。那七路：宋桓公御说、鲁僖公申、陈宣公杵臼、卫文公毁、郑文公捷、曹昭公班、许穆公新臣。连主伯齐桓公小白，共是八位。内许穆公抱病，力疾率师先到蔡地。桓公嘉其劳，使序于曹伯之上。是夜，许穆公薨。齐侯留蔡三日，为之发丧。命许国以侯礼葬之。

七国之师，望南而进，直达楚界。只见界上，早有一人衣冠整肃，停

车道左，磬折<sup>59</sup>而言曰："来者可是齐侯？可传言楚国使臣奉候久矣。"那人姓屈名完，乃楚之公族，官拜大夫。今奉楚王之命为行人<sup>60</sup>，使于齐师。桓公曰："楚人何以预知吾军之至也？"管仲曰："此必有人漏泄消息。既彼遣使，必有所陈。臣当以大义责之，使彼自愧屈，可不战而降矣。"管仲亦乘车而出，与屈完车上拱手。屈完开言曰："寡君闻上国车徒辱于敝邑，使下臣完致命。寡君命使臣辞曰：齐、楚各君其国，齐居于北海<sup>61</sup>，楚近于南海，虽风马牛不相及<sup>62</sup>也，不知君何以涉于吾地？敢请其故。"管仲对曰："昔周成王封吾先君太公于齐，使召康公<sup>63</sup>赐之命，辞曰：'五侯九伯<sup>64</sup>，汝世掌征伐，以夹辅<sup>65</sup>周室。其地东至海，西至河，南至穆陵<sup>66</sup>，北至无棣，凡有不共<sup>67</sup>王职，汝勿赦宥。'自周室东迁，诸侯放恣，寡君奉命主盟，修复先业。尔楚国于南荆，当岁贡包茅，以助王祭。自尔缺贡，无以缩酒，寡人是徵。且昭王南征而不返<sup>68</sup>，亦尔故也，尔其何辞？"屈完对曰："周失其纲，朝贡废缺，天下皆然，岂惟南荆？虽然，包茅不入，寡君知罪矣，敢不共给，以承君命！若夫昭王不返，惟胶舟之故，君其问诸水滨，寡君不敢任咎。完将复于寡君。"言毕，麾车而退。

管仲告桓公曰："楚人倔强，未可以口舌屈也，宜进逼之。"乃传令八军同发，直至陉山<sup>69</sup>。离汉水不远，管仲下令："就此屯扎，不可前行。"诸侯皆曰："兵已深入，何不济汉，决一死战，而逗留于此？"管仲曰："楚既遣使，必然有备，兵锋一交，不可复解。今吾顿兵此地，遥张其势，楚惧吾之众，将复遣使，吾因取成焉。以讨楚出，以服楚归，不亦可乎？"诸侯犹未深信，议论纷纷不一。

却说楚成王已拜鬬子文为大将，蒐甲厉兵，屯于汉南，只等诸侯济汉，便来邀击。谍报："八国之兵，屯驻陉地。"子文进曰："管仲知兵，不万全不发。今以八国之众，逗留不进，是必有谋。当遣使再往，探其强弱，察其意向，或战或和，决计未晚。"成王曰："此番何人可使？"子文曰："屈完既与夷吾识面，宜再遣之。"屈完奏曰："缺贡包茅，臣前承其咎矣。君若请盟，臣当勉行，以解两国之纷。若欲请战，别遣能者。"成王曰："战盟任卿自裁，寡人不汝制也。"屈完乃再至齐军。

毕竟齐、楚如何，且看下回分解。

【注释】

①般（pán 盘）乐：大乐，盛乐。

②浮丘伯：亦称浮丘公。南朝宋人。

③阳鸟：鹤的别称。意指鹤需秉阳气而生。

④游于阴：即游于水。按阴阳五行之说，水属阴，火属阳。

⑤因金气：凭借秋气。按五行说，秋属金。

⑥火精：指太阳。《论衡·说日》："天日，火之精也。"

⑦"金数九"二句：七为火之成数，九为金之成数。土数为五，下按水、火、木、金次序，故金数九，火数七。

⑧十六年：疑指金数之九与火数之七相加。

⑨寿不可量：古人认为鹤可活上一千年，故有鹤算、鹤寿之类词语。

⑩骐骥：良马名。

⑪洪髀（bì 必）：粗壮的大腿。

⑫齐高帝：即萧道成（427—482）。南朝齐的建立者，在位四年。偶作诗文。

⑬八风舞遥翮（hé 盒）：在八方的风中，远远看它的翅膀在飞舞。

⑭弄：演奏。

⑮一摧云间志：一当翱翔天外的志向被摧折。

⑯大轩：轩为一种曲辕有障蔽的车。规定为卿大夫所乘。

⑰烝于宣姜而生者：见本书第十二回。熸殳为二人之幼子。

⑱獯鬻（xūn yù 勋玉）：我国古代北方少数民族名。夏朝叫獯鬻，周朝叫猃狁，汉朝叫匈奴。

⑲瞍瞒（sǒu mán 叟蛮）：本为古代少数民族部落名，即春秋时长狄的一支，曾多次袭击齐国。本书误作北狄国君名称。

⑳控弦：拉弓。引申为士兵。

㉑迭（yì 义）荡：扫荡，侵犯。

㉒即戎：当兵，从军。

㉓荧泽：春秋时卫地，在黄河沿岸，地址不详。

㉔三报：多次报告。说明军情紧急。

㉕"齐昔日"以下三句：指齐桓公奉周惠王之命伐卫一事。见本书第二十回。

㉖玉玦（jué掘）：玉饰的一种，形如环而有缺口。古时常用以赠人表示决断或决绝之意。

㉗矢：通"誓"。

㉘瞿瞿：心神不安的样子。

㉙二三子：诸位，你们几个人。

㉚骑鹤返仙乡：借用《搜神后记》丁令威学仙得道后，曾骑鹤返回故乡一事，以表示死后魂归故乡。

㉛复命：禀报完成使命情况。

㉜漕邑：春秋时卫邑，一作曹邑。在今河南滑县旧县城东。

㉝共、滕二邑：春秋时二邑均属卫。共原为诸侯国，春秋初为卫所兼

并。地在今河南卫辉市。滕亦卫邑，地址不详。

㉞许桓公新臣：应为许穆公，名新臣。在位四十二年（前700—前659）。承前宋桓公误。

㉟五称：五套。称，古代计算衣服的量词。

㊱鱼轩：以鱼皮为饰的车子，古时常供贵妇人乘用。

㊲端：古代布帛长度单位。绢为匹，布为端。绢以四丈为一匹，布以六丈为一端。

㊳门材：即木料。

㊴吊赙（fù 富）：吊丧的财物。

国学经典文库

东周列国志

第二十三回　图文珍藏版

⑩文公：卫文公姬燬，在位二十五年（前659—前635）。

㊶未艾（ài 爱）：没有结束，没有止境。

㊷聂北：春秋时邢国地名。在今山东茌平县西。

㊸夷仪：春秋时邢国迁地。在今山东聊城市西十二里。

㊹版筑：筑城用品。版，筑墙所用之夹板。筑，梼土之杵。

㊺充牣（rèn 任）：充满。

㊻畚锸（běn chā 本插）：挖运泥土的工具。畚，畚箕，盛土筐。锸，铁锹。

㊼楚丘：春秋时卫邑名。在今河南滑县东。

㊽封卫：意为重建卫国。给土地以建国家叫封。

㊾《木瓜》之诗：《诗经·卫风》篇名。据《诗序》言，卫有狄难，齐桓公救而存之，卫人思欲厚报，而作是诗。但据内容，不过是写朋友间相互馈赠。

㊿"投我"以下六句：木桃，即桃之大者。木李，俗称木梨。木瓜、

木桃、木李，均为易得之廉价物。而琼琚、琼瑶、琼玖则均为美玉，极为珍贵、难得。

(51)兴灭继绝：即兴灭国、继绝世。使灭亡了的国家得到复兴，使快要断绝的世族得到承继。

(52)纯门受师：指楚令尹子元率师伐郑、进入纯门一事。见第二十回。

(53)柽（chēng 撑）：春秋时宋邑名，在今河南淮阳境内。

(54)简：通锏，古代兵器，形似鞭。

㉟溱洧（zhēnwěi 真委）：溱水与洧水，皆为郑国内河流，常借以代指郑国。

㊱蕞（zuì 最）尔：小小的。此指江、黄二国。

㊲舒：周代诸侯国名。偃姓。故址在今安徽舒城、庐江一带。

㊳周惠王之十三年：此处诸本皆误。上文叙齐桓公救邢存卫，在周惠王十八、十九年。楚兵伐郑，在惠王二十年。故此处应为惠王二十一年，即公元前656年。《春秋》《左传》亦载于鲁僖公四年。

㊴磬（qìng 庆）折：指弯腰曲身，其形如磬。

㊵行人：春秋时用作使者的通称。

㊶北海：泛指北方之地。

㉖"虽风马牛"句：言齐楚相距甚远，即使牲畜走失，亦不致走入对方国界。风，放逸。

㉖召康公：即召公奭。

㉖五侯九伯：五侯，即公、侯、伯、子、男五等诸侯。九伯，九州之方伯。

㉖夹辅：在左右辅佐。

㉖穆陵：即穆陵关。故址在今湖北麻城市北与河南光山县交界之处。

㉖共（gōng 公）：同"供"。供给，贡献。

㉖昭王南征而不返：周昭王姬瑕，西周第四个国君。晚年荒于国政，巡游至南方，欲渡汉水。当地人故意用一只胶粘的船给他。船至中流而解体，昭王被淹死。

㉖陉山：古代山名。在今河南郾城县南。乃楚之北界。

第二十四回　盟召陵礼款楚大夫
会葵邱义戴周天子

话说屈完再至齐军，请面见齐侯言事。管仲曰："楚使复来，请盟必矣，君其礼之。"屈完见齐桓公再拜，桓公答礼，问其来意。屈完曰："寡君以不贡之故，致干君讨，寡君已知罪矣。君若肯退师一舍，寡君敢不惟命是听！"桓公曰："大夫能辅尔君以修旧职，俾寡人有辞于天子，又何求焉？"屈完称谢而去。归报楚王，言："齐侯已许臣退师矣，臣亦许以入贡，君不可失信也。"少顷，谍报："八路军马，拔寨俱起。"楚王再使探实，回言："退三十里，在召陵①驻扎。"楚王曰："齐师之退，必畏我也。"欲悔入贡之事。子文曰："彼八国之君，尚不失信于匹夫，君可使匹夫食言于国君乎？"楚王嘿然，乃命屈完赍金帛八车，再往召陵犒八路之师，复备菁茅一车，在齐军前呈样过了，然后具表，如周进贡。

却说许穆公丧至本国，世子业嗣位主丧，是为僖公。感桓公之德，遣大夫百佗，率师会于召陵。桓公闻屈完再到，吩咐诸侯："将各国车徒，分为七队，分列七方。齐国之兵，屯于南方，以当楚冲。俟齐军中鼓起，七路一齐鸣鼓，器械盔甲，务要十分整齐，以强中国之威势。"屈完既入，见齐侯陈上犒军之物。桓公命分派八军。其菁茅验过，仍令屈完收管，自行进贡。桓公曰："大夫亦曾观我中国之兵乎？"屈完曰："完僻居南服，未及睹中国之盛，愿借一观。"桓公与屈完同登戎辂，望见各国之兵，各占一方，联络数十里不绝。齐军中一声鼓起，七路鼓声相应，正如雷霆震击，骇地惊天。桓公喜形于色，谓屈完曰："寡人有此兵众，以战，何患不胜？以攻，何患不克？"屈完对曰："君所以主盟中夏<sup>②</sup>者，为天子宣布德意，抚恤黎元也。君若以德绥诸侯，谁敢不服？若恃众逞力，楚国虽褊

小，有方城<sup>③</sup>为城，汉水为池，池深城峻，虽有百万之众，正未知所用耳！"桓公面有惭色，谓屈完曰："大夫诚楚之良也！寡人愿与汝国修先君之好如何？"屈完对曰："君惠徼福于敝邑之社稷<sup>④</sup>，辱收<sup>⑤</sup>寡君于同盟，寡君其敢自外？请与君定盟可乎？"桓公曰："可。"是晚留屈完宿于营中，设宴款待。

次日，立坛于召陵，桓公执牛耳为主盟，管仲为司盟。屈完称楚君之命，同立载书<sup>⑥</sup>："自今以后，世通盟好。"桓公先歃，七国与屈完以次受歃。礼毕，屈完再拜致谢。管仲私与屈完言，请放聘伯还郑。屈完亦代蔡侯谢罪。两下各许诺。管仲下令班师。途中鲍叔牙问于管仲曰："楚之罪，

僭号为大。吾子以包茅为辞，吾所未解。"管仲对曰："楚僭号已三世矣，我是以摈之，同于蛮夷。倘责其革号，楚肯俛首而听我乎？若其不听，势必交兵，兵端一开，彼此报复，其祸非数年不解，南北从此骚然矣。吾以包茅为辞，使彼易于共命。苟有服罪之名，亦足以夸耀诸侯，还报天子，不愈于兵连祸结，无已时乎？"鲍叔牙嗟叹不已。胡曾先生有诗曰：

奄王南海目无周，仲父当年善运筹。

不用寸兵成款约，千秋伯业诵齐侯。

又髯翁有诗讥桓、仲苟且结局，无害于楚，所以齐兵退后，楚兵犯侵中原如故，桓、仲不能再兴伐楚之师矣。诗云：

南望踌躇数十年，远交近合各纷然。

大声罪状谋方壮，直革淫名⑦局始全。

昭庙⑧孤魂终负痛，江黄义举但贻愆。

不知一歃成何事，依旧中原战血鲜！

陈大夫辕涛涂闻班师之令，与郑大夫申侯商议曰："师若取道于陈、郑，粮食衣屦，所费不赀⑨，国必甚病。不若东循海道而归，使徐、莒承供给之劳，吾二国可以少安。"申侯曰："善，子试言之。"涛涂言于桓公曰："君北伐戎，南伐楚，若以诸侯之众，现兵于东夷，东方诸侯，畏君之威，敢不奉朝请乎？"桓公曰："大夫之言是也。"少顷，申侯请间，桓公召入。申侯进曰："臣闻'师不逾时'，惧劳民也。今自春徂夏，霜露风雨，师力疲矣。若取道于陈、郑，粮食扉屦，取之犹外府⑩也。若出于东方，倘东夷梗路，恐不堪战，将若之何？涛涂自恤其国，非善计也。君其察之！"桓公曰："微大夫之言，几误吾事！"乃命执涛涂于军，使郑伯以虎牢之地，赏申侯之功。因使申侯大其城邑，为南北藩蔽。郑伯虽然从命，自此心中有不乐之意。陈侯遣使纳赂，再三请罪，桓公乃赦涛涂。诸侯各归本国。桓公以管仲功高，乃夺大夫伯氏之骈邑⑪三百户，以益其封焉。

楚王见诸侯兵退，不欲贡茅。屈完曰："不可以失信于齐。且楚惟绝

周，故使齐得私之以为重。若假此以自通于周，则我与齐共之矣。"楚王曰："奈二王何？"屈完曰："不序爵，但称远臣某可也。"楚王从之。即使屈完为使，赍菁茅十车，加以金帛，贡献天子。周惠王大喜曰："楚不共职久矣，今效顺如此，殆先王之灵乎？"乃告于文、武之庙，因以胙赐楚。谓屈完曰："镇尔南方，毋侵中国！"屈完再拜稽首而退。

屈完方去后，齐桓公遣隰朋随至，以服楚告。惠王待隰朋有加礼。隰朋因请见世子，惠王便有不乐之色。乃使次子带与世子郑，一同出见。隰朋微窥惠王神色，似有仓皇无主之意。隰朋自周归，谓桓公曰："周将乱矣！"桓公曰："何故？"隰朋曰："周王长子名郑，先皇后姜氏所生，已正位东宫矣。姜后薨，次妃陈妫有宠，立为继后，有子名带。带善于趋奉，周王爱之，呼为太叔，遂欲废世子而立带。臣观其神色仓皇，必然此事在心故也。恐《小弁》[12]之事，复见于今日。君为盟主，不可不图。"桓公乃召管仲谋之。管仲对曰："臣有一计，可以定周。"桓公曰："仲父计将安出？"管仲对曰："世子危疑，其党孤也。君今具表周王，言诸侯愿见世子，请世子出会诸侯。世子一出，君臣之分已定，王虽欲废立，亦难行矣。"桓公曰："善。"乃传檄诸侯，以明年夏月会于首止[13]。再遣隰朋如周，言："诸侯愿见世子，以申尊王之情。"周惠王本不欲子郑出会，因齐势强大，且名正言顺，难以辞之，只得许诺。隰朋归报。

至次年春，桓公遣陈敬仲先至首止，筑宫以待世子驾临。夏五月，齐、宋、鲁、陈、卫、郑、许、曹八国诸侯，并集首止。世子郑亦至，停驾于行宫。桓公率诸侯起居，子郑再三谦让，欲以宾主之礼相见。桓公曰："小白等忝[14]在藩室，见世子如见王也，敢不稽首！"子郑谢曰："诸君且休矣。"是夜，子郑使人邀桓公至于行宫，诉以太叔带谋欲夺位之事。桓公曰："小白当与诸臣立盟，共戴世子，世子勿忧也！"子郑感谢不已，遂留于行宫。诸侯亦不敢归国，各就馆舍，轮番进献酒食，及犒劳舆从之属。子郑恐久劳诸国，便欲辞归京师。桓公曰："所以愿与世子留连者，欲使天王知吾等爱戴世子，不忍相舍之意，所以杜其邪谋也。方今夏月大暑，稍俟秋凉，当送驾还朝耳。"遂预择盟期，用秋八月之吉。

却说周惠王见世子郑久不还辕，知是齐侯推戴，心中不悦。更兼惠后与叔带朝夕在旁，将言语浸润惠王。太宰周公孔来见，谓之曰："齐侯名虽伐楚，其实不能有加于楚。今楚人贡献效顺，大非昔比，未见楚之不如齐也。齐又率诸侯拥留世子，不知何意，将置朕于何地！朕欲烦太宰通一密信于郑伯，使郑伯弃齐从楚，因为孤致意楚君，努力事周，无负朕意！"宰孔奏曰："楚之效顺，亦齐力也。王奈何弃久眤之伯舅，而就乍附之蛮夷乎？"惠王曰："郑伯不离，诸侯不散，能保齐之无异谋乎？朕志决矣，太宰无辞。"宰孔不敢复言。

　　惠王乃为玺书一通，封函甚固，密授宰孔。宰孔不知书中何语，只得使人星夜达于郑伯。郑文公启函读之，言：“子郑违背父命，植党树私，不堪为嗣。朕意在次子带也。叔父⑮若能舍齐从楚，共辅少子，朕愿委国以听！”郑伯喜曰：“吾先公武、庄，世为王卿士，领袖诸侯，不意中绝，夷于小国。厉公又有纳王之劳，未蒙召用。今王命独临于我，政将及焉，诸大夫可以贺我矣。”大夫孔叔谏曰：“齐以我故，勤兵于楚。今乃反齐事楚，是悖德也。况翼戴世子，天下大义，君不可以独异。”郑伯曰：“从霸何如从王？且王意不在世子，孤何爱焉！”孔叔曰：“周之主祀，惟嫡与长。幽王之爱伯服，桓王之爱子克，庄王之爱子颓，皆君所知也。人心不附，身死无成。君不惟大义是从，而乃蹈五大夫⑯之覆辙乎？后必悔之。"大夫申侯曰:"天子所命,谁敢违之?若从齐盟,是弃王命也。我去,诸侯必疑,疑则必散,盟未必成。且世子有外党,太叔亦有内党,二子成败,事未可知。不如且归,以观其变。"郑文公乃从申侯之言,托言国中有事,不辞而行。

齐桓公闻郑伯逃去,大怒,便欲奉世子以讨郑。管仲进曰:"郑与周接壤,此必周有人诱之。一人去留,不足以阻大计。且盟期已及,俟成盟而后图之。"桓公曰:"善。"于是即首止旧坛,歃血为盟。齐、宋、鲁、陈、卫、许、曹,共是七国诸侯。世子郑临之,不与歃,示诸侯不敢与世子敌也。盟词曰:"凡我同盟,共翼王储,匡靖王室。有背盟者,神明殛之!"事毕,世子郑降阶揖谢曰:"诸君以先王之灵,不忘周室,昵就⑰寡人,自文、武以下,咸嘉赖之!况寡人其敢忘诸君之赐?"诸侯皆降拜稽首。次日,世子郑欲归,七国各具车徒护送。齐桓公同卫侯亲自送出卫境,世子郑垂泪而别。史官有诗赞云:

君王溺爱冢嗣⑱危,郑伯甘将大义违。

首止一盟储位定,纲常赖此免凌夷。

郑文公闻诸侯会盟,且将讨郑,遂不敢从楚。

却说楚成王闻郑不与首止之盟,喜曰:"吾得郑矣!"遂遣使通于申侯,欲与郑修好。原来申侯先曾仕楚,有口才,贪而善媚,楚文王甚宠信之。及文王临终之时,恐后人不能容他,赠以白璧,使投奔他国避祸。申侯奔郑,事厉公于栎,厉公复宠信如在楚时。及厉公复国,遂为大夫。楚臣俱与申侯有旧,所以今日打通这个关节,要申侯从中怂恿,背齐事楚。申侯密言于郑伯,言:"非楚不能敌齐,况王命乎?不然,齐、楚二国,皆将仇郑,郑不支矣。"郑文公惑其言,乃阴遣申侯输款于楚。

周惠王二十三年⑲,齐桓公率同盟诸侯伐郑,围新密⑳。时申侯尚在楚,言于楚成王曰:"郑所以愿归宇下者,正谓惟楚足以抗齐也。王不救郑,臣无辞以复命矣。"楚王谋于群臣,令尹子文进曰:"召陵之役,许穆公卒于军中,齐所怜也。许事齐最勤,王若加兵于许,诸侯必救,则郑

围自解矣。"楚王从之，乃亲将伐许，亦围许城。诸侯闻许被围，果去郑而救许，楚师遂退。申侯归郑，自以为有全郑之功，扬扬得意，满望加封。郑伯以虎牢之役[21]，谓申侯已过分，不加爵赏。申侯口中不免有怨望之言。

明年春，齐桓公复率师伐郑。陈大夫辕涛涂，自伐楚归时，与申侯有隙，乃为书致孔叔曰：

申侯前以国媚齐，独擅虎牢之赏。今又以国媚楚，使子之君，负德背义，自召干戈，祸及民社。必杀申侯，齐兵可不战而罢。

孔叔以书呈于郑文公。郑伯为前日不听孔叔之言，逃归不盟，以致齐

国学经典文库 东周列国志 第二十四回 图文珍藏版

围自解矣。"楚王从之，乃亲将伐许，亦围许城。诸侯闻许被围，果去郑而救许，楚师遂退。申侯归郑，自以为有全郑之功，扬扬得意，满望加封。郑伯以虎牢之役[21]，谓申侯已过分，不加爵赏。申侯口中不免有怨望之言。

明年春，齐桓公复率师伐郑。陈大夫辕涛涂，自伐楚归时，与申侯有隙，乃为书致孔叔曰：

申侯前以国媚齐，独擅虎牢之赏。今又以国媚楚，使子之君，负德背义，自召干戈，祸及民社。必杀申侯，齐兵可不战而罢。

孔叔以书呈于郑文公。郑伯为前日不听孔叔之言，逃归不盟，以致齐

国学经典文库　东周列国志　第二十四回　图文珍藏版

兵两次至郑，心怀愧悔，亦归咎于申侯。乃召申侯责之曰："汝言惟楚能抗齐。今齐兵屡至，楚救安在？"申侯方欲措辩，郑伯喝教武士推出斩之。函其首，使孔叔献于齐军曰："寡君昔者误听申侯之言，不终君好。今谨行诛，使下臣请罪于幕下，惟君侯赦宥之！"齐侯素知孔叔之贤，乃许郑平。遂会诸侯于宁母[22]，郑文公终以王命为疑，不敢公然赴会，使其世子华代行，至宁母听命。

　　子华与弟子臧，皆嫡夫人所出。夫人初有宠，故立华为世子。后复立两夫人，皆有子。嫡夫人宠渐衰，未几病死。又有南燕姞氏之女，为媵于郑宫，向未进御。一夕，梦一伟丈夫，手持兰草谓女曰："余为伯鯈[23]，乃尔祖也。今以国香赠尔为子，以昌尔国。"遂以兰授之。及觉，满室皆香，且言其梦。同伴嘲之曰："当生贵子。"是日，郑文公入宫，见此女而悦之，左右皆相顾而笑。文公问共故，乃以梦对。文公曰："此佳兆也，

寡人为汝成之。"遂命采兰蕊佩之，曰："以此为符。"夜召幸之，有娠，生子名之曰兰。此女亦渐有宠，谓之燕姞。世子华见其父多宠，恐他日有废立之事。乃私谋之于叔詹。叔詹曰："得失有命，子亦行孝而已。"又谋之于孔叔，孔叔亦劝之以尽孝。子华不悦而去。子臧性好奇诡，集鹬羽以为冠㉔，师叔曰："此非礼之服，愿公子勿服。"子臧恶其直言，诉于其兄。故子华与叔詹、孔叔、师叔三大夫，心中俱有芥蒂。

至是，郑伯使子华代行赴会，子华虑齐侯见怪，不愿往。叔詹促之使速行，子华心中益恨，思为自全之术。既见齐桓公，请屏去左右，然后言曰："郑国之政，皆听于泄氏、孔氏、子人氏三族㉕。逃盟之役，三族者实主之。若以君侯之灵，除此三臣，我愿以郑附齐，比于附庸。"桓公曰："诺。"遂以子华之谋，告于管仲。管仲连声曰："不可，不可！诸侯所以服齐者，礼与信也。子奸父命，不可谓礼；以好来而谋乱其国，不可谓信。且臣闻此三族，皆贤大夫，郑人称为'三良'。所贵盟主，顺人心也，违人自逞，灾祸必及。以臣观之，子华且将不免，君其勿许。"桓公乃谓子华曰："世子所言，诚国家大事。俟子之君至，当与计之。"子华面皮发赤，汗流浃背，遂辞归郑。管仲恶子华之奸，故泄其语于郑人。先有人报知郑伯。比及子华复命，诡言："齐侯深怪君不亲行，不肯许成，不如从楚。"郑伯大喝曰："逆子几卖吾国，尚敢谬说耶？"叱左右将子华囚禁于幽室之中。子华穴墙谋遁，郑伯杀之，果如管仲所料。公子臧奔宋，郑伯使人追杀之于途中。郑伯感齐不听子华之德，再遣孔叔如齐致谢，并乞受盟。胡曾先生咏史诗曰：

> 郑用三良似屋楹，一朝楹撤屋难撑。
>
> 子华奸命思专国，身死徒留不孝名。

此周惠王二十四年㉖事也。

是冬，周惠王疾笃，王世子郑恐惠后有变，先遣下士王子虎告难于齐。未几，惠王崩。子郑与周公孔、召伯廖商议，且不发丧，星夜遣人密报于王子虎。王子虎言于齐侯，乃大合诸侯于洮㉗。郑文公亦亲来受盟。

同歃者，齐、宋、鲁、卫、陈、郑、曹、许，共八国诸侯，各各修表，遣其大夫如周。那几位大夫：齐大夫隰朋、宋大夫华秀老、鲁大夫公孙敖、卫大夫宁速、陈大夫辕选、郑大夫子人师、曹大夫公子戊、许大夫百佗。八国大夫连毂而至，羽仪甚盛，假以问安为名，集于王城之外。王子虎先驱报信，王世子郑使召伯廖问劳，然后发丧。诸大夫固请谒见新王，周、召二公奉子郑主丧，诸大夫假便宜，称君命以吊。遂公请王世子嗣位，百官朝贺，是为襄王[28]。惠后与叔带暗暗叫苦，不敢复萌异志矣。襄王乃以明年改元，传谕各国。

襄王元年，春祭毕，命宰周公孔赐胙于齐，以彰翼戴之功。齐桓公先期闻信，复大合诸侯于葵丘㉙。时齐桓公在路上，偶与管仲论及周事。管仲曰："周室嫡庶不分，几至祸乱。今君储位尚虚，亦宜早建，以杜后患。"桓公曰："寡人六子，皆庶出也，以长则无亏，以贤则昭。长卫姬事寡人最久，寡人已许之立无亏矣。易牙、竖貂二人，亦屡屡言之。寡人爱昭之贤，意尚未决，今决之于仲父。"管仲知易牙、竖貂二人奸佞，且素得宠于长卫姬，恐无亏异日为君，内外合党，必乱国政。公子昭，郑姬所出，郑方受盟，假此又可结好。乃对曰："欲嗣伯业，非贤不可。君既知昭之贤，立之可也。"桓公曰："恐无亏挟长来争，奈何？"管仲曰："周王之位，待君而定。今番会盟，君试择诸侯中之最贤者，以昭托之，又何患焉？"桓公点首。

比至葵丘，诸侯毕集，宰周公孔亦到，各就馆舍。时宋桓公御说薨，世子兹父，让国于公子目夷，目夷不受，兹父即位，是为襄公㉚。襄公遵盟主之命，虽在新丧，不敢不至，乃墨衰赴会。管仲谓桓公曰："宋子㉛有让国之美，可谓贤矣。且墨衰赴会，其事齐甚恭，储贰之事，可以托之。"桓公从其言，即命管仲私诣宋襄公馆舍，致齐侯之意。襄公亲自来见齐侯。齐侯握其手，谆谆以公子昭嘱之："异日仗君主持，使主社稷。"襄公愧谢不敢当，然心感齐侯相托之意，已心许之矣。

至会日，衣冠济济，环珮锵锵。诸侯先让天使升坛，然后以次而升。坛上设有天王虚位，诸侯北面拜稽，如朝觐之仪，然后各就位次。宰周公孔捧胙东向而立，传新王之命曰："天子有事于文、武㉜，使孔赐伯舅胙。"齐侯将下阶拜受，宰孔止之曰："天子有后命：以伯舅耋老，加劳，赐一级，无下拜。"桓公欲从之，管仲从旁进曰："君虽谦，臣不可以不敬。"桓公乃对曰："天威不违颜咫尺㉝，小白敢贪王命，而废臣职乎？"疾趋下阶，再拜稽首，然后登堂受胙。诸侯皆服齐之有礼。桓公因诸侯未散，复申盟好，颂周五禁曰："毋雍泉，毋遏籴㉞，毋易树子㉟，毋以妾为妻，毋以妇人与国事。"誓曰："凡我同盟，言归于好。"但以载书，加于

牲上，使人宣读，不复杀牲歃血，诸侯无不信服。髯翁有诗云：

> 纷纷疑叛说春秋，攘楚尊周握胜筹。
>
> 不是桓公功业盛，谁能不歃信诸侯？

盟事已毕，桓公忽谓宰孔曰："寡人闻三代有封禅之事，其典何如？可得闻乎？"宰孔曰："古者封泰山，禅梁父[36]。封泰山者，筑土为坛，金泥玉简[37]以祭天，报天之功。天处高，故崇其土以象高也。禅梁父者，扫地而祭，以象地之卑。以蒲为车，菹秸[38]为藉，祭而掩之，所以报地。三代受命而兴，获祐于天地，故隆此美报也。"桓公曰："夏都于安邑[39]，商都于亳，周都于丰镐。泰山、梁父，去都城甚远，犹且封之禅之。今二山在寡人之封内，寡人欲微宠天王，举此旷典，诸君以为何如？"宰孔视桓

国学经典文库

东周列国志

第二十四回

图文珍藏版

386

公足高气扬，似有矜高之色，乃应曰："君以为可，谁敢曰不可！"桓公曰："俟明日更与诸君议之。"诸侯皆散。

宰孔私诣管仲曰："夫封禅之事，非诸侯所宜言也，仲父不能发一言谏止乎？"管仲曰："吾君好胜，可以隐夺[40]，难以正格[41]也。夷吾今且言之矣。"乃夜造桓公之前，问曰："君欲封禅，信乎？"桓公曰："何为不信？"管仲曰："古者封禅，自无怀氏[42]至于周成王，可考者七十二家，皆以受命，然后得封。"桓公艴然曰："寡人南伐楚，至于召陵；北伐山戎，

荆[43]令支，斩孤竹；西涉流沙[44]，至于太行；诸侯莫余违也。寡人兵车之

会三㊺，衣裳之会六㊻，九合诸侯，一匡天下，虽三代受命，何以过于此？封泰山，禅梁父，以示子孙，不亦可乎？"管仲曰："古之受命者，先有祯祥示征，然后备物而封，其典甚隆备也。鄗上之嘉黍㊼，北里之嘉禾㊽，所以为盛。江淮之间，一茅三脊㊾，谓之灵茅，王者受命则生焉，所以为藉㊿。东海致比目之鱼㊿，西海致比翼之鸟㊿，祥瑞之物，有不召而致者，十有五焉。以书史册，为子孙荣。今凤凰、麒麟不来而鸲鹆㊿数至，嘉禾不生而蓬蒿繁植，如此而欲行封禅，恐列国有识者必归笑于君矣！"桓公嘿然。明日，遂不言封禅之事。

桓公既归，自谓功高无比，益治宫室，务为壮丽。凡乘舆服御之制，比于王者，国人颇议其僭。管仲乃于府中筑台三层，号为"三归之台㊿"，言民人归，诸侯归，四夷归也。又树塞门㊿，以蔽内外。设反坫，以待列国之使臣。鲍叔牙疑其事，问曰："君奢亦奢，君僭亦僭，毋乃不可乎？"管仲曰："夫人主不惜勤劳，以成功业，亦图一日之快意为乐耳。若以礼绳之，彼将苦而生怠。吾之所以为此，亦聊为吾君分谤也。"鲍叔口虽唯唯，心中不以为然。

话分两头。却说周太宰孔自葵丘辞归，于中途遇见晋献公亦来赴会。宰孔曰："会已撤矣。"献公顿足恨曰："敝邑辽远，不及观衣裳之盛，何无缘也！"宰孔曰："君不必恨。今者齐侯自恃功高，有骄人之意。夫月满则亏，水满则溢，齐之亏且溢，可立而待，不会亦何伤乎？"献公乃回辕西向，于路得疾，回至晋国而薨，晋乃大乱。

欲知晋乱始末，且看下回分解。

## 【注释】

①召（shào 邵）陵：春秋时楚邑名。在今河南郾城区东。

②中夏：即中国，中原地区。

③方城：今河南叶县南有方城山，相传楚人曾在此因山筑长城，以拒

中原诸侯。

④"君惠"句：您光临我国，为敝邑的社稷祈求好运。徼，求的意思。这是外交辞令。

⑤辱收：承蒙接纳。辱，谦辞。

⑥载书：指盟约文件。

⑦淫名：淫滥的名号。指楚以子爵而僭王号。

⑧昭庙：周昭王之庙。代指周昭王。

⑨不赀：很多，无法统计。

⑩外府：国外的府库。

⑪骈邑：春秋时齐邑，在今山东临朐县东南。

⑫《小弁（biàn 变）》：《诗经·小雅》篇名。据《诗序》，以为周

幽王欲立褒姒子伯服，废黜申后，放逐太子宜臼。宜臼之傅因作此诗。

⑬首止：亦作首戴，春秋时卫地名。在今河南睢县东南。

⑭忝（tiǎn 舔）：惭愧，谦辞。

⑮叔父：周王对同姓诸侯，照例均称叔父。

⑯五大夫：指周惠王初立时，芳国、边伯等五大夫逐惠王、立子颓一事。见第十九回。

⑰昵就：亲近。

⑱冢嗣：嫡长子。此指世子郑。

⑲周惠王二十三年：即公元前654年。原作"二十六年"，实误。周惠王并无二十六年。此据《左传》校正。

⑳新密：春秋时郑邑名。在今河南密县东南。

㉑虎牢之役：指申侯向齐桓公献媚而得虎牢之地一事。见前文。役，此做事解。

㉒宁母：春秋时鲁地名。在今山东金乡县东南。

㉓伯儵（chóu 筹）：南燕始封之祖，姞姓，相传为黄帝之后。

㉔"聚鹬羽"句：鹬，水鸟名。知天雨即鸣。古人以其能知天时，故掌天文者多戴鹬冠。子臧不知天文而戴鹬冠，故师叔以为"非礼之服"。

㉕泄氏、孔氏、子人氏三族：指掌握郑国朝政的三个家族，实为"三良"之家族。其中泄氏指泄堵寇，应为"三良"中之堵叔。但本书无堵叔，疑指叔詹。子人氏乃郑庄公子公子语字子人者之后，名子人师，即师叔。孔氏应指孔叔。"三良"之说法不一，《左传·僖七年》以叔詹、诸叔、师叔为"三良"。

㉖周惠王二十四年：即公元前653年。诸本原作"二十二年"，皆误。前文记周惠王二十六年（实为二十三年，见本回注⑲）齐桓公两次伐郑之后，时间反倒退提前，不合情理。宁母之盟，《春秋》系于鲁僖公七年（即周惠王二十四年）秋七月。故校正。

㉗洮：春秋时曹邑名。在今山东鄄城县西南。

㉘襄王：周襄王姬郑，在位三十三年（前652—前620）。

㉙葵丘：春秋时宋地名。在今河南兰考县境内。与十四回齐国之葵丘，并非一地。

㉚襄公：宋桓公子兹父，在位十四年（前650—前637）。

㉛宋子：指宋襄公。宋虽公爵，但在新丧，父死未葬，按当时惯例，应称为"子"。

㉜有事于文、武：指有祭事于周文王、周武王。

㉝"天威"句：即周天子离我们很近的恭敬说法。违，距离。八尺

叫咫，咫尺指很近之处。

㉞遏籴（dí敌）：阻止粮食购买。

㉟树子：指诸侯已立为世子的嫡长子。

㊱梁父：山名，在山东泰安县泰山东南。山不甚高，但较有名，故为历代帝王祭地之处。

㊲金泥玉简：古代帝王封禅所用之书函。封以金泥而署以玉简。简，或作检。

㊳菹（zū租）秸：干枯的麦秆。

㊴安邑：古邑名。在今山西夏县西北。

㊵隐夺：暗中制止，宛转规劝。

㊶正格：正面驳斥。

㊷无怀氏：传说中古代帝王名。

㊸制（fú服）：砍削，引申作平定。

㊹流沙：即沙漠。沙常因风而流转不定，故称。

㊺兵车之会三：指平宋乱、伐楚、伐郑围新密三次。

㊻衣冠之会六：即两次会于鄄，幽、首止、洮、葵丘各会一次。

㊼鄗（hào号）上之嘉禾：鄗，通镐。周武王时都城。嘉黍，指二穗同一苗。武王时曾出现过，故《尚书》中有《嘉禾》篇，今佚。

㊽北里之嘉禾：地点、事迹待考。

㊾一茅三脊：有三条脊杆的茅草。俗称三脊茅或菁茅，多产于南方。

㊿藉：祭奠时的凭借。《管子·轻重》："诸从天子封于太山、禅于梁父者，必抱菁茅一束，以为禅藉。"

51比目之鱼：比目鱼，一名鲽。旧谓此鱼一目，须两鱼相并始能游行。

52比翼之鸟：比翼鸟，一名鹣鹣。常两两翅膀相靠而齐飞。

53鸱鸮（chī xiāo 吃消）：鸱为鸱鹰，鸮为猫头鹰。均为恶鸟名。

54三归之台：台址在今山东东阿县境。

55树塞门：竖立屏风。塞门，即屏风。按当时礼制，天子竖屏风于门外；诸侯竖屏风于门内；大夫及士均不能竖屏风，而只能以帘或帷分隔内外。这里指管仲违反礼制。

# 第二十五回　智荀息假途灭虢
# 穷百里饲牛拜相

话说晋献公内蛊于骊姬，外惑于"二五<sup>①</sup>"，益疏太子，而亲爱奚齐。只因申生小心承顺，又数将兵有功，无间可乘。骊姬乃召优施，告以心腹之事："今欲废太子而立奚齐，何策而可？"施曰："三公子皆在远鄙<sup>②</sup>，谁敢为夫人难者？"骊姬曰："三公子年皆强壮，历事已深，朝中多为之左右，吾未敢动也。"施曰："然则当以次去之。"骊姬曰："去之孰先？"施曰："必先申生。其为人也，慈仁而精洁<sup>③</sup>。精洁则耻于自污，慈仁则惮于贼人<sup>④</sup>。耻于自污，则愤不能忍；惮于贼人，其自贼易也。然世子迹虽见疏，君素知其为人，谤以异谋必不信。夫人必以夜半泣而诉君，若为誉世子者，而因加诬焉，庶几说可售矣。"

骊姬果夜半而泣，献公惊问其故，再三不肯言。献公迫之，骊姬对曰："妾虽言之，君必不信也。妾所以泣者，恐妾不能久侍君为欢耳！"献公曰："何出此不祥之言！"骊姬收泪而对曰："妾闻申生为人，外仁而内忍。其在曲沃，甚加惠于民，民乐为之死，其意欲有所用之也。申生每为人言，君惑于妾，必乱国。举朝皆闻之，独君不闻耳。毋乃<sup>⑤</sup>以靖国之故，而祸及于君。君何不杀妾，以谢申生，可塞其谋。勿以一妾乱百姓。"献公曰："申生仁于百姓，岂反不仁父乎？"骊姬对曰："妾亦疑之。然妾闻外人之言曰：匹夫为仁，与在上不同。匹夫以爱亲为仁，在上者以利国为仁。苟利于国，何亲之有？"献公曰："彼好洁，不惧恶名乎？"骊姬对曰："昔幽王不杀宜臼，放之于申，申侯召犬戎，杀幽王于骊山之下，立

宜臼为君，是为平王，为东周始祖。至于今，幽王之恶益彰，谁复以不洁

之名，加之平王者哉？"献公意悚然，遂披衣起坐，曰："夫人言是也！若何而可？"骊姬曰："君不若称耄⑥而以国授之。彼得国而厌其欲，其或可以释君。且昔者，曲沃之兼翼⑦，非骨肉乎？武公惟不顾其亲，故能有晋。申生之志，亦犹是也，君其让之。"献公曰："不可。我有武与威以临诸侯。今当吾身而失国，不可谓武；有子而不胜，不可谓威。失武与威，人能制我，虽生不如死。尔勿忧，吾将图之。"骊姬曰："今赤狄⑧皋落氏⑨屡侵吾国，君何不使之将兵伐狄，以观其能用众与否也。若其不胜，罪之有名。若胜，则信得众矣。彼恃其功，必有异谋，因而图之，国人必服。夫胜敌以靖边鄙，又以识世子之能否，君何为不使？"献公曰：

"善。"

乃传令使申生率曲沃之众，以伐皋落氏。少傅里克在朝，谏曰："太子，君之贰⑩也。故君行则太子监国。夫朝夕视膳，太子之职，远之犹不可，况可使帅师乎？"献公曰："申生已屡将兵矣。"里克曰："向者从君于行，今专制⑪，固不可也。"献公仰面而叹曰："寡人有子九人，尚未定孰为太子，卿勿多言！"里克嘿然而退，告于狐突。狐突曰："危哉乎，公子也！"乃遗书申生，劝使勿战，战而胜滋忌，不如逃之。申生得书，叹曰："君之以兵事使我，非好我也，欲测我心耳。违君之命，我罪大矣。战而幸死，犹有令名。"乃与皋落大战于稷桑⑫之地，皋落氏败走，申生献捷于献公。骊姬曰："世子果能用众矣，奈何？"献公曰："罪未著也，姑待之。"狐突料晋国将乱，乃托言痼疾⑬，杜门不出。

时有虞、虢二国⑭，乃是同姓比邻，唇齿相依，其地皆连晋界。虢公名丑，好兵而骄，屡侵晋之南鄙，边人告急，献公谋欲伐虢。骊姬请曰："何不更使申生？彼威名素著，士卒为用，可必成功也。"献公已入骊姬之言，诚恐申生胜虢之后，益立威难制，踌躇未决，问于大夫荀息曰："虢可伐乎？"荀息对曰："虞、虢方睦，吾攻虢，虞必救之；若移而攻虞，虢又救之。以一敌二，臣未见其必胜也。"献公曰："然则寡人无如虢何矣。"荀息对曰："臣闻虢公淫于色。君诚求国中之美女，教之歌舞，盛其车服，以进于虢，卑词请平，虢公必喜而受之。彼耽于声色，将怠弃政事，疏斥忠良，我更行赂犬戎，使侵扰虢境，然后乘隙而图之，虢可灭也。"

献公用其策，以女乐遗虢，虢公欲受之。大夫舟之侨谏曰："此晋所以钓虢也，君奈何吞其饵乎？"虢公不听，竟许晋平。自此，日听淫声，夜接美色，视朝稀疏矣。舟之侨复谏，虢公怒，使出守下阳之关⑮。未几，犬戎贪晋之赂，果侵扰虢境，兵至渭汭⑯，为虢兵所败。犬戎主遂起倾国之师。虢公恃其前胜，亦率兵拒之，相持于桑田⑰之地。

献公复问于荀息曰："今戎、虢相持，寡人可以伐虢否？"荀息对曰：

"虞、虢之交未离也。臣有一策，可以今日取虢，而明日取虞。"献公曰："卿策如何？"荀息曰："君厚赂虞，而假道以伐虢。"献公曰："吾新与虢成，伐之无名，虞肯信我乎？"荀息曰："君密使北鄙⑱之人，生事于虢，虢之边吏，必有责言，吾因以为名，而请于虞。"献公又用其策，虢之边吏，果来责让，两下遂治兵相攻。虢公方有犬戎之患，不暇照管。献公曰："今伐虢不患无名矣。但不知赂虞当用何物？"荀息对曰："虞公性虽贪，然非至宝，不可动之。必须用二物前去，但恐君之不舍耳。"献公曰："卿试言所用何物？"荀息曰："虞公最爱者，璧马之良也。君不有垂棘⑲之璧、屈⑳产之乘乎？请以此二物，假道于虞。虞贪于璧马，堕吾计矣。"献公曰："此二物，乃吾至宝，何忍弃之他人？"荀息曰："臣固知君之不舍也。虽然，假吾道以伐虢，虢无虞救必灭。虢亡，虞不独存，璧马安往乎？夫寄璧外府，养马外厩，特暂事耳。"大夫里克曰："虞有贤臣二人，曰宫之奇、百里奚，明于料事，恐其谏阻，奈何？"荀息曰："虞公贪而愚，虽谏必不从也。"献公即以璧马交付荀息，使如虞假道。

虞公初闻晋来假道，欲以伐虢，意甚怒。及见璧马，不觉回嗔作喜，手弄璧而目视马，问荀息曰："此乃汝国至宝，天下罕有，奈何以惠寡人？"荀息曰："寡君慕君之贤，畏君之强，故不敢自私其宝，愿邀欢于大国。"虞公曰："虽然，必有所言于寡人也。"荀息曰："虢人屡侵我南鄙，寡君以社稷之故，屈意请平。今约誓未寒，责让日至，寡君欲假道以请罪㉑焉。倘幸而胜虢，所有卤获，尽以归君。寡君愿与君世敦盟好。"虞公大悦。宫之奇谏曰："君勿许也！谚云'唇亡齿寒'，晋吞噬同姓，非一国矣，独不敢加于虞、虢者，以有唇齿之助耳。虢今日亡，则明日祸必中于虞矣！"虞公曰："晋君不爱重宝，以交欢于寡人，寡人其爱此尺寸之径乎？且晋强于虢十倍，失虢而得晋，何不利焉？子退，勿预吾事。"宫之奇再欲进谏，百里奚牵其裾，乃止。宫之奇退谓百里奚曰："子不助我一言，而更止我，何故？"百里奚曰："吾闻进嘉言于愚人之前，犹委珠玉于道也。桀杀关龙逢，纣杀比干，惟强谏耳。子其危哉！"宫之奇曰："然则虞必亡矣，吾与子盍去乎？"百里奚曰："子去则可矣。又偕一人，不重子罪乎？吾宁徐耳。"宫之奇尽族而行，不言所之。

荀息归报晋侯，言："虞公已受璧马，许以假道。"献公便欲亲将伐虢，里克入见曰："虢，易与也，毋烦君往。"献公曰："灭虢之策何如？"里克曰："虢都上阳㉒，其门户在于下阳。下阳一破，无完虢矣。臣虽不才，愿效此微劳，如无功甘罪。"献公乃拜里克为大将，荀息副之，率车四百乘伐虢，先使人报虞以兵至之期。虞公曰："寡人辱受重宝，无以为报，愿以兵从。"荀息曰："君以兵从，不如献下阳之关。"虞公曰："下阳，虢所守也，寡人安得献之？"荀息曰："臣闻虢君方与犬戎大战于桑田，胜败未决。君托言助战，以车乘献之，阴纳晋兵，则关可得也。臣有

铁叶车㉓百乘，惟君所用。”虞公从其计。守将舟之侨信以为然，开关纳车。车中藏有晋甲，入关后一齐发作，欲闭关已无及矣。里克驱兵直进，舟之侨既失下阳，恐虢公见罪，遂以兵降晋。里克用为响导，望上阳进发。

却说虢公在桑田，闻晋师破关，急急班师，被犬戎兵掩杀一阵，大败而走，随身仅数十乘，奔至上阳守御，茫然无策。晋兵至，筑长围以困之。自八月至十二月，城中樵采俱绝，连战不胜，士卒疲敝，百姓日夜号哭。里克使舟之侨为书，射入城中，谕虢公使降。虢公曰：“吾先君为王卿士，吾不能为降诸侯！”乘夜开城，率家眷奔京师去讫。里克等亦不追赶。百姓香花灯烛，迎里克等进城。克安集百姓，秋毫无犯，留兵戍守。

将府库宝藏，尽数装载，以十分之三，并女乐献于虞公。虞公益大喜。

里克一面遣人驰报晋侯，自己托言有疾，休兵城外，俟病愈方行。虞公不时馈药，候问不绝。如此月余，忽谍报晋侯兵在郊外。虞公问其来意，报者曰："恐伐虢无功，亲来接应耳。"虞公曰："寡人正欲面与晋君讲好，今晋君自来，寡人之愿也。"慌忙郊迎致饩，两君相见，彼此称谢，自不必说。献公约与虞公较猎于箕山㉔。虞公欲夸耀晋人，尽出城中之甲及坚车良马，与晋侯驰逐赌胜。是日，自辰及申，围尚未撤，忽有人报城中火起，献公曰："此必民间漏火，不久扑灭耳。"固请再打一围。大夫百里奚密奏曰："传闻城中有乱，君不可留矣。"虞公乃辞晋侯先行，半路见人民纷纷逃窜，言："城池已被晋兵乘虚袭破。"虞公大怒，喝教："驱车速进！"来至城边。只见城楼上一员大将，倚栏而立，盔甲鲜明，威风凛凛，向虞公言曰："前蒙君假我以道，今再假我以国，敬谢明赐！"虞公转怒，便欲攻门。城头上一声梆响，箭如雨下。虞公命车速退，使人催趱后面车马。军人报曰："后军行迟者，俱被晋兵截住，或降或杀，车马皆为晋有，晋侯大军即到矣。"虞公进退两难，叹曰："悔不听宫之奇之谏也！"顾百里奚在侧，问曰："彼时卿何不言？"百里奚曰："君不听之奇，其能听奚乎？臣之不言，正留身以从君于今日耳。"

虞公正在危急之际，见后有单车驱至，视之，乃虢国降将舟之侨也。虞公不觉面有惭色，舟之侨曰："君误听弃虢，失已在前。今日之计，与其出奔他国，不如归晋。晋君德量宽洪，必无相害，且怜君必厚待君，君其勿疑。"虞公踌躇未决。晋献公随后来到，使人请虞公相见。虞公不得不往。献公笑曰："寡人此来，为取璧马之值耳。"命以后车，载虞公宿于军中。百里奚紧紧相随，或讽其去，曰："吾食其禄久，所以报也！"献公入城安民。荀息左手托璧，右手牵马而前曰："臣谋已行，今请还璧于府，还马于厩。"献公大悦。髯翁有诗云：

璧马区区虽至宝，请将社稷较何如？

不夸荀息多奇计，还笑虞公真是愚。

　　献公以虞公归，欲杀之。荀息曰："此呆竖子耳，何能为！"于是待以寓公之礼，别以他璧及他马赠之，曰："吾不忘假道之惠也。"舟之侨至晋，拜为大夫。侨荐百里奚之贤。献公欲用奚，使侨通意。奚曰："终旧君之世乃可。"侨去，奚叹曰："君子违[25]，不适仇国，况仕乎？吾即仕，不于晋也。"舟之侨闻其言，恶形其短，意甚不悦。

　　时秦穆公任好[26]即位六年，尚未有中宫，使大夫公子絷求婚于晋，欲得晋侯长女伯姬为夫人。献公使太史苏筮之，得雷泽《归妹》[27]卦第六爻，其繇曰：

　　士刲羊，亦无衁也。女承筐，亦无贶也[28]。西邻责言，不可偿也[29]。

　　太史苏玩其辞，以为秦国在西，而有责言，非和睦之兆。况《归妹》嫁娶之事，而《震》变为《离》[30]，其卦为《睽》[31]，《睽》《离》皆非吉名，此亲不可许。献公更使太卜郭偃以龟卜之。偃献其兆，上吉，断词曰：

松柏为邻，世作舅甥，三定我君。利于婚媾，不利寇。

史苏犹据筮词争之。献公曰："向者固云：'从筮不如从卜。'卜既吉矣，又可违乎？吾闻秦受帝命<sup>②</sup>，其后将大，不可拒也。"遂许之。

公子絷归复命，路遇一人，面如噀血<sup>③</sup>，隆准虬须<sup>④</sup>，以两手握两锄而耕，入土累尺。命索其锄观之，左右皆不能举。公子絷问其姓名，对曰："公孙氏，名枝，字子桑，晋君之疏族也。"絷曰："以子之才，何以屈于陇亩？"枝对曰："无人荐引耳。"絷曰："肯从我游于秦乎？"公孙枝曰："'士为知己者死'。若能见挈，固所愿也。"絷与之同载归秦，言于穆公，穆公使为大夫。穆公闻晋已许婚，复遣公子絷如晋纳币，遂迎伯姬。晋侯问媵<sup>⑤</sup>于群臣，舟之侨进曰："百里奚不愿仕晋，其心不测，不如远之。"乃用奚为媵。

却说百里奚是虞国人，字井伯，年三十余，娶妻杜氏，生一子。奚家贫不遇，欲出游，念其妻子无依，恋恋不舍。杜氏曰："妾闻'男子志在四方'，君壮年不出图仕，乃区区守妻子坐困乎？妾能自给，毋相念也。"家只有一伏雌<sup>㊱</sup>，杜氏宰之以饯行。厨下乏薪，乃取门楗<sup>㊲</sup>炊之。舂黄齑<sup>㊳</sup>，煮脱粟饭<sup>㊴</sup>。奚饱餐一顿。临别，妻抱其子，牵袂而泣曰："富贵勿相忘！"奚遂去。游于齐，求事襄公，无人荐引。久之，穷困乞食于铚<sup>㊵</sup>，时奚年四十矣。铚人有蹇叔者，奇其貌，曰："子非乞人也。"叩其姓名，因留饭，与谈时事，奚应对如流，指画井井有叙<sup>㊶</sup>。蹇叔叹曰："以子之才，而穷困乃尔，岂非命乎？"遂留奚于家，结为兄弟。蹇叔长奚一岁，奚呼叔为兄。蹇叔家亦贫，奚乃为村中养牛，以佐饔飧<sup>㊷</sup>之费。值公子无知弑襄公<sup>㊸</sup>，新立为君，悬榜招贤，奚欲往应招。蹇叔曰："先君有子在外，无知非分窃立，终必无成。"奚乃止。后闻周王子颓好牛，其饲牛者皆获厚糈<sup>㊹</sup>，乃辞蹇叔如周。蹇叔戒之曰："丈夫不可轻失身于人。仕而弃之，则不忠，与同患难，则不智。此行弟其慎之！吾料理家事，当至周

相看也。"奚至周，谒见王子颓，以饲牛之术进。颓大喜，欲用为家臣。蹇叔自陉而至，奚与之同见子颓。退谓奚曰："颓志大而才疏，其所与皆谗谄之人，必有觊觎㊺非望之事，吾立见其败也。不如去之。"奚因久别妻子，意欲还虞。蹇叔曰："虞有贤臣宫之奇者，吾之故人也，相别已久，吾亦欲访之。弟若还虞，吾当同行。"遂与奚同至虞国。时奚妻杜氏，贫极不能自给，已流落他方，不知去处。奚感伤不已。蹇叔与宫之奇相见，因言百里奚之贤。宫之奇遂荐奚于虞公，虞公拜奚为中大夫。蹇叔曰："吾观虞君见小而自用，亦非可与有为之主。"奚曰："弟久贫困，譬之鱼在陆地，急欲得勺水自濡㊻矣！"蹇叔曰："弟为贫而仕，吾难阻汝，异日若见访，当于宋之鸣鹿村㊼。其地幽雅，吾将卜居于此。"蹇叔辞去。奚遂留事虞公。及虞公失国，奚周旋不舍，曰："吾既不智矣，敢不忠乎？"

至是，晋用奚为滕于秦。奚叹曰："吾抱济世之才，不遇明主，而展其大志，又临老为人滕，比于仆妾，辱莫大焉！"行至中途而逃。将适宋，道阻，乃适楚。及宛城，宛之野人出猎，疑为奸细，执而缚之。奚曰："我虞人也，因国亡逃难至此。"野人问："何能？"奚曰："善饲牛。"野人释其缚，使之喂牛，牛日肥泽。野人大悦，闻于楚王。楚王召奚问曰："饲牛有道乎？"奚对曰："时其食，恤其力，心与牛而为一。"楚王曰："善哉，子之言！非独牛也，可通于马。"乃使为圉人，牧马于南海。

却说秦穆公见晋滕有百里奚之名，而无其人，怪之。公子縶曰："故虞臣也，今逃矣。"穆公谓公孙枝曰："子桑在晋，必知百里奚之略，是何等人也？"公孙枝对曰："贤人也。知虞公之不可谏而不谏，是其智。从虞公于晋，而义不臣晋，是其忠。且其人有经世之才，但不遇其时耳！"穆公曰："寡人安得百里奚而用之？"公孙枝曰："臣闻奚之妻子在楚，其亡必于楚，何不使人往楚访之？"使者往楚，还报："奚在海滨，为楚君牧马。"穆公曰："孤以重币求之，楚其许我乎？"公孙枝曰："百里奚不来矣！"穆公曰："何故？"公孙枝曰："楚之使奚牧马者，为不知奚之贤也。君以重币求之，是告以奚之贤也。楚知奚之贤，必自用之，肯畀我乎？君不若以逃滕为罪，而贱赎之，此管夷吾所以脱身于鲁也。"穆公曰："善。"乃使人持羖羊⑧之皮五，进于楚王曰："敝邑有贱臣百里奚者，逃在上国。寡人欲得而加罪，以警亡者，请以五羊皮赎归。"楚王恐失秦欢，乃使东海人囚百里奚以付秦人。

百里奚将行，东海人谓其就戮，持之而泣。奚笑曰："吾闻秦君有伯王之志，彼何急于一滕？夫求我于楚，将以用我也，此行且富贵矣，又何泣焉！"遂上囚车而去。将及秦境，秦穆公使公孙枝往迎于郊，先释其囚，然后召而见之。问："年几何？"奚对曰："才七十岁。"穆公叹曰："惜乎老矣！"奚曰："使奚逐飞鸟，搏猛兽，则臣已老。若使臣坐而策国事，臣尚少也。昔吕尚㊾年八十，钓于渭滨，文王载之以归，拜为尚父，卒定周鼎。臣今日遇君，较吕尚不更早十年乎？"穆公壮其言，正容而问曰：

"敝邑介在戎、狄，不与中国会盟，叟何以教寡人，俾敝邑不后于诸侯。幸甚！"奚对曰："君不以臣为亡国之虏，衰残之年，乃虚心下问，臣敢不竭其愚？夫雍、岐之地，文、武所兴，山如犬牙，原如长蛇，周不能守，而以畀之秦，此天所以开秦也。且夫介在戎、狄则兵强，不与会盟则力聚。今西戎之间，为国不啻数十，并其地足以耕，籍其民可以战，此中国诸侯所不能与君争者。君以德抚而以力征，既全有西陲，然后阨山川之险，以临中国，俟隙而进，则恩威在君掌中，而伯业成矣。"穆公不觉起立曰："孤之有井伯，犹齐之得仲父也。"一连与语三日，言无不合。遂爵为上卿，任以国政。因此秦人都称奚为"五羖大夫"。又相传以为穆公举奚于牛口之下，以奚曾饲牛于楚，秦用五羖皮赎回故也。髯翁有诗云：

> 脱囚拜相事真奇，仲后重闻百里奚。
>
> 从此西秦名显赫，不亏身价五羊皮。

百里奚辞上卿之位，举荐一人以自代。

不知所举何人，且听下回分解。

## 【注释】

①二五：指梁五、东关五两个佞臣。见第二十回。

②远鄙：边远地区。

③精洁：洁身自好。

④惮于贼人：不敢加害于人。惮，畏惧。贼，害也。

⑤毋乃：岂不，难道不会。疑问不定之辞。

⑥耄（mào 冒）：八十九十曰耄。此泛指年老。称耄，此指以年老而退位。

⑦曲沃之兼翼：指曲沃武公诱杀小子侯，兼并翼，统一两晋。见第二十回。

⑧赤狄：北狄分为赤狄、白狄、长狄三部。赤狄多住于今山西境内，与晋人杂居。据说是因喜穿赤色衣服而得名。

⑨皋落氏：春秋时赤狄的一支，居晋曲沃东。即今山西垣曲县东南皋落镇。

⑩贰：副职，辅佐。

⑪专制：个人管束。专，专一，引申为个人。

⑫稷桑：疑为稷山，后稷教民稼穑之处。在今山西稷山县南。

⑬痼（gù 固）疾：积久难治之病。

⑭虞、虢（guó 国）二国：均为周代姬姓诸侯国。虞始封之君为古公亶父之子虞仲，故址在今山西平陆县境。虢乃北虢，故址在今河南三门峡

市及山西平陆一带。

⑮下阳之关：春秋时北虢地名。在今山西平陆县北。

⑯渭汭（ruì 瑞）：渭水入黄河处，在今陕西华阴市北。

⑰桑田：春秋时北虢地名。在今河南灵宝市北。

⑱北鄙：疑为南鄙之误，即南部边境地区，因虢在晋之南部。下文荀息亦对虞公曰："虢人累侵我南鄙。"

⑲垂棘：春秋时晋地名。在今山西潞城县北，以产美玉驰名。

⑳屈：春秋时晋邑名。在今山西吉县北，盛产良马。一说，"屈产"二字为地名。

㉑请罪：即兴师问罪的外交辞令。

㉒上阳：春秋时北虢都城。在今河南陕县李家窑。

㉓铁叶车：用薄铁片包裹的战车。

㉔箕山：古代山名。在今山西平陆县东北九十里，山形如箕，故名。相传为许由隐居之处。

㉕违：出走，去国。

㉖秦穆公：名任好，春秋五霸之一，秦德公子，秦成公弟。在位三十九年（前659—前621）。

㉗《雷泽归妹》：归妹，《易经》六十四卦之一。震上兑下。归妹，意同嫁妹，因女子以夫家为归。据八卦，震即雷也，兑即泽也。震上兑下即为雷泽。

㉘"士刲（kuī亏）羊"四句：男子宰羊，也没有血；女子捧筐，也没有东西。刲羊、承筐，皆古代婚姻之礼。这四句指虚有其表而无其实。刲，割也。衁（huāng荒），血也。贶（kuàng况），赐予。

㉙"西邻"二句：责言，责备之言。西邻指秦国。意指晋女嫁于秦，不足以加强两国关系，反而使秦国多有责难，晋国无法应付。

㉚《离》：与《震》《兑》一样，均为八卦之一。

㉛《睽》：《易经》六十四卦之一，离上兑下。《归妹》卦中之"震"变成为"离"，即成《睽》卦。睽也有乖离之意，故非吉名。

㉜秦受帝命：指"秦文公郊天应梦"一事，见第四回。

㉝嗅（xùn逊）血：喷血。比喻脸色绯红。

㉞隆准（zhuō拙）虬（qiú求）须：高鼻子，卷胡须。准，鼻子。

㉟媵：此指陪嫁之奴，与前文陪嫁之妾不同。

㊱伏雌：孵蛋的母鸡。

㊲扊扅（yǎn yí眼移）：门闩。

㊳黄齑（jī基）：小米。小米色黄，故称。

㊴脱粟饭：糙米饭。因仅脱谷壳，故称。

㊵铚（zhì 治）：春秋时宋邑名。在今安徽宿县东南。又，原文作铚，《正字通》："《史记》古本作铚，伪作铚。"

㊶井井有叙：即井井有条。叙，同序，次第。

㊷饔飧（yōng sūn 拥孙）：饭食。早餐叫饔，晚餐叫飧。

㊸公子无知弑襄公：应为公孙无知。弑襄公事见第十四回。

㊹厚糈（xǔ 许）：丰厚的待遇。糈，粮饷。

㊺觊觎（jì yú 际鱼）：窥伺不应得到的东西。

㊻勺水自濡（rú 如）：些小之水以润湿自己。勺，量词，古代以十撮

为一勺，十勺为一合。

㊼鸣鹿村：春秋时宋地名，在今河南鹿邑县境内。

㊽羖（gǔ古）羊：黑色公羊。羖，通羘。

㊾吕尚：即姜子牙。姜姓，吕氏，名尚，字子牙。

## 第二十六回　歌扊扅百里认妻　获陈宝穆公证梦

话说秦穆公深知百里奚之才，欲爵为上卿，百里奚辞曰："臣之才不如臣友蹇叔十倍，君欲治国家，请任蹇叔而臣佐之。"穆公曰："子之才，寡人见之真矣，未闻蹇叔之贤也。"奚对曰："蹇叔之贤，岂惟君未之闻，虽齐、宋之人亦莫之闻也，然而臣独知之。臣尝出游于齐，欲委贽①于公子无知，蹇叔止臣曰：'不可。'臣因去齐，得脱无知之祸。嗣游于周，欲委贽于王子颓，蹇叔复止臣曰：'不可。'臣复去周，得脱子颓之祸。后臣归虞，欲委贽于虞公，蹇叔又止臣曰：'不可。'臣时贫甚，利其爵禄，姑且留事，遂为晋俘。夫再用其言，以脱于祸，一不用其言，几至杀身，此其智胜于中人远矣。今隐于宋之鸣鹿村，宜速召之。"穆公乃遣公子絷假作商人，以重币聘蹇叔于宋。百里奚另自作书致意。

公子絷收拾行囊，驾起犊车二乘，径投鸣鹿村来。见数人息耕于陇上，相赓②而歌。歌曰：

山之高兮无摅③，途之汙兮无烛。相将陇上兮，泉甘而土沃。勤吾四体兮，分吾五谷。三时不害④兮，饔飧足。毕此天命兮无荣辱！

絷在车中，听其音韵，有绝尘之致⑤，乃叹谓御者曰："古云：'里有君子，而鄙俗化。'今入蹇叔之乡，其耕者皆有高遁⑥之风，信乎其贤也。"乃下车，问耕者曰："蹇叔之居安在？"耕者曰："子问之何为？"絷曰："其故人百里奚有书，托吾致之。"耕者指示曰："前去竹林深处，左泉右石，中间一小茅庐，乃其所也。"絷拱手称谢，复登车，行将半里，来至其处。絷举目观看，风景果是幽雅。陇西居士有隐居诗云：

翠竹林中景最幽，人生此乐更何求？

数方白石堆云起，一道清泉接涧流。

得趣猿猴堪共乐，忘机⑦麋鹿可同游。

红尘一任漫天去，高卧先生百不忧。

絷停车于草庐之外，使从者叩其柴扉。有一小童子，启门而问曰："贵客何来？"絷曰："吾访蹇先生来也。"童子曰："吾主不在。"絷曰："先生何往？"童子曰："与邻叟观泉于石梁⑧，少顷便回。"絷不敢轻造其庐，遂坐于石上以待之。童子将门半掩，自入户内。

须臾之间，见一大汉，浓眉环眼，方面长身，背负鹿蹄二只，从田塍西路而来。縶见其容貌不凡，起身迎之。那大汉即置鹿蹄于地，与縶施礼。縶因叩其姓名，大汉答曰："某蹇氏，丙名，字白乙。"縶曰："蹇叔于君何人？"对曰："乃某父也。"縶重复施礼，口称久仰。大汉曰："足下何人？到此贵干？"縶曰："有故人百里奚，今仕于秦，有书信托某奉候尊公。"蹇丙曰："先生请入草堂少坐，吾父即至矣。"言毕，推开双扉，让公子縶先入。蹇丙复取鹿蹄负之，至于草堂。童子收进鹿蹄。蹇丙又复施礼，分宾主坐定。公子縶与蹇丙谈论些农桑之事，因及武艺。丙讲说甚有次第，縶暗暗称奇，想道："有其父方有其子，井伯之荐不虚也。"献茶方罢，蹇丙使童子往门首伺候其父。少顷，童子报曰："翁归矣！"

却说蹇叔与邻叟二人，肩随而至，见门前有车二乘，骇曰："吾村中安得有此车耶？"蹇丙趋出门外，先道其故。蹇叔同二叟进入草堂，各各相见，叙次坐定。蹇叔曰："适小儿言吾弟井伯有书，乞以见示！"公子縶遂将百里奚书信呈上。蹇叔启缄观之。略曰：

奚不听兄言，几蹈虞难。幸秦君好贤，赎奚于牧竖之中，委以为政。奚自量才智不逮兄，乞兄共济。秦君闻名若渴，敬命大夫公子縶布币奉迎。惟冀幡然⑨出山，以酬生平未足之志。如兄恋恋山林，奚即相从于鸣鹿之野矣！

蹇叔曰："井伯何以见知于秦君也？"公子縶将百里奚为媵逃楚，秦君闻其贤，以五羊皮赎归始末，叙述一遍："今寡君欲爵以上卿，井伯自言不及先生，必求先生至秦，方敢登仕。寡君有不腆之币，使縶致命。"言讫，即唤左右于车厢中取出征书礼币，排列草堂之中。邻叟俱山野农夫，从未见此盛仪，相顾惊骇，谓公子縶曰："吾等不知贵人至此，有失回避。"縶曰："何出此言？寡君望蹇先生之临，如枯苗望雨。烦二位老叟相劝一声，受赐多矣。"二叟谓蹇叔曰："既秦邦如此重贤，不可虚贵人来意。"蹇叔曰："昔虞公不用井伯，以致败亡。若秦君肯虚心任贤，一井伯已足。老夫用世之念久绝，不得相从。所赐礼币，望乞收回，求大夫善为我辞！”公子絷曰：“若先生不往，井伯亦必不独留。”蹇叔沉吟半晌，叹曰：“井伯怀才未试，求仕已久，今适遇明主，吾不得不成其志。勉为井伯一行，不久仍归耕于此耳。”童子报：“鹿蹄已熟。”蹇叔命取床头新酿，酾⑩之以奉客。公子絷西席⑪，二叟相陪，瓦杯木箸，宾主劝酬，欣然醉饱。不觉天色已晚，遂留絷于草堂安宿。

次早，二叟携樽饯行，依前叙坐。良久，公子絷夸白乙之才，亦要他同至秦邦，蹇叔许之。乃以秦君所赠礼币，分赠二叟，嘱咐看觑家间："此去不久，便再得相叙。"再吩咐家人："勤力稼穑，勿致荒芜。"二叟珍重而别。蹇叔登车，白乙丙为御。公子絷另自一车，并驾而行。夜宿晓驰，将近秦郊，公子絷先驱入朝，参谒了秦穆公，言："蹇先生已到郊外。其子蹇丙，亦有挥霍⑫之才，臣并取至，以备任使。"穆公大喜，乃命百里奚往迎。

　　蹇叔既至，穆公降阶加礼，赐坐而问之曰："井伯数言先生之贤，先生何以教寡人乎？"蹇叔对曰："秦僻在西土，邻于戎、狄，地险而兵强，进足以战，退足以守。所以不列于中华者，威德不及故也。非威何畏，非德何怀；不畏不怀，何以成霸？"穆公曰："威与德二者孰先？"蹇叔对曰："德为本，威济之。德而不威，其国外削；威而不德，其民内溃。"穆公曰："寡人欲布德而立威，何道而可？"蹇叔对曰："秦杂戎俗，民鲜礼教，等威⑬不辨，贵贱不明，臣请为君先教化而后刑罚。教化既行，民知尊敬其上，然后恩施而知感，刑用而知惧，上下之间，如手足头目之相为。管夷吾节制之师⑭，所以号令天下而无敌也。"穆公曰："诚如先生之言，遂可以霸天下乎？"蹇叔对曰："未也。夫霸天下者有三戒：毋贪，毋忿，毋急。贪则多失，忿则多难，急则多蹶。夫审大小而图之，乌用贪？衡彼己而施之，乌用忿？酌缓急而布之，乌用急？君能戒此三者，于霸也近矣。"穆公曰："善哉言乎，请为寡人酌今日之缓急。"蹇叔对曰："秦立国西戎，此祸福之本也。今齐侯已耄，霸业将衰。君诚善抚雍、渭之众，以号召诸戎，而征其不服者。诸戎既服，然后敛兵以俟中原之变，拾齐之遗，而布其德义。君虽不欲霸，不可得而辞矣。"穆公大悦曰："寡人得二老，真庶民之长也！"乃封蹇叔为右庶长⑮，百里奚为左庶长，位皆上卿，谓之"二相"。并召白乙丙为大夫。自二相兼政，立法教民，兴利除害，秦国大治。史官有诗云：

　　子縶荐奚奚荐叔，转相汲引布秦庭。

　　但能好士如秦穆，人杰何须问地灵！

　　穆公见贤才多出于异国，益加采访。公子縶荐秦人西乞术之贤，穆公亦召用之。百里奚素闻晋人繇余负经纶之略，私询于公孙枝，枝曰："繇余在晋不遇，今已仕于西戎矣。"奚叹惜不已。

　　却说百里奚之妻杜氏，自从其夫出游，纺绩度日，后遇饥荒，不能存活，携其子趁食他乡，展转流离，遂入秦国，以浣衣为活。其子名视，字孟明，日与乡人打猎角艺，不肯营生。杜氏屡谕不从。及百里奚相秦，杜

氏闻其姓名，曾于车中望见，未敢相认。因府中求浣衣妇，杜氏自愿入府浣衣，勤于捣濯，府中人皆喜，然未得见奚之面也。一日，奚坐于堂上，乐工在庑下作乐。杜氏向府中人曰："老妾颇知音律，愿引至庑，一听其声。"府中人引至庑下，言于乐工，问其所习。杜氏曰："能琴亦能歌。"乃以琴授之。杜氏援琴而鼓，其声凄怨。乐工俱倾耳静听，自谓不及。再使之歌，杜氏曰："老妾自流移，至此，未尝发声。愿言于相君，请得升堂而歌之。"乐工禀知百里奚，奚命之立于堂左。杜氏低眉敛袖，扬声而歌。歌曰：

　　百里奚，五羊皮！忆别时，烹伏雌，春黄齑，炊扊扅。今日富贵忘我为？

百里奚，五羊皮！父粱肉，子啼饥，夫文绣，妻浣衣。嗟乎！富贵忘我为？

百里奚，五羊皮！昔之日，君行而我啼；今之日，君坐而我离。嗟乎！富贵忘我为？

百里奚闻歌愕然，召至前询之，正其妻也。遂相持大恸。良久，问："儿子何在？"杜氏曰："村中射猎。"使人召之。是日，夫妻父子，再得完聚。穆公闻百里奚妻子俱到，赐以粟千钟，金帛一车。次日，奚率其子孟明视朝见谢恩。穆公亦拜视为大夫，与西乞术、白乙丙并号将军，谓之"三帅"，专掌征伐之事。

姜戎子吾离⑯，桀骜侵掠，三帅统兵征之。吾离兵败奔晋，遂尽有瓜州⑰之地。时西戎主赤斑见秦人强盛，使其臣繇余聘秦以观穆公之为人。穆公与之游于苑囿，登三休之台，夸以宫室苑囿之美。繇余曰："君之为此者，役鬼耶，抑役人耶？役鬼劳神，役人劳民。"穆公异其言，曰：
"汝戎夷无礼乐法度，何以为治？"繇余笑曰："礼乐法度，此乃中国所以
乱也！自上圣创为文法，以约束百姓，仅仅小治。其后日渐骄淫，借礼乐
之名，以粉饰其身，假法度之威，以督责其下。天下怨望，因生篡夺。若
戎夷则不然。上含淳德以遇其下，下怀忠信以事其上，上下一体，无形迹
之相欺，无文法之相扰，不见其治，乃为至治。"

　　穆公默然，退而述其言于百里奚。奚对曰："此晋国之大贤人，臣熟
闻其名矣。"穆公蹴然不悦曰："寡人闻之：'邻国有圣人，敌国[18]之忧
也。'今繇余贤而用于戎，将为秦患奈何？"奚对曰："内史廖多奇智，君
可谋之。"穆公即召内史廖，告以其故。廖对曰："戎主僻处荒徼，未闻
中国之声。君试遗之女乐，以夺其志。留繇余不遣，以爽[19]其期。使其政
事怠废，上下相疑，虽其国可取，况其臣乎？"穆公曰："善。"乃与繇余

同席而坐，共器而食，居常使蹇叔、百里奚、公孙枝等，轮流作伴，叩其地形险夷，兵势强弱之实。一面装饰美女能音乐者六人，遣内史廖至戎报聘，以女乐献之。戎主赤斑大悦，日听音而夜御女，遂疏于政事。

繇余留秦一年乃归。戎主怪其来迟，繇余曰："臣日夜求归，秦君固留不遣。"戎主疑其有二心于秦，意颇疏之。繇余见戎主耽于女乐，不理政事，不免苦口进谏，戎主拒而不纳。穆公因密遣人招之，繇余弃戎归秦，即擢亚卿，与二相同事。繇余遂献伐戎之策。三帅兵至戎境，宛如熟路。戎主赤斑不能抵敌，遂降于秦。后人有诗云：

虞违百里终成虏，戎失繇余亦丧邦。

毕竟贤才能干国，请看齐霸与秦强。

西戎主赤斑，乃诸戎之领袖，向者诸戎俱受服役。及闻赤斑归秦，无不悚惧，纳土称臣者，相继不绝。穆公论功行赏，大宴群臣。群臣更番上寿，不觉大醉，回宫一卧不醒。宫人惊骇，事闻于外。群臣皆叩宫门问安。世子罃召太医入宫诊脉，脉息如常，但闭目不能言动。太医曰："是有鬼神。"欲命内史廖行祷。内史廖曰："此是尸厥㉕，必有异梦。须俟其自复，不可惊之，祷亦无益。"世子罃守于床席之侧，寝食俱不敢离。直候至第五日，穆公方醒，颡间㉑汗出如雨，连叫："怪哉！"世子罃跪而问曰："君体安否？何睡之久也？"穆公曰："顷刻耳。"罃曰："君睡已越五日，得无有异梦乎？"穆公惊问曰："汝何以知之？"世子罃曰："内史廖固言之。"

穆公乃召廖至榻前，言曰："寡人今者梦一妇人，妆束宛如妃嫔，容貌端好，肌如冰雪，手握天符，言奉上帝之命，来召寡人。寡人从之。忽若身在云中，缥缈无际，至一宫阙，丹青炳焕，玉阶九尺，上悬珠帘，妇人引寡人拜于阶下。须臾帘卷，见殿上黄金为柱，壁衣㉒锦绣，精光夺目。有王者冕旒华衮，凭玉几上坐，左右侍立，威仪甚盛。王者传命：'赐醴！'有如内侍者，以碧玉斝赐寡人酒，甘香无比。王者以一简授左右，即闻堂上大声呼寡人名曰：'任好听旨，尔平晋乱！'如是者再。妇人遂教寡人拜谢，复引出宫阙。寡人问妇人何名。对曰：'妾乃宝夫人也。居于太白山<sup>㉓</sup>之西麓，在君宇下，君不闻乎？妾夫叶君，别居南阳<sup>㉔</sup>，或一二岁来会妾。君能为妾立祠，当使君霸，传名万载。'寡人因问：'晋有何乱，乃使寡人平之？'宝夫人曰：'此天机不可预泄。'已闻鸡鸣，声大如雷霆，寡人遂惊觉。不知此何祥也？"廖对曰："晋侯方宠骊姬，疏太

子，保无乱乎？天命及君，君之福也。"穆公曰："宝夫人何为者？"廖对

曰："臣闻先君文公之时[25]，有陈仓人于土中得一异物，形如满囊[26]，色间黄白，短尾多足，嘴有利喙。陈仓人谋献之先君。中途遇二童子，拍手笑曰：'汝虐于死人，今乃遭生人之手乎?'陈仓人请问其说，二童子曰：'此物名猬，在地下惯食死人之脑，得其精气，遂能变化。汝谨持之!'猬亦张喙忽作人言曰：'彼二童子者，一雌一雄，名曰陈宝，乃野雉之精。得雄者王，得雌者霸。'陈仓人遂舍猬而逐童子，二童子忽化为雉飞去。陈仓人以告先君，命书其事于简，藏之内府，臣实掌之，可启而视也。夫陈仓正在太白山之西，君试猎于两山之间，以求其迹，则可明矣。"穆公命取文公藏简观之，果如廖之语。因使廖详记其梦，并藏内府。

次日，穆公视朝，群臣毕贺。穆公遂命驾车，猎于太白山。迤逦而

西,将至陈仓山,猎人举网得一雄鸡,玉色无瑕,光采照人。须臾化为石鸡,色光不减。猎者献于穆公。内史廖贺曰:"此所谓宝夫人也。得雌者霸,殆霸征乎?君可建祠于陈仓,必获其福。"穆公大悦,命沐以兰汤,覆以锦衾,盛以玉匣。即日鸠工[27]伐木,建祠于山上,名其祠曰宝夫人祠。改陈仓山为宝鸡山。有司春秋二祭。每祭之晨,山上闻鸡鸣,其声闻三里之外。间一年或二年,望见赤光长十余丈,雷声殷殷然,此乃叶君来会之期。叶君者,即雄雉之神,所谓别居南阳者也。至四百余年后,汉光武[28]生于南阳,起兵诛王莽,复汉祚,为后汉皇帝,乃是得雄者王之验。

毕竟秦穆公如何定晋乱,再看下回分解。

**【注释】**

①委贽：古人初次相见，执贽以为礼。如卿以羔，大夫以雁等。这里指拜见诸侯。

②相赓：相续，即此唱彼和。

③撵（yú 鱼）：一种上山乘坐的轿子。

④三时不害：春夏秋三季不发生灾害。

⑤绝尘之致：超出尘俗的风格。

⑥高遁：避世隐居。

⑦忘机：消除机巧之心。指甘于淡泊，与世无争。

⑧石梁：石桥。

⑨幡然：突然改变的样子。幡，同"翻"。

⑩醹：所有字书均无此字。疑为酬字之误。因酬与酧通，酧之本字为醻。故易相混。酬，导饮。指主人自饮酒毕，复酌以进客也。

⑪西席：古代宾主相见，以西为尊，主东而宾西。

⑫挥霍：敏捷能干。

⑬等威：与一定的身份相称的威仪。

⑭节制之师：纪律整肃的军队。

⑮庶长：秦国官名。掌军政大权，相当于他国之卿。分左、右二人，右尊于左。

⑯姜戎子吾离：姜戎为古戎人的一支。原住瓜州（甘肃瓜州县），后

逐渐东迁至晋南。中原人对边境部族之君皆称曰"子"。《礼记·曲礼下》："东夷、北狄、西戎、南蛮，虽大曰子。"吾离乃姜戎国君之名。

⑰瓜州：古地名，旧注为甘肃敦煌，秦当时势力尚未及此。实为秦岭高峰南北两坡。说详顾颉刚《史林杂识·瓜州》。

⑱敌国：地位、势力相等的国家。

⑲爽：延误。

⑳尸厥：疾病名。症状为突然晕倒，不省人事。张仲景《金匮要略》："尸厥，脉动而无气，气闭不通，故静而死也。"

㉑颡（sǎng 嗓）间：额角间。

㉒壁衣：装饰墙壁的帷幕，用织锦或布帛制成。

㉓太白山：即终南山。在今陕西眉县南。因终年积雪，故名太白。

㉔南阳：古代地名。即今河南省南阳市。

㉕"臣闻"以下一段：与第四回相重复，可参看。

㉖满囊：盛满之布囊，比喻此物遍体肥肿滚圆。

㉗鸠工：招集人力。

㉘汉光武：即东汉开国之君光武帝刘秀。又，句前之"四百餘年后"，有误。应为"六百餘年后"。因晋灭虞在公元前655年冬，而刘秀生于公元前6年。